万葉集の作品と方法

万葉集の作品と方法

——口誦から記載へ——

稲岡耕二著

岩波書店

目　次

第二章　万葉集の歌人と作品

序章　口誦から記載へ

或る国の文化が、無文字の段階から文字を使用する段階へ移行するさいにどれほどの変化を発想や表現の上にもたらすか、外国における事例の詳細を、わたしは知っているわけではない。また、異国の文字を移入し、それを自国語の表記にふさわしい文字として「飼い慣らし」て行ったわが国に類する特殊な場合に、いったいどんな変化を生ずるか、それについてもほとんど資料がないと言ったほうが良さそうである。

いきおい日本の場合に限定して論ずるより仕方がないのであるが、その日本に関する研究にしても、これまでどのくらい真剣に検討されてきたか、はなはだ心許ないと言わなければならないように思われる。

第一、文字や言語の問題として、正面から、口誦から記載への転化を対象化した論は、これまで幾編書かれたか。僅かな例を除いてわたしたちの採りあげるべきものは、ほとんど無いに等しいのではなかろうか。

それに、文字記録の問題というと仮名文字の発明が大きく取りあげられ、平安時代の文学との交渉が細かく論ぜられるという、既往の文学史の傾向も影響してか、文字と文学との交渉史を、さらに遡って検討することに研究者自身が必ずしも積極的ではなかったということもあるかも知れない。

いずれにしても、既往の論の乏しさが問題そのものの軽易さを意味しないことは確かだろう。日本の文化史や文学史にとって最も大きな事件の一つが、日本語と漢字とのめぐり逢いにあったことは疑いないところで、仮名文字の平安文学に及ぼした影響にも劣らない大きな影響を、それは七世紀および八世紀の文学にもたらしたと思われる。以下に記すのは、そのような意識から見た問題点のかずかずにほかならない。

一　転換期の歌人、人麻呂

人麻呂作歌の表現に関して、これを、口誦から記載への転化の歴史とからめつつ考察した論文が、西郷信綱の『詩の発生』の中に見られる。

文字の使用が印刷術の普及と同様、あるいはそれにもまさって人間の想像力の質を変えるものであることはいうまでもない。またとくにそれが外国文学の移植である場合、そこにどういう種類の変化が文学上起ってくるか相当興味をよぶ問題であるが、今は口誦文芸には見られぬ特質が人麿においていかに創出されたかを一瞥するにとどめたい。文字が使用されるようになったからといって、すぐにそれが文学的用途にまで及んだということはできない。最初の用途は法律的・政治的あるいは実用的なものであり、一定の時をへて詩に及んだと見るべきである。その点、人麿の歌の表記法に漢籍を多くひもといたのにもとづくものがあるとされるのは見のがせない。そして私は、表記のしかただけでなく詩の表現の問題として口誦言語から文字言語への転化の時期をもっとも典型的に横切った詩人が人麿であったと思うのである。

右の文章を含む「柿本人麿」は、一九五八年に発表されている。同じ著者の『日本古代文学史』(初版一九五一年)には、右のような「口誦言語から文字言語への転化」を扱った部分は見られず、その改稿版(一九六三年)に、これに類する記述が見られるので、人麻呂をそうした角度から扱うようになったのは、一九五〇年代のなかば過ぎからではないかと思われる。

もっとも、一九四六年刊行の書にも「神話と文学を架橋した宮廷詩人」という記述が見られ[(1)]、人麻呂の扱い方としてまったく無関係な規定とは言い難いのであるが、そこでは、ごく大まかに文字史に触れられているのみで、転化の時期についても「飛鳥・藤原時代」という漠然とした表現にとどまっており、人麻呂の問題として内面的につきつめて考えられてはいないように思われる。その点、前掲の『詩の発生』の記述は、言葉と文字とのかかわりを一人の歌人の問題としてとらえなおそうとするもので、逆に言えば、そうした姿勢が人麻呂および彼の時代に関する重要な問いかけを深めて行ったと考えられるのである。念のために記すならば、『詩の発生』に示された角度から問題を掘り起こしたものは、管見ではそれ以前の他の研究者にも見出されない。たとえば、至文堂『日本文学史 1』の概説に、文字記載の問題は次のように書かれている。

歌謡から和歌が生れ出てくるには、記載されることと作者による個の自覚とが重要な契機になっている。記載には漢字が働いており、個の自覚には大陸文化の刺激が相当有力にあずかっていると思われる。もちろんその刺激に全部を帰したり、五音七音交互の音数律を安易に漢詩の五言七言の影響と見ることはつつしまなければならず、人間の精神の発達がやがては日本の歌謡から和歌を生誕させる動向にあったことは言いうるにしても、この刺激の重要さを看過することは許されない。そして文字の習得を含めて、大陸文化の影響を受けるのにもっとも便利な地位にいた社会の上層部から和歌の源が流れ出すのは、当然のことであった。長年の往来に加えて、推古朝における隋とのたびたびの交渉や聖徳太子の文化的諸事業遂行の直後、すなわち舒明天皇時代が、万葉集第一期の冒頭にあたるのも、またこの期の歌人に皇族の多いのも、けっして偶然ではない。

ここには、個の自覚と並んで、文字による記載が、創作詩歌誕生のための重要な契機としてとらえられている。この記述は、誤りではない、と言うよりむしろ、通説的に、広く認められて来たことである。問題は、そのような契機による創作詩歌の誕生をどの時期に求めることができるか、にあるはずである。

残念ながら前掲の文章から、それに対する明確な答えを読みとることはできない。万葉集の第一期、すなわち舒明天皇の時代からすでに文字による記載が歌に関しても行われていたと考えられているような節も見られるが、さだかではない。

こうしたものにくらべて、太田善麿『古代日本文学思潮論(Ⅰ)』には、やや立ち入った記述が見られて、注目される。太田によれば、六世紀において紙筆のわざが画期的に進み、朝廷においては皇室中心の歴代の治績等について何らかの文書が作成されたことは認められるが、それはおそらく「素材主義・記載事項主義の漢文文章であ」り、口誦伝承も尊重されていたにせよ、「成文化ということは、結果において口誦伝承の抹消ということにならざるを得なかった」だろうと言う。つまり、「六世紀に、かりに旧辞本辞などと呼ばれてよい文献が成立したとするならば、その性格は、口誦伝承的なものであるよりも、端的に漢文発想的なものであったろう[2]」と想像されるのである。

日本語に即した記載が、歌の詞章について、具体的にいつごろから行われるようになったか。太田は、大化改新以後の時期に属すると見ていたらしい。散文については安藤正次が、大化改新について、

大化改新は、政治的には中央集権制の確立であり、社会的には氏族制度の解体であり、文化的には貴族的文化の促進である。中央集権制の確立は、一方においては、中央と地方との交渉を頻繁ならしめ、両者の関係を密接ならしめるが、一方においては、政治的文化的に首府の地位を高めて、都鄙の懸隔を著しからしめる結果を生ずる。この結果は、言語の地方的均整を破つて、首府の言語に軌範的地位を与へる傾向を馴致する。[3]

と記したのを踏まえ、「現実的な社会事象の処理の上に、換言すれば政治の上に、強く軌範的なものが感じられるようになった時にはじめて積極的かつ継続的に国語散文が国語散文として記され伝えられる」ようになったと考え、改新後の詔の記定に特別の工夫がこらされ、歌謡の詞章とは別個に国語散文の文字化が成されただろうと推定している。

太田の、こうした推定は、歴史的背景を考慮し、国語表記の要求の生ずる所以を説いて具体的であるが、書紀に収録されている詔について原形はもっと国語的なものであったに相違ないのに、書紀の編修の際に、これをより多く漢文化する作業が加わったであろうと想像している点など、現在の研究の動向からすれば、やや実態を離れた感がある。また、歌の文字化は斉明・天智朝のころと想像されているが、散文中に位置する歌謡の一字一音式の記載法を、七世紀後半から八世紀初頭にかけての発明になると記しているほかには、明確な時代的検証を欠き、漠然とした説述に終っていて、やはり物足りない。

先にも記したとおり、太田論文は、記載の問題を文化史上の重要なことがらとして積極的にとりあげている点が注目されるのであるが、歌謡の文字化に関する具体的な想定として、先掲の『日本文学史』の記述から大幅に踏み出しえなかったという感じもぬぐえないように思われる。

これらにくらべて、西郷論文の新しさは、明確な時代や歌人を指示した上で、口誦から記載への転化による表現の変化を追っている所に認められる。記紀歌謡や初期万葉歌とは異なって、人麻呂の歌の形や技術は、誦詠と文字という二つの契機の接合もしくは混融を推測させるだろう。

とりわけ注目されているのは、自然描写の確かさを増すことと、枕詞の多彩さである。人間と自然との相対的な分離を前提に、いわゆる自然描写も成り立つし、自然を譬喩として扱いうる可能性も用意されるはずであろう。人麻呂における枕詞の多彩さは、澤瀉久孝「枕詞を通して見たる人麻呂の独創性」[4]に指摘されたとおりであるが、古い口誦詞章の一形式であった枕詞を、他のどの歌人よりも多用したばかりでなく、その改鋳や新作に力を注いでいる点に、誦詠から文字へという過渡期を生きた人麻呂の特徴が見られると言う。

もちろん前掲の文章にも触れられているとおり、口誦から記載への転化にさいしてどのような変化が生ずるかは、簡単に把握し難い面を残す。これまで人麻呂の、とくにその表現に、文字と言語の問題の隠されていることを明らかにし難かったのも、そこに理由が求められよう。

しかしながら、西郷も指摘するように、(5) 人麻呂の歌は特定の場所で誦詠されたらしい形跡を示すとともに、彼自身の手によって推敲された跡をも残している。(6) 後章にも記したとおり人麻呂が文字に記すことにおいて考え、かつ歌ったことは疑いないと言って良いだろう。当然その表現には文字の刻印が求められるはずで、西郷論文ではそれを「口誦文芸には見られぬ特質」とし、枕詞の用法や自然描写などをあげるのである。

二 原初から和文表記の獲得まで

人麻呂が口誦から記載への転換期を生きたことは、『詩の発生』に挙げられたような特徴のみでなく、前後の時代の歌の表現や、文学としての質の変化などからも推測されると思われる。それについては、後節にまとめて記す予定であるし、また次章にも詳述するつもりである。その前に、わが国における文字表記の歴史を概観し、人麻呂の活躍した七世紀後半から八世紀初頭にかけての時代的特徴を確かめておきたい。

一般に、漢字文化圏に属する民族が、どのように漢字と対応し、どのようにそれぞれの国語表記を獲得していったか、これを段階別にいくつかのタイプにまとめると、次のようになる。(7)

A　漢字をそのまま使用する段階。(1)漢字を漢字として漢文のなかに使う。(2)漢字・漢文で思想・感情を表現する。(3)固有名詞から漢字による土語の表音化が始まる。(4)土語のシンタクスをあらわした漢字文が用いられる。(5)接辞や助詞の表記が始まる。(6)漢字の訓読が生まれる。(7)漢字の表音的使用で土語を表現する。

B　新しい文字を作る段階。⑻漢字を変形する。⑼漢字の構造原理を組み合わせる。⑽漢字を改造する。⑾漢字の象形原理を模倣する。⑿形だけ漢字を装う異系の文字。

C　別系統の文字を使用する段階。⒀モンゴル文字。⒁ヨーロッパ系のアルファベット文字を導入する。

右のA・B・Cの各段階や、⑴⑵⑶などの数字で示されたタイプが、そのまま時代的先後関係をあらわすとは必ずしも言えないが、ここには漢字文化圏における土語と漢字との関係の諸相が示されている。

漢語と土語との隔絶の大きな場合に、まず限られた人々が漢字をそのまま用いて漢文をつづり、直接土語を記すのでない段階が考えられよう——Aの⑴——。日本の場合にも、また朝鮮の場合にも漢字使用の初期に一般に認められる状態であり、日本では主として渡来系の人々によって文章が書かれたと想像される。ついでやや広く知識層の間に漢文が広まり、それによって彼らの思想や感情が記される段階が考えられ——Aの⑵——、それと前後して自国の地名・人名などを表わすために、土語の音表記が漢字で加えられるようになる——Aの⑶——。日本の場合は⑴〜⑶の順序を典型的に踏んだものと見られる。

漢字が伝えられたという点にのみ関してならば、その遺物は一世紀までさかのぼるようである。後漢の光武帝が中元二年(五七)に漢委奴国王の使者に賜わった印綬の印に相当すると言われる福岡市志賀島出土の金印は、一世紀のものである。

くだって、奈良県天理市東大寺山古墳出土の環頭太刀は、刀身の背に金象嵌で、

中平□□五月丙午、行作文刀、百練清剛、上応星宿、[下][辟][不]□(祥)(8)

の二四字の銘文を持つ。中平は後漢の霊帝時代の年号で二世紀末のことになるが、中平元年(一八四)から同七年までのどの年かは決しがたいと言われる。(9)

また、山梨県西八代郡鳥居原古墳出土の鏡には、「赤烏」の年号があり、三世紀のものであることを示している。しかし、これらはいずれも中国において、海彼の人々の手で記され刻まれた文字であって、わが国で記されたものではない。川端善明の推測するように[10]、これらの文字はそれを見る当時の日本人にとって単に美しい、あるいは単に不思議な図柄(文様)にすぎなかったであろうし、あるいはごく少数の人々にとっては意味に対する断片的な形式であったかもしれない。しかし、読めるとか使えるということではなかったと思われる。

そうした意味では、天理市石上神宮蔵の七枝刀も同様に考えられよう。泰和四年(三六九)に百済の近肖古王が倭国に送ったもので、わが国で書かれた文章ではない。島根県大原郡加茂町の神原神社古墳出土の三角縁神獣鏡[11]、大阪府和泉市上代黄金塚古墳の画文帯階段式神獣鏡[12]、奈良県北葛城郡広陵町新山出土の方格神獣鏡、東京都狛江市亀塚古墳の人物画像鏡の鏡銘なども同類である。なお、佐賀県東松浦郡谷口出土の三神三獣鏡の銘文は漢字の左右が逆になっており、その位置も母型にあたる鏡と異なっている点、文字との接触の初期の様子を語る。

わが国で記された文章としてもっとも古いものは、熊本県江田船山古墳出土の太刀の背に銀象嵌で刻まれた銘文である。

[治][天]下獲□□□歯大王世、奉□典曹人名无[利][弖]八月中、用大錡釜、并四尺廷刀、八十練六十捃三寸上好□刀、服此刀者長寿、子孫洋々、得三恩也、不失其所統、作刀者名伊太[加]、書者張安也[13]

判読の困難な箇所を含むが、冒頭に「治天下獲[宮][弥][弖]歯大王世」と推測される部分があって、通説ではこれを「多《た》遅《ち》比瑞歯《ひのみつは》別《わけ》天皇」すなわち反正天皇の時代とし、宋書にいう倭の五王の珍に擬し西暦四四〇—四五〇年ごろのものと推定してきた。もっとも、一九六八年稲荷山古墳出土の鉄剣銘文に「獲加多支鹵」と書かれた部分があり、右の大王名も「獲加多支鹵」すなわち雄略天皇を表わすと見る説が有力になっている[14]。書者は「張安」とされていて、日本で書かれたとすれば渡来人の手になるものと考えられる。

次に和歌山県隅田八幡宮の人物画像鏡銘が挙げられる。これは明らかに本邦で記されたもので、

癸未年八月日十大王年男弟王在意柴沙加宮時斯麻念長奉遣開中費直穢人今州利二人等取白上同二百旱作此竟

という四八字は、「癸未の年八月、日十大王の年、男弟王、意柴沙加の宮に在りし時、斯麻、長奉(寿)を念じて、開中の費直、穢人今州利二人等をして、白上同(＝銅)二百旱を取り、此の竟(＝鏡)を作らしむ」と読まれる。[15] これも訓法に問題のある箇所を含み、[16] 制作年代も四四三年か五〇三年か、決定を見ない。[17] この鏡の作者開中費直も百済系の渡来人で、先の張安とともに初期の文字使用の歴史における彼らの活動を物語っている。また「意柴沙加《おしさか》」「斯麻《しま》」「開中《かふち》」「今州利」など、固有名の音仮名表記を含む点も、文字史料として貴重である。先掲の段階別の表で言えば、Aの(3)に相当しよう。

さらに時代がくだって推古朝にはいると、遺文の数は急激に増加するし、質的にも大きな変化を見せるようになる。この時期の金石文としては、

(イ)元興寺露盤銘――現存しないが、『元興寺縁起』に収められており、文中に「大和国天皇、斯帰斯麻宮治天下、名阿米久爾意斯波羅岐比里爾波弥己等」とあり、「丙辰年」とも見えるので、推古四年(五九六)作と考えられている。[18]

(ロ)愛媛県道後湯岡碑文(推古四年[19])。

(ハ)元興寺丈六釈迦仏光背銘(推古一三年[20])。

(ニ)法隆寺如意輪観音造像銘(推古一四年?)。

(ホ)法隆寺金堂薬師仏光背銘(推古一五年?)。

(ヘ)天寿国曼荼羅繡帳銘(推古三〇年)。
(ト)法隆寺金堂釈迦仏光背銘(推古三一年)。
(チ)法隆寺三尊仏光背銘(推古三六年)。
などが数えられ、これに文献資料として、
(リ)上宮記逸文。[21]
(ヌ)上宮太子系譜。[22]
(ル)上宮聖徳法王帝説。
(ヲ)十七条憲法。
(ワ)三経義疏。[23]
も加えられる。

これらの中には正格の漢文で記されたものもあるが、和風の混じったものもある。西宮一民によれば、(ロ)(ハ)(ニ)(ト)(チ)(ヲ)(ワ)などが漢文体とされる。[24] 漢文か和文かの判断は、人によって多少異なる場合もあるが、後者としてとくに著名なのが(ホ)である。(ただこの銘文の成立年代については疑問も出されていることを付記しておくべきだろう。[25] これが推古朝でなく天智朝のものだとしても、本章の論旨に大きな変化はないはずである。)

ところで、

池辺大宮治天下天皇大御身労賜時歳
次丙午年召於大王天皇与太子而誓願賜我大
御病太平欲坐故将造寺薬師像作仕奉詔然

当時崩賜造不堪者小治田大宮治天下大王天
皇及東宮聖王大命受賜而歳次丁卯年仕奉

という九〇字の銘文は、

池辺の大宮に天の下治らしめしし天皇、大御身労き賜ひし時に、歳は丙午に次る年、大王天皇と太子とを召して誓願し賜ひ、我が大御病太平《たひ》らぎなむと欲《おも》ほし坐《ま》す。故、将に寺を造り薬師像を作り仕へ奉らむと詔りたまふ。然れども当時崩り賜ひて造り堪へざれば、小治田の大宮に天の下治らしめしし大王天皇と東宮聖王と大命受け賜ひて、歳は丁卯に次る年に仕へ奉りき。

と読まれ、漢文の格を崩して日本語を表記しようと努めたものであることが知られる。「大御身労賜」とか「欲坐」「薬師像作仕奉」などに漢文ではありえない和風の語順や文字の意味が指摘され、七世紀にはわが国の表記史が新たな段階に達していたことを物語っている。前掲の区分によれば、Aの(4)に相当するわけである。

先にも触れたとおり、正格の漢文体が渡来人の手で書かれたのが、わが国の文章表記史の初期の段階であり、それに固有名の真仮名表記や多少の和習を交えた、いわゆる変体漢文が書かれ、さらに漢文の格を崩し和文のシンタクスに合わせた表記が採用されるに至るのが、その後の表記史に見られる変化である。とは言え、漢文と変体漢文と和文と、漢字を利用した三種の文体が、それぞれの段階に応じた史的意義を示しつつ、前二者の消滅と後者のみの残存というかたちで推移したのではなかったことにも注意しなければならない。漢詩や和歌のようにジャンルによって文体が選ばれ固定している場合や、詔勅(漢文体)・宣命(和文体)のように位相による文体差の認められる場合など、種々の事情がからまって、後代までこの三種類が使用されたのである。(26)

大化二年(六四六)の宇治橋断碑文は、全文が四字句から成る漢文体であるが、白雉元年(六五〇)の法隆寺二天造像

銘、

（広目天） 山口《ノ》大口《ノ》費上《ヲトシテ》 而次《ナル》 木閈《ト》二人《シテ》 作也。

（多聞天） 薬師徳保上《ヲトシテ》 鉄師手古《ト》二人《シテ》 作也。

を、もし右のように読むとするならば、和文体と言うべきだろうし、白雉二年（六五一）の法隆寺辛亥年銘観音造像銘、

辛亥年《ノ》七月十日記《ス》。笠《ノ》評《ノ》君名《ハ》大古《ノ》臣。辛丑《ノ》日崩去。辰時。故児在布奈太利古《ノ》臣、又伯在健古《ノ》臣《ト》二人《シテ》 志願。

も和文の語順のまま表語文字を並べたものと考えられる。そういう点では、さらに後の、群馬県八幡村大字山名の山名村碑文も同様である。

辛己(巳)歳集月三日。
佐野《ノ》三家《ト》定《メ》賜《ヘル》 健守命《ノ》孫黒売刀自、此新川臣《ノ》児《ノ》斯多々弥足尼《ノ》孫大児臣《ニ》娶《ギテ》 生《メル》 児長利僧、母《ノ》為《ニ》記《シ》定《ムル》 文也。放光寺《ノ》僧。

文中の「賜」の敬語としての用法や、倒読形式を含まない表語文字の羅列法から、これも完全な和文と見なされる。辛巳歳は、天武一〇年（六八一）である。

右のように推古期遺文や、孝徳朝の二天造像銘・観音造像銘、そして天武朝の山名村碑文というふうに推古朝以後になると、幾つも和文の例を拾うことができるのであって、そのころわが国の表記史はA(4)の段階に達していたことが知られるが、――推古遺文中の㈭の年代に疑問が残るとしても七世紀中葉にこうした表記法の行われていたことは確かめられよう――和文とは言っても、これらの例においては、辞すなわち助詞や助動詞の大部分が文字の上にあらわされていない。辞の表記の細密化をまってはじめて漢字仮名混り文の祖とも言うべき真の和文――A(5)――を見ることになるが、それには、次のような資料を俟たなければならない。

十数年前に藤原宮址から、

（表）　□止詔大□□乎諸聞食止詔□

（裏）　□御命受止食国之内憂白□

という宣命の記された木簡が発掘された。(27) 同所出土の木簡は、持統八年（六九四）から和銅三年（七一〇）の間に年紀が集中しているので、これもそのころのものと判断される。すなわち、七世紀末から八世紀初にかけて、辞（助詞・助動詞）と詞（体言・用言など）とを同大に記す、万葉集巻一・巻二など訓字主体の巻に通ずる書式（これを宣命大書体と言うこともある）が行われていたことを確認することができる。右の木簡の表面の文字は、「□止《と》詔《の》る大御《み》命乎《ことを》諸《もろもろ》聞き食《たま》へ止《と》詔《のる》」と読むのであろう。この「止」や「乎」の用法によっても前掲の孝徳朝や天武朝の和文よりも、いちだんと綿密に書かれていることが知られると思う。

この藤原宮木簡の宣命の記し方にさらに工夫を加えたものが、いわゆる宣命書き（宣命小書体）である。『続日本紀』の文武天皇元年八月一七日のそれは、

高天原尓事始而遠天皇祖御世中今至麻氏尓天皇御子之阿礼坐牟弥継々尓大八嶋国将知次止……　（第一詔）

と書かれている。尓《ニ》・麻氏《マデ》・止《ト》などの助詞と助動詞の牟を名詞や動詞よりも小書することによって詞・辞の区別を明瞭にし、読み易くしたものである。先の藤原宮址出土の木簡と、この続日本紀宣命第一詔とは、ほぼ同時代のものとなるので、元来〈宣命大書体〉で書かれていた第一詔を『続日本紀』に収載する時に、奈良朝以後に考案された〈宣命小書体〉に書き改めたものだろうと推測されている。(28)

木簡の出土によって、和文の細部まで表わすことのできる国語の表記法が七世紀末ごろまでに考案されていたことが明らかになったが、こうした散文表記の先蹤は、歌の記録に求めるのが自然だろう。

それにしても、先掲の孝徳朝や天武朝の金石文に見られる和文例や、藤原宮址出土木簡の宣命大書体の例から考え

て、余り古くから綿密な歌の表記が可能であったと想像することはできない。小谷博泰は、藤原宮址出土木簡の書式から見て、孝徳朝に綿密な宣命体などありえなかったと考えているが(29)、歌の表記に関しても同様なことが言えるのではあるまいか。

ごく大掴みに言えば、歌の記定にあたって、藤原宮木簡や万葉集巻一・巻二などに見られるような〈宣命大書体〉が開発され、それが他の散文表記にも利用されたと考えられるのだが、しかし現在見る巻一・巻二の、さらに広くは万葉集の、多くの部分は八世紀以後に記録されたもので、木簡表記の先蹤とは言えない。したがって、万葉集の中でも、とくに八世紀以前に記されたと思われる部分を選別しなければならない。これは相当に困難なことであるが、別稿(30)に詳述したとおり、人麻呂歌集と人麻呂作歌は人麻呂自身の筆録したかたちをほぼそのままに伝えるものであり、歌集に略体・非略体の二種類の書式を見るのは、山名村碑文や法隆寺二天造像銘のような素朴な和文の書式から、宣命大書体の綿密な表記へ、国語表記の可能性を開いて行った人麻呂の足跡を示すものと思われる。つまり、綿密な歌の詞章の記録は、人麻呂の時代に始まったのである。

人麻呂歌集と人麻呂作歌とは、万葉集の中でも最も古い記録のかたちをそのまま伝える部分である。巻一・巻二の古歌の文字面が、

玉剋《たまき》春《はる》　内乃《うちの》大野《おほの》尓《に》　馬数而《うまなめて》　朝布《あさふ》麻須等六《ますらむ》　其草深野《そのくさふかの》　（巻一・四）

吾者《われは》毛也《もや》　安見《やすみ》児《こ》得《え》有《たり》　皆人乃《みなひとの》　得《え》難尓《かてに》為云《すといふ》　安見《やすみ》児《こ》衣《え》多利《たり》　（巻二・九五）

などのように、テニヲハのはしばしまで綿密に書きとめられているのは、人麻呂の時代に獲得された技術を応用して、それぞれの巻の編纂者が編纂時に記定したからであろう。

人麻呂が自作を文字に記しとどめていたことは、そのこと自体刮目に価しよう。まして、人麻呂作歌の異伝として

記録されている「或本歌」や「一云」に、推敲の跡がうかがわれるとすれば、[31] 文字の力は、従来想像されてきたよりはるかに深い影響をその作歌に及ぼしていたと考えられる。

もちろん、それ以前にも文字習得者の中に伝誦の歌や説話を記録する者がなかったとは言えまいが、その記載法は、前記のA(4)の段階までを出なかっただろうし、記される歌も、記紀歌謡や初期万葉歌などから類推されるような集団性や口誦性を強く匂わせるものであったに違いない。言い換えれば、人麻呂以前の歌と文字との関係は、かなり不安定で緊密さを欠いており、口誦的な性格が文字力に優越していたと見られる。その点では、人麻呂以前にその文学史的位相の注目される額田王の歌においても、口誦性の優位は否定し難いと思われる。(このこと後述。)

人麻呂においては、すでに歌集歌にあっても、この関係は前代までとかなり異なるところを持つ。口誦の場の制約や、即興的な対詠性を稀薄化させる一方、相対的に自立性を強めた表現を多く見るようになるのは、文字を通すことによって言葉の客観化への自覚の深まったことを証しているだろう。西郷論文に言う「口誦言語から文字言語への転化の時期」とは、天武朝から持統朝にかけてのことであったと、表記史の上からも認めることができるようである。

人麻呂は、歌を記すために、国語表記の技術の開発にも心を砕いた人であった。彼がこの歴史的な時期を、他の誰よりも、歌人として典型的に生きえたのも、口誦言語と質の異なる記載の言語にいち早く向き合ったために外ならない。問題は、文学の質や表現の面で、この転換期の様相をどのようにとらえうるかにかかっている。

三　枕詞・序詞・対句その他

川田順造は、[32] 口頭伝誦に基づいて考えうる〈歴史〉が個別参照性を持たない、いわば長い時代を通じて気ながに煮こまれた集合的な記憶の粥のようなものであると指摘しているが、これを裏返せば文字記録の特徴は、複数の人々が、異なった状況において個別に、何度でも繰返し参照し、検討しうる点にあると言えよう。そうした文字記録の個別参照性は、集合のなかにおける個の覚醒と無関係ではないし、また文字の普及が社会成員の思想や意識を個別化し多様化するのに貢献しやすいことも、すでに言及されているとおりである。(33)

もちろん個別参照性とは、口誦の語りや歌の内容を規制し、その成立基盤ともなった集団の場からのことばの解放を意味している。ことばの側に即した言い方をすれば、それは話者が「調子によって意味を変え、自分の好むように意味を定めることができる」(34)のとは異なり、「人はすべての語を共通に理解されている意味において用いることを余儀なくされる」ことであり、ことばの客観性・自立性が即自的に要請されることにもなる。

そうしたことばの客観性とか、自立性あるいは個別参照性などについて、抽象的に理解はされるものの、口誦の言語から記載の言語への転化によって、歌の表現がどのように変化するのか、比較し参照すべき事例もほとんど見当らないため、具体的には把握し難いのである。

強いてあげるなら、日本の枕詞に類似した表現として、ヨーロッパの古代叙事詩に見られる定型句(formulae)の場合を参照することができようか。

久保正彰『ギリシァ思想の素地』によると、ホメロスの叙事詩において、特定の律格的条件を満たし、文法的に作用する定型句は、原則的にただ一つしかないのに対して、ギリシア後期の叙事詩やヴェルギリウスの詩では、特定の律格を充足する形容詞が複数個あり、詩人はその中でもっともよく適合する意味を持つと思われる形容詞を吟味し、選択したと言われる。

たとえば有名なホメロスの叙事詩「イリアス」および「オデュッセイア」のなかに、オデュッセウスという固有名の用いられている回数は三八五回あり、そのうち二〇二回は形容詞をともなうのだが、その形容詞はどのような文脈にあっても、常に特定のものに限られている。

もう少し具体的に言うと、オデュッセウス（王名）が主格で、かつ、「形容詞＋名詞（オデュッセウス）」の形が行末の五音節を占める場合は、

dios（かがやく）Odysseus

esthlos（高貴な）Odysseus

の二つの形のいずれかであり、それも、先行する語の語尾の音節の性質によって、いずれを用いるか、ほとんど自動的に決定されるという。

また、オデュッセウスがやはり主格で、「形容詞＋名詞（オデュッセウス）」の形が行末の七音節を占める場合は、

Polymetis（たくらみおおき）Odysseus

Ptoliporthos（城をやぶる）Odysseus

の二種あって、その間の選択もやはり先行する語の語尾音節の性質により、自動的に決定され、形容詞の意味は顧慮されることがない。主格ではなく所有格のオデュッセウスの場合にも同様なことが指摘される。つまり、叙事詩の中の特定の位置に用いられる形容詞は、前後の文意にかかわりなく自動的に決定されるわけである。

ところが、先に記したとおり、ギリシア後期の叙事詩人やヴェルギリウスの場合には、特定の律格上の条件を満たす形容詞は、一つではなく複数個あって、詩人はその中から文脈に合わせ形容詞の意味を考えながら言葉を選んでいるという。

こうした変化は、いったい何によって生まれたのだろうか。それについて久保は次のように述べている。

古期のアオイドスの技法は明らかに、ながい物語を即興的に、しかもなめらかなリズムにのった言葉の音楽として、口で語りきかせる必要から生まれたものである。アオイドスは語りの筋のやすみない展開にその創造力をかたむけねばならない。行末にさまざまな形であらわれる定型句は、創造者である歌い語りの詩人を、意味を取捨する労から一瞬とき放ち、美しいひびきにみちた休みを与え、次の行への語りの展開を準備させる。（中略）即興口誦詩人たるアオイドスにとってきわめて大切な基礎的技術の一つであった……

これに対して、古代後期の詩人たちは、叙事詩という文学の形式こそ初期のアオイドスたちから継承したけれども、まったく異なった創造の場に立っていたために、その技法の上にいちじるしい相違を生じたのだった。ヴェルギリウスの『アエネイス』は、一〇年の歳月を費消してなお未完成だったと言われるし、その詩作の過程は、まるで「熊がわが子をなめいつくしむよう」であったと伝えられる。そうしたことも、記載文学における詞句の選択が、いかに慎重に時間をかけて行われたかを示している。

ギリシアの定型句の技法に見られる右のような特徴は、ユーゴスラヴィアの口誦叙事詩にも類例を見ると言われるから、口誦の即興の場の、詩歌の表現に与える規制を考えるさいに、貴重な示唆を与えるであろう。

周知のとおり、わが国の枕詞は口誦詞章の一形式で、その起源は、固有名詞（神名・地名など）に掛かる呪的称詞にあるのではないかと言われている。たとえば万葉集巻一の巻頭の歌に、

そらみつ　大和の国は

とある「そらみつ」や、巻二の久米禅師の歌の、

み薦刈る　信濃

における「み薦刈る」など、どのような意味で大和や信濃に冠せられているのかわかり難くなっているが、これらは、

おそらく口誦の枕詞として固定的・慣習的に古くから使用されてきたものだろう。記紀歌謡や初期万葉歌においては、こうした固有名詞にかかる枕詞が過半を占める。

注目すべきことは、そうした古い枕詞に、人麻呂が手を加えて作り直している例があることである。「そらみつ　大和」を「そらにみつ(天尓満)大和」(二九)としたのは、その典型で、こうした例は少なくない。

それればかりではない。人麻呂歌集や人麻呂作歌では、こうした固有名詞に冠する枕詞は相対的に減少し、それにかわって多くの譬喩的な枕詞が動詞や形容詞などに冠せられているのを見る。しかもそれらはそれぞれの文脈に応じて使い分けられていて、非固定的・流動的な性格を示す。たとえば、

解き衣の恋ひ乱れつつ浮きまなご生きても吾はありわたるかも　(二五〇四)

山菅の乱れ恋ひのみせしめつつ逢はぬ妹かも年は経につつ　(二四七四)

……引き放つ　箭の繁けく　大雪の　乱れて来たれ……　(一九九)

飼飯の海の庭よくあらし刈り薦の乱れ出づ見ゆ海人の釣船　(二五六)

のように、同一の被枕詞「乱れ」にかかる譬喩的な修飾句が、「解き衣の」「山菅の」「大雪の」「刈り薦の」という工合に文脈によって選ばれていて、ある特定の句だけを、固定的・慣習的に常用した形跡は見られないのである。

行く川の過ぎにし人の手折らねばうらぶれ立てり三輪の檜原は　(一一一九)

潮気立つ荒磯にはあれど往く水の過ぎにし妹が形見とそ来し　(一七九七)

真草刈る荒野にはあれど黄葉の過ぎにし君が形見とそ来し　(四七)

においても同様に「過ぎ」に掛かる多彩な枕詞が使い分けられているのを見ることができる。作者は、ことばのイメージや音のひびき、あるいは意味を考慮しながら、それぞれの文脈にふさわしい詞句を選んでいるのであろう。こう

した変化は、先に引いたギリシア叙事詩の定型句の変化に比せられないだろうか。

人麻呂が万葉集の歌人の中で、もっとも枕詞を多用したという時、たんに用例の多さや伝統的形式への執着の深さのみを読みとるのは誤りである。口誦の方法を受けつぎながら記載文学の技法として如何にこれを再生するかに新たな歩みがあったのである。

右のような譬喩性の加重のほかにも、記紀歌謡および初期万葉歌と人麻呂以後の歌とでは、枕詞・被枕詞にかなりはっきりした変化が認められる。そのことは別稿に詳しく記したし[35]、後章にも記述した。併読願いたく思う。

ここにその要点のみ摘記すれば、次のようになろうか。

記紀歌謡に見られる被枕詞としての用言(動詞・形容詞)は、たとえば允恭記の、

　君が行き日《け》長くなりぬ山たづの迎へを行かむ待つには待たじ

の歌の「迎へ」や、仁徳二十二年紀の、

　うま人の立つる言立設弦《うさゆづる》絶え間継がむに並べてもがも

の「絶え間継がむ」のように、歌の主体(話主)の意識から見て望ましい、期待すべき事柄や、あるいはまた必然的な叙事として肯定される状態を表現する語句であって、悲しむべき、否定的な動作や状態をあらわす語句は見えない。一方、初期万葉歌および人麻呂歌集歌に見られる被枕詞としての用言は、前者に記紀歌謡とほぼ同様な性格が見られるのに対し、後者においては、先にギリシア叙事詩における定型句の場合と対比させつつ記した譬喩性の増強、意味性の加重とともに、被枕詞そのものの多様化も認められるのである。とくに注目されるのは、

　行く川の過ぎにし人の手折らねばうらぶれ立てり三輪の檜原は　(一一一九)

の「過ぎ」とか、

朝霜の消なば消ぬべく思ひつつ如何にこの夜を明かしてむかも　(二四五八)

の「消」のように、否定的な、悲しむべき状態を表わす語句を見ることであろう。

それは、人麻呂作歌においても同様である。

……夏草の　思ひしなえて　偲ふらむ　妹が門見む　靡け此の山　(一三一)

の「思ひしなえ」や、

真草刈る荒野にはあれど黄葉の過ぎにし君が形見とそ来し　(四七)

の「過ぎ」など、悲しみに思いしおれた状態や、人の死をあらわす動詞に「夏草の」「黄葉の」という譬喩的な枕詞の冠せられているのを見る。

こうした変化は、枕詞が口誦の呪歌の技法であることから、創作抒情歌の技法に転じたことを端的に物語るだろう。記紀歌謡の被枕詞が、たとえば「山たづの迎へを行かむ」の「迎へ」のように、歌の主体の動作を表わす場合にも、また「朝日の　笑み栄え来て」の「笑み栄え」のように相手の動作を表わす場合にも、主体(話主)にとって実現の望まれることや、必然的で肯定すべき状態を意味する語句であるのは、歌の内容の呪的な、限界文芸的な性格と無関係ではないはずである。これに対して人麻呂以後の歌に、悲しみや人の死にかかわる語句を多く見るようになるのは、個の抒情歌的な内容への変化に伴う、当然の転換と思われる。言い換えれば、個の抒情歌的色彩の乏しい口誦歌謡においては、一首の核となるような主体(話主)の願望あるいは、必然的な叙事を担う用言に枕詞が冠せられるが、表現の重点が個の嘆きへ移るとともに、それにふさわしい否定的な、負の状態を示すことばが被枕詞としてとくに選ばれるようになるのである。

枕詞を和歌における部分的修飾句に過ぎないと考える人もあるようだが、少なくとも記紀歌謡や万葉集に関するかぎり、歌の本質に根ざした方法であったと考える方が正確だろう。

枕詞における右のような変化が、真に古代の歌の質的な変化にともなう転換であり、偶然でないとするならば、他の表現技法にも、同種のことが見られるはずであろう。

万葉集および記紀歌謡の序詞に関しても、すでに記したことがある。(36) これもその一部分を本書に収めたので詳細はそれに譲り、ここには要点のみを記しておきたい。

初期万葉の序歌は、たとえば、

玉くしげ三諸の山のさなかづらさ寝ずは遂にありかつましじ　(九四)

のような類音(あるいは同音)反復の序詞か、

玉くしげ覆ふを安み開けていなば君が名はあれど我が名し惜しも　(九三)

の「開け」のような掛詞をわたり詞(つなぎ詞)に含むのであって、譬喩性の明らかな例は、

秋山の木の下隠り行く水の我こそ増さめ思ほすよりは　(九二)

東人の荷向の箱の荷の緒にも妹は心に乗りにけるかも　(一〇〇)

の二例に過ぎない。ことばの音楽性や、掛詞を利用した転換の面白さが、譬喩性よりも重視されているのである。

譬喩的な序歌の数が少ないばかりでなく、同じく譬喩と言っても、初期万葉の序歌と、人麻呂以後の序歌とをくらべると、景物と心情との論理的関係が後者の方に精細で、前者すなわち初期万葉歌では、意味的な統合が相対的にゆるくなっている。たとえば、初期万葉の「東人の荷向の箱の……」の歌を、人麻呂歌集の、

春さればしだり柳のとををにも妹は心に乗りにけるかも　(一八九六、人麻呂歌集)

宇治川の瀬々のしきなみしくしくに妹は心に乗りにけるかも　(二四二七、人麻呂歌集)

や、巻十一・巻十二の出典不明歌、

大船に葦荷刈りつみしみみにも妹は心に乗りにけるかも　(二七四八)

いざりする海人の楫の音ゆくらかに妹は心に乗りにけるかも　(三一七四)

などとくらべると、「東人の……」の歌は、「とをにも」「しくしくに」「しみみにも」「ゆくらかに」に相当する語句がないだけ、論理的な結合は、大まかに見える。逆に言えば、人麻呂以後の歌のことばは、論理的に緻密な統合関係を持つのである。

初期万葉の序歌の譬喩性の乏しさに対して、人麻呂作歌における序詞の譬喩性への傾斜はいちじるしい。「もののふの八十」「をとめらが袖」という、地名に冠する二例を除き、その他は、

埴安の池の堤の隠り沼の行方を知らに舎人はまとふ　(二〇一)

三熊野の浦の浜木綿百重なす心は思へど直に逢はぬかも　(四九六)

のようにもっぱら譬喩的な意味の関係によるものばかりである。つまり、ほとんどすべての序歌は譬喩性を持つと言って良い。この傾向は人麻呂作歌に限るわけではなく、持統朝の人麻呂以外の作歌でも、

大名児を彼方野辺に刈る草の束の間も我忘れめや　(一一〇、草壁皇子)

秋萩の上に置きたる白露の消かも死なまし恋ひつつあらずは　(一六〇八、弓削皇子)

など、譬喩性は徹底していると言って良い。

しかも、既述の枕詞の場合に等しく、初期万葉の序歌も、同音反復のことばや掛詞、あるいは譬喩的序詞の場合はその譬喩を受ける詞が「開け」「さ寝」「引く」「乗る」「増す」など、とくに否定的な、悲しむべき状態を表わす語句ではなく、主体(話主)にとって望ましいことや必然的な叙事をになう用言に限られている。これは、記紀歌謡の序詞

（第一章参照）一般に通ずる性格であり、また、枕詞・序詞の両者に共通して認められる特徴なので、相補的にその偶然でないことを証すると思われる。

これに対して人麻呂以後の歌においては、前掲の「行方を知らに」「消」などのように、否定的な悲しむべき状態をあらわすわたり詞（つなぎ詞）が多く見られるようになるのであって、そうした変化は、やはり呪術的な集団の歌謡から、個の悲嘆を形象する創作詩歌へと、歌の性格の変化したことと見合うものと思われる。

対句に関しても、人麻呂を境にした大きな変化が確認されるようである。そのことは、早く柿村重松の指摘したことだし、[37] わたしもとりあげたことがある。

すでに言い古されてきたことだが、記紀歌謡の対句は、繰返しや言い換えに近い。

大丘には　幡張り立て
さ小丘には　幡張り立て
其が花の　照りいまし
其が葉の　広りいますは

これらは、中国詩の対句とは性格を異にするものであろう。中国においては、対句は思考の方法であり、その根源には対の思想や、陰陽二元によって思考する中国哲学があったと言われるが、[38] そうした中国詩の対句よりも、これは、むしろ南島歌謡のクェーナー（五音対句の呪言を母胎とする歌謡）における対句的繰返しに近い。

此のおみや　此のまみやに　　この御庭　この奥庭に
むかしから　けさしから　　昔から　けさしから
あすびおみや　おどりおみや　　遊び御庭　踊り御庭

げにあるげに　だにあるげに　実にある故に　誠にある故に
雨乞に　おどらしゅん　雨を乞うて　踊らす
いぶ乞に　おどらしゅん　いぶ(雨)を乞うて　踊らす　(大雨乞いの時のクェーナー)

ここに見える繰返しは、たんなる文学形式とか、部分的修辞として説明されるものではない。それは、祭式における舞踊と結合し、それに適合した方法であり単位であって、その連続は呪文の形式に近いと言われる。[39] もちろん口誦の技術的効果の面から、繰返しが耳に快感を与え、重要な箇所の「聞き落し」を避けるのに役立つことや、来たるべき詞章に対する期待と準備をかき立てるというようなこともあろうが、[40] そうした繰返し的対句[41]の根源に呪術的志向を考えることは、記紀歌謡や万葉集の歌を考える場合の、大事な視点となるはずである。

先にも触れたとおり、枕詞は、もと地名・神名などに冠せられた称詞であり、呪言的な性格のものであった。同様に、対句もまた言霊的な世界に起源をもつと言えるようである。

折口信夫「日本文章の発想法の起り」[42]に、「譬喩を含む対句は寿詞の側から発達した」とあるのも、繰返し的対句についての説明で、折口の基本的な考え方をうかがうことができる。折口全集にそれ以上立ち入った説明の見られないのは残念であるが、同様な点について、伊藤博「万葉人と言霊」[43]には、次のような記述を見る。

万葉の対句表現の発達には中国詩文の影響が大きく作用したことであろう。だが、その影響を受け入れる下地は固有の日本的表現としてあったと認められ、目に具体的にとらえがたいものの、それこそは言語詞章における呪的表現だったと考えられる。言—事の魔術等式が普遍の信仰として古い日本人のあいだにあったことは残存の文献が事毎に伝えるところだが、といって、言霊は、日本語全般について感得されたものとは思えない。(中略)言霊は、特定の場における特定の詞章をめぐって信じられたものと思われる。(中略)かく推定される場に応じて、その表現の方法にも、呪詞の息吹が踊っている。「押しなべて我こそ居れ　敷きなべて我こそ居れ《ママ》」(一)「国原は煙立ち立つ　海原はかまめ立ち立つ」(二)「朝狩に今立たすらし、夕狩に今立たすらし」(三)「つばらにも　見つつ行かむを　しばしばも　見放けむ山を」(一七)(中略)といった対句表現は、祝詞に一般的な「山野物は……青海原物は……」「朝の御膳、夕の御膳」「奥つ藻菜、辺つ藻菜」などのほめことばとともに、言霊詞章における伝統的な表現形式に血脈を仰ぐものに相違ないのである。

右に記されていることは、『おもろさうし』についての西郷信綱の指摘[44]にほぼ等しく、対句の本源を呪詞に求めるものである。

ただし、伊藤の論の中で、繰返しも、言い換えも、時間に関する対偶も、空間に関する対偶も、ひとまとめにして言霊詞章の伝統的形式につながるとしている点など、さらに踏みこんだ解説を要するように思われる。繰返しや言い換えが魔術的表現の伝統を受けることは容易に推察されるにしても、時間・空間の対偶表現も同様な性格を含むことはどのように説明しうることだろうか。

記紀歌謡のなかの〈朝〉〈夕〉の対偶は、たとえば次のような例に見られる。

纒向の　日代の宮は
朝日の　日照る宮
夕日の　日影る宮
竹の根の　根足る宮
木の根の　根ばふ宮
八百丹よし　い杵築の宮　（記一〇〇歌）

やすみしし　我が大君の
朝とには　い倚り立たし
夕とには　い倚り立たす
脇几が下の　板にもがあせを　（記一〇四歌）

前者（記一〇〇歌）の圏点部分は、纏向の宮を朝に夕に明かるく日の照る宮として讃えているのであり、「日照る宮」と「日影る宮」とは、これを置き換えても、意義上にほとんど変りがない。つまり繰返しに近い言い換えであって、〈朝〉〈夕〉の対偶は、それぞれの時刻に固有の情景を表現するというよりも、一日中日の輝くことをあらわす古代的な表現形式として理解すべきものなのである。

後者（記一〇四歌）の圏点部分については、改めて言う必要もないかも知れない。〈朝〉〈夕〉の語を除けば、他はまったく等しいのであり、大君の「倚り立たす」行為は、〈朝〉もしくは〈夕〉に限定されないものとして表現されている。朝に、夕に、すなわち一日中愛撫され、それに倚って立たれることが歌われるのである。

記紀歌謡や初期万葉の長歌に見られる〈朝〉〈夕〉の対偶は、それによって一日の全体を暗示するもので、時間表現の古代的な表現形式であるが、そうしたものと異なり、〈朝〉〈夕〉のそれぞれに固有の情景描写や叙事的表現を含む詞句の例は、わが国ではまず『懐風藻』の漢詩にあらわれると言って良い。

五言　遊猟一首　大津皇子
朝択三能士　　朝に択ぶ三能の士
暮開萬騎筵　　暮に開く萬騎の筵

喫欒倶豁矣　　欒《れん》を喫みて倶に豁なり
傾盞共陶然　　盞を傾けて共に陶然なり　（訓は古典大系本による。以下同じ）

右の第一句・第二句の〈朝〉〈暮〉は、一日全体を暗示するというより、以下の叙述が〈朝〉もしくは〈暮〉に特定される事柄であることを表現している。前掲の諸例のように詞句を入れ替えることは許されず、性格の異なった対句と言うべきである。

時代の少しくだる例になるが、同じく『懐風藻』の石上麻呂の詩に、

五言　贈旧識一首
萬里風塵別　　万里風塵別き
三冬蘭蕙衰　　三冬蘭蕙衰ふ
霜花逾入鬢　　霜花逾《いよよ》鬢に入り
寒気益顰眉　　寒気益眉を顰めしむ
夕鶯迷霧裏　　夕鶯霧の裏に迷ひ
暁雁苦雲垂　　暁雁雲の垂に苦しぶ

とある、「夕鶯」や「暁雁」がそれぞれの時にふさわしい景物として霧・雲とともに詠まれるのと同様である。これらは、

晨策尋絶壁　　晨に策ついて絶壁を尋ね
夕息在山棲　　夕に息ひて山棲に在り　（文選・謝霊雲、石門の最高頂に登る）
朝發晋京陽　　朝に晋京の陽を発《い》で

夕次金谷湄　　夕に金谷の湄《ほとり》に次《やど》る　（文選・潘岳、金谷の集ひに作れる詩）

などと同種の表現で、六朝詩や唐詩に類例が求められる。

『懐風藻』の序文に記されているように、天智朝には漢詩が盛んに作られたらしい。六朝詩を模した、内容的には見るべきものの乏しい作品だったにしても、[45]漢字を用いての作詩の体験は、従来と異なった創造の経験として、大きな意義を持っていたであろうし、技法的に影響を受けることも多かったであろう。天武朝以後のやまと歌において、序詞や枕詞の用法に大きな変化が見られるのも、また、歌の発想や主題の上に、従前とは異なるものが見られるようになるのも、そうした海彼の文学の影響によると言ってさしつかえない。対句も、言霊的な、始源的な性格から、情景の描写や精細な叙事を担当する、中国詩における対句的なものへと変っていったのである。

朝と夕との、漢詩的な対偶表現のやまと歌におけるもっとも早い例は、人麻呂作歌に見られる。持統五年の川島皇子挽歌に、

……そこ故に　なぐさめかねて　けだしくも　逢ふやと思ひて　玉垂の　越智の大野の　朝露に　玉藻はひづち　夕霧に　衣は濡れて　草枕　旅宿かもする　逢はぬ君故　（一九四）

とあるのは、〈朝〉〈夕〉の景物として露と霧を配し、特定の情景を表わしていて、繰返しや言い換えではない。前掲『懐風藻』の〈朝〉〈暮〉、〈夕〉〈暁〉の対や、文選の謝霊雲や潘岳の詩の例に等しいものである。

なお吉野讃歌の第一首目、

……舟並めて　朝川渡り
舟競ひ　夕河渡る……　（三六）

は、川島挽歌より前の作品と推定されるが、一日の舟遊びを〈朝〉〈夕〉の対の形で表わしたもので、伝統的な、歌謡の

形式と考えられる。

川島挽歌の漢詩的な対偶の形をさらに徹底させ、精緻さを加えたのが、吉備津采女挽歌の四句対である。

……露こそは　朝におきて　夕は　消ゆと言へ
　霧こそは　夕に立ちて　朝は　失すと言へ……　（二一七）

という対句の、それぞれの語の対照のあざやかさは、この時期のものとしては出色の感がある。二一七の長歌全体が霧と露の喩によって、はかない美女の生涯を象徴的に表現しているのであるが、〈朝〉〈夕〉の対偶も、おのおのの時を明確に限定しつつ、流れてやまぬ時を印象するのに役立っている。

右のように『懐風藻』に先例のある〈朝〉〈夕〉の漢詩的対偶が、やがて人麻呂以後のやまと歌にも見られるようになるのは、中国詩の影響がこうした順序で日本の文学に浸透したことを推測させよう。

ここで、念のために、初期万葉歌のうち、次の歌の表現について、触れておきたい。

やすみしし　わが大君の　朝には　取り撫でたまひ　夕には　い縁り立たしし　み執らしの　梓の弓の　金弭の　音すなり　朝猟に　今立たすらし　夕猟に　今立たすらし　み執らしの　梓の弓の　金弭の　音すなり　（三）

この宇智野遊猟歌の「朝には　取り撫でたまひ　夕には　い縁り立たしし」「朝猟に　今立たすらし　夕猟に　今立たすらし」については、これまでに多くの論議が繰り返されてきた。その詳細は神野志隆光「中皇命と宇智野の歌」[46]に譲る。これを漢詩的対偶を意識した新たな修辞として理解しようとすると、「今立たすらし」の「今」が〈朝〉〈夕〉のどちらを表わしているのか曖昧になる。石母田正は、そこに表現上の「破綻」を見たのであるが[47]、この歌の〈朝〉〈夕〉を漢詩的に理解しようとする享受の誤りをこそ、問題にすべきであったと思われる。「朝には　取り撫でたまひ　夕には　い縁り立たしし」に、ひねもす愛撫し、また寄り添って立つ大君の様子が歌われているのと同様に、「朝猟に

今立たすらし　夕猟に　今立たすらし」も、〈朝〉〈夕〉の対によって一日の狩に立つことを歌ったものと解されよう。(48)

この歌の例を含めて、記紀歌謡や初期万葉歌に見られる対句は、大部分が繰返しや言い換えに近いものであり、〈朝〉〈夕〉のような対偶語も、〈朝〉や〈夕〉に特定される情景や行為を歌っているのでなく、一日全体を表現するための形式として理解されるのである。

そうした繰返しや言い換え、あるいは全体を表現する形式としての対句から、対偶性を強めた漢詩的対句への変化は、中国詩を〈読む〉ことと、それに模してわが国において漢詩を〈作る〉こと、さらに、やまと歌を漢字で記す技術の開発などを通して、人麻呂以後の万葉歌に獲得されたものであった。

枕詞・序詞・対句は、それぞれ異なる方法としての歴史を持ちながら、人麻呂の時代にひとしく変貌を遂げるのである。そこに共通して指摘されることは、同音(または類音)反復を避け、譬喩的性格を強め、あるいは対偶を意識しつつ描写性を増すというように、意味性の加重と、口誦歌謡的なことばの重複からの脱化である。それは口誦のうたの方法から、記載文学の方法への変化にほかならなかったはずである。

なお、連作や、反歌によるさまざまな試みが見られるのも人麻呂の時代であるが、その詳細は、次章に譲る。

四　額田王と人麻呂

北山茂夫『続万葉の世紀』に、額田王の春秋競憐歌(巻一・一六)を近江朝の新風と認め、そのような作品を生み出した歴史的条件として、新国家の樹立、官人制の拡充、都城への集住、法と新制度を動かすための中国伝来の教養などをあげた上で、この期の相聞歌を直接文字記録によって生まれたものとし、天智天皇や額田王の歌詠を、口誦であるよりは作者個人に属する抒情詩として把握すべきことが記されている。[49]本章および西郷論文の想定よりも遡った天智朝における記載への移行を認め、額田王を転換期の歌人として取りあげている点で注目すべき論と言える。

ただし、西郷論文にも言及されているとおり、外的条件の充実は、文学的変革とかならずしも完全に歩調を揃えるわけではないし、実用的なレベルおよび漢詩の制作における文字使用を、直ちにやまと歌への文字の適用と重ね合わせることもできないだろう。問題は、天智朝における作歌にどれほど深く文字が関与していたかを見きわめることにあるはずである。

額田王の春秋競憐歌は、たしかに中国詩賦の題詠を念頭においたもので、漢文学興隆期の近江朝にふさわしい新風の作品ということができる。しかしながら、たとえば対句の問題に限って見ても、王の作歌に、記載次元の対句意識を認めがたいことは、同歌の、

……山を茂み　入りても取らず
　草深み　取りても見ず……

の部分からも、察せられるのではなかろうか。右の部分は、

　鳴かざりし　鳥も来鳴きぬ
　咲かざりし　花も咲けれど

につづくもので、鳥と花とを対にした漢詩的対偶の明瞭な表現のように見られるが、記載の表現としてこれを考えれば、鳥と花とに対応して、それぞれの五音七音が詠み分けられるべきところであろう。それを王は無造作に花のことのみに限定し、鳥には触れずに「……入りても取らず……取りても見ず」を繰り返すのである。これは、この歌が文字を通して作られたのでなく、口誦の即興歌として成立したことを語っているように思われる。漢詩的対偶を意識し

た対句というにはあまりにも不完全な、跛行的な表現を含みながら、舶来の発想に成るやまと歌が、口誦の歌の技術を駆使して即興的に歌われたところに、(50)この時期の新風のありようもうかがわれるのである。同じ額田王の、近江に下る時の歌に、

……山の際に　い隠るまで　道の隈　い積もるまでに　つばらにも　見つつ行かむを　しばしばも　見放けむ山を……　（一七）

とあるのも、繰返し(もしくは言い換え)か、対句か、判断は微妙かもしれないが、五味智英の指摘したように、(51)「相似た内容」を畳みかけるように述べ「句々重なって惜別の情を盛り上げて行く」調べの効果の見事な部分で、むしろ記紀歌謡の繰返し的対句に近いと言うべきだろう。

額田王の作ではないが、天智天皇の崩御を傷む挽歌の中の、

……玉ならば　手に巻き持ちて　衣ならば　脱く時もなく　我が恋ふる　君そ昨夜《きぞのよ》　夢に見えつる　（一五〇）

の圏点部分と「我が恋ふる」との関係も、注意されるに違いない。おそらく「玉なら手に巻きつけ、衣ならば脱く時もなくありたいものと」と補って解するのが正しいだろう。一五〇歌が口誦の場で旋律や抑揚をともなって歌われるさいには「我が恋ふる」の前の省略は理解されやすいだろうが、声楽要素を欠いて文字化されたもののみに接すると、文脈の不自然さが目立つのである。いずれにしても、右の部分も口誦の歌として作られた歌の素姓を、歌詞自体が語っている例と思われる。

対句ばかりではない。枕詞に関しても、額田王作歌の枕詞、広くは初期万葉歌のそれが、人麻呂以後の歌のように新しい意識による濾過を経ないものであることは、比較をしてみると明らかになる。そうした表現の方法における口誦性の濃さ、人麻呂との比較による相対的な保守性から言って、わたしは、額田王作歌の表現の位相を、口誦末期、

言い換えれば〈記載以前〉と見る立場をとりたいと考えている。本章の第二項に、やまと歌のための漢字による記載が積極的に求められたのは天武朝からであったと記したけれども、表現の変化を仔細に検討してみても、それが裏付けられるように思う。

もちろん、右のように大摑みに把握されるとは言っても、天武朝以後に顕著になる傾向の前駆と見られる諸徴候を無視するわけではない。先掲の春秋競憐歌に見られる風流意識は中国文学直輸入のものであるし、長歌に反歌を添えるようになったのも、中国詩における乱や反辞(本書一五一頁参照)にならったものであった。額田王がわが国における反歌の実質的な創始者ではなかろうか、ということも別に記したとおりである。[52] 人麻呂は、そうした反歌の歴史を受け、記載次元における多彩な展開を試みたのであった。

(1) 西郷信綱『貴族文学としての万葉集』。
(2) 「文学思潮の背景」(『古代日本文学思潮論』Ⅰ)。
(3) 『国語史序説』六三頁。
(4) 『万葉の作品と時代』所収。
(5) 「柿本人麿」(『詩の発生』)。
(6) 人麻呂作歌の異伝が伝承による訛伝であるか、作者の推敲を示すものか、多くの論議がなされている。拙稿「人麻呂作歌異伝攷」(1)(2)(『万葉集研究』第一一集、第一二集)参照。本書第一章に「推敲」としてその一部を収載した。
(7) 『文字とのめぐりあい』(『日本語の歴史』2)。
(8) 「古代の日本」第九巻には、一一字目を「支」と推測している。
(9) 福山敏男「金石文」(『日本古代文化の探究　文字』)。
(10) 「万葉仮名の成立と展相」(『日本古代文化の探究　文字』)。
(11) 景初三年(二三九)の銘を持つ。
(12) 景初三年の銘を持つ。

(13)読み方は主として注(9)の福山論文による。
(14)「稲荷山古墳出土鉄剣金象嵌銘概報」(埼玉県教育委員会編、一九七九年)。
(15)『日本金石図録』解説による。「書道全集」9には、少し異なる訓が付せられている。
(16)注(9)の福山論文に詳説を見る。
(17)他に三二三年、三八三年、五六三年、六二三年説がある。「忍坂宮」と記されているので、前二者は当るまい。
(18)大矢透『仮名源流考』。
(19)『釈日本紀』所引。
(20)『元興寺縁起』所載。
(21)『釈日本紀』所引。
(22)『平氏伝雑勘文』所載。
(23)これが聖徳太子によって書かれたものか否かについて議論がある。
(24)西宮一民『上代日本の文章と表記』。
(25)杉村俊男「法隆寺金堂の薬師像銘文の成立年代について」(『共立女子短期大学紀要』二〇、昭和五二年二月)、笠井正昭「法隆寺問題の再検討」(『日本書紀研究』6)など参照。
(26)注(24)に同じ。
(27)『藤原宮址出土木簡概報』昭和四四年三月。
(28)注(14)の築島論文および小谷博泰「宣命体の成立過程について」(『国語と国文学』昭和四六年一月)。
(29)小谷博泰「宣命の起源と詔勅」(『訓点語と訓点資料』)。
(30)稲岡耕二『万葉表記論』第一篇。
(31)本書第一章「推敲」参照。
(32)『無文字社会の歴史』一三頁に、「口頭伝承による王朝の年代記では、たとえどれだけくわしく過去が語られていても、過去のある一点に個別にたちかえって、その周辺を吟味するということが、絶対にできない。十代前の王のことも、五代前の王のことも、すべて、それ以後現在までの時代に生きた人人の記憶をとおして、濾過された姿でしか知ることができない。

歴史は、いわば長い時代を通じて気長に煮込まれた、集合的な記憶の粥のようなものになって、現在に流れているのである」とある。
(33) 注(32)の書の「文字記録と口頭伝承」一五頁にジャック・グーディ等の説をあげる。
(34) 注(32)の書。
(35) 「転換期の歌人・人麻呂――枕詞・被枕詞の展相――」(『日本文学』昭和五二年六月)ほか。本書第一章の「枕詞の変質」参照。
(36) 「人麻呂歌集略体歌の方法(三)」(『万葉集研究』第九集)など。
(37) 柿村重松『上代日本漢文学史』。
(38) 古田敬一『中国文学における対句と対句論』。
(39) 西郷信綱「おもろの世界」(『日本思想大系』〈以下「思想大系」と略す〉『おもろさうし』)。
(40) 小島憲之『上代日本文学と中国文学』上巻。
(41) 大畑幸恵「対句論序説」(『国語と国文学』昭和五三年四月)に「原初的対句」ともいう。
(42) 「折口全集」第一巻所収。
(43) 『万葉集の表現と方法』上、所収。
(44) 注(39)に同じ。
(45) 「日本古典文学大系」(以下「古典大系」と略す)『懐風藻』解説および小島憲之『上代日本文学と中国文学』下巻。
(46) 「中皇命と宇智野の歌」(『万葉集を学ぶ』第一集)。
(47) 『日本古代国家論』第二部。
(48) 稲岡耕二「中皇命」(『解釈と鑑賞』昭和四六年七月)、西郷信綱『万葉私記』。
(49) 『続万葉の世紀』二六頁。
(50) 犬養孝「秋山われは」(『万葉の風土』所収)。
(51) 『古代和歌』。
(52) 「反歌史溯源」(井上光貞博士退官記念『古代史論叢』上)。本書第一章に収載。

第一章　万葉集の抒情の方法

1　連作の嚆矢

――記載と時間意識――

一　人麻呂の留京作歌

持統六年(六九二)三月、伊勢行幸の折に、京にとどまっていた柿本人麻呂の詠んだ三首が万葉集巻一に収載されている。

伊勢国に幸す時に、京に留れる柿本朝臣人麻呂の作る歌

あみの浦に船乗りすらむ𡢳嬬らが珠裳の裾に潮満つらむか　(巻一・四〇)

釧着く手節《たふし》の埼に今日もかも大宮人の玉藻刈るらむ　(同・四一)

潮騒に伊良虞の島辺漕ぐ船に妹乗るらむか荒き島廻を　(同・四二)

この三首の連作性を最初に指摘したのは、伊藤左千夫であった。「万葉集短歌通解」(1)に、

……此三首の歌は相関連して見ねばならぬ歌で今日の所謂連作の一種である、連作の歌と云ふものが如何に連想を助けて趣味を深くするかを察すべきである。

と記されている。これより早く、賀茂真淵の『万葉考』に、

此三くさの初は宮びめをいひ、次は臣たちをいひ、其次は妹といへれは、人まろの思ふ人御ともにあるを云か、

されど言のなみによりて妹といへる事もあれは、そは定めがたし、凡此人の哥かくならべよめるには、其哥ごと
へわたして見るに面白き事あり

とあるのも、三首の関連に言及しているので、左千夫の先蹤とも見られるが、不分明な記し方で、「其哥ごとへわたして見る」が連作を意識したものかどうか、あやしい。岸本由豆流の『攷證』にも、右の真淵説が引用されているけれども、「定めがたし」という所までで切っているのは、余り賛成しかねたためだろう。そのほか橘千蔭『万葉集略解』(以下『略解』と略す)、鹿持雅澄『万葉集古義』(以下『古義』と略す)など、同じ江戸時代の注釈書に、とくに連作に関する言及はない。

左千夫が「今日の所謂連作の一種である」と記したのは、研究史上の発見の一つとして評価されて良いと思う。実作者として連作を志向していた左千夫には、それ以前の研究者に見えなかった万葉歌の一面が新たなひかりを受けて見えてきたのであったろう。

ただし、左千夫の理解した三首が具体的にどのようなものだったかという点になると、今日の目から見て、全面的には肯定しがたいところも含まれるようである。まず第一首目について、左千夫は、

大体の心は屢船などに御供して汐風の浪のしぶきに臣の少女の中にも相思ふ人などは美しひ《(ママ)》裳の裾に潮がみちてさだめてわびしく苦しひ《(ママ)》ことであらう、あはれなさまが眼に見えるやうぢやといふ如き意で痛く情人を憐れがつた歌である、

と述べている。つづいて第二首目については、

全首の意は手節の崎に今もまだ大宮人の玉藻を苅つて遊んで居るのかさても気の長い人々かなとの意であるが、此歌も只一通り表面の詞の意味だけでは妙味が充分でない、前の歌と次の歌と相関連してゐる歌であるから、能

く前後の歌の情意を参酌して見ねばならぬ、
人丸の当時の心持は一つには情人が長い間の供奉の苦をあはれがり一つには情人の帰を待遠しがり、早く帰つてくれゝばよいが、どうしてこんなに長く帰らぬのか知らと云ふやうなもどかしさの意味が充分にあるのである、

と言い、最後の歌は、

潮の頃合に伊良児の島べを漕ぐ船に吾情人も乗るのであらう　海の荒い島のめぐりを乗るのか知らむ　年若き女などには随分とわびしいのであらうといふ程の意で、先の潮みつらんかの歌と同情同趣の歌である、此歌を見ると人丸が其情人である供奉の女の苦艱をあはれがつて詠めることが判然として居るのである、

と説明している。

左千夫が、単に表面的に理解するのでは文学的妙味はないと言って、歌の心を探っているのはさすがであると思われるし、二首目と三首目について、待ち遠しさや、女の苦艱への同情をあげているのも、首肯されるであろう。しかし、最初の歌について、わびしくあわれなさまが目に見えるようだなどと言っているのは、江戸時代の『古義』の「女房はつねに簾中にこそ住ものなるに、たまたま御供奉て、心もとなき海辺に月日経て、あらき島回に裳裾を潮にぬらしなど、なれぬ旅路やなにここちすらむと想像《オモヒヤリ》憐みてよめるなるべし」という説の影響だろうか。見当ちがいなように思われる。

この第一首目について、土屋文明は、実地に即した「写実的表現」を讃め、[2]窪田空穂は大和の人々の海への深いあこがれを強調しているが、[3]左千夫とは異なって、美しい朗らかな声調と、若い女官たちに対する親愛の情の充満を感じとったのは、斎藤茂吉である。[4]茂吉の人麻呂作歌に対する理解は、聴覚印象に敏感で、この歌についても他評を圧している感がある。原文に第五句の「潮満つ」を「四宝三都」と記してあるところから、きらきらと輝く潮さきまで

印象的に浮かべられ、聴覚的にばかりでなく、映像的にも朗らかな一首と思われる。

　歌の心という点に絞って、私なりに言いなおしてみると、第一首目は従駕の人々に対する羨望やあこがれを、二首目には帰りを待ちわびる気持を、三首目には親しい人々への気づかいや不安が歌われていると言えるだろう。

二　時間意識とその表現

　左千夫は、一首目の「嬬嫋ら」と三首目の「妹」を同じ女性と解釈し、二首目の「大宮人」にも同様な暗示が含まれているものと解したので、三首は、従駕の女官の一人を恋人に持つ男性の作として統一的に理解されたのである。左千夫が連作と言ったのは、そのような内容のものとしてであった。

　しかし、「嬬嫋ら」は複数の女官達をあらわすことばで、一人の女性を指すわけではないと考えられるし、「大宮人」も男性を含んだ官人たちの汎称であって、狭い意味に限定することはできないだろう。したがって、左千夫の理解は細部について修正を要するけれども、連作という判断自体は、先に言ったとおり、正しかったと思われる。

　一首目の「あみの浦」が現在のどの辺に相当するか、厳密には分からないが、澤瀉『注釈』に記すように(5)、鳥羽市小浜近くの海岸とするならば、伊良虞が今の神島であるにしても、伊良湖崎であるにしても、三首は、鳥羽から伊良湖の方向へ、西から東へ一直線に並ぶ三つの地点をそれぞれ歌っていることになる。行幸の日数の重なるままに留京の人々の想像もしだいに遠くに及ぶことを、それは構成的に示すものだろう。

　右のような空間意識とともに、三首を貫く時間意識にも注目されるはずである。先に三首の心を、「羨望」、「待ち遠しさ」、「不安」というふうに要約して記したが、そうした感情の微妙な相違は、日数を経るにつれて、留京の人々の気持が変化してゆく現実に対応した表現として受けとめられるにちがいない。三首のそれぞれに「船乗りすらむ」「潮満つらむ」「玉藻刈るらむ」「妹乗るらむか」と、現在推量の「らむ」を四つも含んでいるのも、それぞれが異なる現在を焦点としていることを示す。

近代の連作を見なれた目からすれば、これはごく単純な配列であり、容易な構成にすぎないと考えられるだろうが、このように複数の短歌をならべて、時の経過をあらわし、空間的な移動を表現した作品は、記紀歌謡や初期万葉歌に見られない。つまり、和歌の歴史を逆にたどって、古代における「連作」と言うべきものを求めると、この人麻呂の歌に至りつくわけで、連作の嚆矢、あるいは濫觴と見られるものである。

念のために書きそえるなら、こうした作品が、持統六年という時期に、人麻呂によって作られたということ、そして、それ以前にはおそらく他の人たちによって作られることがなかったであろうということには、それなりの理由も考えられそうである。

第一に、基礎的な条件として、文字の介入がある。複数の短歌を記録し順序づける視覚性・空間性が時間系列における前後の序列表象と重ねられ、それぞれの作品間に自由な時間経過を設定しうるという、そうした特性は、口誦の歌にはない記載文学に固有の方法と言うべきものである。漢字によって日本語を正確に記す技術を人麻呂は考案していった人であり、歌の方法にも創意工夫をこらしたので、多くの業績を数えることができるが、ここにいう連作もその中の一つと言える。

第二に、これも基礎的な条件となるが、時間意識の変化をあげておきたい。人麻呂以前、つまり初期万葉の歌においては、特定の儀礼と結びついた歌が多く、また、もっぱら現在を充実した時間として歌っている。時間は水平に流れるのでなく、過去・現在・未来が重なりあい、または循環するような神話的な時間がそこにある。ところが、人麻呂の作品になると、時間は刻々に流れ去るものとして意識され、とり返すすべもない過去が歌われるようになる。

ささなみの志賀の大わだ淀むとも昔の人にまたも逢はめやも　（巻一・三一）

阿騎の野に宿る旅人うち靡き眠《い》も寝らめやも古思ふに　（巻一・四六）

去年見てし秋の月夜は照らせども相見し妹はいや年さかる　（巻二・二一一）

これらの歌は「動乱調」と呼ばれる人麻呂独得の調べを代表する作品であるが、(6) この世の無常を知りそめた時代の人間の悲嘆や、精神の葛藤を、捻転するようなはげしい声調のなかに歌いこめたものと言えよう。人麻呂によって連作の創造された背景には、そうした時間意識の変化も考えられるのであって、左千夫の発見の意味は、小さくないと思われる。

（1）『馬酔木』明治三七年二月〜一一月（「左千夫全集」第五巻）。

（2）土屋文明『万葉集私注』（以下、土屋『私記』と略す）の四二歌の「作者及作意」に「人麿は留京して、遠く思を伊勢の阿胡に馳せて居るのであるが、その写実的手法はよく大宮人遊覧の光景を髣髴せしめて居る。人麿は伊勢の実地をも知つて居つたものであらうとの説があるが、私も多分さうであらうと思ふ。少くともさう思はせる位写実的な表現を三首とも持つて居る」と言う。

（3）窪田空穂『万葉集評釈』（以下、窪田『評釈』と略す）。

（4）『柿本人麿』評釈篇（以下、茂吉『評釈篇』と略す）。

（5）澤瀉久孝『万葉集注釈』（以下、澤瀉『注釈』と略す）に「（鳥羽市の）小浜の北部をサトと呼び、南部をアミの浜と呼んでゐる事は確かであり、その浜に立つて沖を見ると、真正面に浜と相対したものが答志の崎であり、その答志の島のも一つ先に、私がいらごの島でないかと云つた（二三題）神島が見え、その又彼方には三河の伊良湖岬が遠く霞んでゐる。次の作の答志とその次の作のいらごと、そして今の作のあみと、三首の歌枕が見はるかす一直線の上にあるといふあまりにも好都合な景観がそこに実在してゐる事を確かめた」とある。

（6）五味智英「人麻呂の調べ」（『万葉集の作家と作品』）。

2 前擬人法的表現
――人麻呂歌集の自然感情――

一 万葉集における「うらぶれ」

人麻呂歌集に、次のような歌を見る。

①往く川の過ぎにし人の手折らねばうらぶれ立てり三輪の檜原は　（巻七・一一一九）

②我が背子に吾が恋ひ居れば吾が屋戸の草さへ思ひうらぶれにけり　（巻十一・二四六五）

冒頭に、いきなり右の二首をあげたのは、①に見える枕詞「往く川の」にとくに注目されるからでもないし、②における「ワガ」の繰返しに技法的な関心が抱かれるためでもない。①②に共通して見られる植物の「うらぶれ」が、後代の擬人法の域を越え、自然と人間とが渾然と一体化した趣を感じさせる表現（これを仮りに前擬人法的表現と言っておきたい）であることに、問題と興味を覚えてのことである。

言うまでもなく、「うらぶれ」とは力なく萎れる意味であり、ウラは心の中、ブレはアブレの約ではみ出ることを意味するとも説かれる。(1)

語源の推測はともかく、「うらぶれ」が失意にうなだれた状態を表わす語であって、①では女の死後三輪を訪れた男の立場から、愛する女とともにその枝を手折った昔日を回想しつつ檜原の現在のウラブレが歌われていること、②

では、男の訪れを待っても待ちえない女の立場から、自分はもちろん屋戸の草までウラブレたと歌われていることが明らかだろう。

ところで、①②がいわゆる擬人法の域を越えていると言っても、これに類した表現が、人麻呂歌集以外に幾らも拾いうるものだとするならば、①②を例歌として、ここに人麻呂歌集の問題を考える意義は、相対的に稀薄であると言わなければならないだろう。それはむしろ、人麻呂歌集の、と言うよりも、万葉集の表現の特性を、古今集以降の王朝の歌集との比較において際立たせるに過ぎないかも知れない。

しかしながら、①②に類する「前擬人法」的な表現が、万葉集内に幾らも拾えるだろうという仮定ないし予想は、実際に調査してみると、大幅に裏切られると言っても良さそうである。例示のついでに、ウラブレに執してみても、意外にその用例は限定され、かつ類型的でもあって、むしろ①や②のような事例、すなわち自然物に関してそのウラブレを歌った例は、きわめて稀であることが知られる。

人もねのうらぶれ居るに龍田山御馬近づかば忘らしなむか　(巻五・八七七、憶良)

……下恋に　思ひうらぶれ　門に立ち　夕占問ひつつ　吾を待つと　なすらむ妹を……

(巻十七・三九七八、家持)

万葉集内のウラブレの殆どすべては、右の憶良や家持の歌の場合のように、作歌主体あるいはその相手(妹・妻など)の失意の状態を表わすのであり、動物や植物について「うらぶれ」が歌われているのは、前掲の①②のほか、

山ぢさの白露重みうらぶれて心に深くあが恋ひ止まず　(巻十一・二四六九、人麻呂歌集)

雁は来ぬ萩は散りぬとさを鹿の鳴くなる声もうらぶれにけり　(巻十・二一四四、作者未詳)

の二例、都合四例を見出すにとどまる。しかも、この例外的なウラブレの大部分(三例)を、人麻呂歌集所出歌が占め

ているのであって、そうした歌集歌の在りようが、歌集の特別な位相や性格を窺わせはしないだろうか。と、このように記すならば、本節で「前擬人法」と仮称する自然物の表現に視野を限定して、人麻呂歌集の問題を考えてみようとする意図なり、理由なりも、多少は明らかになるであろう。

念のために付記すれば、二四六九の人麻呂歌集歌では、「山ぢさの白露重み」がウラブレにかかる譬喩的な序詞となっていて、先掲の①②とは文の構造に若干異なる所がある。が、「うらぶれ」は「山ぢさ」を主語とする述語と見られる一面をも持っているので、①②に準ずる例としてここでは扱うことにする。

また二一四四は、鹿の声がウラブレたというのであって、他の例と異なり、聴覚印象に関するものである点が注目される。土屋『私注』にこの歌の作意を、晩秋の物さびてゆく景物の列挙にあると指摘し、「男鹿の鳴くところの声も、自然に心淋しくなつた」という大意を付しているように、一首は鹿鳴を秋の景物として観照的に対象化したところに成り立っており、自然物と作者との間に、やや距離を感じさせる。①②に融即的な自然感情(2)の濃密な投影を見るとすれば、二一四四ではそれが相対的に薄らいでいると言えよう。

冒頭に記したとおり、①および②において人麻呂歌集歌の作者は、三輪の檜原の悄然とした様や屋戸の草の萎れた状態を、有情の人間と同様に表現しているのであり、とくに①では譬喩とか擬人法とかいうレベルを越えて「渾然(3)」とした趣を見せている。それが目を惹くのであるが、自然物のウラブレをあたかも有情の人間であるかのように、しかも融即的に表現した歌が、とくに人麻呂歌集に集中して見られる右のような現象は、これを単なる偶然の結果とすべきことなのだろうか。それともまた、歌集歌作者の表現の特徴を示す事実として、技術的な問題を含んでいるばかりでなく、より深い内面的あるいは歴史的な因由を探りうることなのであろうか。

二　霧にまどへる鶯

前節にあげたような、自然との濃密な融合交感的な心情表現の例が一、二の例に限られるのであれば、ここにことごとしく記すことも躊躇されるのだが、人麻呂歌集の歌をつぶさに吟味してゆくと、こうした種類の表現は決して少なくない。むしろ歌集以外の部分に比較して相対的に多くの実例をあげうるのであって、そこには、単なる偶然ということでは済まされない、歌集特有の性格が示されているように思われる。

③春山の友鶯の鳴き別れかへります間も思ほせ吾を　（巻十・一八九〇）

④春山の霧にまどへる鶯もわれにまさりて物思はめや　（同・一八九二）

右の二首は、ともに鶯を詠む人麻呂歌集の略体歌である。③は二句までが序詞で、女から男に贈ったと思われる歌、④は男の歌と解される。④の「春山の霧にまどへる鶯」を茂吉が「非空非実のうちに、切実なひびきを伝へてゐ」[4]ると評したことは、大方の知るところであろうが、窪田『評釈』にもその譬喩の美しさと調べの強さが讃えられている。[5]もっとも、土屋『私注』のように「第二句はわざとらし」いとする評者もあり、享受者の主観によって評価の揺れの幅も大きいのだが、そうした評価以前の問題として、ここでわたしの注目したいのは、先掲のウラブレの場合と同様に、鶯を有情の人間のように表現している③④のごとき歌もまた人麻呂歌集に集まって見られる点である。

万葉集における鶯の表現については、かつて部分的に記したことがあるが、[6]

春されば木末がくりて鶯そ鳴きて去ぬなる梅が下枝に　（巻五・八二七）

春されば妻を求むと鶯の木末を伝ひ鳴きつつもとな　（巻十・一八二六）

うち靡く春さり来れば小竹の末に尾羽うち振りて鶯鳴くも　(巻十・一八三〇)

など、視覚的観照的に鶯の姿態が細かく詠まれるのは、自然を自己の外側にある対象として眺める意識からで、③の「友鶯の鳴き別れ」や④の「霧にまどへる鶯」とは、対自然の態度の上で相違が認められる。その相違は、ちょうど既掲のウラブレの実例歌①②と、

妻恋ひに鹿鳴く山辺の秋萩は露霜寒み盛り過ぎゆく　(巻八・一六〇〇)

今朝鳴きて行きし雁が音寒みかも此の野の浅茅色づきにける　(同・一五七八)

などとの違いに比せられるのではあるまいか。

⑤高山の峯行く鹿猪《しし》の友を多み袖振らず来ぬ忘ると思ふな　(巻十一・二四九三、人麻呂歌集)

⑥思ひにし余りにしかばにほ鳥のなづさひ来しを人見けむかも　(同・二四九二、同右)

の二首に見られる序詞や枕詞の中の動物、すなわち鹿猪やにほ鳥の表現についても、ほぼ同様なことが言えるだろう。鹿や猪が群れをなして行くさまから「友を多み」に掛ける、⑤の序詞と下句の心情表現部との関係に、茂吉の言う「山間住民の間などに歌はれ得る民謡のおもかげ」(7)が見られるかどうかはわからないが、鹿猪に対する格別な親密感が感じられる。

さを鹿の来立ち鳴く野の秋萩は露霜負ひて散りにしものを　(巻八・一五八〇、文忌寸馬養)

さを鹿の朝立つ野辺の秋萩に玉と見るまでおける白露　(同・一五九八、大伴家持)

のような、天平官人たちの歌に見られる観照性や美意識を踏まえた象徴性とは異なり、いわゆる観念象徴に対する生活象徴と言いうるような情感を(8)、⑤の譬喩――これを譬喩と言うことが適当かどうかは問題であろうが――から感じとることができるだろう。⑥の「にほ鳥のなづさひ」にしても、後の花鳥風月の趣味とは異なる、鳥と人との親近な

生活感情からの譬喩であって、そこには洗練された美意識による自然事象の詩的詠出以前の、狩猟や農耕の生活感覚が投影していると見られなくはない。

⑦春さればまづ三枝《さきくさ》の幸くあらば後にも逢はむな恋ひそ吾妹　(巻十・一八九五、人麻呂歌集)

に歌われているサキクサと、

……父母も　うへはなさがり　三枝の　中にを寝むと……　(巻五・九〇四、憶良か)

のサキクサとを比べた場合にも⑦の「三枝の幸く」には単なる同音利用の序詞と言う以上に、古代の生活背景を偲ばせるものが含まれていはしないだろうか。「三枝」は、諸説があって、現在の何に相当するか不分明な点を残すのだが、令義解に「三枝祭」を「謂率川社祭也。以二三枝花一飾二酒罇一祭。故曰三枝也」と注しており、また倭名抄の「葛」に「音娘和名佐木久佐、日本紀私記云福草」の注があることなどから、信仰的習俗をその背後に考えることも不自然ではなかろう。それにくらべると、「三枝の　中にを寝むと」の方は、意味も明瞭で、視覚的な喩として新しく作られた表現と思われる。

三　記紀歌謡と前擬人法

人麻呂歌集の動植物の表現に、とくに自然と人間との間の融即的心情の現われを見るのは、奈良時代以降の観照的・美的な表現とは異なった、より古代的な自然感情の表現と言えるだろうことを記してきた。もちろん、

春立てば花とや見らむ白雪のかかれる枝にうぐひすの鳴く　(古今、巻一・六)

春立てど花もにほはぬ山里は物憂かる音に鶯ぞ鳴く　(古今、巻一・一五)

など、古今集の見立てや空想の歌に見られる擬人表現の趣味性とも異質であって、強いて類似する性格の表現を求めるとすれば、初期万葉の歌や記紀歌謡の中にこそ、等質性が認められると言うべきであろう。

神風の　伊勢の海の　大石に　這ひ廻ろふ　細螺の　い這ひ廻り　撃ちてし止まむ(9)　（記一三歌）

なづきの田の　稲幹に　稲幹に　這ひもとほろふ　野老蔓《ところづら》　（記三四歌）

……其《し》が下に　生ひ立てる　葉広　ゆつ真椿　其が花の　照り坐し　其が葉の　広り坐すは　大君ろかも　（記五七歌）

天飛《あまだ》む　軽の嬢子《をとめ》　甚《いた》泣かば　人知りぬべし　波佐の山の　鳩の　下泣きに泣く　（記八三歌）

……つのさはふ　磐余の池の　水下ふ　魚も上に出て歎く……　（紀九七歌）

などは記紀歌謡の例であるが、そこに見られる即境あるいは嘱目の景物と歌い手との濃密な一体感・融即感は、まさに前擬人法的表現と言うのにふさわしいのではないかと思われる。

久米歌に見える「細螺の　い這ひ廻り」や、「其ねがもと　そねめつなぎて」などの即物的な譬喩はもちろん、花や葉の叙述から「大君」へと転換してゆく石之日売《いわのひめ》物語の歌謡の表現にしても、譬喩や掛詞などの技法を指摘するのみでは把握しきれない関係が、景物と人事との間に存するのを見る。土橋寛が、後者の例を単なる譬喩的関係ではなく生命的連繫の関係と見、物と人とを言葉で繋ぐことによって、それを実在化する意図を持っていたと説いている(10)のも、単なる類似の関係を越えた類感呪術的(11)な、内面的な繫がりを指摘するものである。こうした例に比べると、人麻呂歌集の前掲の諸例もあるいは一籌を輸するところがあるかも知れない。それほどに記紀歌謡の景物と人との関係は呪法的神話的であって、主知的説明的な性格は乏しい。そうした自然と人間との呪法的神話的な関係は、初期万葉の歌の中にもこれを見出すことができるだろう。

君が代もわが代も知るや磐代の岡の草根をいざ結びてな　（巻一・一〇）

三輪山を然も隠すか雲だにも情あらなも隠さふべしや　（巻一・一八）

……辺つ櫂　痛くなはねそ　若草の　嬬の　思ふ鳥立つ　（巻二・一五三）

右のうち、「三輪山を」の歌について西郷信綱が茂吉『秀歌』[12]の評言を引用しつつ、自然の現象たる無心の雲も「汝」であり、その雲にむかって「雲だにも、情あらなむ、隠さふべしや」と本気によびかけている。しかもそのことばが、「恰も生きた人間にむかって物言う」ごとき肉声としてこだましているところに、この歌の命がある。言霊がまだ生きており、人間が雲とゆききしていたのである。[13]と記しているのは、自然の理法と人間とが調和していた時代の「言霊」のなごりを額田王の歌に見ようとするものであるが、それは、右に掲げた中皇命や倭太后の歌にも、同様に指摘されるに違いない。

ここまで人麻呂歌集の融即的表現にとくに焦点を絞って叙述してきたのは、記紀歌謡や初期万葉歌に通ずる、言霊の余響とも言うべき性格をそれが含んでいるのではないかと考えてのことだし、従ってまたそれが歌集の位相を考えるための有力な手掛かりを与えるものと判断してのことであった。その際、人麻呂作歌の表現に見られる次のような性格を視野に収めた上であることも付記しておきたい。

ささなみの志賀の辛崎幸くあれど大宮人の船待ちかねつ　（巻一・三〇）

ささなみの志賀の大わだ淀むとも昔の人にまたも逢はめやも　（巻一・三一）

有名な近江荒都歌の反歌である右の二首が、ともに擬人的表現を見せながら、理屈を感じさせず、陳腐に堕しないのは、人麻呂の表現技術の卓抜に負うのであるが、一面では人麻呂の自然に対する感情、五味智英の言葉を借りるならば、「原始の心」[14]に脈を引くような自然感情にも依るだろうと思われる。

もちろん、人麻呂が原始の人だったというわけではない。人麻呂は激動する時代に生をうけ、自然観の上でも、世界観の上でも、新たな思想の洗礼を受けていたのであって、自然との親和や融即よりも、分裂や乖離を意識せざるを得なかったと思われる。

本節の問題とする自然との共感的呪法的な感情と、自然からの乖離の意識とは矛盾し、烈しい対立を予想させる性格のものであるが、人麻呂の作品の中には、そうした二つの意識が混在し、せめぎ合っているように見える。「動乱調」(15)と名付けられている、近江荒都歌の反歌のような混沌とした歌調は、そのような二つの意識の葛藤を表わしたものとも言えるのである。(16)

なお詳細は別稿(17)に譲るとして、ここでは次のような枕詞と被枕詞による連合表現にも注目しておきたいと思う。

(イ)……然れかも　あやに悲しみ　ぬえ鳥の　片恋嬬　朝鳥の　通はす君が……　(巻二・一九六)
……大殿を　振り放け見つつ　鶉なす　い匍ひもとほり　侍へど　侍ひえねば　春鳥の　さまよひぬれば……　(同・一九九)

(ロ)……夏草の　思ひしなえて　偲ふらむ　妹が門見む　靡けこの山　(同・一三一)
……夏草の　思ひしなえて　夕星の　か行き　かく行き　大船の　たゆたふ見れば……　(同・一九六)

(イ)は「ぬえ鳥の」「朝鳥の」「春鳥の」という、鳥に関する枕詞の例であり、(ロ)は「夏草の」という植物に関する枕詞の例である。

「ぬえ鳥の　片恋嬬」は、人麻呂歌集の、

久方の天の河原にぬえ鳥のうらなけましつすべなきまでに　(巻十・一九九七)
よしゑやし直ならずともぬえ鳥のうらなけ居りと告げむ子もがも　(同・二〇三一)

などを先例とするのであろう。夜半悲調を発するぬえ鳥(トラツグミ)の声を恋の嘆きの表現に利用しているのは、奈良朝以降の大宮人たちの都雅意識からの創造的所産ではなく、それ以前の、自然に対する生命的共感と親和の感情に脈を引いた表現と考えられる。

「春鳥のさまよひ」にしても「朝鳥の通はす」にしても同様であろう。これらは「春山の友鶯の鳴き別れ」や「春山の霧にまどへる鶯」という、前引の③④に見られた例に似る鳥と人との深い共感関係にもとづく表現と思われる。

(ロ)の「夏草の」は、「シナエの枕詞。夏の日に照らされて草がうちしおれているさまにたとえていう」[18]のように説かれることが多い。枕詞や序詞を譬喩的修飾語としてのみ見ると、右の説明は理解し易いのであるが、動物や植物の表現における前擬人法的傾向を問題として、人麻呂およびそれ以前の表現を注視して来た立場からするならば、右の説明は余りにも合理的に過ぎ、古代における表現の特性を軽視したもののようにも思われるのである。

先に掲げた近江荒都歌における自然との一体的な表現や、人麻呂歌集の「草さへ思ひうらぶれにけり」に見られる融即表現に照らして言えば「夏草の」は「思ひしなえ」に冠する枕詞として意識しつつ使用していると考えられるのではないだろうか。「夏草の」と「思ひしなえ」が主述の関係でありつつ、その「思ひしなえ」が歌の主体の状態をも表現しているというこのような文脈の二重性は、記紀歌謡にも見え、論理を超えた生命的連繫の表現とも見られるのであるが、人麻呂はそれを記載の歌の方法として嘆きの形象化に利用したのである。

右の(イ)(ロ)の例のみでなく、人麻呂作歌には多数の動植物に関する枕詞や序詞が見られる。それらが濃密な融即感を含み、「ことばと事物が一体であった原始的言霊の力が詩的次元に甦ってきている」[19]感じを与える所に、口誦から記載への過渡期を横切った詩人としての人麻呂の特質も指摘されるようである。

記紀歌謡および初期万葉歌、そして人麻呂作歌にも右のように見られる融即的表現を人麻呂歌集歌にも多く拾うことができるのは、決して偶然ではないであろう。自然がまだ霊性を失わない時期の没細部の口誦表現のなごりを見ることとともに、歌集歌の位相をそれらが語るように思われる。

四　人麻呂歌集歌の位相

人麻呂歌集が集団歌謡的なものに繋がりを持ちつつ、一方、宮廷の人々によって作られた高次の創作としての性格を備えており、両者の微妙に交錯するところにその成立基盤を見出すことは、吉田義孝などのすでに指摘しているとおりである。[20]それを認めた上でなお歌集歌の史的位相について論議が繰り返されるところに、問題の並々ならぬ難しさも見えよう。森脇一夫[21]や森本治吉[22]が、人麻呂歌集をその内容や作風から天平以降の作品かと推測したのも、歌集と作歌との作風の逕庭について十分満足すべき説明を与ええていない状況の投影であったと言えるかも知れない。それらの従来の説の紹介や批判は、阿蘇瑞枝『柿本人麻呂論考』、橋本達雄『万葉宮廷歌人の研究』、渡瀬昌忠『柿本人麻呂研究』歌集編上、『万葉集必携 II』などに詳しい言及があるので、それに譲ることにしたい。

なお、表記の検討を通して人麻呂歌集を人麻呂の筆録したものとする卑見[23]に従えば、本節に記したような歌集歌の性格は、その位相から言って当然な表現的特性と考えられるのであるが、本節ではそれとまったく別個の立場をとり、人麻呂歌集の位相を前擬人法的表現から透視すべく試みたのである。

(1)『岩波古語辞典』。
(2)「自然感情」とは大西克礼『万葉集の自然感情』に用いられた用語である。大西によれば Naturgefühl というドイツ語の訳語で、自然に対する感情をあらわす。ただ、この場合の「感情」は極めて広い意味で、自然に対する精神の直接的反応は、ほとんどすべてその中に包含されるという。なお、万葉集の自然感情については、本書第二章の「家持の『立ちくく』『飛びくく』の周辺」参照。

(3) 茂吉『評釈篇』に見られる評。

(4) 茂吉『評釈篇』。

(5) 窪田『評釈』の一八九二歌の評に「春山の深い霞の中に鳴いている鶯の声を聞いて、捉えて自身の譬喩にしたものである。この歌の魅力は、譬喩の新鮮で美しい点にもあるが、それにも勝るのは、調べの強さで、その熱意と、もてあまして投げ出そうとするがごとき気息が、調べによって具象されている点にある」と言う。

(6) 「家持の『立ちくく』『飛びくく』の周辺——万葉集における自然の精細描写試論——」(『国語と国文学』昭和三八年二月、三月号)。

(7) 茂吉『評釈篇』の二四九三歌の項に「寄レ獣恋で、序詞は、山間生活によく経験する、鹿などの群れて歩く有様から、自分の連れの人々の多いことに懸け、その人々に遠慮し、または二人の間の恋の気附かれることを虞れて、別離の徴の袖振ることをしない心持をあらはした歌で、山間住民の間などに歌はれ得る民謡のおもかげを備へたもののやうに思へる歌である」と記す。

(8) 高木市之助「記紀から万葉へ」(『吉野の鮎』所収)に記紀から万葉・古今へ、生活象徴が次第に後退し、観念象徴的傾向の増すことを説いている。

(9) この歌の第三句の原文は「意婁志爾」とあって、「大石に」とも「生石に」とも解されている。今、ここでは前説によっておく。

(10) 土橋寛『古代歌謡全注釈』古事記編二四一頁に「其が花の　照り坐し……」に注して「譬喩は異なるものの類似の関係であるが、融即は生命的連繫の関係で、『如く』『なす』が類似関係の表現であるのに対し、掛詞は融即関係の表現といえよう」と記す。

(11) フレーザー『金枝篇』第三章に、類似が類似を生むという類似の法則の上に立つ呪を類感呪術とし、種々の例を挙げる。

(12) 茂吉『万葉秀歌』(岩波新書)上巻に、結句の「隠さふべしや」について「長歌の結末にもある句だが、それを短歌の結句にも繰返して居り、情感がこの結句に集注してゐるのである。この作者が抒情詩人として優れてゐる點がこの一句にもあらはれてをり、天然の現象に、恰も生きた人間にむかつて物言ふごとき態度に出て、毫も厭味を感じないのは、直接であからさまで、擬人などといふ意図を余り意識しないからである」と言う。

(13) 西郷信綱『万葉私記』。

(14)「古典大系」『万葉集　一』の解説に人麻呂の歌について「彼は自然であれ人事であれ、対象と自分との間の境界を撤して、対象と我と渾然合一の境地にあるような歌を詠んでいる。この心情の在り方は、原始の人の心から糸を引いて来ているものの如くである。原始の心と開化の技法との微妙な調和に、彼の歌の万人を打って、しかも及びがたい所以があるのである。この境地は彼を以て最後とした」と記す。

(15) 五味智英『古代和歌』および「人麻呂の調べ」(『万葉集の作家と作品』)などに見られる用語。

(16) 稲岡「人麻呂における『動乱調』の形成」(『万葉集研究』第五集)参照。

(17) 注(16)に同じ。

(18)「日本古典文学全集」(以下「古典全集」と略す)『万葉集』頭注。

(19) 西郷信綱『詩の発生』。

(20) 吉田義孝「天武朝における柿本人麻呂の事業」(『国語国文学報』第一五号)。

(21)「万葉集巻十一・十二作歌年代考」(『語文』二〇輯)。

(22)『新版日本文学史　1上代』の第五章万葉集三四一頁以下に人麻呂歌集の問題がとりあげられている。

(23)『万葉表記論』第一編参照。

3 推敲
——泣血哀慟歌と明日香皇女挽歌の場合——

一 曾倉論文に触れつつ

広く知られているとおり、柿本人麻呂の作歌には多数の異伝がある。万葉集に記載された形式別に言うなら、「一云」「或云」「或本」「或書」「一本」の五種類にわたるし、その数も多い。このうち、もっとも例の多いのは「一云」で、巻一から巻三までの人麻呂作歌の全般にわたり、四三例にのぼる。山上憶良作歌に見られる「一云」が一四例、家持作歌の「一云」が一六例に過ぎないのと比べて、人麻呂の場合に異常に多いと言うことができる。

それればかりではない。「或云」と記されたものは、藤原芳男の調査にも明らかなように、[1]万葉集全体で歌詞の異伝注記としては一一例を数えるのみなのに、そのうち人麻呂作歌・人麻呂歌集の例が七例にのぼるし、「一本」と記された歌詞の異伝注記八例中の四例は人麻呂作歌に関係している。

もちろん人麻呂の場合のみが問題ではなく、憶良や家持の場合も、それぞれどのような性質の歌詞を記したものかが問われるべきだし、同じく異伝とは言っても、「一云」と「一本」あるいは「或云」では、どう異なるのかも慎重に検討されなければならない。さらにまた、同じ「一云」でも、近江荒都歌と高市皇子挽歌というふうに、異なる作品の場合に、そこに共通する性格を認めうるものかどうかも確かめられるべきである。

ここでは、人麻呂作歌の場合に限るとしても、注の種類別、作品別に、それぞれの異伝を確かめる必要があるわけで、個別的な検討を経ずに一般論として大摑みな答えを導くことの可能な問題ではなさそうである。最近の傾向として、作品別に、異伝をとりあげて論ずることが多いのは、当然の方向と思われる。

端的に言って、人麻呂作歌の異伝のなかには、後代の伝誦による変化を記したものを確かに含んでいる。巻三の「柿本朝臣人麻呂羇旅歌八首」のうち、二五〇・二五二・二五五・二五六の四首の左に、「一本云」として加筆された詞句のかたちは、井手至「柿本人麻呂の羇旅歌八首をめぐって」(2)に記されているように、「一云」「或云」などとは別種の注であり、巻十五の遣新羅使による「当所誦詠古歌」(三六〇二〜三六一一)と密接な関係をもっている。それは、人麻呂自身による詞句の変改とは考えられず、伝誦歌としての性格を明らかにしうる貴重な例であると思われる。(3)

一方、人麻呂作歌にきわめて多く見られる「一云」についても多数の論文が記されている。なかでも曾倉岑「万葉集における歌詞の異伝」(4)、同「万葉集巻一・巻二における人麻呂歌の異伝」(5)は、広く人麻呂作歌の異伝全般にわたって伝誦か推敲かを決定する方法を吟味しつつ、巻一・巻二の異伝が推敲によって生じたことを論じた注目すべきもので、その後の研究に多大の影響を及ぼした。伊藤博「歌人の生誕」(6)は、曾倉論文を踏まえ、石見相聞歌をとりあげて推敲による変改がどのような意図によるか、それによって表現上どのような効果があるかを論じ、異伝論を作品の論としても充実せしめたものであった。そのほか、曾倉論文を踏まえて書かれたものは多く、異伝をもっぱら伝誦による訛伝としてのみ扱ってきた従来の研究の方向を一変せしめるのに果たしたその役割の大きさを物語っている。

しかしながら、曾倉論文に導かれながら人麻呂作歌における異伝の問題を考えてきたわたしにとって、最近になって気付いたことの一つに、本文と異伝との関係を四分類した同論文の分類に対するささやかな疑問があり、また、推敲論に必要な視点へのわたしなりの判断も次第にまとまった形をとってきたので、屋上屋を架する恐れもあろうが、ここに推敲論の見直しのための小論を記しておきたいと思う。

曾倉論文によれば、人麻呂作歌の本文と異伝とを、「人麻呂独自」の詞句か、それとも「一般的」な詞句かという観点から分類すると、次の四類になると言う。

A類　本文・異伝ともに人麻呂独自
B類　本文・異伝ともに一般的
C類　本文が人麻呂独自で異伝が一般的
D類　本文が一般的で異伝が人麻呂独自

このうちB類は直接に人麻呂作歌の異伝研究にかかわるところは乏しいから、これを除いたA類・C類・D類が当面の吟味の対象となる。曾倉論文に従えば、まずC類の例として、

{朝羽振風社依米　夕羽振流浪社来縁　（巻二・一三一）
{明来者浪己曾来依　夕去者風己曾来依　（巻二・一三八）
{片恋嬬　（巻二・一九六）
{片恋（為乍）　（同一云）
{亦母相目八毛　（巻一・三一）
{将会跡母戸八　（同一云）

があげられる。

第一の例に関しては、本文のアサハフルは福麻呂歌集にも見られるが、ユフハフルは他にまったく例がなく、人麻呂独自の句と言えるのに対し、異伝のアケクレバ・ユフサレバは人麻呂以前、同時代、人麻呂以後にも用いられ、一

般的に見られる対句である。第二例もほぼ同様で、本文のカタコヒツマが集中唯一の例であるのに対し、異伝のカタコヒシツツはカタコヒという名詞が赤人・坂上郎女のほか作者未詳歌にも見えて、その一般的な性格を推測させる。このような句の性格によって判断する場合、一般的に使用された時期が問題で、第一例のように人麻呂以前から以後にかけて満遍なく見られる場合には、異伝を人麻呂の推敲前の形とすることも、また伝承中の歌いかえとして説明することも可能である。第二例は一見伝承説に有利な例のように見られるが、舎人皇子の例もあって「片恋為乍」が人麻呂本来のものである可能性も否定しえない。第三例もその点は同様であって、結局C類の三例について推敲および伝承のいずれによる異伝かを決定するきめてを欠くと言わざるをえない。

こうしてC類について曾倉論文では、判断をいちおう留保した上で、A類およびD類に言及している。A類とは、たとえば、

大雪乃乱而来礼　(巻二・一九九)
霰成曾知余理久礼波　(同一云)

其故皇子之宮人　(巻二・一六七)
刺竹之皇子宮人　(同一云)

のような例で、前者の「大雪の乱れ」「霰なすそちより来れば」は、人麻呂関係以外には見られない珍しい詞句である。また、「そこ故に」「刺す竹の」という後者も、「そこ故に」は人麻呂長歌の転換部に用いられた三例のほか、家持に同様な表現が三例見られ、他の一例は短歌の場合であるから、長歌転換部の「そこ故に」は人麻呂独自の用法であると言うことができる。「刺す竹の」は万葉集に八例見えるが、「皇子」に冠する枕詞としての用例は二例のみで、いずれも人麻呂の歌中にある。ただし、他の一例も巻二・一九九歌の異伝(一云)中にあるから、人麻呂本来の用法か

否か、問題の残るところと思われるが、その点について曾倉論文には、次のように記されている。

……両例とも「皇子」に続くものであり、しかも「皇子」にかかる例が他にないのであるから、人麻呂独自と考えるべきであろう。このように考えると、第二例もまた本文・異伝の双方に人麻呂独自の用法があるということになる。

結局A類にあげられた右の例は、本文も異伝も、いずれも「人麻呂独自」のものと判断されるので、こうした例によると、伝承説を否定し、推敲説を正しいとすることができると説かれるのである。

右のような判断は、結果的に「一云」を人麻呂の別案とする点において正しかったと言えるかもしれない。ただしそこに至る過程に問題が認められるであろう。すなわち「刺す竹の皇子」という表現が、一六七・一九九の人麻呂作歌、とくに「一云」の中にのみ二例見られることは、A類の分類項目として掲げられた「本文・異伝ともに人麻呂独自」という判断の、とくに異伝を人麻呂独自とする根拠とはなりえないのであり、これを二例とも「皇子」に続き、ほかにはそうした例が見られないからといって、「人麻呂独自と考えるべき」だとは論定しえないと思われる。

人麻呂の異伝の中に、他には見られない特殊な表現があることは、先掲の井手論文を承け、別稿「人麻呂作歌異伝攷㈠――巻三羇旅歌について――」(7)においてすでに詳述したところである。巻三の羇旅歌の異伝「白栲の藤江の浦」(二五二の一云)は、万葉集中唯一の例であり、しかも八代集以降にも類例を見ない特殊な表現であるが、その特殊性を人麻呂の創造と即断することはできないのであって、別稿に述べたとおり、遣新羅使人たちが改め誦した詞句と認めるべきものである。(8)

つまり曾倉論文のA・B・C・Dの四分類には、異伝を「人麻呂独自」とする場合に、あらかじめ伝承、推敲のいずれにも偏らない中立的な姿勢から、積極的に伝承説あるいは推敲説を支持すべき根拠を求めねばならないにもかかわらず、異伝中にのみ見える特殊な表現について右のような推定をしているのは、異伝を人麻呂の詞句とする判断を先取したものと言われても仕方があるまい。

論点先取の誤断は、A類としてかかげられた他の例、「大雪の乱れ」と「霰なすそちより来れば」についても指摘しうるであろう。曾倉論文に記されているとおり、いずれも他に類例を求めえない表現である。しかし、「霰なすそちより来れば」が万葉集中に唯一例を拾うのみの特殊な表現であることは、それを人麻呂の独創的表現とする理由にはならない。人麻呂作歌の異伝にのみ見える「霰なすそちより来れば」は、「人麻呂独自」とも「一般的」とも、その性格を判断することのできない類の詞句であると言わざるをえないだろう。あえてその場合に「人麻呂独自」と認定するなら、異伝を人麻呂に係属するものとする予断があったことになりはすまいか。

わたしは曾倉論文における分類の項目そのものに疑問を抱いたのであった。「本文・異伝ともに人麻呂独自」とか「本文が一般的で異伝が人麻呂独自」という分類の表現に、異伝にのみ見える特色ある表現を直ちに人麻呂の独創とする論点先取的な誤断がひそんでいはしないか、危ぶまれたのである。先の「刺す竹の皇子」という詞句について、それが人麻呂作歌の「一云」にのみ見られる故に「人麻呂独自」と判定されているのは、そうした危惧を強めた。

さいわいにわたしは右のことを曾倉氏に直接尋ねる機会を持った。挙例に、もし誤りがないとするならば、A類の分類項目もそれに合わせて「本文・異伝ともに人麻呂独自」という表現に手直しをする必要があろうと考えたのである。

しかし、わたしの予想していた方向とは異なって、氏の答えは分類の項目そのものの誤りではなく、A類の例として「霰なすそちより来れば」や「刺す竹の」などを掲げたことを誤りとするものであった。直接わたしの聞きえたところでは、分類の表現を改めることも項目を変改することも必要ないが、A類の例としてあげたものが、異伝の中にのみ見られる特殊な例であったのは適切ではなかったと言う。

問題は、「異伝も人麻呂独自」という、その分類に適合する例がはたしてあるか否かにかかわるだろう。曾倉論文にD類として挙げられている「雖度」(二一四)、「石浪」(一九六の一云)、「宇都曾臣」(二一〇の一云、二一三)は、それにふさわしいか、どうか。「石浪」は、このほか巻二十の家持の歌(四三一〇)に見られるのみだから、これも疑問となる例だろう。また月や日を「渡る」と表現する例は、人麻呂作歌にほかにもあって、「雖度」は「人麻呂独自」と言えそうだが、安倍広庭や山部赤人の歌にも無いわけではない。「宇都曾臣」にも同様のことが指摘される。したがって真に適切な例を見出すことは、かなりむずかしいと言わなければなるまい。

二　異伝の文字遣い

人麻呂作歌の異伝は人麻呂自身の推敲過程を示すか、それとも伝承の間の変改を示すか、という問題を解くために、曾倉論文のように詞句の特殊性や一般性を検することは確かに論理的に有効な方法と言えるだろう。ただ、ある表現を、人麻呂独自とする場合に、それを確定することは難しいし、人麻呂以後の時代の人々が詠み難いとする条件を洗いなおす必要もある。それがかなり難しい作業に属する。

右とはまったく別の角度から、従来はあまり顧みられなかったことだけれども、「一云」「或本歌」などと記された異伝の文字遣いそのものを吟味する必要もあろう。

これも別稿に記したとおり、人麻呂作歌の本文は、人麻呂歌集とともに、人麻呂自身の記した文字遣いをほぼそのままに伝えていると考えて誤りないと思われる。(9) したがって、もしも異伝が作者の推敲過程を示すものならば、異伝の表記は歌集および作歌と同様に万葉集の他の部分とは異なる特徴を含んでいて当然であろう。また、もしそれが伝承による後代の改変ならば、表記にもそれが反映し、人麻呂作歌とはかなり異なる性格を示すはずであろうと思う。

　右の点を確かめるために、幾つか作歌の表記の特徴をとりあげてみたい。

　さきにも触れたとおり、人麻呂歌集と作歌とは、万葉集の他の部分とくらべて著しい特徴を示す。たとえば主格を示す「ガ」は万葉集全般を通じてこれを丹念に記すのが一般的であるにもかかわらず、人麻呂歌集（略体歌・非略体歌）には無表記が少なくない。それはきわめて特徴的なことであって、歌集表記の位相的な古さをあらわしている。[10]

　人麻呂作歌には、ガ（主格）の無表記は含まれないが、類似の性格をもつノ（主格）の無表記をかなり多く含んでいる。巻一・巻二の全体を通してもほとんど人麻呂作歌に独占的であると見られるこうした特殊な表記の意味を、先のガ（主格）に準じて考えることは許されよう。歌集と作歌の文字遣いは人麻呂自身のそれをほぼそのままに伝えるという『万葉表記論』の主張に沿って言えば、これもまた作歌表記の位相の相対的な古さにかかわるはずである。念のために、巻一・巻二におけるノ（主格）の無表記（読添え）を記せば、次のとおりである。

　巻一
其雪ノ不時如其雨ノ無間如　（二六、天武御製の異伝）
黄葉ノ過去君　（四七、人麻呂）
東野炎ノ立所見而　（四八、人麻呂）
　巻二
朝鳥ノ往来為君　（一九六、人麻呂）
朝霧ノ　（一九六の一云、人麻呂）

大船ノ猶預不定　（一九六、人麻呂）
諸人ノ見或麻侶介　（一九九の一云、人麻呂）
人ノ云者　（二一〇、人麻呂）
人ノ云者　（二一三、人麻呂「或本歌」）
春葉ノ茂如　（二一三、人麻呂「或本歌」）
秋山ノ下部留妹　（二一七、人麻呂）

これらは、人麻呂作歌の巻一・巻二における特別の位置と意味とを語ると思われる。舒明朝・斉明朝・天智朝などの、初期万葉歌に見られず、人麻呂作歌に限って集中的に見られるノ(主格)の読添えは、これを歌集との関連においてとらえるとき、古体の、相対的に漢文に近い表記の和文への残存と考えうるものだろう。初期万葉歌に見られないのは、それが人麻呂以後に蒐集記録されたことを示している。もちろん人麻呂以降の万葉集歌からまったく姿を消すわけではなく、ところどころに見えることもすでに別に記したとおりであるが、歌集や作歌ほど大量かつ集中的にこれを含む歌のグループはないのであって、その意味で人麻呂関係歌の特徴とすることができる。

ここでとくに注目したいのは、巻二の人麻呂作歌の異伝、すなわち一九六歌の「一云」、一九九歌の「一云」、そして二一〇の「或本歌」としての二一三歌のなかに「朝霧ノ」「諸人ノ見或」「人ノ云」「春葉ノ茂」のように、ノ(主格)の読添えが含まれることである。巻二においてはとくに、人麻呂作歌以外には見られないこの特徴を共有することを通して、人麻呂作歌の異伝の表記そのものも、人麻呂的であるということができよう。

異伝の表記の人麻呂的な特徴は、ノ(主格)の表記に限られない。ヲ(目的格)も同様だし、また、

衾路ヲ引出ノ山ニ妹ヲ置テ山路念迹　生刀毛無　（二一五）

のように、助詞のヲ・ニ・ノ・テを記さない歌を見るのも注意される。これは人麻呂歌集に近似するが、こうした極端に字数の少ない、辞の表記省略（読添え）の目立つ歌を巻一・巻二・巻三で探してみると、

東野炎立所見而反見為者月西渡　（四八、人麻呂）

衾路引出山妹置山路念迩生刀毛無　（二一五、人麻呂或本歌）

矢釣山木立不見落乱雪驪朝楽毛　（二六二、人麻呂）

人麻呂作歌にそのすべてが含まれるのであり、その中には二一五歌のような異伝（或本歌）も見出される。これもまた異伝が人麻呂作歌以外の部分とではなく、人麻呂作歌と共通の特徴を見せる例とすることができよう。

三　限界文芸的表現と創作抒情歌的表現

前項に記したとおり、人麻呂作歌の異伝、たとえば二一〇歌の「或本歌」（二一三）の表記は、人麻呂歌集や作歌と共通する特徴を持ち、巻二の人麻呂作歌以外の部分とは区別される。したがって、これを後代の人の伝承し改変した形を記録したものと見るよりも、むしろ人麻呂歌集および人麻呂作歌とひとしく、作者人麻呂の記した文字面をほぼそのまま伝えるものと考えるほうが穏やかであり、自然であると思われる。

本文も、その異伝も、人麻呂自身の記した文字面をほぼそのままに伝えるものとすれば、異伝は後代の伝承によって生じたものではありえず、作者による別案の記録と考えるほかないであろう。

もし別案と見るのが正しいとすると、二一〇の長歌と、二一三歌とでは、いずれを初案とすべきであろうか。その判断にあたっては、当然両歌の表現の相違が問題とされるのであるが、ここではまず第一に、長歌の冒頭部分

に注目したい。念のために抜書すれば、左のごとくである。

(a)うつせみと　念ひし時に　取り持ちて　我が二人見し　走り出の　堤に立てる　槻の木の　こちごちの枝の　春の葉の　茂きがごとく　思へりし　妹にはあれど　たのめりし　児らにはあれど（後略）（二一〇）

(b)うつそみと　念ひし時　たづさへて　我が二人見し　出で立ちの　百枝槻の木　こちごちに　枝させる如　春の葉の　茂きが如く　念へりし　妹にはあれど　恃めりし　妹にはあれど（後略）（二一三）

(a)・(b)の相違は、冒頭に「槻の木」を提示する構造とその形態的意義についてまず問われるであろう。bは、「うつそみと　念ひし時　たづさへて　我が二人見し　出で立ちの　百枝槻の木」と、槻の木を提示したところで、いったん休止する。大きな休止ではないが、歌のことばはそこで切れている。

こういう冒頭の景物提示は、記紀歌謡に頻繁に見られる。

(イ)大和の　この高市に　小高る　市のつかさ　新嘗屋に　生ひ立てる　葉広　斎《ゆ》つ真椿（後略）（記一〇一歌）

(ロ)日下江の　入江の蓮　花蓮　身の盛り人　羨しきろかも（記九五歌）

(ハ)みつみつし　久米の子らが　粟生には　臭韮一本（後略）（記一一歌）

(イ)は葉広斎つ真椿を景物として提示し、ゆたかに照り輝くばかりの日の皇子を讃える譬喩としている。同様な例は、仁徳記の、

(ニ)つぎねふや　山代川を　川泝《のぼ》り　我が泝れば　川の辺に　生ひ立てる　烏草樹《さしぶ》を　烏草樹の木　其《し》が下に　生ひ立てる　葉広　斎《ゆ》つ真椿（後略）（記五七歌）

に見られ、その場合にも、「其が花の　照り坐し　其が葉の　広り坐すは　大君ろかも」と、大君を讃える呪的景物とされている。このように、まず即境的景物を提示することが古代歌謡の重要な手法の一つであることは、すでに土

橋寛『古代歌謡論』や『古代歌謡の世界』にも説かれている。たとえば先の(イ)について、

　序詞に提示されている「場所」は、「小高る市の高処」の「新嘗屋」であり、「景物」はそこに生い立てる「葉広　斎つ真椿」である。そこには一々、場所と景物のほめ詞が重用されているが、これは呪術的歌謡としての寿歌の本質でもあれば、目的でもある。……景物を表わす「葉広　斎つ真椿」が木ぼめであることはいうまでもないし、「椿」も「熊白檮」も、共に呪力の強い霊木であった。場所や景物をほめることは、その家の主(ここでは天皇)をほめることを意味するのであって、その家の主とその家にある植物、村人と村にある植物との融即的関係という古代的思考に裏づけられている。寿歌や寿詞はこれに言霊信仰が加わって、場所や景物のほめ詞を羅列する呪術的詞章に外ならない。(11)

という記述を見る。「葉広　斎つ真椿」は呪物であり、(イ)や(ニ)はそれとの融即的関係という古代的思考に裏づけられた寿歌にほかならない。(ロ)は老人の嘆老歌で、河内の日下地方の民謡ではなかろうかとされ、(12)(ハ)は周知のとおり久米歌のなかの一首。(ロ)(ハ)は、それぞれ花蓮と臭韮を景物としており、盛りの象徴として、また邪気を払う呪物としてのそれらを歌うことによって、嘆老歌および戦闘歌たりえている。

　このような歌謡の手法としての景物の提示にひとしいものが二一三歌にも見られるわけで、「出で立ちの　百枝槻の木」は、単なる譬喩として取りあげられているのでなく、二人が永遠に栄えることを約束する呪物として歌われているのである。(13)長歌の冒頭に即境的景物を提示する形においても、景物の呪術的性格においても、二一三歌は記紀歌謡に通ずる性格を持つと言えるが、同じく槻の木を歌っていながら、二一〇歌は表現がかなり異なっている。すなわち、(a)に見るように「……取り持ちて　我が二人見し　走り出の　堤に立てる　槻の木の　こちごちの枝の……」と、(b)に特徴的であった「百枝槻の木」のあとの休止はなくなり、「取り持ちて」二人で見たのが「槻の木の　こちごち

の枝」の春の葉の生い茂った状態であるという文脈に変わっている。(b)この休止の有無は、おそらく作者人麻呂の意識においても大きな相違として把握されていたのではあるまいか。(b)の「百枝槻の木」のあとで切れる形式は、呪物の提示を、かたちの上で明瞭に示しており、自然の景物との融即的思考を背景とする表現であることを直截に感じさせるが、(a)はこれに対し、切れないだけ寿歌性よりも譬喩的序詞の性格を強めたものとも言えるだろう。(b)の槻の木は、譬喩と言うより人間との生命的連繫の深い呪物的性格をあらわにしている。

槻の木は、現在のケヤキにあたる。大木になるので昔から神木として尚ばれたらしい。柳田国男「争ひの樹と榎樹」(14)に、古くからケヤキと榎との混同のあったことや、各地の風習や伝承が記されている。たとえば安芸国豊田郡末光村に「世はかりの榎」と称して高さ三間、枝の蔭二〇間四方の大木があった。村では此の木の葉の出る遅速多少によって「世はかり」即ち年の豊凶を卜する風習があったが、なぜかこの榎をツキの木と名づけ、樹下に槻木神社を祀っていたという。また、東京に近い元狭山の二本木村には、二本の榎があり、二本榎と伝えられているが、別の記録では槻の木二株と書かれたものがある。有名な板橋の縁切り榎も、いつの間にかケヤキの大木に変ってしまっているが、嫁入りの場合に此の木の前を通ることは古くから忌まれていた。このほか神木の榎は伐れば祟があるといって枯枝まで保存した例が多いと言う。槻の木と混同された伝承が少なくないのは、ツキの木も大木になるので神木として祀られたからである。

右のような槻の木に対する信仰は、これを古代に遡らせて考えて支障のないものと思われる。縁切り榎に類するものがあったかどうかは明らかでないが、万葉集に見える「斎槻」は大木信仰の対象としての面影を伝える。

天飛ぶや軽の社の斎槻幾世まであらむこもり妻そも　(二六五六)

という歌は、神木として崇ばれた槻の木を、人に触れられないように遠ざけられている隠り妻の喩としたもの。人麻呂歌集の旋頭歌、

長谷の弓槻が下に吾が隠せる妻あかねさし照れる月夜に人見てむかも　(二三五三)

は、山名「弓月」に、「斎槻」を掛けていることが原文の文字から察せられる。

(b)の「百枝槻の木」は、こうした信仰を背景に、自然との融即という古代的な観念を志向しつつ歌われたものであろう。「槻の木」のあとの休止は、そうした発想にふさわしい。(a)はそれよりも譬喩性を強め、あらたに生み出された抒情歌の手法を感じさせる表現である。

人麻呂が(a)・(b)双方のかたちを創造したとすれば、(a)から(b)をではなく、(b)から(a)をという方向ないし順序が考えられよう。それは、寿歌的なものから抒情歌的なもの[15]へ、限界文芸的なものから創作詩歌的なものへ、という変化を端的に示すものと思われる。

(a)・(b)に見られる対句——漢詩的な対偶意識の強い対句ではなく、むしろ繰返しと言うに近いが——を比較して考えても、(a)から(b)へではなく、(b)から(a)へ、すなわち(b)の「妹にはあれど」を、語を変えずに繰り返すかたちから、(a)の「妹にはあれど……児らにはあれど」という繰返しを避ける詞句へ、人麻呂の手入れを考えるほうが穏やかである。

別稿[16]にも記したとおり、漢詩の影響を受ける以前の、歌謡における繰返し的対句は、言霊的世界に淵源を持つと思われる。[17]繰返しや言い換えは重要な部分の強調でもあり、呪言的な表現の伝統につながるものであった。折口信夫が、

畳句は不整頓な対句であつて、対句は鮮やかに鮮やかに相等を感ぜさせる畳句である。其起りは神憑きの狂乱時の言語にあることは、他に言うた。気分に於て、ほゞ思考の向きは知れて居ても、発想するまでに熟せない時に、

何がなしに語をつけると言ふ律文の根本出発点からして、此句法を用ゐることが、やはり便利に感ぜられて来る。対照して言ふ中に、段々考への中核に入り込んで行くからである。元々、其意識なしに行ひながら、自然あちら側こちら側と言ふ風に、言ひかへて見る訣になるのであるから、同義語を盛んに用ゐる必要のある処から、言語の微細な区別を考へることに進んで来た[18]。

と記しているのは、繰返しや言い換えを主に考えられているのであろう。「神憑きの狂乱時の言語」を源とする推定は右の中にも明らかであるが、これにつづけて、

対句は内容の対偶を出発点として、段々形式一遍に流れて、無理にも対立形式を整へることになる。畢竟、狂ひの時の心のくどくて周到に働く心持ちが、繰返しをして、若しあるかも知れぬ不足を補はうとするのである。

と書かれているのを見ると、折口の想定としては、対偶の明瞭な対句から畳句(繰返し)へという方向が考えられていたのかも知れない。しかし、記紀歌謡や万葉集の歌によれば、柿村重松の言ったように[19]、やはり対偶の明らかな対句は中国文学の影響を受けて後に成立したと見るのが正しいと思われる。「単純から複雑になるのではなくて、世界の理法では、複雑が単純化せられて行くのが、ほんとうである」場合も、もちろん認められるに違いないが、対句の場合は、中国において素朴な『詩経』の畳詠体の詩が口誦の便宜の故に古く愛誦せられていたことを考えても、繰返しや言い換えから対句へという方向が自然に浮かべられるだろう。

(b)における「妹にはあれど」の繰返しは、そうした歌謡の伝統的表現につながることをかたちの上で示すものである。人麻呂は寿歌的な槻の木の表現を譬喩的なかたちに改めるとともに、対句も単純な繰返しを避ける新しいかたちとしたのである。

こうして、(b)から(a)への人麻呂の手入れを確定してみると、(b)の冒頭の「うつそみと　念ひし時」から(a)の「うつ

せみと　念ひし時に」への変化も、曾倉論文に触れられているように、古形の「うつそみ」を新しい語形の「うつせみ」によって置き換えたものとして、すなおに理解しうるし、ここにはとりあげなかったが、長歌末尾の「うつそみと　念ひし妹が　灰にていませば」から「うつせみと　念ひし妹が　玉かぎる　ほのかにだにも　見えなく思へば」への変更も人麻呂の意図的な改作として諒解されるはずである。(20)

四　明日香皇女挽歌の異伝

別の作品の「一云」について考えてみたい。巻二・一九六の明日香皇女の挽歌は、次のように記されている。

明日香皇女木瓲殯宮之時柿本朝臣人麻呂作歌一首并短歌

飛鳥　明日香乃河之　上瀬　石橋渡①一云、石浪　下瀬　打橋渡　石橋②一云、石浪　生靡留　玉藻毛叙　絶者生流　打橋　生乎
烏礼流　川藻毛叙　干者波由流　何然毛　吾王能　立者　玉藻之母許呂　臥者　川藻之如久　靡相之　宜君之
朝宮乎　忘賜也　夕宮乎　背賜也　宇都曾臣跡　念之時　春部者　花折挿頭　秋立者　黄葉挿頭　敷妙之　袖
携　鏡成　雖見不猒　三五月之　益目頬染　所念之　君与時〻　幸而　遊賜之　御食向　木瓲之宮乎　常宮跡　定
賜　味沢相　目辞毛絶奴　然有鴨③一云、所己乎之毛　綾尒憐　宿兄鳥之　片恋嬬④一云、為乍　朝鳥⑤一云、朝霧　往来為君之　夏草乃　念
之萎而　夕星之　彼往此去　大船　猶預不定見者　遣悶流　情毛不在　其故　為便知之也　音耳母　名耳毛不
絶　天地之　弥遠長久　思将往　御名尒懸世流　明日香河　及万代　早布屋師　吾王乃　形見何此焉　（一九六）

短歌二首

明日香川四我良美渡之塞益者進留水母能杼尒賀有万思⑥一云、水乃与杼尒加有益

明日香川明日谷 ⑦一云、佐倍　将見等念八方 ⑧一云、念香毛　吾王御名忘世奴 ⑨一云、御名不所忘

この歌にも多くの異伝が見られる。①②などの番号を付したとおり、九カ所ある。これらのうち①②④などについては曾倉論文にも言及があるが、その点は後述するとして、まず⑤の本文「朝鳥(往来為君之)」を異伝で「朝霧(往来為君之)」としている箇所をとりあげたい。

本文の「朝鳥　往来為君之」はアサトリノカヨハスキミガと訓むのであろうが、アサトリノという枕詞の、「ノ」(主格の助詞)を表わす文字がない。先にも述べたとおり、主格の「ノ」の無表記は、人麻呂歌集と作歌に多数見られ、巻一・巻二では、とくに人麻呂作歌に集中的である。歌集と作歌を人麻呂自身の表記をほぼそのまま伝えるものとする『万葉表記論』の判断によれば、一九六歌の本文、とくに「朝鳥　往来為君之」の部分は、まさしく人麻呂作歌の表記の特徴を示す好例とされよう。

本項で、さらに注意したいのは、異伝の「朝霧」である。これも「朝霧」の二字のみで「ノ」に相当する文字を欠く。本文が「朝鳥」であって「朝鳥乃」あるいは「朝鳥之」とはなっていないので、本文の「朝鳥」に相当する部分だけ記したのでなく、アサトリノに対してアサキリノという異伝を記したのが「朝霧」の二字であったと考えるのが自然だろう。したがって「ノ」(主格)を記さぬ例の、巻二では人麻呂作歌に集中的に見られるという表記の特徴に照らし合わせると、この「朝霧」という異伝の書き手も人麻呂作歌と同じ人、すなわち人麻呂自身であったと考えるのが至当である。それは先掲の二一三歌の場合に等しい。そしてまた「朝霧」についての判断は、①〜⑨の、一九六歌の「一云」全般に広げられる性質のものだろう。

右のように明日香皇女挽歌の異伝を作者の別案として把えた場合、たとえば異伝⑦⑧⑨を含む一九八歌の本文と異伝とは、いずれが初案であり、いずれが改訂案であろうか。

明日香川明日だに見むと念へやも吾が大君の御名忘れせぬ　(一九八)

明日香川明日さへ見むと念へかも吾が大君の御名忘らえぬ　(一九八の一云)

この「だに」と「さへ」、「念へやも」と「念へかも」、「忘れせぬ」と「忘らえぬ」との相違について、澤瀉『注釈』には、

……「や」は結句へかかる。即ち実はもう再び逢へるとは思へないのであり、従つて「明日一日だけでも」といふ事になる。一云の「思へかも」だと反語の意は無く、それだとまたお逢ひ出来るやうな気がせられるのであり、従つて「明日さへ」明日もまた、といふ事になる。「さへ」は「副」「共」などの漢字があてられてもをり、一つの事に更にものの添ふ事であり、「までも」、「もまた」などの意である。即ち本文の「だに」ならば「やも」でなければならず、「さへ」ならば「かも」でなければならぬわけである。

と説かれている。それは挽歌としての抒情の内容の違いに関わるのである。注釈の〔考〕の条に、

人の死に対して忘れられぬといふ事は一つだが、もう永遠に逢ふ事が出来なくなつたといふ歎を心中深くこめつつも、どうしてこんなに忘れられないのかといふのと、死んだといふ事が信じられず、また明日にも逢へるといふやうな気がしてならない。それだからこそこんなに忘れられないのかといふのと、二つの思ひがあり得る。本文と一云との相違がそこにある。

とあるのは、その点を説明して詳しいが、反語と条件法との把握において、茂吉『評釈篇』と微妙に異なる点を含む。茂吉『評釈篇』の四九九歌の条には、この明日香皇女挽歌の「念へやも」に触れて次のように記す。

この巻二の歌(稲岡注―一九八歌)は、人麿の歌で既に評釈したものだけれども、これも第三句の、『念へやも』は疑問から出発して、それが否定されて反語的になつたものである。明日香皇女をば、明日でもせめて見奉ること

が出来るといふのならば、今かうして御名も忘れずに悲しみ歎く必要もなく、御名も忘れて心和《のど》かにあり得るのだけれども、明日も明後日も永久に見奉ることが出来ないのだから、御名も忘れずにかうして慟哭してゐるのである。といふ意味になるのである。(中略)『念へや』を単純に文字どほりに解して、『念へばにや……御名忘れせぬ』(思つてゐるからであらうか。そのために御名を忘れないのである)と解しては作歌の衝迫心が非常に弱くなつてしまふのである。『見むと念へや』と疑問を出して、その『見むと念ふ』が否定されるから、反対となる。そこで、結句の『み名忘れせぬ』が強く肯定せられることとなるのであらう。『見得むと念ひ得るにや。いや其れは出来ない。それだから』とつづくのである。

茂吉は「念へやも」の「やも」を疑問の意に解する岸本『攷證』、井上『新考』、山田『講義』などの説と、反語とする『代匠記』、鹿持『古義』などの説のいずれが正しいかという点に絞って叙述しており、結局これを反語としたのである。その点は澤瀉『注釈』や、「古典大系」、「古典全集」、「古典集成」などでも同様である。しかし、前件と後件との関係については一般と異なる判断を示している。

念のために記せば、この「念へやも」のように已然形に「やも」の接した例は、人麻呂歌集・人麻呂作歌に少なくない。

……昔の人にまたも逢はめやも　(三一)

……いも寝らめやも古思ふに　(四六)

……越智野過ぎゆくまたも逢はめやも　(一九五)

……過ぎにし人に往きまかめやも　(一二六八)

……摘むまでに逢はざらめやもなのりその花　(一二七九)

……春霞おほにし思はばなづみ来めやも　（一八一三）

あぶり干す人もあれやもぬれ衣を家にはやらな旅のしるしに　（一六八八）

あぶり干す人もあれやも家人の春雨すらを間使にする　（一六九八）

これらはすべて反語であって、単なる疑問をあらわす例ではない。橋本進吉『上代語の研究』[21]に、

動詞又は助動詞の已然形に「や」又は「やも」がついて文を終止する例が上代の日本語にあつた事は、次の諸例によつて明である。

たるひめの浦を漕ぐ舟梶間にも奈良のわぎへを忘れて於毛倍也《オモヘヤ》　（万葉、巻十七）

なぐさむる心しなくは天さかる鄙に一日もあるべくも安礼也《アレヤ》　（万葉、巻十八）

ちゝの実の父の尊はゝそ葉の母の尊おほろかに心尽して念ふらむ其子奈礼夜母《ナレヤモ》　（万葉、巻十九）

海原のねやはり小菅《（ママ）》数多あれば君は忘らす我和須流礼夜《ワレワスルレヤ》　（万葉、巻十四）

さゆり花ゆりもあはむとしたはふる心し無くは今日も倍米夜母《ヘメヤモ》　（万葉、巻十八）

此等の諸例に於て、「や」は常に疑問の意味を有し、しかも大概皆反語になつて反対の意味をあらはす。即、「思へや」は「思ふか、否、思はず」、「在るべくもあれや」は「在るべくもあらうか、否、在るべくもなし」の義となる。

と記すのは、人麻呂作歌の例ではないが、已然形に「やも」の接する形がたいてい反語を表わすことを語学の立場から説いたものである。

もともと反語は、条件の接続において前件と後件の間に明らかな矛盾があり、その矛盾を承知の上で問いがなされる時に生ずる。[22]たとえば、

　　あはしまの会はじと思ふ妹にあれや安寝も寝ずてあが恋ひわたる　（三六三三）

において、「会はじと思ふ妹にあれ」という前件と「安寝も寝ずてあが恋ひわたる」という後件とは明らかに矛盾している。それを「妹にあれや」と強いて問うところに反語が生ずる。

　この三六三三歌の場合もそうだが、反語文の多くは、後件に述べられていることが現実に存する事実であり、否定すべくもないことに属する。したがって直接に否定しうるものは前件であって、否定の気持は「や」あるいは「やも」によって提示された叙述に向かうことになる。[23]

　一九八歌の場合も、同様に考えられるだろう。「吾が大君の御名忘れせぬ」という後件は、まぎれもない現実として表現されており、否定の気持はおのずから、

　　明日香川明日だに見むと念へ（バ）

という前件に強く働き、そして後件の詠嘆が強められるのである。一九八歌の本文では、「明日だに見むと念ふ」ことの現実性が否定されるほど、「吾が大君の御名忘れせぬ」現実への詠嘆は深められる。先掲の茂吉『評釈篇』に「念へばにや……御名忘れせぬ」と単なる疑問に解しては作歌の衝迫心が弱くなると言われているのは、その意味で当然なのである。しかし、上句と下句の関係について「見奉ることがもう出来ないと思うから」とか、「見得むと念ひ得るにや。いや其れは出来ない。それだから」と順接に解しているのは、肯けない。「古典大系」本の〔大意〕に「せめて明日だけでも（お逢いしたいが）、お逢い出来るだろうとは思えないのに、わが明日香皇女の御名を忘れることができない」と記すように、逆接とするのが正しいだろう。人麻呂歌集の、

　　あぶり干す人もあれやも家人の春雨すらを間使にする

において、前件の「あぶり干す人がある（から）」が否定され、「そういう人はない」と反語の意味になると、その前

件の否定された結果と後件の「家人の春雨すらを間使にする」との間には、逆接の関係が生ずる。つまり炎り干す人もいないのに、家人は春雨すらを使いによこすことだというふうに、後件への詠嘆が強められるのである。

一九八歌の場合も同様ではなかろうか。「明日だに見むと念ふ」ことが、その現実性を否定されると、後件との間に論理的には「明日だけでももうお逢いできるとは思われないのに、明日香皇女の御名を忘れることができない」というふうに、逆接の関係が生まれるはずである。茂吉が順接としたのは誤解だろう。

このように一九八歌の本文のかたちでは「明日だに見むと念」うことの事実性が否定されるほど、つまり明日香皇女の薨去後多くの日時を経過するほど、「大君の御名忘れせぬ」詠嘆は深められるのであって、作者は、そうした時の経過と歌のかたちとの関係を深く意識しつつ作歌したと思われる。これに対して、「一云」と記された異伝のかたちは、

明日香川明日さへ見むと念へかも吾が大君の御名忘らえぬ

であり、「明日もまたお逢いしたいと思うから、吾が大君の御名が忘れられないのであろうか」と、疑問表現になっている。それは、今日までお逢いしてきた延長としての「明日もまた」という気持の表現であり、皇女の死を信じ難いものとする思いのこめられたものである。

本文と異伝との右のような相違は、両形ともに人麻呂の記したものと見る本節の文脈に従えば、死者との隔絶感が強くあらわれている本文「明日だに見むと念へやも」が再案であり、「一云」の「明日さへ見むと念へかも」は、皇女の没後まだ時を経ぬ頃に作られた初案であることを示唆していよう。渡瀬昌忠が「明日香皇女挽歌」[24]に指摘したように、人麻呂はまず「一云」のかたちで、信じ難い皇女の死を歌い、のちに改めて本文のかたちとしたのである。

五　「のど」と「よど」など

一九八歌について確かめた本文と「一云」との関係は、①〜⑥の「一云」についても同様に考えられるはずだろう。一九七歌の本文、

明日香川しがらみ渡し塞かませばながるる水ものどにかあらまし　（一九七）

に対し、「一云」が、

明日香川しがらみ渡し塞かませばながるる水のよどにかあらまし

であるのも、前者は再案、後者は初案を示すと思われる。

両者の相違は「水ものどに」（本文）と「水のよどに」との二音に過ぎないが、先の一九八歌の初案と再案の間に時日の経過や抒情内容の変化が見られたように、この一九七歌の「も」と「の」、「のど」と「よど」の違いによって表現された感情にもかなり懸隔が認められるようである。

なお、この「のど」と「よど」の関係を「古典全集」頭注に「伝誦の過程」における変化と解しているのは、僅かな音の相違であるためか。そのように訛伝説は根強いようだが、茂吉の言うように、「ただの一音か二音の差別であるが、歌の価値からいふと余程大きなものになる」[25]し、意味の差別にも注意されよう。

本文は「水ものどにかあらまし」となっており、水の流れのとどめるすべのないこと、すなわち皇女の死をとどめ難く止むを得ぬものとする諦念と、せめて少しでも後のことであったらという気持が抑制されつつ示されている。

人麻呂は、はじめに「一云」の「流るる水のよどにかあらまし」の形で歌ったのであろうが、それでは物に即きす

ぎて暗示力も弱く、しかも「水が淀むことであったろうに」と、容易に塞かれうるもののように歌ったところが皇女の死を寓するにしては理に堕ちて感ぜられる。そこで「流るる水も」と人事への連想を強めるとともに、「よどに」から「のどに」へと改めたのではなかったか。時の流れをとどめ、皇女の死をとどめうるかのように詠まれている「一云」の形は、一九八歌の「一云」とともに皇女の没後まだ多く月日を経ぬころ作られた反歌として読まれるだろう。

③の「然れかも」と「そこをしも」との相違も、それのみでは推敲か、伝承による変改かを判断することは困難な詞句だが、既述の⑦⑧⑨に準じて、これを推敲により生じた異伝と見るならば、改訂の理由および作者の意図なども推測しやすいであろう。

初案の、

そこをしも　あやに悲しみ
ぬえ鳥の　片恋しつつ
朝霧の　かよはす君が

の部分の「そこをしも　あやに悲しみ」は、皇女が殯宮に鎮まってしまわれたので、それを無性に悲しく思っての意味である。この構文によれば「そこをしも」は直下の「あやに悲しみ」によって受けとめられ、それ以上遠くの語句まで意味的な承接関係は及ばない。それだけ歌詞として奥行きに乏しく、平板だと言える。これに対し、

然れかも　あやに悲しみ
ぬえ鳥の　片恋嬬
朝鳥の　かよはす君が
夏草の　思ひしなえて

夕星の　か行きかく行き
大船の　たゆたふ見れば

という本文の構文では、「然れかも」が「そこをしも」の場合より広く遠く下文の語句にかかってゆくのを見る。山田孝雄『講義』に、

「カモ」の係に対する結辞は如何にもあらはれてあらず。然らばそは如何になれるかといふに、かかる場合には、その結に相当すべき句が、接続助詞「ば」「ど」「ども」などによりて下に接続する場合又はその句が独立性を失ふ場合に、その結がその接続助詞に吸収せられ又はその独立性を失ふと同時に失はれて、それより下の句にあらはれざること古今に通じたる現象なりとす。

と係り結びについて述べた上で、「たゆたふ」の語釈中に、

「しかれかも」の結は元来この「たゆたふ」といふ語の処に存すべき筈なるなり。然るに、この「たゆたふ」は準体句となりて、下の「みれば」の補格となりてあれば、ここに上の「かも」の結としての終止は形の上にあらはるべき事にはあらぬなり。

と説いているのが、詳しい。「然れかも」の、とくに「かも」の機能によってそれを受ける用言が「あやに悲しみ」の後まで求められ、十数句隔てた「たゆたふ」に及ぶのである。それによって本文の抒情に奥行きと緊張が与えられている。

言うまでもなく、④⑤の異伝は③と密接な関係を持つ。曾倉論文にも指摘されているように、「片恋し」という動詞は人麻呂と同時代の舎人皇子歌にも見られるし、人麻呂歌集には枕詞「ぬえ鳥の」もあるので、「一云」の「ぬえ鳥の　片恋しつつ」の形を人麻呂が初案として得たのも自然であったと思われる。しかし、③を「そこをしも」から

「然れかも」に改めるとともに、④⑤も「片恋しつつ」から「片恋嬬」へ、「朝霧の」から「朝鳥の」に改めたのである。「片恋嬬」という語は集内に一例のみ。おそらく人麻呂の独創によるものであろう。この新造語によって、「片恋しつつ……かよはす」という文脈の内包していた二つの行為の同時並行的な印象は払拭され、夜どおしぬえのように泣き明かし、朝早く殯宮に通う皇子の姿が明確に歌われるとともに、「然れかも」の係ってゆく範囲は、「あやに悲しみ」のあと、はるかに後方に及ぶこととなった。茂吉が、

一云の片恋シツツの方は例の如く通俗化せられて分かりよいが、本文の方が確かな技法である。

と言っているのは、そのとおりであろうが、「例の如く通俗化せられて」の部分に後代の伝承における変改が意識されているとすれば、それは誤りと思われる。推敲によって人麻呂は通俗的なわかり易い表現から、独創的で、しかも緊密な抒情表現を生み出したのであった。

①②の「石橋」と「石浪」については、付言する必要もないかも知れない。これもまた、二語の比較検討によっては、いずれが初案とも決定しえないのであるが、⑦⑧⑨の「一云」に準じて、「一云」の「石浪」を初案とし、本文の「石橋」を再案とするならば、それなりに作者の意識を付度することができるかも知れない。

人麻呂は、川の中におかれた飛び石を、はじめに「石浪(並)」と表現したが、

上つ瀬に　石浪渡し
下つ瀬に　打橋渡す

という対句において、「打橋」に対し「石浪」は即物的に過ぎると感じたのではあるまいか。「石浪」も「石橋」も指すところはひとしく河中に並べた石を言うようだが、「石浪」は万葉集でこのほか巻二十の家持作歌に、

秋されば霧立ちわたる天の河石並置かばつぎて見むかも　(四三一〇)

と見えるのみの珍しい語である。家持は人麻呂の表現を模倣したり、古語を好んで用いたりしているから、「石並」もその類であろうか。七夕歌という内容に応じて、家持はとくにこの場合「石並」を使用したものと思われる。あるいは、家持作歌に見えるのですでに死語になっていたわけではなく、生活用語として生きていたと考えるべきかも知れないが、いずれにしても、普通の万葉歌には「石橋」を用い、「石浪(並)」を使うことはすでになくなっていたようである。

うつせみの人目を多み石橋の間近き君に恋ひ渡るかも　(五九七、笠女郎)
年月もいまだ経なくに明日香川瀬々ゆ渡しし石橋もなし　(一一二六、作者未詳)
石橋の間々に生ひたる顔花の花にしありけりありつつ見れば　(二二八八、作者未詳)

など、「石橋」と歌われるのは石を並べた「石浪」にほかなるまい。そのような飛び石を「石橋」と表現する歌ことばの歴史の、もっとも古い例として人麻呂の詞句がある。これは人麻呂の創造した表現の一般化した例に数えられようか。

六　推敲論からの視点

明日香皇女挽歌に見られる①~⑨の異伝は、既述のとおり作者の推敲過程を示すものと理解される。それは、泣血哀慟歌の「或本歌」の表現と同様に、人麻呂の初案であり、作者は皇女の薨後まだ多く日月を経ぬころに「一云」を含むかたちでこの歌を制作したのである。そうした事実とその証拠を万葉集の中に求めることが出来る点を、改めて強調しておくべきだろう。

『万葉表記論』に記したとおり、人麻呂はやまと歌を漢字で表現する技術の開発に苦心した人であり、いわば漢字仮名混り文の宗祖に相当するような宣命大書体の考案者でもあった。そのことは種々の古代資料から導かれる想定として認められるのであるが、人麻呂が口誦から記載への過渡的な時期を典型的に横切ったことを裏づける資料の一つとして、本節にとりあげた人麻呂作歌の本文および異伝を加えることができるだろう。従来、ともすると人麻呂作歌を口頭伝誦の側に引寄せて理解する傾きが強かったのではないかと思うが、推敲論は、そうした無検証の推定について判断の修正をうながすはずである。

第二に、人麻呂の推敲の跡を見ることによって、その表現意識を、いっそう深く確かめうること。これもごく当然のことであろうが、作者がどのような方向に表現を練りあげていったかを知ることによってその思想ならびに美意識を探ることができるばかりでなく、初案に見られる表現から人麻呂以前の文学の状況について示唆を受けることも少なくないと思われる。

本節に取り上げた泣血哀慟歌の初案に関して言うなら、再案におけるよりも、景物の呪物性や景物提示のかたちに限界文芸的な性格を色濃く残しているのを見るが、それは人麻呂作歌の、とくに「一云」の、文学史的位相を語るように思われる。対句や枕詞の初案から再案への変化も人麻呂の創造の軌跡を示して鮮やかである。すべてを口誦による伝承と解することで、古代を明らかにするというより隠蔽されてきた感のある人麻呂の作歌活動の秘密を、わたしたちは異伝を手掛かりに少しずつ明らかにしてゆくことができるのではなかろうか。

第三に、初案と再案との間に時の経過の想定される場合、作品発表の場や成立時期について有力な示唆が与えられるであろうということ。これも人麻呂の作品論ならびに作家論にとって見のがせないはずである。

明日香皇女挽歌の「一云」が初案と見られることは本節に詳しく述べたとおりで、一九八歌の「一云」と本文との間には、渡瀬昌忠前掲論文に記されたように[26]、成立の時日にかなりな隔たりがあると思われる。それは、「一云」と本文の詞句の相違を通して帰納されるところで、殯宮挽歌という作品の性格上、少なくとも二度の誦詠が想定されるのである。

人麻呂の殯宮挽歌は、殯宮期間中のどの時点に、そしてどのような場所で披露されたのか、多くの論議がある。日並皇子挽歌(一六七~一六九)の場合には、殯宮の地における公的儀礼とは別に、生前の居所であった島の宮に故人を追慕する場が設けられ、そこで偲びの挽歌が詠まれたのではないかと推定されてもいる[27]。明日香皇女挽歌についても殯宮期間の末期に皇女の生前の居所(忍壁皇子の宮)もしくは木缻の宮で発表されたのであろうが、誦詠の場については、なお定説を得ない。ここでの直接の課題ではないので深入りすることは控えるが、誦詠の時期に関しては、殯宮期間中にこれも少なくとも二度にわたって詠まれたことは疑いないと思われる。

泣血哀慟歌の場合は、本文と「或本歌」と、葬儀の場で時を隔てて詠まれたために二種類の異なる歌詞を生じたというのではなく、伊藤博「人麻呂の推敲[28]」に詳述されているとおり、連作として二つの作品を統一的に構成しなおした時、手入れが行われたと考えるべきだろう。

(1) 「万葉集における記号としての一云と或云」(『万葉』四九号)。

(2) 『万葉集研究』第一集所収。

(3) 井手前掲論文に「巻三の一本歌と巻十五の少異歌とは、同じ口誦歌系統の伝誦歌でありながら、後者にはより新しい伝誦的変形が認められ、古歌でありながら、新しく口誦されるのに適した形になっていることがわかる」とし、後代の伝誦によって、人麻呂の羇旅歌には二段階の異伝を生じていることが説かれている。その点については、拙稿「人麻呂作歌異伝攷(一)」(『万葉集研究』第一一集)参照。

(4) 『国語と国文学』昭和三六年九月。

(5)『国語と国文学』昭和三八年八月。
(6)『万葉集の歌人と作品』上。
(7)『万葉集研究』第一一集。
(8) 澤瀉『注釈』に「『白たへの』の枕詞の方が耳に親しい為に『荒たへの』が『白たへの』にかへられたものと思はれる」と記すが、そうした枕詞の一般性や特殊性を検討するだけでは十分でないだろう。その点も、注(7)の拙稿参照。
(9)『万葉表記論』第一篇参照。
(10)『万葉表記論』第一篇上、第一章の二一頁以下に、万葉集における「ガ」(主格)の読添えは人麻呂歌集にほとんど独占的であることを述べた。
(11) 土橋寛「序詞の概念とその源流」(『古代歌謡論』)三六九頁。
(12) 土橋寛『古代歌謡全注釈』古事記編三三四頁に「この歌が歎老の歌のパターンに属するものであること、歎老の歌が歌垣における老人の歌に源流するものであることから見て、この歌も他の三首と同様、歌垣の歌を赤猪子の物語に結びつけたものと思われるが……河内の日下江の蓮を提示していることから、その地方の民謡と思われる」と言う。
(13) (a)の冒頭部分について土橋寛『古代歌謡と儀礼の研究』第四章二七四頁に「これは人麻呂の妻の死を悲しんだ挽歌であるが、彼が妻と二人で、走り出の堤の上の槻の木を見たことを歌っているのは、それがタマフリのためであったのに、それにも拘わらず死んでしまったという悲しみからであり、それがまた槻の葉の茂っているように、妻が健康で栄えるであろうと頼みにしていた、という譬喩の方法をも生み出しているのである」と記す。本節では、(a)と(b)との表現の相違に注目するのである。なお、伊藤博「人麻呂の推敲」(『万葉集の表現と方法』下)には、(a)(b)は「軽」における国見(歌垣)の思い出を叙しつつ、それを「思へりし妹」の譬喩に仕立てているものであるが、或本歌(b)は「枝刺せる如……茂きが如く」の対句にわかれ、国見(歌垣)の叙述という面が稀薄になっていることなどを指摘する。二〇七の長歌との連作関係を説くもので、本節とやや視点を異にする。
(14)「柳田国男全集」第一〇巻所収。
(15) 鶴見俊輔『限界芸術論』に「今日の用語法で『芸術』とよばれている作品を、『純粋芸術』(Pure Art)とよびかえることとし、この純粋芸術にくらべると俗悪なもの、非芸術的なもの、ニセモノ芸術と考えられている作品を『大衆芸術』(Popular

Art)と呼ぶこととし、両者よりもさらに広大な領域で芸術と生活との境界線にあたる作品を『限界芸術』(Marginal Art)と呼ぶことにして見よう」と記し、その限界芸術を芸術の発展を考える場合にとくに重要なものとしている。理由は、第一に「地上にあらわれた芸術の最初の形」が「純粋芸術・大衆芸術を生む力をもつものとしての限界芸術」であったと考えられること、第二に、「われわれ今日の人間が芸術に接近する道」も、カブト、奴ダコ、コマなどのような限界芸術の諸ジャンルにあること、とされている。土橋寛『古代歌謡の世界』に、右の鶴見の分類を踏まえ、民謡、宮廷歌謡、神話、宗教的著作などを限界文芸とし、その内容が、集団の意志、感情、世界観であり、その形式は、現実的な目的の要求する集団的・伝統的な形式にあることを説く。

(16) 「万葉集の方法」(『国文学』昭和五八年五月)。

(17) 折口信夫「日本文章の発想法の起り」(『全集』第一巻)。

(18) 注(17)の折口論文。

(19) 『上代日本漢文学史』。

(20) 拙稿「記載の文学空間」(『国文学』昭和五七年五月)。

(21) 「允恭紀の歌の一つについて」一八〇頁。

(22) 阪倉篤義「反語について」(『万葉』二二号)。

(23) 巻三の歌に「大君の親魂逢へや豊国の鏡の山を宮と定むる」(四一七、手持女王)とあるのも、第三句以下には事実が歌われており、反語的否定の気持は、第一句、第二句の叙述に向けられている。

(24) 有斐閣『万葉集を学ぶ』第二集所収。

(25) 茂吉『評釈篇』。

(26) 注(24)に同じ。

(27) 渡瀬昌忠『柿本人麻呂研究――島の宮の文学――』。

(28) 『万葉集の表現と方法』下巻所収、四〇頁。

4　方法としての序詞

――融即と譬喩と――

一　序歌史検討上の諸問題

序詞と枕詞とがきわめて近似した性格を持つという判断は、かなり普遍的なものと思われる。古く契沖が、

序ト云モ枕詞ノ長キヲ云ヘリ

と『代匠記』惣釈に記しているのも[1]、福井久蔵『枕詞の研究と釈義』に、

その一句から成るのを枕詞とし、二句以上から成るのを序句とすべきである。

とあるのも、両者の間に本質的な相違を認めがたいとする基本的認識を示すだろう。そのほか、境田四郎「枕詞と序詞」[2]に、序詞を三分類し、

譬喩的用法

掛詞的用法

同音繰返し的用法

としたのも、同種の判断によるし、金子武雄が序詞と受序詞（いわゆる「つなぎ詞」。「わたり詞」とも言う）との間に特殊なつながり方の見えるのを指摘した上で、

このように特殊なつながり方をしていて、それを含む文の意味に参与していない語句は上代文学にしばしば見られる。これらは前編で考察した枕詞とよく似た性質を有っているが、枕詞よりは長い語句なので、主としてその点から枕詞と区別して、ふつう序詞と呼ばれている。(3)

と記しているのも、同様な方向を示す。金子論文では、さらに詳細に両者の共通点と相違点に言及するが、序詞・枕詞の用例を共時論的に蒐集し比較する時、両者の間には、修辞として本質的な相違の見出し難いことを、これらの言葉は語っていると思う。

境田の前掲論文において、枕詞の分類にあたり、被枕詞とどのような機縁によって続けられるかを基準として、

意義に関するもの……譬喩・形容・説明等……①
音に関するもの……掛詞……………………②
　　　　　　　　……同音繰返し………………③

に分類しているのも、古代から近代までの枕詞を蒐集して普遍的な性格を抽出する場合、すなわち共時的な観点からの、自然な帰結と言うべきである。序詞の分類とほぼ等しい結果がそこに指摘されるのであって、枕詞と序詞は形の長短によってのみ区別されることになる。

わたしは、そうした分類を誤りであるとか、遡って、契沖の「序ト云モ枕詞ノ長キヲ云ヘリ」という記述を不適切であるなどと、ことさらに言うつもりはない。境田論文以後にも右のような等質論が多くの人々に受け継がれているのを見るのは、理由のあることで、共時論的にはむしろ当然と思われるからである。

ただし、ここで注意すべきは、共時的な観点において認容される両者の等質論が、通時的な視点からも認められるとは限らないことだろう。序詞と枕詞とが、もともとは異なる性格を持つ修辞であったとしても、たとえば枕詞の序

詞化ないし序詞の枕詞化ということが万葉時代にあったとするならば、それ以前に存した質的な相違は、共時的な比較では、なかなか把握しにくくなろう。そして、序詞や枕詞について通時的に論ずる場合に、もっとも肝腎なのはそうした変化にほかならない。

言い換えると、口誦のうたの技法として、枕詞および序詞がどのような性質を持っていたのか、また、それが記載文学の表現として、時代とともにどのように変化したかが通時論的な課題とされるだろうが、従来の枕詞論や序詞論にそうした点が欠けていた、少なくとも手薄だったことも否み難いのである。

土橋寛『古代歌謡論』に、研究史を概観しつつ、「序詞を創作の立場から作歌技法としてみる場合、枕詞との本質的な違いが認めがたいのは当然で、強いて区別しようとすれば長さの違いにすぎない、ということにならざるを得ない」(4)と記しているのも、創作抒情歌の方法として両者を比較するのでは見失われる相違のあることを示唆している。いったい枕詞と序詞との間には、本質的な相違があったのか、否か。また、相違があったとすれば、どのような点であり、それが後の時代に、どのように変化したのか。

折口信夫は、枕詞と序詞との関係を次のように述べている。

枕詞は、諺>序歌>枕詞、かう言ふ順序に変形したものと見るのが正しいやうだ。譬へば「筑波の岳に……ころもでひたちの国」が諺であり、又「筑波……ころもで」までは序歌でもあるが、終に単に「ころもで　常陸国」と言ふ風に、枕詞化してゆく道筋も訣る。(中略)かうして、序歌の退却によつて出来た枕詞が、そのかつきりとした表現力を、立てるやうになつて後、又々新しい序歌を作る事に進んで行つたのである。だから、万葉の序歌は、枕詞以後のものであること、論ずるまでもない。さうして、此種の序歌が、益、殖えて行つたのである。(5)

ここには、諺から序歌へ、序歌から枕詞へという、詞章の変化による両者の直接的な関係が示されている。もっとも、折口が、枕詞の起源を右のような序詞の断片化にのみ置いていたと考えるのは誤りで、右の直後に「枕詞の出来る原因は、まだ〳〵、外にもある。だが今は、枕詞の為に、枕詞を説いてるのではない。枕詞の一面が、古代詞章と関係ある、本質の上の問題をとりあげたに止る」と付け加えているし、また、

枕詞の成立には色々あるが、古い枕詞は或音を起す為のものである。其から或意味を持つたものとしての語に係る様になつて来る。(6)

とも言う。成立の道筋は、一筋に限らないのである。ただ、詞章の単純化による序歌＞枕詞の関係を重視していたことは事実で、それは、

枕詞と認められてゐるもので、元は違ふ筈のものがある。地名を重ねたもの、単なる修飾句、皆、今は枕詞として扱はれてゐるが、序歌と聯絡のあるものが正統とすれば、此は別のものと考へた方がよい。唯、其中、混同せられて厳重な意味の枕詞になつてゐるのもある。「石ノ上ふるき」など言ふのは、地理を表す習慣的の表現が、枕詞として働き出して来たのである。(7)

と記されているのからも知られる。序詞から枕詞が生まれたという、この折口の考えは、高崎正秀によって継承されている。(8)

折口による序詞や枕詞の起源推定は射程がかなり遠くまで及んでいて、折口自身、「実は何が先、何が後と言ふ判断は、我々にとつて、空想と同じあてことに過ぎない」(9)（傍点—原文のまま）と記しているほどだし、記紀や万葉に見える枕詞・序詞の類を一律に扱いえないことは、右に引用した言葉からも明らかだろう。

折口とは別に、両者を発生的に異系統のものと見たのは、土橋寛である。土橋によれば、枕詞が巫祝に発する神名

や地名等の讃め詞を本来とするのに対して、

(序詞は)ある語を引き出すためのものでも、心情表現の形式でもなく、即境的景物ないし嘱目の景物から陳思部に転換してゆく発想形式として理解すべきものと思われる。[10]

のであり、両者の間には次のような相違が認められると言う。すなわち、

(1)使用される場としては、枕詞は歌謡のほかに、かつそれ以前に神託があるが、序詞は歌謡だけに用いられる。

(2)使用の目的ないし機能からいうと、枕詞は神名・地名及び特定の普通名詞を〈修飾〉するのに対し、序詞は元来、ある語を修飾するのではなく「うた」の発想形式である。

(3)用いられる素材の性質は、枕詞においては場や歌の意味と無関係に、被修飾語の讃め詞の性質をもつのに対し、序詞は歌の場にある景物、転じては嘱目の景物や一般の景物が用いられる。

(4)被修飾語の性質をみると、枕詞は体言を修飾するのに対し、序詞は用言に「かかる」という形で、後句と結合される。

(5)被修飾語との結合関係が、枕詞は慣習的・固定的・社会的であるが、序詞は(3)の性質から、当然その場限りで個人的である。

(6)被修飾語との内容的・形式的な接続関係は、両者に類似点も多いが、枕詞の方が多様性に富む。

(7)長さは、(2)の結果として、枕詞は短歌・長歌を問わず五音一句なのに対し、序詞は短歌では前句——五七調ならば上二句、七五調ならば上三句——にわたり、長歌では第一段を形作る四句以上の長さにわたる。

そして、この相違は記紀歌謡に顕著であり、万葉集においても、かなり明瞭であると言う。

右のうち、(7)は前にも触れた長さに関することだからともかく、(1)〜(6)は、さらに詳細に検討されるべきものだろ

う。たとえば金子の前掲書に、(4)について、

> ふつうに序詞と呼ばれているものには、連体のものもないわけではないが、しかしそれは掛詞を用いて地名に連なるような特殊なものばかりであり、しかもその数はきわめて少ないのであり、他の序詞は圧倒的に――というよりはほとんど――連用である。土橋氏はたぶん、そこに枕詞とは異なった性格の一つをみとめられたのであろう。ただ、一方のふつうに枕詞と呼ばれているもののほうを見ると、数――使用の頻度数のことではなく語句の異なったものの数――から言うと、連体のものが連用のものより遥かに多いなどとはとても言い得ないのであり、両者の間にはほとんど違いはないのである。土橋氏は、ふつうに連用の枕詞とせられているものを、「序詞《ママ》的枕詞」と呼んでおられるが(「古典大系」『古代歌謡集』頭注)、これに従えば枕詞のおよそ半分はこのように呼ばなければならないことになる。
>
> 序詞の三類――隠喩式・同音反復式・掛詞式――のうちの大部分は隠喩式である。同音反復式のものには隠喩式と結合したものが多い。だから、序詞には連用のものが圧倒的に多いということは、隠喩式序詞には連用のものが圧倒的に多いということでもあろう。ところが、ふつうに枕詞とせられているものの中の隠喩的意識の見られるものには、連体のものはきわめて少ないのであり、大部分は連用のものである。だから、「序詞は本来連用のものである」というよりは、「隠喩は本来連用のものである」ということになるのではないかと思う。[11]

と記すのも、序詞を連用、枕詞を連体として区別する(4)に対する率直な疑問の表明である。

念のために言い添えるなら、前掲の(1)〜(7)には「用言に冠する枕詞」を除外した形で、枕詞と序詞とが比較対照されている。金子の批判では、その「用言に冠する枕詞」が両者に通ずる性格をみちびく、多数の、かつ重要な用例と考えられているのである。

もし、いわゆる「用言に冠する枕詞」を「枕詞」に含めて、序詞と比較するならば、右の(3)(4)(5)(6)の各項はたちまち意義を失うであろうし、(2)も、その対照を不鮮明にするはずだろう。枕詞と序詞の本来用いられた場の推測を含む(1)を除けば、残るのは、長短を問題とした(7)のみになる。それは、「用言に冠する枕詞」の、両者の比較に占める役割の重さを語っている。相違を長さのみに求める従来の論の方向を定めたのも、この種の「枕詞」だったと言って良い。

別稿[12]に記したとおり、「用言に冠する枕詞」は、枕詞のなかでも比較的に歴史の新しいもので、人麻呂の時代以後飛躍的に数を増しており、記載の抒情歌の方法として重用されたことが知られる。折口が、

枕詞の成立には色々あるが、古い枕詞は或音を起す為のものである。其から或意味を持つたものとしての語に係る様になつて来る。[13]

と、譬喩的な枕詞を後代のものに考えているのも、それと関連している。土橋が「用言に冠する枕詞」を「枕詞的序詞」として両者の比較の際に排除したのも、通時的な吟味や、記紀歌謡あるいは初期万葉歌の修辞の検討に、なるべく後代的性格を滑り込ませないようにという配慮を感じさせる。

たびたび引かれているように、枕詞を本来呪言的なものであったとする考えは、折口信夫のものである。

枕詞が日常対話に用ゐられたことは、考へられない。託宣の詞に限つてあることであつた。其が、叙事詩・寿詞に結びついて伝誦せられ、民謡・創作詩の時代になつても、修飾部分として重んぜられてゐた。[14]

と言い、また、

譬喩表現をとり入れてからは、枕詞や序歌は非常に変化して了うたが、元は単純な尻取り文句の様なものであつたのである。其が内容と関連する様になると、譬喩に一歩踏み入る事になる。……純粋譬喩に傾いたのが、主と

して人麻呂のした為事であつた。死んだ一様式を文の上に活して来たわけである。[15]
とも記されている。こうした折口の発想を受けつつ、さらに具体的に、枕詞の歴史を考えようとしたのが、土橋寛である。

土橋によれば、枕詞を被枕詞の性質によって分類すると、

甲　固有名詞に冠する枕詞
乙　普通名詞に冠する枕詞
丙　用言に冠する枕詞

の三種となる。このうち用言に冠する枕詞は、神託、諺、口承物語などに広く用いられているが、最も頻繁に使われ、かつその意義をよく示しているのは唱え言であり、それによって、相手の生命ないし活動の栄枯盛衰を支配しようとする呪言であったと言われる。

土橋が「用言に冠する枕詞」を、枕詞のなかでも固有名詞・普通名詞に冠するものと異なり、むしろ序詞に近いと見たのは、その非固定性や非社会性によっている。

鹿じもの　い匍ひ伏しつつ　(一九九)
鹿じもの　膝折り伏せて　(三七九)
鹿じもの　弓矢囲みて　(一〇一九)

のように、同じ枕詞が、さまざまな用言に冠せられる一方、

降る雪の　消なば消ぬがに　(六二四)
朝霧の　消やすきわが身　(八八五)

朝霜の　消やすき命　（一三七五）
沫雪の　消ぬべきものを　（一六六二）

のように「消」という動詞に多様な枕詞が冠せられているのを見る。つまり枕・被枕の関係は、ほとんど一回限りで固定されることがないのである。「あをによし　奈良」とか、「やすみしし　我が大君」などが、固定的かつ頻繁に用いられるのとは質的に相違すると言って良いだろう。これを「枕詞的序詞」として、本来的な枕詞と別に考えようとする土橋の判断も首肯されるに違いない。

折口の言うとおり、枕詞や序詞の源流推定は、「空想とおなじあてこと」に近いところがあるが、別稿に記したような被枕詞の種類別に見られる枕詞の消長を踏まえて言えば、(16)枕詞は体言、つまり固有名詞や普通名詞に冠せられるのが本来的であろうという土橋の推定に、説得力がある。

それに対して、序詞は、用言にかかるのが本来のかたちで、被修飾語との関係も、枕詞が慣習的・固定的なのに対して、序詞は非固定的であるのが一般と見られる。その点を両者の本質的な相違とすれば、序詞と枕詞とは、源流を異にする表現方法であったと考えられ、これも土橋説の方向に、わたしは魅力を感ずる。

残念ながら、枕詞の源流が神名・地名に冠する唱え言にあったと断定しうるかどうか、本節には、それを確かめる新たな方法を提示しうるわけではない。また前掲の折口説のように、序詞>枕詞という両者の縦の関係を認めることについて、たとえば地名に冠する修飾句などの場合に例が求められるかと思うが、その点に本節の目標を置いているわけではないので、ここでは省略に従う。

ただ、譬喩的な用言に冠する枕詞の増加と並行して、譬喩的な序詞も増加していること、また人麻呂歌集・人麻呂作歌とそれ以後の歌に比べ記紀歌謡や初期万葉歌では、意味よりも音調、すなわち音楽性を重視した用法が相対的に多く認められること、さらに、ここには扱わないが対句の変化や連作の成立など、人麻呂以前とそれ以後との相違を踏まえて、枕詞と序詞とにおける譬喩性の増加を、人麻呂以後の記載次元のことであったとして、誤りないのではなかろうか。

人名など固有名詞に冠する枕詞が、古今集・後撰集など平安朝の歌集でさらに減少し、逆に、用言に冠する枕詞の割合は三代集以下においてもいっそう増加していることを勘案しても、[17]右の想定を無理のないもののように思う。

二　舒明朝から持統朝までの序詞

ここで、舒明朝以後持統朝までの万葉集歌のうち、人麻呂歌集と人麻呂作歌を除いて、序詞を含む歌を確かめておきたい。

舒明朝

(1)……網の浦の　海人処女らが　焼く塩の　思ひそ焼くる　わが下ごころ　(五)

皇極(斉明)朝

(2)近江路の鳥籠の山なる不知哉川けのころごろは恋ひつつもあらむ　(四八七)

天智朝

(3)綜麻《へそ》かたの林のさきの狭野榛の衣に着くなす目につく吾が背　(一九)

(4)秋山の木の下隠り行く水の吾こそ益さめ思ほすよりは　(九二)
(5)玉くしげ覆ふを安み開けて行かば君が名はあれど吾が名し惜しも　(九三)
(6)玉くしげ三諸の山のさな葛さ寝ずは遂にありかつましじ　(九四)
(7)みこも刈る信濃の真弓わが引かば貴人さびて否と言はむかも　(九六)
(8)みこも刈る信濃の真弓引かずして弦はくるわざを知ると言はなくに　(九七)
(9)梓弓つら弦とりはけ引く人は後の心を知る人そ引く　(九九)
(10)東人の荷前の箱の荷の緒にも妹は心に乗りにけるかも　(一〇〇)

天武朝

(11)神山の山辺まそ木綿短木綿かくのみ故に長くと思ひき　(一五七)
(12)真野の浦の淀の継橋心ゆも思へや妹が夢にし見ゆる　(四九〇)
(13)川上のいつ藻の花のいつもいつも来ませ吾が背子時じけめやも　(四九一)

持統朝

(14)朝日かげにほへる山に照る月の飽かざる君を山越しに置きて　(四九五)
(15)大名児を彼方野辺に刈る草の束の間も我忘れめや　(一一〇)
(16)朝日照る佐太の岡辺に鳴く鳥の夜なき変らふこの年ごろを　(一九二)
(17)橘の蔭ふむ路の八衢に物をそ思ふ妹にあはずして　(一二五)

(18)大船のはつる泊のたゆたひに物思ひやせぬ人の児故に　(一二二)
(19)秋萩の上に置きたる白露の消かもしなまし恋ひつつあらずは　(一六〇八)
(20)……我が作る　日の御門に　知らぬ国　よし巨勢路より……　(五〇)
(21)……わが国は　常世にならむ　図負へる　神しき亀も　新代と　泉の川に……　(五〇)
(22)秋の田の穂向きの寄れる片よりに君に寄りなな言痛かりとも　(一一四)

人麻呂歌集および人麻呂作歌を除いて、そのほかの序詞を含む歌を万葉集の記載に従って、舒明朝から順次抜き出してみると、持統朝までに右のような例を拾うことができる。

ただし、(1)〜(22)には、作歌年代について疑問のある作品が含まれている。

(1)の軍王作歌が、万葉集の配列のとおりに舒明天皇時代の作と認められるかどうかは、はなはだ疑わしく[18]、人麻呂以後の作品を、誤って舒明朝に配列したものと考えられる。万葉集における序詞の最古の例としてこれを扱うことは控えるべきであろう[19]。

また、巻四の「岡本天皇御製」の反歌である(2)も、題詞によると皇極もしくは斉明天皇の作なのだが、これも制作年代に疑問があり[20]、斉明の実作とは考え難い点があるので、万葉集の最古例と言うことはできない。

右のような作歌年代に関する疑問のほかに、認定上の問題のあることにも注意しなければなるまい。たとえば、伊藤博の万葉序歌表[21]には、(5)(8)(9)(16)の四例が見えない。

(5)は、真淵の『考』に、

匣の蓋は、覆こともやすしとて開るとつづけたり、さて夜の明ることにいひかけたる序のみ　(『万葉考』二)

とあるが、岸本由豆流の『攷證』では「覆ふ」を実質的な語と解して、

名のたゝぬやうに、おほふはやすき事なれば、夜ふけぬ中に、とくかへり給へと也（『攷證』第二巻）

と記している。澤瀉『注釈』でも「玉くしげ覆ふを安み」を序とはせず、

「おほふ」は事実二人の仲をおほひかくす意である。当時権勢世に並ぶ者のない鎌足の事であるから人目を憚らぬ振舞にも出かねない。それを作者は案ずるのである。

と説く。真淵『考』のように序詞と見るか、『攷證』や『注釈』のように、実質的な詞句と見るかで判断が分かれるわけで、伊藤の序歌表は後説によるらしい。ここでは、序詞と解して掲出しておく。

(8)も同様に解釈上の問題を含んでいる。『注釈』や窪田『評釈』などに「みこも刈る信濃の真弓」を序詞とするのに対し、佐佐木『評釈』では、

前の歌（稲岡注―本節に(7)としてあげた九六歌をさす）の序としたところをそのままとつて、これは一首全体を譬喩に用てゐる。

と言い、最近の「古典集成」にも、

前歌の序詞をここでは郎女の譬喩としている。相手の言葉を取りこみ、意味を転換させながら答えるのは贈答の習わし。

と注する。(7)とはやや異なり「弦はくるわざを知ると言はなくに」という下句が譬喩になっており、そのために一首全体を譬喩歌とも見うるわけで、序歌とせぬ説にも十分な理由が認められる。ただし、(8)の下句は、本文にも訓釈にも問題の残されているところなので、『注釈』などに従ってここにあげ、後考に備えておきたいと思う。

(9)の「梓弓つら弦取りはけ」が「引く」にかかる序である[22]か否かも、判断が分かれている。下句の「後の心を知る

第1表　諸注釈書における序歌認定一覧

	歌番号	全註釈	私注	窪田	佐佐木	注釈	古典大系	古典全集	古典集成
(1)	五	○		○	○	○	○	○	○
(2)	四八七	○	×		○	○		○	○
(3)	一九	○	×	○	×	○		×	×
(4)	九二	○	○	○	○	○		○	○
(5)	九三	○		○	○	×	○	×	×
(6)	九四	○	○	○	○	○	○	○	○
(7)	九六	○	○	○	○	○	○	○	○
(8)	九七			○	×	○		×	×
(9)	九九		○		○	○		×	×
(10)	一〇〇	○	○	×	×	○	×	×	×
(11)	一五七	○	×	×	×	○	○	×	○
(12)	四九〇	×	○	○	○	○	○	○	○
(13)	四九一	○	○	○	○	○	○	○	○
(14)	四九五	○	○	×	○	○		○	○
(15)	一一〇	○	○	○	○	○		○	○
(16)	一九二	×	×	×	×	×		○	○
(17)	一二五	×	○	×	○	○	○	○	○
(18)	一二二	×	○	○	○	○		○	○
(19)	一六〇八	○		○				○	○
(20)	五〇	○	○	○		○			○
(21)	五〇	○	○	○	○	○	○	○	○
(22)	一一四	○	×	○	○	○		×	×

人そ引く」が直接女を誘う意味の表現なので、上句は前歌（九八）や前々歌（九七）の詞句を受け、それを序としたものという説が支持されようか。

(16)は難解歌で、「夜なき変らふ」[23]を実際の鳥の鳴き声と見るか、舎人たちの夜毎に嘆き悲しむさまと解するか[24]、判断が難しい。前者とすれば、序詞ではないことになるが[25]、後説を採る注釈書も少なくない。私見では前者が正しいと思われるが、これもいちおう序詞として掲げておく。

伊藤の序歌表との相違は、右の四例で、解釈によって認定に揺れを生ずるものである。そのほかに、同様な問題を含む例が、(1)〜(22)には認められる（第一表参照）。

⑽の上三句、「東人の荷前の箱の荷の緒にも」を下句の「乗る」の序と解する説は、土屋『私注』、澤瀉『注釈』、武田祐吉『全註釈』などに見られるが、むしろこれを序詞とはせぬ注釈書のほうが多い。[26]

この歌は、妹が心に深くかかって離れないのを、「荷前の箱」が、馬の背にしっかり括りつけられているさまに譬えた譬喩歌で、「荷の緒にも」の「に」は、

あきつ羽に°にほへる衣……　（二三〇四）

の「に」と同じく、〜ノヨウニの意を表わすと考えられるから、序歌ではないと判断されたのであろう。[27]

⑶の「綜麻かたの林のさきの狭野榛の衣に着くなす」を「目につく」の序と見るか否かも、「なす」が比況の意の助詞なので、注釈書によって判断が異なるようである。[28]

⑾の「神山の山辺まそ木綿短木綿」を「皇女の御命の短さの譬喩」と見て序詞ではないとする注釈書と、この歌の表現は本来「短木綿……短き」と続けられるはずのところ、「短き」の略された形であると説く注釈書とが見られるのも、同様な譬喩の扱いの相違による。[29]

⑶⑽⑾にせよ、先に触れた⑸⑻⑼⒃にせよ、これを序歌と認めるか否かと、譬喩表現とが密接にかかわっているのは注目すべきことであろう。ことに直喩性の明らかな語句（「なす」や「に」）の含まれる⑶や⑽を、多くの注釈書に序歌と認めていないのは、或る意味で自然なことかも知れない。

先にも触れたとおり、伊藤の序歌表には、⑶の「なす」を含む形式の例まで含まれているのだが、同表の凡例には、「〜なす」や「〜じもの」を序詞としないのも一つの姿勢である旨の付記が見える。ただし、伊藤の序詞観として、その本質を譬喩と見ていることは「万葉集歌修辞の一面」という論文などからも知られる。[30]

……いかなる種類の序詞であらうと、その根幹は掛詞、結果は何らかの形で譬喩となつてゐる。つまり上の譬へ

られる対象と、下の譬へる内容とは、いつも対立関係にあり、しかも、その対立するところの形と内容は、緊密な交流と融合をなしつつ結ばれてゐる。この対立的な言語の面白さと、一種匂ひ付けの両者の調和、その不即不離な味はひに、所謂序詞の美がある。

昭和二十八年の論文であるが、ここに示された考え方は、現在でも基本的に変らないという[31]。前に引用した金子論文にも記されていたように、万葉序歌の大部分は譬喩的な性格のものである。譬喩か否かが、序詞か否かに直結するわけではないが、隠喩式の序の多いことも通時的に認められる。

問題は、序詞と呼ばれているものが元来そうした性格のものだったと考えられるか、どうかに求められるだろう。前に引いた折口の、

譬喩表現をとり入れてからは、枕詞や序歌は非常に変化して了うたが、元は単純な尻取り文句の様なものであつたのである。(中略)純粋譬喩に傾いたのが、主として人麻呂のした為事であつた。

という判断は、その点についての見通しを含んでいる。「尻取り文句」のようなものから譬喩表現へ、枕詞も序詞も大きく変化したと折口は考えたのである。

起源的に「尻取り文句」のようであったと考えるにしても、あるいは土橋論文のように序詞をうたの発想法とし[32]、本来はそれ自体が目的で心情表現に従属する形式ではなかったと想定するにしても、序詞の源流が必ずしも譬喩とは結びつかないことになるのは明らかだろう。しかし、そうだからと言って、現在見られる記紀歌謡や初期万葉の歌から譬喩的な性格のものを除けば、その歴史が判然とするような単純なものではない。

土橋の『古代歌謡論』に、

鳴瀬ろに[A]木屑の[C]依すなす、

いとのきて愛しけ夫ろに人さへ依すも　（三五四八）

などの例をあげてこれも一種の序詞であると規定し、

前句にA、後句にBを述べて脚韻式繰返しで統一する原理は同じであり、ただ前後句の等長性が変化し、前後句をつなぐ方法が違うにすぎない。万葉ではこれらを一括して『寄物陳思歌』と呼んでいるが、こうした分類が可能なのも、短歌の様式的原理が、万葉の歌に至ってもなお生きているからに外ならない。(33)

と記されているのも、「なす」「ごとし」などの語を含む直喩の歌を併せて、序歌様式の検討が必要なことを示している。本節に、注釈書によっては序詞と認定されていない譬喩歌を含めて吟味するのも、そのためである。

『古代歌謡論』よりもずっと後に記された土橋の「万葉集の序詞」には、インドネシア、マライシアの四行詩であるパントゥンという民謡の例が書かれている。

Dari mana Punai melajang　　どこから野鳩は飛んで来た
Dari Paja turun kepadi,　　沼から籾へおりて来た
Dari mana kasih sajang,　　どこから恋は(やって来た)
Dari mata turun kehati,　　目から心へおりて来た、

これは内容的に前二行が序詞、後二行が本旨に相当する。第一行と第三行、第二行と第四行に見える押韻は、意味の違う語を音声の類似によって統一している点、わが国の歌謡における脚韻式繰返しに通ずる。

また、スマトラのヤールヒス(年市)やバッサラアラム(夜市)では、コロンチョンというパントゥンの大会が開かれ、即興的な掛合いが行われたとも言われている。たとえば、

甘い蜜柑は沢辺に生えて

ちょいと布でも掛けられる

と男が初めの二行を歌いかけると、女は、

甘い口だけ私にかけて

真の心は他へ向ける

と後の二行を人事に掛けて歌い返すのである。「甘い蜜柑」から「甘い口」へ、「(布を)掛け」るから「(口を)掛け」るへ、音の類似を利用して、自然から人事へと一気に転換する。こういった方法は、中国詩にも多く見られる。譬喩となるか否かがそこでは一義的な問題ではない。

右のような東南アジアの例や、中国における歌のありようが、序詞の源流を探る場合に考え合わせられるのである。ところで、前掲の(1)～(22)の例に戻って言うならば、譬喩の歌として一部の注釈書に序詞から除かれているような例を含めた上で、(1)から(10)までの天智朝以前の歌と、(11)から(22)までの天武・持統朝の歌との間に、かなり著しい相違の見られることに注意されるだろう。(1)～(22)の諸歌は、(20)(21)の役民長歌中の地名を掛詞とした例を除けば、前半に自然の景物を、後半に人事を歌うという対応構造を持っている。その景物と心情表現との間に、どのような関係が認められるかを、大摑みに表示すると、第2表のとおりになる。

第2表中「譬喩性」の欄は、景物表現が譬喩的意味で心情(人事)表現部と関連を持っているか、そうでないかを表わしたものである。×印は、譬喩的関係の特に認めがたい例、△印は、「衣に着く」と「目につく」、「(弓)引く」と「(人を)引く(誘う)」とのように、掛詞的な転換が見られ、譬喩と言えるかどうか疑問の残る例を示す。

表を一覧して分かるとおり、(1)～(10)には、同音(類音)を上下の句に反復する例が多いのに対し、(11)～(22)には反復すべき語句を略したかと思われる例はあるが、同音反復が乏しく、逆に、景物と心情の表現の間の譬喩的な意味の関連

第2表

	歌番号	前句（景物）	後句（心情）	同音（類音）反復	譬喩性
(1)	五	焼く塩の	思ひそ焼くる	○	○
(2)	四八七	不知哉川	（いさ）	反復の略か	×
(3)	一九	衣に着くなす	目につく吾が背	○	△
(4)	九二	木の下隠り行く水の	吾こそ益さめ		○
(5)	九三	玉くしげ……開け	（夜）開けて行かば		△
(6)	九四	三諸の山のさな葛	さ寝	○	×
(7)	九六	真弓わが引かば	引か（誘は）ば		△
(8)	九七	真弓引かずして	引か（誘は）ず		△
(9)	九九	梓弓……引く人は	引く（誘ふ）人は		△
(10)	一〇〇	荷前の箱の荷の緒	心に乗り		○
(11)	一五七	短木綿	（皇女の命の短かさ）	反復の略か	○
(12)	四九〇	淀の継橋	（継ぎて）思へ	反復の略か	○
(13)	四九一	いつ藻の花	いつもいつも	○	×
(14)	四九五	照る月の	飽かず		○
(15)	一一〇	刈る草の	束の間も		○
(16)	一九二	鳴く鳥の	夜なき		○
(17)	一二五	蔭ふむ路の	八衢に物をそ思ふ		○
(18)	一二二	はつる泊の	たゆたひに		○
(19)	一六〇八	白露の	消かもしなまし		○
(22)	一一四	穂向の寄れる	片よりに		○

は(1)〜(10)のグループではゆるく、(11)〜(22)では緊密なものになっている。

上田設夫「万葉集の序詞構造について」[34]に、初期万葉の序歌には譬喩と言いうる例が少なく、同音利用のものが中心になると記しているのも、右の如き態様を表わすだろう。本節のように譬喩歌かも知れないと考えられる例を含めつつ天武朝以降の例と比較しても、なお、それが認められるのである。

上の表にも明らかなように、初期万葉の譬喩的序詞は(1)(4)(10)に見られる。そのうち(1)が舒明朝の作ではなく、人麻呂以後の作と考えられることは先述のとおりで、厳密には(4)と(10)と言うべきである。

数の乏しいばかりではない。同じく譬喩と言っても、(10)を、たとえば人麻

呂歌集の、

春されば　しだり柳の　とををにも　妹は心に　乗りにけるかも　(一八九六)

宇治川の　瀬々のしきなみ　しくしくに　妹は心に　乗りにけるかも　(二四二七)

や、巻十一・巻十二の出典不明歌、

大船に　葦荷刈りつみ　しみみにも　妹は心に　乗りにけるかも　(二七四八)

いざりする　海人の楫の音　ゆくらかに　妹は心に　乗りにけるかも　(三一七四)

などとくらべた場合、喩となる景物と、喩えられる心情との関係が、わたり詞(つなぎ詞)を介して論理的に明確かつ精細なのは人麻呂歌集や出典不明歌の方で、(10)はそれに対して、「とををにも」「しくしくに」「しみみにも」「ゆくらかに」に相当する語句を欠いているだけ、論理的な結合は大まかに見える。一首の、意味的な統合が、初期万葉の序歌ではゆるく、第二期以降の歌では緻密になっていると言えよう。

いま(1)〜(10)を甲群とし、(11)〜(22)を乙群とすれば、甲群と乙群との相違は、同音もしくは類音の反復の多寡、譬喩的な序詞の占める割合の違いなどに認められるわけで、これを大摑みに、口誦のうたから、記載の文学としての短歌への変質を示唆するものと見ることができるのではなかろうか。

ここで念のために、人麻呂作歌と明記された序歌をも確かめておきたい。人麻呂が、わたしたちの推定してきたとおり、文字をとおして歌をつくり、口誦の名残りをとどめながらも、言葉の意味を重視する記載文学的性格を、いっそう強めていったとすれば、作歌における序歌(以下、丙群とする)は、右の甲群にくらべ景物表現と心情表現との間の意味的な、すなわち譬喩的な関連を深めているはずだろうし、少なくとも乙群に近い傾向を示しているのではないかと予想されるからである。

丙　人麻呂作歌の序歌

(23)見れど飽かぬ吉野の川の常滑の絶ゆることなくまたかへりみむ　（三七）
(24)石見の海　角の浦廻を　浦なしと　人こそ見らめ　潟なしと　人こそ見らめ　よしゑやし　浦は無くとも　よしゑやし　潟は無くとも　いさなとり　海辺をさして　和多豆の　荒磯の上に　か青なる　玉藻沖つ藻　朝はふる　風こそ寄せめ　夕はふる　波こそ来寄れ　波のむた　か寄りかく寄る　玉藻なす　寄り寝し妹を……　（一三一）
(25)埴安の池の堤の隠り沼の行方を知らに舎人はまとふ　（二〇一）
(26)……玉かぎる　磐垣淵の　隠りのみ　恋ひつつあるに……　（二〇七）
(27)……玉だすき　畝傍の山に　鳴く鳥の　声も聞こえず……　（二〇七）
(28)もののふの八十氏河の網代木にいさよふ波の行方知らずも　（二六四）
(29)三熊野の浦の浜木綿百重なす心は思へど直に逢はぬかも　（四九六）
(30)をとめらが袖ふる山の瑞垣の久しき時ゆ思ひきわれは　（五〇一）
(31)夏野行く牡鹿の角の束の間も妹が心を忘れて思へや　（五〇二）

伊藤論文に見られる序歌表と、(23)〜(31)は、ほぼ重なるが、(26)(27)の長歌二〇七における序詞の、いずれかが伊藤の挙例では落ちているらしい。澤瀉『注釈』に(26)(27)の双方とも序と説かれているように、二〇七歌の序詞は二カ所と数えるべきだろう。(35)それはともかく、人麻呂作歌中の短歌で序を含むものは、(23)(25)(28)(29)(30)(31)の六首で伊藤論文の認定とも一致する。

右の丙群を瞥見して知られるとおり、人麻呂作歌における序詞と心情表現部との関連は、「もののふの八十」「をとめらが袖」という「宇治河」「布留山」の地名に冠する場合を除けば、もっぱら譬喩的な意味関係によると言って良いだろう。(23)は、吉野川の川底や岸に、「常滑」の絶えぬことを譬喩とし、(25)は埴安池の、流出口のない「隠り沼」の情景が、行く先知れぬ舎人たちの心情にたとえられている。いずれも譬喩的意義の明確な例である。

(29)の「三熊野の浦の浜木綿」は、その茎の皮が幾重にも重なった形を言うのか、(36)それとも花のむらがり咲く状態をあらわすのか、(37)葉が重なり合っているのを映像《イメージ》としたものか、(38)説が分かれるが、いずれの解によっても「百重なす」恋の思いの喩であることに違いはない。おそらく犬養孝の言うように、(39)浜木綿の群落の厚く艶やかな葉が幾重にも重なり合う景観を「百重なす」と表現したものではないかと思われるが、そうだとすれば、欝屈した心情の喩としてなおさら受容し易いだろう。

(30)の上句は二重の序になっている。「袖」までが地名「布留」にかかるとともに、「瑞垣の」までの三句は合わせて「久しき」に掛かる序でもある。前者は「振る」と「布留」との掛詞、後者は布留の社の玉垣の年を経て変らぬさまを恋の久しさに重ね合わせた巧みな喩と言える。(31)は、夏の牡鹿の角の生えかわったばかりの短さを「束の間」のたとえとしたもの。

長歌の中の(24)(26)(27)も、石見の海の波に揺れる玉藻、山中の岩に囲まれた美しい淵、畝傍山に鳴く鳥の声を、それぞれ共寝をした妹の姿態や、人知れず恋うる我のすがた、亡妻の声の聞こえぬ譬喩に用いたものである。

右のほか、巻三の、

(32)やすみしし　吾が大君　高輝らす　日の皇子　しき坐す　大殿の上に　久方の　天伝ひ来る　雪じもの　行きかよひつつ　いや常世まで　（二六一）

も挙げておくべきだろう。山田『講義』や「古典大系」のように「雪じもの」を枕詞と説くものや、土屋『私注』や

「古典集成」のように、序詞か否か特に記さない注釈書も見えるが、窪田『評釈』、澤瀉『注釈』などのごとく序詞とするのが妥当である。(40)

(32)は、(23)〜(31)の諸例と異なり、「雪じもの」のユキと同音を反復して「行きかよひ」に連なる形式である。ただし意味上の関連が全く無いかと言うと、そうではない。窪田『評釈』に、

> これは形の上からいうと、下の「往来ひ」の「ゆき」に畳音の関係で続いているので、序詞と見るべきであるが、作意の上からいうと、一首の力点で、きわめて重いものである。大体としては、おりからの眼前の大雪を捉えて、「往来ひつつ」の譬喩としたもので、今降っている雪のごとくにしげしげと京よりこの大殿へと往来いたまいての意と取れる。（傍点—稲岡）

と説くように、譬喩的性格も指摘されるようだ。家持作歌に「今日降る雪のいや重《し》け吉事」（四五一六）とあるのも、降りしきる雪を吉事の重畳することの喩とした例で、それと同様にしきりに通うことを「雪じもの　行きかよひつつ」と歌ったと考えられる。「古典集成」に、

> 雪でもないのにあたかも雪が降りしきるかのように絶え間なく、の意で、「行き通ひ」を修飾する。

と注するのも同じ。(41)「〜じもの」という、譬喩的修飾句をつくる形式を利用し、人麻呂は譬喩の意図をもって作歌したと見られる。序詞としない注釈書があるのも、譬喩性を認めてのことらしい。

(32)の例を含めるか否かは別にしても、人麻呂作歌における序詞の譬喩性への傾斜は、さきの甲群よりもいちじるしく、乙群とほぼ等しいことが確かめられるはずである。折口が「純粋譬喩に傾いた」のを「主として人麻呂のした為事であつた」と記したのは、こうした甲群・乙群・丙群の序詞と、用言に冠する枕詞の多彩な用法を把握してのことなのだろうか。

三　人麻呂歌集の序歌の位相

前節まで確かめてきたように、初期万葉の序歌(甲群)と、天武・持統朝の序歌(乙群・丙群)との間には、性格上かなり大きな変動が認められる。相違は主として譬喩性の加重に求められるし、その結果、一首の論理的統合性の増していることも確かである。西郷信綱『詩の発生』に、人麻呂の枕詞が「実景と見れば見られなくもないような詩的イメージをもったものに発展してきている」ことを指摘し、古事記の、

夏草のあひねの浜の蠣貝に足踏ますな明かして通れ　(記八七歌)

における「夏草の」よりも、人麻呂の、

……夏草の　思ひ萎えて　偲ふらむ　妹が門見む　靡け此の山　(一三一)

の方が意味的要素を増していることに注目しているのと同種の変化を、序詞の用法にも見得るのである。甲群の例そのものの乏しさを勘案せねばならないにしても、記紀歌謡の序歌の性格をも参照し(第四項)、こうした表現の変化は人麻呂の時代における記載の文学への展開と深く関連したものとしてとらえられるべきだろう。

枕詞の、人麻呂による新作や改鋳という多数の、しかも他の歌人たちに先だつ例から推定して、人麻呂がこうした新たな技術の開発に主導的役割を果したことは疑いない。とすれば、序の譬喩性や論理的意味の加重についても、いちはやい人麻呂の変革と実践とが考えられるに違いない。

もちろん、人麻呂以前の序歌がまったく譬喩性を持たなかったなどと言うのではない。初期万葉歌や記紀歌謡のなかの譬喩的な序は、それに先立つ例を含んでいるだろうし、それらに採録されなかった歌も少なくないだろう。序歌

には譬喩的な性格のものもあったろうが、その譬喩性への自覚において、また、序の形式を真に譬喩表現にふさわしいものとして活用した意識の変革の強さと方向性において、人麻呂を境にした変化を考えるのである。

問題は、人麻呂歌集歌にあろうか。丙群すなわち人麻呂作歌を見るかぎり、右のような意識は、持統朝の人麻呂の内面にすでに定着していたように思われる。序詞をもっぱら譬喩表現に活用する意識が、丙群の諸例には確かな自覚としてあったことを想像させるのだが、甲群に見る初期万葉の序歌の表現から、丙群の人麻呂作歌へ、その転換は一気に、飛躍的になされたのであろうか。

人麻呂歌集の序歌は、そうした問題を考える場合の重要な手掛かりとなると思われる。歌集の非略体序歌のうち、巻十一に見えるものについては、別稿にも触れた(42)。

丁　人麻呂歌集(非略体歌)の序歌

(33) 処女らを袖ふる山の瑞垣の久しき時ゆ思ひき吾は　(二四一五)
(34) 荒磯越し外行く波の外心吾は思はじ恋ひて死ぬとも　(二四三四)
(35) 近江の海沖漕ぐ舟のいかり下し蔵びて君が言待つ吾ぞ　(二四四〇)
(36) 香具山に雲居たなびきおほほしく相見し子等を後恋ひむかも　(二四四九)
(37) 雲間よりさ渡る月のおほほしく相見し子等を見むよしもがも　(二四五〇)
(38) 我が故に言はれし妹は高山の峰の朝霧過ぎにけむかも　(二四五五)
(39) 天雲に羽うちつけて飛ぶ鶴のたづたづしかも君しいまさねば　(二四九〇)
(40) まそ鏡見とも言はめや玉かぎる磐垣淵の隠りたる妻　(二五〇九)

の七例が、寄物陳思歌中の例であり、問答歌の、

(41)うまさけの三諸の山に立つ月の見が欲し君が馬の音そする　(二五一二)

の二例を併せ、九首を数える。なお巻十二には非略体歌はなく、(33)〜(41)を序歌とすることは伊藤の序歌表に一致することを付記しておくべきだろう。[43]

これらを一覧して、譬喩性の濃厚さを指摘することは容易である。(35)の、「沖漕ぐ舟のいかり下し」た状態を、「人目につかないように遠く離れてじっとしてる自分をたとえたもの」とし、[44] (39)の天雲とすれすれに飛ぶ鶴を、「愛しい男の訪れもなくただ一人いる作者の姿態」を表象するもの[45]と解すれば、譬喩性は九首のすべてに徹底していることになる。

つまり、同音反復という口誦のうたの音楽的特徴は残しつつ、譬喩性という意味を重視した記載の文学の方法へ、非略体歌の序詞はその性格変化を十分に遂げていると思われる点で、乙群や丙群に近似するのである。(35)(39)という、注釈書によって譬喩性を認められない歌をいちおう別にすることにしても、甲群にではなく、乙・丙群に類似する性格は否定されないだろう。

巻十一以外の非略体歌にも、次のような序歌が含まれている。

(42)み吉野の三船の山に立つ雲の常にあらむと我が思はなくに　(二四四)
(43)巻向の痛足の河ゆ往く水の絶ゆることなく又かへり見む　(一一〇〇)
(44)妹が門入り泉川の常滑にみ雪残れりいまだ冬かも　(一六九五)
(45)春草を馬咋山ゆ越え来なる雁の使は宿り過ぐなり　(一七〇八)
(46)かはづ鳴く六田の川の川柳のねもころ見れど飽かぬ川かも　(一七二三)
(47)神奈備の神より板にする杉の思ひも過ぎず恋の茂きに　(一七七三)

(48)巻向の檜原に立てる春霞おほにし思はばなづみ来めやも　（一八一三）

右のうち、(42)は三船山に立ちのぼる雲が「常にある」ことの譬喩か、それとも「常にあらむと我が思はなくに」という下句全体の譬喩なのか説が分かれている。後者のような例は、もっと後代になって見られるので、前者が正しいだろうが、いずれにせよ、譬喩であることに間違いはない。

(43)は「往く水の」まで三句が「絶ゆることなく」の喩で、作歌(23)の例に似ている。(44)(45)は、「妹が門入り」「春草を馬」が、それぞれ「泉川」「咋山」という固有名にかかるもので、丙群（作歌）の(28)、乙群（人麻呂を除く天武・持統朝の作歌）の(20)(21)などに等しい。折口が諺から序詞への詞章の断片化を考えたのは、この種の序であったようだ。

(46)は、柳の「根のもつれたさまとネの音とから、音義両面にわたってネモコロを起こす序とした」[46]ものであろう。ネモコロは、心をこめてとか、つぶさにの意を表わす副詞で、この歌では「見れど」にかかる。語源を「根・モコロ（如しの意）」とする説によるならば、直喩性が明瞭になろうが、そうではなく「根モ凝ロ」と考えるにしても、「細かい根が土とともにこりかたまっているところから、精細にの意をあらわす副詞」[47]に用いたものと見られ、譬喩性は否定しがたい。「ネ」を掛詞とし、譬喩的な意図も併せ持った序詞と思われる。

(48)も、春霞のかかっているぼんやりした景色を、いいかげんに思うことの喩として、「おほに」をわたり詞（つなぎ詞）としたもの。

これらに対し、(47)は、景物表現と心情表現との意味的類同性が乏しく、同音の「スギ」を繰り返しつつ、まったく別の映像《イメージ》へ転換していく例である。三輪山の神霊の憑りつく板である杉は、「思ひも過ぎず」の喩となるわけではない。むしろ音声的な類似が、ことばの論理的な意味を超えて両者を結びつけるのであり、その面白さが(47)の生命であると言って良いだろう。

第3表　人麻呂作歌の序詞の性格

	歌番号	前句（景物）	後句（心情）	同音（類音）反復	譬喩性
(23)	三七	常滑の	絶ゆることなく		○
(24)	一三一	……玉藻なす	寄り寝し妹		○
(25)	二〇一	……隠り沼の	行方を知らに		○
(26)	二〇七	玉かぎる磐垣淵の	隠りのみ恋ひつつある		○
(27)	二〇七	玉だすき……鳴く鳥の	声も聞こえず		○
(28)	二六四	もののふの八十	氏河		
(29)	四九六	三熊野の浦の浜木綿	百重なす		○
(30)	五〇一	をとめらが……瑞垣の	久しき		○
(31)	五〇二	夏野行く牡鹿の角の	束の間		○
(32)	二六一	やすみしし……雪じもの	行きかよひつつ	○	○

同形のことばを反復して景物表現から心情表現に連接する序詞は、井手至によると[48]、

(イ)形式の類同性のみのあることばの反復（同形反復）

(ロ)意味の類同性もあることばの反復（同語反復）

の二種類に分類されるが、非略体歌のなかで(47)は、同形反復の好例となる。

　こうしてみると、丁群の人麻呂歌集非略体序歌の場合も、丙群（人麻呂作歌）と同様に譬喩性への志向はいちじるしく、甲群（初期万葉歌）よりも乙群（人麻呂を除く天武・持統朝の歌）に近いと言って良いことが確かめられる。同時に、人麻呂作歌の場合よりも同形反復の確例および問題ある例を含む点において、甲群的な要素を残しているとも言えるだろう（第三表、第四表参照）。

　さらに、これらと人麻呂歌集略体歌に見られる序詞とを比較するならば、それぞれの特徴がいっそう明らかになるはずである（第五表参照）。

　別稿[49]では、巻十一寄物陳思歌中の略体序歌四〇首(58)〜(97)を取りあげて論じたが、巻七・巻十・巻十二の例、および巻十一の正述心緒歌中の例(57)を併せると、人麻呂歌集略体歌のなかの序歌は五六首にのぼる。伊藤の序歌表と対

照すると、二四四〇（(35)）・二四五五（(38)）の二首を非略体歌（伊藤序歌表では詩体歌）と判断した点[50]と、二四二四（(60)）・二四七七（(84)）を序歌と認めた点が異なっている。

二四七七は「あしひきの名に負ふ山菅」が、山菅を押し伏せるように相手の体を押し倒す意で「押し伏せて」にかかる譬喩と見るのが穏やかだろうし、また、二四二四も「紐鏡のとかの山の」が第五句の「紐解かず」に掛かるものと思われる。

第4表　人麻呂歌集（非略体）序詞の性格

	歌番号	前句（景物）	後句（心情）	同音（類音）反復	譬喩性
(33)	二四一五	処女らを……瑞垣の	久しき		○
(34)	二四三四	荒磯越し外行く波の	外心	○	○
(35)	二四四〇	……舟のいかり下し	蔵びて君が言待つ		○
(36)	二四四九	香具山に雲居たなびき	おほほしく		○
(37)	二四五〇	雲間よりさ渡る月の	おほほしく		○
(38)	二四五五	高山の峰の朝霧	過ぎにけむかも		○
(39)	二四九〇	天雲に羽うちつけて飛ぶ鶴の	たづたづしかも	○	△
(40)	二五〇九	玉かぎる磐垣淵の	隠りたる妻		○
(41)	二五一二	三諸の山に立つ月の	見が欲し君		○
(42)	二四四	み吉野の三船の山に立つ雲の	常にあらむ		○
(43)	一一〇〇	巻向の痛足の河ゆ往く水の	絶ゆることなく		○
(44)	一六九五	妹が門入り	泉川		
(45)	一七〇八	春草を馬	咋山		
(46)	一七二三	……六田の川の川柳の	ねもころ		○
(47)	一七七三	神奈備の神より板にする杉の	思ひも過ぎず	○	×
(48)	一八一三	巻向の檜原に立てる春霞	おほはし思はば		○

それはともかく、注目すべきは略体序歌における同音（類音）反復の多さではなかろうか。右の五六首のうち、二一首（四割弱）を占める反復形式は、同じ巻十一・巻十二に収められている出典不明歌に比べ、遥かに高率であるし、心情表現部に転換するさいの、景物と心情との間に譬喩的な意味がほとんど認め

第5表　戊　人麻呂歌集(略体)序歌の性格

	歌番号	歌詞	同音(類音)反復	譬喩性
(49)	一三〇四	天雲のたなびく山の隠りたる吾が下ごころ木の葉知りけむ		○
(50)	一八九〇	春山の友鶯のなき別れかへります間も思ほせ吾を		○
(51)	一八九三	出でて見る向かひの岡に木繁く咲きたる花の成らずは止まじ		○
(52)	一八九五	春されば先づ三枝の幸くあらば後にも逢はむな恋ひそ吾妹	○	△
(53)	一八九六	春さればしだり柳のとをにも妹は心に乗りにけるかも		○
(54)	二二三九	秋山にしたひが下に鳴く鳥の声だに聞かば何か嘆かむ		○
(55)	二二四一	秋の夜の霧たちわたりおほほしく夢にそ見つる妹が姿を		○
(56)	二二四二	秋の野の尾花が末の生ひ靡き心は妹によりにけるかも		○
(57)	二四〇七	百積の舟隠り入る八占さし母は問ふともその名は告らじ		×
(58)	二四一七	石上布留の神杉神さぶる恋をも我はさらにするかも	○	○
(59)	二四二三	道の後深津島山しましくも君が目見ねば苦しかりけり	○	×
(60)	二四二四	紐鏡のとかの山の誰が故か君来ませるに紐解かず寝む	○	×
(61)	二四二六	遠山に霞たなびきいや遠に妹が目見ねば吾恋ひにけり		○
(62)	二四二七	宇治川の瀬々のしき波しくしくに妹は心に乗りにけるかも	○	○
(63)	二四三〇	宇治川の水沫さかまき行く水の事かへさずそ思ひそめてし		○
(64)	二四三一	鴨川の後瀬静けく後も逢はむ妹には我は今ならずとも	○	○
(65)	二四三五	近江の海沖つ白浪知らねども妹がりといはば七日越え来む	○	×

(66)	二四三六	大舟の香取の海にいかり下ろしいかなる人か物思はざらむ	○	×
(67)	二四三七	沖つ藻かくさふ波の五百重波千重しくしくに恋ひわたるかも		○
(68)	二四三九	近江の海沖つ島山奥まけて我が思ふ妹が言の繁けく	○	×
(69)	二四四四	白真弓石辺の山の常磐なる命なれやも恋ひつつ居らむ		○
(70)	二四四五	近江の海沈く白玉知らずして恋せしよりは今こそまされ	○	△
(71)	二四五一	天雲の寄り合ひ遠み逢はずともあだし手枕我まかめやも		○
(72)	二四五三	春楊葛城山に立つ雲の立ちても居ても妹をしそ思ふ	○	○
(73)	二四五六	ぬばたまの黒髪山の山菅に小雨降りしきしくしく思ほゆ	○	○
(74)	二四五九	わが背子が浜ゆく風のいや早に事をはやみかいや逢はざらむ		○
(75)	二四六一	山の端を追ひ出づる月のはつはつに妹をそ見つる恋しきまでに		○
(76)	二四六四	三日月の清にも見えず雲隠り見まくそ欲しきうたてこのころ		○
(77)	二四六六	浅茅原小野に標結ひ空言も如何なりと言ひて君をし待たむ		○
(78)	二四六七	道の辺の草深百合の後もと言ふ妹が命を我知らめやも	○	×
(79)	二四六八	湊葦にまじれる草の知り草の人皆知りぬ我が下念は	○	×
(80)	二四六九	山ぢさの白露重みうらぶれて心に深く我が恋止まず		○
(81)	二四七〇	湊にさねばふ小菅ぬすまはず君に恋ひつつありかてぬかも		○
(82)	二四七一	山城の泉の小菅なみなみに妹が心を我が思はなくに		△
(83)	二四七二	見わたしの三室の山の巌菅ねもころ我は片思そする		○
(84)	二四七七	あしひきの名に負ふ山菅押し伏せて君し結ばば逢はざらめやも		○

	歌番号	歌詞	同音(類音)反復	譬喩性
(85)	二四七八	秋柏潤和川辺の篠の目の人には忍べ君に堪へなく	○	×
(86)	二四八〇	道の辺の壱師の花のいちしろく人皆知りぬ我が恋妻は	○	×
(87)	二四八二	水底に生ふる玉藻の打ち靡き心は寄りて恋ふるこのころ		○
(88)	二四八六	千沼の海の浜辺の小松根深めて我恋ひわたる人の児故に		○
(89)	二四八七	平山の子松が末のうれむぞは我が思ふ妹に相はず止みなむ	○	×
(90)	二四八八	磯の上に立てるむろの木ねもころに何しか深め思ひそめけむ		○
(91)	二四九三	高山の峰行く猪鹿の友を多み袖振らず来ぬ忘ると思ふな		○
(92)	二四九五	たらちねの母が養ふ蚕の繭ごもり隠れる妹を見むよしもがも	○	○
(93)	二四九六	肥人の額髪結へる染木綿の染みにし心我忘れめや	○	○
(94)	二四九七	隼人の名に負ふ夜声いちしろく我が名は告りつ妻と頼ませ		○
(95)	二五〇〇	朝月の日向黄楊櫛古りぬれど何しか君が見れど飽かざらむ		○
(96)	二五〇二	まそ鏡手に取り持ちて朝な朝な見れども君は飽くこともなし		○
(97)	二五〇五	梓弓引きて許さずあらませばかかる恋には逢はざらましを		△
(98)	二八五五	新治の今作る路さやかにも聞きてけるかも妹がうへのことを		○
(99)	二八六〇	八釣川水底絶えず行く水の継ぎてそ恋ふる是の年ごろを		○
(100)	二八六一	磯の上に生ふる小松の名を惜しみ人に知らえず恋ひ渡るかも		×
(101)	二八六二	山川の水陰に生ふる山菅の止まずも妹は思ほゆるかも	○	×

(102)	二八六三	浅葉野に立ち神さぶる菅の根のねもころ誰故吾が恋ひなくに		○
(103)	三一二七	度会の大川の辺の若歴木吾が久ならば妹恋ひむかも	○	×
(104)	三一三〇	豊国の企救の浜松ねもころに何しか妹に相云ひ始めけむ		○

られない例(先掲の井手論文に言う同形反復)を多く含む。「譬喩性」の欄に×印を付けた諸歌がそれで、同音(類音)反復例中の一三首にのぼる。つまり略体序歌の四分の一は、たとえば、

　道の後深津島山しましくも君が目見ねば苦しかりけり　(二四二三)

のように、序詞の部分と、それを受ける心情表現部との間の論理的なつながりが乏しいのである。少なくとも作歌や非略体歌に見るような、わたり詞と序詞との間の密接な関係は、ここには見られない。

　近江の海沖つ白浪知らねども妹がりといはば七日越え来む　(二四三五)

でも同様だろう。発想において「近江の海」の白浪が嘱目の景物であったかどうか、確かめる術もないが、序詞と、それを受ける後半部との意味的な関連は、極めて薄いと言わなければならない。

　窪田『評釈』に、

　　沖のほうの状態は知られない意であるが、それに寄せて女の心の知られないことをいっている。

と説くのは、譬喩性を認めてのことだが、「女の心の知られないこと」とするのは、如何だろうか。「古典全集」に、「知らねども」に注して、

　　相手の住居を知らないという意のほかに、波の行方を知らないという気持も含まれる。

と記すのも、単なる同形反復ではなく、「白波」と「知らね」の間にことばの意味的な関連を認めようとしてであるが、

「波の行方を知らない」は、深読みに過ぎよう。

一方、佐佐木『評釈』に、「近江の海に立つ白波、その『しら』といふ音のやうに、女の住むところは知らないけれども」と訳すのは、意味上の関連のない同形反復の例と判断されたものである。茂吉『評釈篇』に、

此処は、シラナミシラネと音で続けたまでで、巻三(三一三)の、見吉野之滝乃白浪雖不知と同じ技巧である。

と記しているのも同様。強いて意味の上で前句と後句を関連させずに読んでも、「上半に序詞を用ゐ、中味は極めて簡単であるが、その簡浄ないひまはしの中に真情こもり、民謡的歌としては素朴蒼古でめでたいもの」(茂吉『評釈篇』)と感じられよう。むしろ、同形反復で譬喩性はないと考えるほうが、歌の調べに即しているかも知れない。

大舟の香取の海にいかり下ろしいかなる人か物思はざらむ　(二四三六)

は、譬喩的な序と解する注釈書が見られない。窪田『評釈』に、

「碇おろし如何なる人か」の続きは、同音反復とはいえ飛躍の大きいもので、語つづき自体が興味的なものである。

と記すように、意表をついた面白さがある。

近江の海沖つ島山奥まけて我が思ふ妹が言の繁けく　(二四三九)

の「沖つ島山奥まけて」の続きも、オキとオクとの類音の繰返しで、序と心情表現の部分とに論理的な対応関係は認められないだろう。諸注に同音(類音)反復のことのみ記しているなかで、窪田『評釈』に、

「淡海の海奥つ島山」は、この男女の住地に関係があるとして捉えているものであるが、男としては、奥つ島に祈って結んだ関係という意で捉えて、「奥まけて」に続けたものである。

と言っているのが、変っていて注目されよう。が、「沖つ島山」に祈った、とまで言えるかどうか、疑問である。

近江の海沈く白玉知らずして恋せしよりは今こそまされ　（二四四五）

の場合、シラの音の反復にとどまらず、序と心情表現の間にさまざまな意義づけが行われているのを見る。窪田『評釈』の、

序詞は同音でかかっているものだが、気分のつながりが深く、譬喩以上のものである。

は、やや不明確で具体性を欠くが、佐佐木『評釈』に、「白玉」について、

女の譬喩としたのではないが、しかし間接的には、やはり女の美しさを匂はしてゐると取れる。

と言うのは、「シラの同音を繰返して『知らず』に続けた形式的技巧」であることを認めた上で、微妙な効果を指摘する。それをさらに明確に、

淡海の海に沈んで居る白玉の知れないやうに、ただ知らずにほのかに恋した頃に較べれば、現在は益々切実になつてゐる、益々恋しいといふので、この歌も恋歌としておもしろい。（茂吉『評釈篇』）

と言えば、明らかに譬喩となろう。「古典全集」に、

白玉は、深窓に生い育った女にたとえるが、シラの同音繰返しの効果をもねらう。

とあるのは、窪田『評釈』や佐佐木『評釈』に暗示されていたところを作者の意図として断定した形になっている。こうした譬喩説が正しいか、同形反復の形式的技巧と見るのが正しいか、判断は微妙で、作者の意識を推定することは、かなり難しい。

それにくらべて、「道の辺の草深百合の後もと言ふ」(78)や、「平山の子松が末のうれむぞは」(89)、「山川の水陰に生ふる山菅の止まずも」(101)などの、景物表現と心情表現との意味的関連の乏しさは、あたかも初期万葉の藤原鎌足作歌「玉くしげ三諸の山のさな葛さ寝ずは遂にありかつましじ」（九四）にも似る。もちろん茂吉の指摘するように「山

川の水陰に生ふる山菅」という表現などに注目すべき点はあるが、序詞の譬喩性は稀薄なのである。

そのほか「篠の目の人には忍べ」(85)や「壱師の花のいちしろく」(86)、「若歴木吾が久ならば」(103)も、わたり詞(つなぎ詞)が景物表現と同形で反復され、映像や意味の上でかならずしも近いとは言えない事柄が前句と後句に配されているのを見る。強いて言えば、「壱師の花」を牧野富太郎および松田修の説[51]によってヒガンバナとすると、目ざめるほどの紅い花が「いちしろく」と歌われているのにふさわしいことになるが、藤原浜成の『歌経標式』の、

道の辺のいちしの原の白妙のいちしろくしも我恋ひめやも

という歌によると、「壱師の花」は白い花らしく、ヒガンバナ説には疑いが抱かれる。それとも、白花を「いちしろく」と歌ったのだろうか。

(79)湊葦にまじれる草の知り草の人皆知りぬ我が下念は　(二四六八)

の「知り草」は、一名をサギノシリサシと呼ばれる湿地植物で、茎の先の鋭くとがった所からシリサシの名があると言われ[52]、「人皆知りぬ」の「知り」と同音を利用した序詞になっている。先の「壱師の花のいちしろく」もこれと同様に作者の意図として譬喩性はないのかも知れないと思う。

右にあげた同音(類音)反復の、しかも譬喩性を意識しないと推測される例の中には、今後、研究の深化とともに改めて譬喩性の認められるものが皆無だとは言い切れないだろう。が、それにしても、意味上の対応のはっきりしている前掲の乙群・丙群、さらに丁群の序歌にくらべ、五三首のうち二一首が同音(類音)反復形式で、その一四首が序と心情表現部との論理的関係のゆるい例であることは、人麻呂歌集略体序歌の特徴として注目されよう。

別稿[53]でわたしは、略体歌の右のような性格を巻十一・巻十二の出典不明歌と比較し、

百積の舟隠り入る八占さし母は問ふともその名は告らじ　(二四〇七)

山城の泉の小菅なみなみに妹が心を我が思はなくに　(二四七一)

梓弓引きて許さずあらませばかかる恋には逢はざらましを　(二五〇五)

などの掛詞利用の例も勘案しながら、「比喩的な意味によるのでなく、同音や類音を利用し、映像や観念の転換の面白さを主とした序は、人麻呂歌集に三割から四割近く見られるのに、出典不明歌では半分かそれ以下に激減し、比喩的な意味がそれにかわって重視されてくる」と記したが、それは単に数量的な相違にとどまらないのである。

たとえば巻十一出典不明序歌中の同音(類音)反復形式は、左の二三例である。

(105)紅の深染衣色深く染みにしかばか忘れかねつる　(二六二四)
(106)古の倭文機帯を結び垂れ誰といふ人も君にはまさじ　(二六二八)
(107)住吉の津守網引の浮けの緒の浮かれか行かむ恋ひつつあらずは　(二六四六)
(108)今夜の有明月夜ありつつも君をおきては待つ人もなし　(二六七一)
(109)あしひきの山鳥の尾の一峯越え一目見し児に恋ふべきものか　(二六九四)
(110)荒熊の住むとふ山の師歯迫山責めて問ふとも汝が名は告らじ　(二六九六)
(111)犬上の鳥籠の山なる不知也河いさとを聞こせ我名告らすな　(二七一〇)
(112)明日香川行く瀬を早み早けむと待つらむ妹を此の日暮らしつ　(二七一三)
(113)近江の海沖つ島山奥まへて我が思ふ妹が言の繁けく　(二七二八)
(114)あられ降り遠つ大浦に寄する波よしも寄すとも憎くあらなくに　(二七二九)
(115)沖つ波辺波の来寄る左太の浦のこのさだ過ぎて後恋ひむかも　(二七三二)
(116)大舟のたゆたふ海にいかり下ろしいかにせばかも我が恋止まむ　(二七三八)

(117)大舟の艫にも舳にも寄する波寄すとも我は君がまにまに　(二七四〇)
(118)あぢの住む渚沙の入江の荒磯松吾を待つ児らはただひとりのみ　(二七五一)
(119)我妹子を聞き都賀野辺のしなひ合歓木我は忍び得ず間なくし思へば　(二七五二)
(120)波の間ゆ見ゆる小島の浜久木久しくなりぬ君に逢はずして　(二七五三)
(121)朝柏潤八河辺の篠の目の偲ひて寝れば夢に見えけり　(二七五四)
(122)大君の御笠に縫へる有間菅ありつつ見れど事なき我妹　(二七五七)
(123)葦垣の中のにこ草にこよかに我と笑まして人に知らゆな　(二七六二)
(124)葦鶴の騒く入江の白菅の知らせむためと言痛かるかも　(二七六八)
(125)道の辺のいつ柴原のいつもいつも人の許さむ事をし待たむ　(二七七〇)
(126)海の底沖を深めて生ふる藻のもとも今こそ恋はすべなき　(二七八一)
(127)高山にたかべさ渡り高々に我が待つ君を待ち出でむかも　(二八〇四)

巻十一出典不明歌中の序歌は、計一〇三首にのぼるので、先掲の人麻呂歌集略体序歌の倍近くになるが、そのうち反復形式は二三首で数としては余り変らない。つまり割合から言うと、同音反復が序歌全体の二割強へ、人麻呂歌集の四割弱にくらべ半減するわけである。その点は、巻十二の出典不明歌の場合も同様と言って良い。

それのみでなく、問題は反復形式における意味性の加重にある。右の(105)〜(127)のうち、たとえば「紅の深染衣色深く染み」(105)や「住吉の津守網引の浮けの緒の浮かれ」(107)は、単なる同音反復つまり同形反復と言うより、むしろ譬喩性の明らかなものだろう。(112)(114)(117)も同様であるし、そのほか、(108)の「今夜の有明月夜ありつつも」は、「今夜の」と歌っているのでも察せられるように、通って来る男を待つ女性が有明の月を見つつ嘆いている趣で、情景の描写(叙述)に相当する内容を反復形式の序詞に表現したものである。これは、形式は口誦のそれを受け継ぎつつ、一首の情趣や意味は記載の恋歌としての内容を示すものと言える。

(109)の「山鳥の尾の一峯越え一目見し児」も、同音を利用してヒトヲのヲを起こすというのみでなく、山鳥が「峯向かひに妻問ひす[54]」と言われる鳥であったから、その習性をあわせ考えつつ、山一つ隔てた村の女性に逢ったことを歌う。これもまた意味が重視されていると思われる[55]。

また(116)は、人麻呂歌集の「大舟の香取の海に」(66)に似ているが、佐佐木『評釈』に、

　「大船のたゆたふ海」が恋に動揺して止まぬ心の姿にふさはしく、従って「碇おろし」はそれを鎮めようとする心もちがうかがはれ、頗る暗示的な効果を持つ序である。

と記しているように[56]、反復形式を利用しながら、譬喩性も併せ含むのである。

(119)の「聞き都賀野辺のしなひ合歓木」も「我は忍び得ず」のシノビと、シナヒとの類音を繰り返す形でありつつ、思いにしおれた様子を「しなひ合歓木」によって譬えたものと考えられる。この歌は「我妹子を聞き」まで、序の中の小序と言いうる、いわゆる二重序歌であって、井手至の指摘したように序の内容は歌の主題と密接なかかわりを持つ[57]。このような二重序歌は、人麻呂歌集の「処女らを袖ふる山の……」(二四一五)にも見られたが、万葉集では巻十一・巻十二の出典不明歌に多く、古今集にも見える。

(126)の「海の底沖を深めて生ふる藻のもとも」は、「モ」の繰返しに特徴があるが、心の奥深く思うことを譬喩的に表わすのだろう。単なる同形反復ではなく、序の表現が心情表現に深くかかわるわけで、一首の論理的な統一性の強化を示す例になる。

(127)の「高山にたかべさ渡り高々に」は、タカを三度四度と繰り返したところに歌謡的な諧調を感じさせる。序の内

容は、「高々に」が、背のびをして人を待つ意とすれば、(58)高山を渡ってゆくたかべに譬喩的効果が認められよう。これも佐佐木『評釈』に、

内容においても、通うて来る男を象徴したやうな序の力強さを感ずる。

と、関係を深く理解しようとした注が見られる。

こうして一首ずつを検討してみると、反復とは言え、単なる同形反復ではなく、譬喩的な意味の濃厚な序の多いことが確かめられると思う。右にはあげなかったが、(118)の「あぢの住む渚沙の入江の荒磯松吾を待つ」の例は、マツの反復であるとともに、「古典大系」の大意に「渚沙の入江の荒磯の一本松のように」と記されているごとく、荒磯松は、男を待つ「ただ一人」の児らの象徴とも考えられるのである。また(124)の「葦鶴の騒く入江の白菅の知らせむため」も、シラの音を反復するのみでなく、「葦鶴の騒く」声が世間の人の口のうるささを思わせる。

同音や類音を繰り返す形式は、甲群の初期万葉歌の例から察せられるとおり、序歌の中では意味上の関係を超えて、連想の飛躍を許しやすい様式と言えよう。そうした様式を保ちながら、意味的あるいは情趣的に一首の統合性を高めてゆくことは、かなり難しいに違いない。ことばの音楽性が意味性を上回る、単なる同形反復を文字を介して見ると、表現のやや冗漫な感じは否めまい。繰返しを含みながらも譬喩的な機能を併せ持った序が増すのは、記載の文学として当然であったろう。詮じつめれば、一首の論理的求心性が強められ、序の表現も心情表現の中枢部分へ直結する方向に整えられていったということである。

人麻呂歌集の、

(66)大舟の香取の海にいかり下ろしいかなる人か物思はざらむ　（二四三六）

と、出典不明の、

(116)大舟のたゆたふ海にいかり下ろしいかにせばかも我が恋止まむ　（二七三八）

とを比較すると、後者の第一句と第二句、すなわち「大舟のたゆたふ海に」が結句の「我が恋止まむ」を予想し意識している程度は、前者の「大舟の香取の海に」と下句との関係を越えていると思われる。それだけ序詞が心情表現の手段化したとも言えるのである。

同じく松を詠んでも、

(89)平山の子松が末のうれむぞは我が思ふ妹に相はず止みなむ　（二四八七）

と、

(118)あぢの住む渚沙の入江の荒磯松吾を待つ児らはただひとりのみ　（二七五一）

とでは、松が下句にうたわれている恋情の対象と一体化して印象される点で、前者より後者に、序詞と心情表現部との意味的関係は深くなっていると言える。人麻呂歌集の「平山の子松が末」は「うれむぞ」という語と同形の縁で歌われ、後句との論理的な関連は認められないのである。つまり人麻呂歌集略体序歌に見られる同語反復では、ことばの論理的統合性がゆるく、出典不明の序歌ではそれが強まっているのであって、そのことを通して口誦のうたからの相対的な遠さを後者に指摘することもできるだろう。

念のために言い添えるなら、口誦のうたからの相対的な遠さといっても、それは、出典不明の序歌がまったく歌われなかったなどということを必ずしも意味しない。記載の歌として作られながら口誦もされたであろう性格を認めつつ、本来の口誦のうたとは異なることを考えるのである。

同形反復の序詞が、記載の歌の方法としてよりも口誦のうたの方法として重用されたであろうことは、甲群から戊群までの序歌を一覧して推察されよう。掛詞による場合も合わせ、序詞を元来心情表現に従属する修辞として存したのではなく、景物から心情の表現へ転換する方法としてあったものとみる土橋寛説[59]が肯定的に顧みられるのである。人麻呂歌集略体序歌は、非略体歌よりも、また巻十一・巻十二出典不明歌よりも、後句と意味的関連のゆるい序詞を多く含むことにおいて、口誦のうたに相対的に近いと言える。一方、甲群の初期万葉歌に比すれば、譬喩的な序を増している点で記載の歌への近よりをも見せているわけで、そこに略体序歌の特殊な位相がうかがえよう。

もちろん、略体序歌と非略体序歌、あるいは出典不明歌との右のような相違は、それのみを取りあげて前者から後者の方向への表現史的動向を直ちに説明しうる例ばかりとは言えないかも知れない。ただ、『万葉表記論』に詳述したとおり、表記論的に略体歌が非略体歌より以前に、非略体歌は人麻呂作歌より以前に、人麻呂自身によって書きとめられていたことが明らかであり、枕詞の用法においても略体歌・非略体歌・作歌の順に表現の推移を考えうるとすれば、それと同様に、序歌におけるわたり詞や譬喩の性格の変化も理解されるのではないかと思う。別稿[60]にも触れたとおり、序詞がどのようなわたり詞(つなぎ詞)にかかるかを確かめることも、一首の求心的構造を明らかにするために役立つはずである。

初期万葉歌では、「吾こそ益さめ」とか「心に乗りにけるかも」という主体の心の状態を譬喩的に表現する序詞の例も皆無ではないけれども、それよりも「開けて行かば」「引かば」「さ寝ずは」など、一首の主題となる抒情の条件句や修飾句にかかる序が圧倒的に多い。それも譬喩ではなく、同音(類音)や掛詞を利用して、映像や意味の上で意想外の転換を果たしつつ後句につながる例が多い。それが一首を、意味的に単純なものとしているし、内容の意欲性や声調のおおらかさと相まって、一首を野太い感じにもしている。

これに対して、人麻呂歌集歌や人麻呂作歌では、譬喩的な序詞が増すばかりでなく、一首に論理的求心性を加え、主体の動作や心情を表現する句に直接する序詞も見られるようになる。

とくに人麻呂作歌では、

もののふの八十氏河の網代木にいさよふ波の行方知らずも　(二六四)

の傍線部以外の九例がすべて譬喩であり、

見れど飽かぬ吉野の川の常滑の絶ゆることなくまたかへり見む　(三七)

埴安の池の堤の隠り沼の行方を知らに舎人はまとふ　(二〇一)

夏野行く牡鹿の角の束の間も妹が心を忘れて思へや　(五〇二)

の「絶ゆることなく」「行方を知らに」「束の間も」のように、主体の動作を修飾する句に掛かる例もあるが、妹の動作「寄り寝し」「声も聞こえず」、さらには歌の主体の動作、

……玉かぎる　磐垣淵の　隠りのみ　恋ひつつあるに……　(二〇七)

……久方の　天伝ひ来る　雪じもの　行きかよひつつ　いや常世まで　(二六一)

「隠りのみ　恋ひ」「行きかよひ」に直接する例も見られる。

そうした譬喩性への傾斜や、論理的求心性の加重は、記載技術の獲得という条件を併せ考えるとき、口誦から記載への歌の表現の変化を直截に示すように思われる。また「隠りのみ　恋ひつつある」とか「行方を知らに」などをわたり詞(つなぎ詞)とする例の出現は、意欲や集団的願望を中心とするのではなく、個の嘆きに表現の重点が移っていったことをあらわしてもいよう。

非略体序歌(前掲第4表参照)についてもほぼ同様なことが言えるが、略体序歌は、それらとやや趣を異にするところを持つ。

すでに記してきたように、略体序歌の四割近くは同音反復の形を持ち、またその中の六割(全体の二割三分)は心情

表現部と意味的にかかわりの薄い序詞を含んでいる。つまり、人麻呂作歌や非略体歌ほど譬喩性や論理性への傾斜がいちじるしくなく、口誦歌の技法を保存すると見られるところがある。

右のことを、別の角度から補って言うならば、次のような点も注意されるはずである。

いま試みに、略体序歌の五六首を序詞の位置と長さによって分けると、

(イ)1〜2句が序詞であるもの

(ロ)1〜3句が序詞であるもの

(ハ)1〜4句が序詞であるもの

の三種になる。そのうち(イ)が圧倒的に多く、三九首を数えるのに対して、(ロ)は一五首、(ハ)は僅か二首に過ぎない。これを非略体歌の、

(イ)1〜2句が序詞(二四三四・二四四九・二四五〇)　三首

(ロ)1〜3句が序詞(二四四四・一一〇〇・一七二三・一七七三・一八一三・二四一五・二四四〇・二四九〇・二五一二)　九首

(ハ)1〜4句が序詞　なし

(ニ)3〜4句が序詞(二四五五・二五〇九)　二首

と比較すれば、略体序歌に(イ)がどれほど多いかが明らかになろう。

(イ)が大部分を占めることを一首の構造および内容に即して言いなおすと、わたり詞(つなぎ詞)は当然第三句目に位置することが多く、したがって前述のように、どのような句にかかる序が多いかを問題にした場合、主体の心情や動作を直接に表現する動詞や形容詞でなく、それらを修飾する語句や、前提となる条件を提示する句にかかるという、

初期万葉の序歌に近い特徴を指摘しうるわけである。

上田設夫『万葉序詞の研究(61)』にも記されているとおり、万葉集の第二期以後、1〜3句から成る序、つまり(ロ)の形が増加するのであり、非略体歌や人麻呂作歌でもそれが確かめられる。略体序歌は、その形の上からも、作歌や非略体歌より口誦のうたに近い位相のものと見るのが妥当と思われる。『万葉表記論』における表記史的な推定と併せて言うならば、人麻呂は、略体序歌の制作を通じて非略体歌や作歌につながる方法を身につけて行ったはずなのである。

四　記紀歌謡の序歌とその性格

前項まで、万葉集の序歌についてその特徴を記してきたのであるが、ここでは記紀歌謡の序歌をとりあげ、補説するとともに、派生する問題について考えておきたい。

古事記・日本書紀歌謡に見られる序詞は、次のとおりである。
(イ)神風の　伊勢の海の　大石に　這ひ廻ろふ　細螺《しただみ》の　い這ひ廻り　撃ちてしやまむ　(記一三歌)
(ロ)あめつつ　千鳥ましとと　など裂ける利目　(一七歌)
(ハ)久方の　天の香具山　とかまに　さ渡る鵠　ひは細　撓や腕を　まかむとは　我はすれど　さ寝むとは　吾は思へど(後略)　(二七歌)
(ニ)いざ子ども　野蒜《のびる》摘みに　蒜摘みに　我が行く道の　香妙し　花橘は　上《ほ》つ枝は　鳥居枯らし　下《し》づ枝は　人取り枯らし　三つ栗の　中つ枝の　ほつもり　あから嬢子を　いざささば　よらしな　(四三歌)
(ホ)……冬木の　素幹が下木の　さやさや　(四七歌)

(ヘ)つぎねふや　山代川を　川上り　我が上れば　川の辺に　生ひ立てる　さしぶを　さしぶの木　其が下に　生ひ立てる　葉広　斎《ゆ》つ真椿　其が花の　照りいまし　其が葉の　広りいますは　大君ろかも　（五七歌）

(ト)つぎねふ　山代女の　木鍬もち　打ちし大根　根白の　白腕　まかずけばこそ　知らずとも言はめ　（六一歌）

(チ)つぎねふ　山代女の　木鍬もち　打ちし大根　さわさわに　汝が言へせこそ　うち渡す　やがはえなす　来入り参来れ　（六三歌）

(リ)小竹葉に　打つや霰の　たしだしに　率寝てむ後は　人は離《か》ゆとも　（七九歌）

(ヌ)天だむ　軽嬢子　いた泣かば　人知りぬべし　波佐の山の　鳩の　下泣きに泣く　（八三歌）

(ル)御諸《みもろ》の　厳橿が本　橿が本　ゆゆしきかも　橿原嬢子　（九二歌）

(ヲ)引田の　若栗栖原　若くへに　率寝てましもの　老いにけるかも　（九三歌）

(ワ)御諸に　築くや玉垣　つきあまし　誰にかもよらむ　神の宮人　（九四歌）

(カ)日下江の　入江の蓮　花蓮　身の盛り人　羨しきろかも　（九五歌）

(ヨ)大和の　この高市に　小高る　市のつかさ　新嘗屋に　生ひ立てる　葉広　斎つ真椿　其が葉の　広りいまし　其が花の　照りいます　高光る　日の皇子に　豊御酒献らせ　（一〇一歌）

（以上『古事記』）

(タ)いざ吾君　野に蒜摘みに　蒜摘みに　我が行く道に　香ぐはし　花橘　下枝らは　人皆取り　上つ枝は　鳥居枯らし　三栗の　中つ枝の　ふほごもり　赤れる娘子　いざさかばえな　（紀三五歌）

(レ)淡路島　いや二並び　小豆島　いや二並び　宜しき島々　誰か　た去れあらちし　吉備なる妹を　相見つるもの　（四〇歌）

(ソ)押し照る　難波の埼の　並び浜　並べむとこそ　その子はありけめ　（四八歌）

(ツ)夏むしの　蚕《ひむし》の衣　二重著て　囲《かく》み宿《やだ》りは　豈良くもあらず　（四九歌）

(ネ)つぎねふ　山背女の　木鍬持ち　打ちし大根　さわさわに　汝が言へせこそ　打渡す　やがはえなす　来入り
参来れ　（五七歌）

(ナ)つぎねふ　山背女の　木鍬持ち　打ちし大根　根白の　白腕　まかずけばこそ　知らずとも言はめ　（五八歌）

(ラ)とこしへに　君も逢へやも　いさな取り　海の浜藻の　寄る時々を　（六八歌）

(ム)天飛む　軽嬢子　いた泣かば　人知りぬべみ　幡舎《はさ》の山の　鳩の　下泣きに泣く　（七一歌）

(ウ)大君の　御帯の倭文服《しつはた》　結び垂れ　誰やし人も　相思はなくに　（九三歌）

(ヰ)……やすみしし　我が大君の　帯ばせる　細紋《ささら》の御帯の　結び垂れ　誰やし人も　上に出て歎く　（九七歌）

(ノ)遠方《をちかた》の　浅野《あさの》の雉《きぎし》　響《とよも》さず　我は寝しかど　人そ響《とよも》す　（一一〇歌）

(オ)山川に　鴛鴦二つ居て　偶《たぐひ》よく　偶《たぐ》へる妹を　誰か率にけむ　（一一三歌）

(ク)射ゆ鹿猪《しし》を　つなぐ川辺の　若草の　若くありきと　吾が思はなくに　（一一七歌）

(ヤ)飛鳥川　みなぎらひつつ　行く水の　間もなくも　思ほゆるかも　（一一八歌）

(マ)赤駒の　い行き憚る　真葛原　何の伝言　直にし良けむ　（一二八歌）

（以上『日本書記』）

(イ)〜(ヨ)は、古事記の、(タ)〜(マ)は日本書紀の歌謡である。(イ)は、第五句「細螺の」までが序詞で、「い這ひ廻り」の譬喩的修飾句になっている。譬喩とは言うけれども、万葉集の「にほ鳥の　二人並び居」（巻五・七九四、憶良）などに比すると、人事を自然物で喩えるより、人間が細螺という自然に同化し、融合する感の強いものである。そうした点は、(ロ)も同様で、鳥の名を列挙した上で、咄嗟に人事に転換してゆく呼吸は、自然との分離以前の融即的自然観を思わせる。土橋『全注釈』に「さける利目」の譬喩的序詞と記しているが、これも普通に譬喩と言われている場合よりも、自然と人間との関係が濃密である。

(ハ)の「久方の　天の香具山　とかまに　さ渡る鵠」は、記伝に言うように、「ひは細　撓や腕」の序であろう。掛かり方には諸説あって、宣長は熱田大神宮縁起の歌を考えあわせ「許知碁知能　夜麻能迦比迩　佐和多流　久具比賀久毘」を正しい形と推定し、美夜受比売の腕の、鵠の首のように細くたおやかなことを表わすものと解しているが、縁起の歌は「山の峡ゆ　等美和多流　毘何波乃　波富曾　多和夜何比那乎」となっているので、「久具比賀久毘」とは考え難い。「毘何波乃」の「毘」の右に「久イ」とあるところから「久毘何波乃」を原文とすると、記伝の推定とは異なって、鵠の羽のやわらかさと、美夜受比売の腕との譬喩関係が考えられるだろう。(62) 記歌謡の表現は縁起よりも大づかみで、古樸さを感じさせる。

(ニ)は、有名な応神記に見える野遊びの歌である。初句から「ほつもり」まで一三句が序で、「あから嬢子」にかかる。「ほつもり」は難解な語で、まだ語義を確定しえない。記伝には「布本美都煩麻理《フホミツボマリ》の意にて、約《ツヅ》めて本都毛理《ホツモリ》とは云なるべし」と推定したが、有坂秀世『上代音韻攷』には、「ボーッと赤らんでゐるといふ風な意味の擬態語」かと言う。書紀の三五歌(前掲(タ))には「三栗の　中つ枝の　府保語茂利　あかれる嬢子　いざさかばえな」とあって、「ふほごもり」はフフミコモリ、つまり蕾の状態をあらわすから、この記の場合も、花の様子と若い女性の美しさとを掛けて「ほつもり」と言ったのであろう。

(ホ)は、冬木の裸の幹の下木のように、ゆらゆら揺れる意で、「冬木の　素幹が下木の」が、「さやさや」の譬喩的な序詞となる。

(ヘ)の、冒頭から一二句「真椿」までは、川辺に生える椿を歌っており、その花や葉の叙述から、大君を讃える内容へと転換するもので、「照り」「広り」が掛詞になっている。椿を呪的な植物とすることは、柳田国男「椿は春の木」[63]にも記されているとおりで、その椿の生命力にあやかり、大君の栄えを予祝する歌である。譬喩よりも掛詞による転換形式の方が生命的連繋の深さを感じさせるという土橋寛[64]の指摘は注意されて良い。

(ト)の場合は、「つぎねふ　山代女の　木鍬もち　打ちし大根」という冒頭四句が景物の提示部。普通の序歌の場合より「根白の」が「大根」の説明として加えられ、「白腕」を引き出すのを助けている。これを枕詞とは言い難いから、前四句に加えて、ここまでを序詞と考えることもできよう。土橋『全注釈』には、

「根白の」と「白腕」との関係は、この歌だけの一回限りのものであるから、上下関係の固定的・慣習的な枕詞とは性質を異にし、むしろ五音の序詞ともいうべきものである。しかしそうすると、初めの四句とこの句と、序詞が二つあることになる。それは当然で、この句を枕詞とか序詞の概念で理解しようとすること自体が誤りであり、第一段の景物の提示から、第二段の陳思部への受け渡しを任務とする。歌謡独特の句法として理解するのが正しい。

と言う。

(チ)は、右の(ト)によく似ている。ただ、形式的にはこの歌のほうが判り易く、「さわさわに」は「大根の白くさわやかな色から、同音異義のさわさわ騒ぐ意に転用した掛詞的技法」[65]と解される。厳密に言えば「サワサワ(喧騒)にサヤサヤ(清亮)とを掛けたもの」[66]とすべきかもしれない。

(リ)は「小竹葉に　打つや霰の」が序詞。「たしだしに」はいわゆるつなぎ詞(わたり詞)で、霰の降る音と、確かな意のタシの重複形とを掛けている。万葉集にも多く見ることのできる形と言って良い。霰の擬声語と、確かにの意の

副詞を掛けたものだから、譬喩ではない。

(ヌ)については、別に触れたことがある。(67)「(天飛む)軽の乙女は、ひどく泣いたら、人が知ってしまうだろうと、(波佐の山の鳩のように)忍び泣きに泣くよ」(68)と解されるが、この歌は、もともと軽の里の歌謡だったものを、軽太子の悲恋物語にとり入れたのであって、歌垣で歌われた場合には、はじめて男性を知った若い女性の泣く姿を見て、それをいじらしく思う男の歌として聞かれたのであろう。履中記の歌謡「埴生坂わが立ち見ればかぎろひの燃ゆる家群妻が家のあたり」を、本来は妻の家のあたりをなつかしみ見る国見的な歌であったのに、宮殿の炎上するさまを遠く望み見る歌として解釈し直して、物語の中にとりくんだのと、同様な事情がそこには見られるはずである。「古典全集」に「(天飛む)軽の乙女よ、おまえがひどく泣くならば、人が私たちのことを知ってしまうだろう。私はそれを気づかって、波佐の山の鳩のように、忍び泣きに泣くことよ」と訳されているのは、物語に合わせた読み方であるが、「大前小前宿祢、其の軽太子を捕へて、率て参出て貢進りき。其の太子、捕へらえて歌ひたまはく」という前文に「いた泣かば人知りぬべし」は、ふさわしくない。「波佐の山の鳩の下泣きに泣く」を悲嘆の譬喩的表現として受けとった上で、物語にとりこまれたのである。

(ル)は、第三句の「橿が本」までが序詞、忌み憚られる意の「忌々《ゆゆ》し」にかかる。神域の霊木である橿の木のように近寄り難い処女よ、の意で、本来は、歌垣で取り澄ました女性に対する揶揄をこめて歌われていたものであろうと推測されている。

(ヲ)の第二句「若栗栖原」まで同音で「若くへに」にかかる序。「若栗栖原」は、若い栗の木立を意味する語句だから、譬喩の意味もあろう。

(ワ)も、「築《つ》くや玉垣」のツクを繰り返し、「つきあまし」に転換してゆくもので、同音反復の序歌と言って良い。物語の中では、赤猪子が長い間清浄に仕え過ごして、老人になってしまったことを意味するように読まれるが、『琴歌譜』の一説に「巻向玉城宮御宇伊久米入日子伊佐知天皇」(垂仁天皇)が妹豊鉏入日売命と三諸山に登った時、神前を拝祭して作った歌とし、「此縁起似二正説一」と記す。この縁起によると、八七年間も神に奉仕した豊鉏入日売命に天皇が同情した歌ということになる。その方が物語と歌詞との関係は自然に感じられるが、そうした巫女に対する同情を読みとるのは抒情歌的解釈で、歌謡としては巫女を引合いに出して、あんな気の毒なことにならぬように、娘盛りのうちに相手を決めるよう勧誘する歌垣の歌謡なのだと、土橋『全注釈』には説かれている。前の「御諸の厳橿が本」と同様な性格の歌を、物語の中に取り込んだものと解されよう。

(カ)も、同じ赤猪子の話の中に見える歌。第三句まで、「身の盛り人」の譬喩的な序詞。この歌や、前の「御諸の厳橿が本」のように第三句をそのまま繰り返すのは、尻取式繰返しの原初的な形とも言われる。(69)

(ヨ)は、仁徳記の五七歌と同想の宮廷寿歌。花や葉の叙述から、大君讃美のことばへと転換するもの。記の歌謡中の序歌は、右の(イ)〜(ヨ)のように拾うことができる。注釈書によって、序歌としない歌も含まれているが、問題のある例も含めて、ほぼそのすべてを見うると言ってよいであろう。

日本書紀の例として掲げた(タ)〜(マ)のうち、(タ)(ネ)(ケ)(ム)は、記の歌謡に、ほぼ等しいものである。(レ)は、「いや二並び宜しき島々」までの五句が二人の仲の親しさをあらわす譬喩的な序詞。

(ソ)の第三句までは、「並べ」にかかる同音反復の序。難波の埼の並び浜のように二人並んでいられるだろうの意。

(ツ)の「囲み宿り」は難語であるが、「夏むしの　蚕の衣」という第二句までは、「二重」にかかる序かと思われる。

(ラ)は、序歌とすべきかどうか問題のある歌。「いさな取り　海の浜藻の」を「寄る」にかかる譬喩的な序詞と見ておく。

(ウ)(キ)は「大君の　御帯の倭文服　結び垂れ」と、「やすみしし　我が大君の　帯ばせる　細紋の御帯の　結び垂れ」とが、次の「誰」に対する同音の序になっている。この場合、譬喩的な意味はないだろう。

(ノ)は、「遠方の　浅野の雉」が第三句の「響す」にかかる譬喩的な序。(オ)も、第二句の「鴛鴦二つ居て」まで「偶よく　偶へる妹」の譬喩である。

(ク)は、「射ゆ鹿猪を　つなぐ川辺の　若草の」という上句が「若く」の同音の序。この場合は、譬喩的な意味を持つようだ。

(ヤ)は、「飛鳥川　みなぎらひつつ　行く水の」が序で、「間もなくも」がわたり詞(つなぎ詞)である。万葉集の「菅島の夏身の浦に寄する波間も置きて吾が思はなくに」(二七二七)などと似た序歌。

(マ)は、万葉集巻十二・三〇六九歌とまったく同じ歌。書紀では政治的な諷刺の歌であるが、万葉集では恋の歌になっている。上三句は譬喩である。序詞とすべきか否か問題はあるが、伊藤博『万葉集の表現と方法 下』の序歌表にも掲げられているので、ここに収めておく。

(イ)〜(マ)の諸例を一覧して、記紀の序歌の特徴と思われることを摘記するならば、第一に、掛詞にしても、譬喩にしても、あるいは同音反復にしても、たとえば「細螺の　い這ひ廻り」の「い這ひ廻り」や、「ほつもり　赤ら嬢子」などのように、歌の主体(話主)にとって望ましい状態であるか、あるいは「打ちし大根　さわさわに」のように必然的な叙述として肯定されるような詞句であって、主体(話主)にとって悲しむべき、否定的な状態を表わすものではないということが、注意されるであろう。これは、大君讃歌をはじめ、野遊びの歌、久米歌など、例として掲げられた歌の種類に応じた性格と言えるだろうし、既述の枕詞における特性と合わせて、記紀歌謡の方法的特徴と見なすことができる。

第二に、(ヌ)・(ム)などの歌の、改鋳(解釈のし直し)について。物語に組み込まれた歌としては、「下泣きに泣く」は、軽太子または軽大郎女が悲しみ嘆くことをあらわしており、「つきあまし」は雄略天皇のお召しを待って八〇年を過ごしたという赤猪子の嘆きを表現する詞句であるが、これらは本来は、軽および三輪地方の歌垣でうたわれたもので、(ヌ)(ム)は初めて男を知った女性の泣くのをいじらしく思って見る男性の歌、(ワ)は、巫女を引合いに出して、若い女性たちに恋の勧誘をする歌と推定される。

歌垣などで歌われていた歌謡に、別の解釈、つまり個人の抒情歌的な解釈が施されて、物語に取り入れられたと見られる例は、履中記の「埴生坂　わが立ち見れば　かぎろひの　燃ゆる家群　妻が家のあたり」や、允恭記の「うるはしと　さ寝しさ寝てば　刈り薦の　乱れば乱れ　さ寝しさ寝てば」の、枕詞・被枕詞の場合にも見られたところであるが、そうした解釈のし直しが、とくに、本来は主体(話主)にとって悲しむべき、負の状態を表現するのではない語句に集まっているのは、注目されるべきだろう。

物語に付属して軽太子や赤猪子の嘆きを歌う歌が古くから伝承されていたとするならば、このような不自然な、歌の読み換えなどは必要なかったはずである。また、枕詞や序詞が嘆きを形象化する喩の手法として、古くから利用されていたとするならば、もっと無理のない、適切な例歌を見出しえたはずで、散文と歌謡の表現との間に、矛盾を露呈することもなかったであろう。記紀歌謡の右のようなあり方は、文献に記されなかった歌の性格について多く考えさせる点を含んでいる。また、歌の読み換えの行われた時期についても示唆を与えるはずである。

さらに、第三に、記紀歌謡の序歌のうち、譬喩的な意味を持つと解される序詞における自然の表現と、人事の表現との融即性の濃厚さも指摘されるべきだろう。(イ)(ロ)(ハ)(ニ)(ヘ)(ヌ)(カ)(ヨ)(タ)(ネ)(ナ)(ム)などの景物と人事との関係は、譬喩というよりも、むしろ人間の方が細螺や鳥あるいは樹木などに同化し、融合する感が強い。譬喩か、掛詞か、厳密に言うと、むしろ後者と思われる例が少なくないし、景物の表現が独立的で、しかも多くの詞句を費やしたうえで、それを咄嗟に人事に結びつけてゆく転換のすばやさによって、後代の譬喩とは異なった印象を与えるのである。

もちろん、融即性の濃さは、自然との生命的連繋の深さを意味する。言霊的に生命力をふるいおこす方法として、それは譬喩以前のものであり、自然の霊性のうすれゆくままに、失われるはずのものである。先に記した第一、第二の特徴と、深く関わりを持つことは、もはや言うまでもあるまい。

五　心情の喩としての序詞

前項に扱った記紀歌謡の序歌にくらべ、人麻呂歌集の序歌において、嘆きの表現に枕詞や序詞が使われ、悲しみの心情表現の喩にも利用されるようになるのは、個の抒情歌の歴史にとって、新たな道であったと思われる。人麻呂ばかりでなく、人麻呂と同時代の人々の中にも、

大船のはつるとまりのたゆたひに物思ひやせぬ人の児故に　（一二二、弓削皇子）

橘の蔭ふむ路の八衢に物をそ思ふ妹に逢はずして　（一二五、三方沙弥）

などと歌った人があるのは、人麻呂の革新的な方法を、おそらく見習ってのことであろう。そこには恋のために揺れて定まらない心の状態や、物思いに千々に乱れるさまが、序詞によって巧みに表わされている。人麻呂の歌よりも抒情的に繊細な印象を与えるのは、行為を、ではなく、嘆きの心情そのものを譬喩的に表現することに重点が置かれているからである。そうした方法が呪的限界文芸的な歌の方法と異質であることは、明らかであろう。

ついでに言えば、巻二の磐姫皇后作歌の、

秋の田の穂の上に霧らふ朝霞いづへの方にわが恋やまむ　(八八)

を、かなり古い口誦の歌と考える人もあるけれども、右のような記紀歌謡の序歌、および万葉集の序歌を見ると、それほど古い歌とは認め難く思われる。

まず、この歌には、序詞を直接に受けるわたり詞(つなぎ詞)を指摘しえないという特徴があげられる。人麻呂歌集にも人麻呂作歌にも、こうした例はないと言って良いし、「いづへの方にわが恋やまむ」の下句全体にかかるものとして、八八歌の序詞は特徴的なのである。

巻二の、

神山の山辺真麻木綿短木綿かくのみ故に長くと思ひき　(一五七、高市皇子)

や、巻四の、

淡海路の鳥籠の山なる不知哉川けのころごろは恋ひつつもあらむ　(四八七、岡本天皇)

真野の浦の淀の継橋心ゆも思へや妹が夢にし見ゆる　(四九〇、吹芡刀自)

などを、同じくわたり詞(つなぎ詞)の見られぬ例としてあげる人もあるが、これらの例にあっては、それぞれの序の末尾は体言であり、その中に「短」「不知」「継」の語を含んでいる。もし、「短」「不知」「継」を繰り返す形がとられていたとすれば、普通の序歌の形式に等しくなっただろうが、音数上の制約によって略されたものと解されるのである。したがって磐姫作歌とは異なる。八八歌には、そうした語句を含まないのである。

さらに先にも記したとおり、秋の田の上にいさよう霞を歌った序は、下句の心情表現全体の喩としてはたらくのであって、これは序歌の原始形態と想像されるというより、もっと後代のかたちと考えるべきだろう。晴れやらぬ恋の思いを象徴するこのような譬喩は、本節で確かめてきたとおり、記紀歌謡にも、初期万葉歌にも、そして人麻呂の歌にも見出されないのであって、記載文学として人麻呂の時代以後に作られたものとするのが正しいと思われる。

(1)「契沖全集」第一巻六九頁。『代匠記』精撰本惣釈枕詞上に「今集中ノ枕詞ヲ挙テ、一部ニ亘ルヲハ此ニ注シ、一処二処ニアリテ彼処ニ注スルヲハ、只其処ヲ指示ス」とあり、そのあとに朱で「又、序ト云モ枕詞ノ長キヲ云ヘリ」と記す。また同じ惣釈枕詞下(「全集」第一巻一五七頁)に、「又序歌ハ、今出ス外ニ多ケレト、常ノ事ナレハ、唯枕詞ノ長キヲ別ニ名付テソヘタリ。長歌ニ、序ノイト長キハ、第十六ニ、乞食《ノ》者《ノ》為《ニ》レ鹿《ノ》述《ル》レ痛《ミヲ》歌ニ、平羣乃山爾ト云ハム料ニ十一句ヲ置キ、第十九ニ、大伴宿祢家持詠ニ霍公鳥并藤花一歌ニ、蓋上山爾ト云ハムトテ、是モ十一句ヲ置カレタリ」とも言う。

(2)「万葉集大成」第六巻。

(3)『称詞・枕詞・序詞の研究』二三七頁。

(4)『古代歌謡論』三五一頁。

(5)「律文学の根底」(「折口全集」第七巻)二〇七頁。

(6)「日本文章の発想法の起り」(「折口全集」第一巻)五二二頁。

(7)注(6)に同じ。

(8)『万葉集叢攷』(「高崎正秀著作集」第四巻)。

(9)「文学様式の発生」(「折口全集」第七巻)一八二頁。

(10)『古代歌謡論』三六六頁。

(11)『称詞・枕詞・序詞の研究』二六四頁。

(12)「転換期の歌人・人麻呂」(『日本文学』昭和五二年六月)。

(13)注(6)に同じ。

(14)「日本文章の発想法の起り」(「折口全集」第一巻)五二三頁。

(15)同右、五二四頁。

(16)「人麻呂の枕詞について」(『万葉集研究』第一集)。

(17)林勉「和歌の修辞」(『和歌文学講座』第一巻)。

(18)「軍王作歌の論」(『国語と国文学』昭和四八年五月)。

(19)　巻二の磐姫皇后作歌「秋の田の穂の上に霧らふ朝霞いづへの方に我が恋やまむ」(八八)も人麻呂以後の作であって、序歌の古例とは言いえない。
(20)　「反歌史溯源」(井上光貞博士退官記念『古代史論叢』上巻)。
(21)　『万葉集の表現と方法』下、二八二頁。
(22)　土屋『私注』、澤瀉『注釈』、佐佐木『評釈』などに序とする。
(23)　豊田八十代『万葉集新釈』、佐佐木『評釈』、澤瀉『注釈』に実際の鳥の鳴き声と解している。
(24)　賀茂真淵『考』、橘『略解』、「古典大系」、「古典全集」、「新潮古典集成」(以下「古典集成」と略す)などに、舎人たちが夜泣きする意に解している。
(25)　原文「夜鳴変布」をヨナキカハラフと訓むと、夜鳴く声が普段と異なって聞えることを表わすが、ヨナキカヘラフと訓む説もある。前者が正しいであろう。詳細は拙稿「万葉集巻二訓詁存疑」(その二)(『論集上代文学』第一三冊所収)参照。
(26)　窪田『評釈』、佐佐木『評釈』、「古典大系」、「古典全集」、「古典集成」など。
(27)　山田孝雄『講義』に、「『ニ』は形容せる意を示す『に』にて『にも』は『の如くしても』の意に解すべきなり。巻一『七九』に『栲之穂爾夜之霜落』、巻十『二三〇四』に『秋都葉爾爾宝弊流衣』などいへるに同じ」と言う。
(28)　武田『全註釈』、窪田『評釈』、澤瀉『注釈』などに序詞とする。
(29)　窪田『評釈』には序詞ではないとされているが、澤瀉『注釈』など序詞説を採る。
(30)　『万葉』九号所収。
(31)　『万葉集の表現と方法』下、二五四頁。
(32)　注(10)に同じ。
(33)　土橋『古代歌謡論』二九四頁。
(34)　『国語国文』昭和四九年七月。
(35)　「古典集成」には、二〇七歌の頭注において序詞と明記されたところがない。
(36)　荷田春満『童蒙抄』、『考』、『略解』、折口『口訳万葉集』、澤瀉『注釈』など。
(37)　『万葉花譜』など。

(38)　武田の改訂版『全註釈』、犬養孝『万葉の風土』、「古典集成」など。
(39)　「浦の浜木綿」(『万葉の風土』所収)。
(40)　伊藤博の序歌表にも、これを序詞としてあげている。
(41)　「行きかよひ」の主語を皇子とする説も見られるが、「古典大系」、澤瀉『注釈』、「古典集成」などに皇子に仕える人々と解しているのが正しいだろう。
(42)　「人麻呂歌集略体歌の方法」(三)(『万葉集研究』第九集)。
(43)　ただし伊藤の序歌表には、二四四〇と二四五五の二首を、非略体歌ではなく詩体歌(略体歌)とする。
(44)　「古典全集」頭注。
(45)　伊藤博「序詞の表現性」(『万葉集の表現と方法』下)二五六頁。
(46)　「古典全集」頭注。
(47)　「古典大系」五八〇番歌頭注。
(48)　「万葉集文学語の性格」(『万葉集研究』第四集)。
(49)　注(42)に同じ。
(50)　二四四〇の下句「蔵公之事待吾序」、二四五五の結句「過兼鴨」の、「序」「兼」の表記によって非略体歌と判断する。略体歌ではソ・ケムを記さないのが一般である。
(51)　牧野富太郎『新日本植物図鑑』、松田修『万葉植物新考』。
(52)　松田修前掲書。
(53)　注(42)に同じ。
(54)　『万葉集』巻八・一六二九の大伴家持作歌に見える表現。
(55)　「古典全集」頭注。
(56)　窪田『評釈』、「古典全集」などに同趣の注が見られる。
(57)　「万葉集文学語の性格」(『万葉集研究』第四集)。
(58)　「古典大系」、「古典全集」など。

(59) 注(10)に同じ。
(60) 注(42)に同じ。
(61) 『万葉序詞の研究』二五七頁の表によれば、第二期には、初句・第二句までの序が六一%を占めているのに、第三期には四三%、第四期には四二%に減少している。反対に第三句およびそれ以降に及ぶ序詞が第二期には三〇%を越える程度なのに、第三期・第四期には五七%を占める。
(62) 土橋寛『古代歌謡全注釈』古事記編。
(63) 「柳田国男全集」第二巻所収。
(64) 注(62)に同じ。
(65) 「古典全集」『古事記・上代歌謡』。
(66) 注(62)に同じ。
(67) 「転換期の歌人・人麻呂」(『日本文学』昭和五二年六月)。
(68) 注(62)に同じ。
(69) 注(62)に同じ。

5 反歌史溯源

——複数反歌への展開——

一 序——反歌様式成立以前

ここに「反歌」と称するのは、文学上の形式として成立したのちのいわゆる反歌を指すのであつて、それ以前の、音楽上のテクニックとして、長歌の末尾部分を節奏を変えつつ繰り返し歌ったというような段階まで含めて考えるわけではない。たとえば、折口信夫の『日本文学発生序説』に、

> 古い長歌、主として、記紀に大歌として録せられたものに、対偶と見るべき「反《ハン》歌」——しなの賦におけるてくにくなる反辞を、歌の反なるが故に、反歌と称へた。乱《ヲサ》め歌である。——のないことは、前にも述べたが、それのなかつたためでなく、それは音楽の常の約束なるが故に、書かなかつたにとどまる。「反歌」様式以前のものながら、意味においては、反歌同一のものが、あつたのである。

と言い、また、

> 長歌の乱辞《ヲサメコトバ》が、くり返されてゐる中に、反歌なるてくにくが明らかになり、其が短歌の分化を導いたことは、何としても有力な事実である。この声楽の上の勢力が、大きな流行として、長歌末段の三句或は、三句に先行する対句(二聯)、遂にはその対句の中の一聯(二句)と結合して行はれる間に、最後のものが、最妥当性を展いて来

た。其が世の愛好を高めて、反歌部門が成り立つに到った[1]。と記しているような「音楽の常の約束」であるため記録されなかった繰返しをも反歌史論の対象とするならば、それは万葉時代を遥かにさかのぼった時代を射程内におさめ、しかも音楽の問題を中心とする論議にまで発展してゆくような内容のものとなろう。じっさい、右に引いた折口の論を承けて、藤野岩友は中国における反辞や乱について、次のように記している。

> 荀子に見える反辞の語は、決して反歌という語と離しては考えられないのである。……この反辞なる語は、当時、賦乃至は音楽上のてくにくとして普遍しておった。それを使ったのではあるまいかと考えられるのである。(中略)
>
> 反辞は、一に乱ともいう。荀子の反辞は、小歌(楚辞では少歌)ともいい、楚辞の倡とも性質を同じくしている。この乱というのは、音楽上のてくにくであることは、礼記の楽記に「始奏以レ文、復乱以レ武」とあるのでも解る。音楽の演奏開始に当たって、文即ち、太鼓を打ちはやし、舞が畢わったときに、舞いおさめの曲を反覆して、武即ち金鐃を撃って退くのである。
>
> 反も亦、音楽の形式上の名であったと思われるのは、礼記楽記篇(祭義篇にも見ゆ)に、「礼主二其減一、楽主二其盈一。礼減而進、以レ進為レ文。楽盈而反、以レ反為レ文。礼減而不レ進則銷、楽盈而不レ反則放。故礼有レ報、而楽有レ反」とあるからである。(中略)つまり、反は乱と同じもので、孔疏に理(おさむ)とか、治理とか解かれている。おさめの曲、即ち、うちかえしの曲である。
>
> この反、即ち、乱が、古楽に於て、実際に用いられた証拠がある。「関雎之乱、洋々乎盈レ耳哉」(論語泰伯篇)がそれである。この乱の意味をば、反訓でおさむと釈いているが、また乱るとも解している(「国語」魯語の韋昭注など)。奏楽が将に終わらんとするとき、楽音を紛乱せしめるという形式があったからである。

右には、『詩経』の詩には、反辞や乱がついていないけれども、音楽として演奏するさいに乱のあったことが「関雎之乱」という論語の表現から知られることと、楽の終わりを変調して歌うのが『詩経』全体に通ずる歌い方だったろうことが書かれている。そして、乱の無い『詩経』の詩と、乱の有る『楚辞』の関係は、あたかも我が国の反歌のない長歌と、反歌の有る長歌との関係に比せられるとも言われている。(2)

確かに、海彼の音楽上のテクニックが我が国にも影響を及ぼし、万葉集以前の長歌の誦詠に際し末尾の部分の節奏を変えて歌ったということは十分想像されうることだろう。万葉集の反歌もそれと無関係ではなく、むしろ積極的に長歌の「乱辞《ヲサメコトバ》」の繰返しの中に、反歌という新たな様式を生み出しうる力を含んでいたことを、折口とともに考えるべきであろう。

しかしながら、藤野も触れているように、古楽伝来の証明は現段階ではきわめて困難であるうえ、それとは別に、わが国の長歌の末尾が特殊な節奏をもって奏せられたことを考えるにしても、その実態を知るのは不可能に違いない。したがって、現段階において万葉集研究の立場からする反歌史の記述は、『楚辞』の乱が「楽歌(器楽によって演奏する歌)演奏上の形式から変化して、文学上の形式として独立して行った」(3)のにも比せられるような、反歌様式成立以後に限定せざるをえないだろうし、また音楽上の問題を考慮するとしてもこれを中心の課題には据え難いのである。

二　初期反歌史推定の三つの方法

「反歌」が初めて作られたのは何時のことであったのか、また当初の「反歌」はどのような性格のものであったのか、それはきわめて興味深いことであるし、和歌史にとって重要な問題の一つであると思われるが、実のところこの

反歌の始源の様態は、十分に明らかにされては来なかったようである。久松潜一『万葉集考説』に、

> ……かなり後まで反歌のない歌も行はれたことになるが、然し全体として、舒明天皇頃を境として反歌が長歌に当然添ふべきものとなつたと思はれる。

と記されているのは、現存万葉集巻一の舒明朝の部分に、宇智野遊猟の歌や軍王作歌が見え、それぞれ「反歌」の頭書をもつ短歌形式の一首を有することによる。これは素直に万葉集の記載を受容する態度から必然的に導かれた反歌史の素描と言えよう。しかし、こうした素朴実証主義的な判断に飽き足らず、全く別の態様を想定しようとする研究者も見られたのである。たとえば、柿村重松『上代日本漢文学史』に、

> 文選は推古時代には已に伝はり居りしもの丶如く、随つて当時の識者には辞賦に乱を附せるものあることも知られ居りしなるべければ、舒明時代已に之れを歌に応用せしもの丶見はれしことも強ひて異むには足らざれども、当時果して所謂識者以外にもか丶ることが試作せらる丶に至りしかは疑ひなきこと能はず。

とし、

> 万葉集中には旧歌に対して後人の追和せるもの少からず。（中略）果して然らば間人軍王等の長歌に附せる反歌は実は作者に出でたるにはあらで、後人の追附に属するかも知るべからず。蓋し返（ママ）歌の発達は詩文大に興りて、楚辞文選の類が通行するに至りての産物なりとするを妥当とすべく、そは方に天智時代以後にあるべし。

と記されているのは、比較文学的立場から舒明朝における反歌の創始という想定に疑念をさしはさんだものである。柿村説はまだ荒削りなものだが、中西進はこの柿村の想を卓見とし、反歌を持つ歌と持たぬ歌を分類して検討し、長歌が反歌を伴うようになる転換期は中大兄三朝にあり、間人連老・額田王あるいは斉明天皇がその創始者となるのであろうことを、歌の具体的な検討をまじえつつ論述した。(4)

中西によれば、宇智野遊猟の歌は間人老の作であり、舒明朝ではなく老の唐からの帰国後、斉明天智朝にかけてであって、遅くとも天武一三年宿祢賜姓以前の作ではなかろうかと推定されるし、軍王作歌も舒明朝の作品ではなく持統朝近くのものと考えられる。こうして、最も古い時代の作品と見られた反歌の例の制作年次が大幅に引き下げられ、中大兄三朝における反歌の創始という中西の構想が語られるのである。なお徳光久也『白鳳文学論』にも、反歌の展開を近江飛鳥朝とする論が見られるが、具体例による詳細な説明はない。

柿村・中西・徳光などによって、現在見るままの万葉集の配列によるのではない反歌史の構想が示され、素朴実証主義的な態度からの脱却が企てられはしたが、なお反歌史を具体的に考えるさいに幾つか問題のあることも否定できない。とりわけて反歌がどのような形で作り始められたか、また、その後どのような展開を歴史的に遂げたのか、これまでの論議のなかでは殆んど問われて来なかったに等しい状態であって——例外的に言及の見られる吉井巌論文および窪田『評釈』の説は後述——それを探ることなしに反歌史の記述を全うすることはできまいと思われる。

ところで、反歌が最初期にはどのような性格のものであったかを考えるための方法は幾つか数えられるが、ここでは、とくに次の三つに絞って記しておきたい。第一は、文献学的に初期反歌の資料を整理し、その性格を確かめることである。これは当然のことと言えるが、久松説や中西説などからも推察されるように、「反歌」と記された作品の実際の制作年次に問題があり、そのほかに複雑な要因も絡まっていて、簡単には整理しきれないのである。後に掲げる方法や視点によって確かめられる結果と併せ、総合的に検討される必要を認める。

第二に、右を補う意味で、後代の反歌のありようと、歌人の反歌意識から遡って前代の意識を推測する方法が考えられる。吉井巌「反歌攷序説」(5)に、家持の反歌意識よりも人麻呂や赤人の方に、単なる従属的関係ではなくむしろ対応的な、より広い反歌の把え方が見られるとして、反歌は元来「短歌」であって、原初的には自由であったものが後に反辞的な狭い意味のものとなったと判断されているのも、また土屋文明の『私注』に、三山歌(一三〜一五)の左注「右一首歌今案不似反歌也」について、

反歌に似ないといふ意見は、反歌といふものを、長歌の意味を繰り返して歌ふと云ふやうな考へ方が、一般的になつて居た時代のものであらう。

と記されているのも、家持など後代の歌人を通して反歌史を推測しようとしている点に共通の方法意識をうかがわせる。ただし、どちらも舒明朝など古い時代の「反歌」の記載をそのまま認めるものであり、柿村説や中西説などと根本的に相違するのである(この点後述)。

吉井の「反歌攷序説」に、家持の反歌意識を軸として反歌史を構想しているのは、注目すべき方法と思われる。が、大伴家持よりも前の時代の、たとえば人麻呂の反歌意識を手がかりにして、初期万葉およびそれ以前の反歌のありようを推測しうるならば、いっそう効果的な方法と言えるのではなかろうか。

拙稿「人麻呂『反歌』『短歌』の論」(6)に記したとおり、人麻呂歌集および人麻呂作歌の反歌には、「反歌」の頭書をもつものと「短歌」の頭書を持つものと二種類あって、これらはいずれも人麻呂自身の記したものと推測される。それと同時に注目すべきことは、この二種類の作の間には反歌の性格に相違が認められ、作者の反歌意識の変化が指摘される点である。

さらに人麻呂の長歌のうち制作年次の明らかな作を並べて見ると、人麻呂は長歌の抒情内容を反復し強調するような反歌——そうしたものに「反歌」の頭書がある——を添えることから、独立性を増し、反歌相互の関連も意識されて時の経過や感情の変化までも包みこんだ複数の反歌——そうしたものに「短歌」の頭書がある——を連作的に添える方向に進んだことが明らかになる。いま参考のために、制作年次の明らかな作と、それに準じて考えうる作を年代

順に摘記してみると、次のとおりである。

持統三年

○日並皇子尊殯宮之時柿本朝臣人麻呂作歌一首 并短歌（一六七〜一六九）

反歌二首

持統四年

幸于吉野宮之時柿本朝臣人麻呂作歌（三六・三七）

反歌

持統五年

幸于吉野宮之時柿本朝臣人麻呂作歌（三八・三九）

反歌

○柿本朝臣人麻呂献泊瀬部皇女忍坂部皇子歌一首 并短歌（一九四・一九五）

持統六年

軽皇子宿于安騎野時柿本朝臣人麻呂作歌（四五〜四九）

短歌

持統十年

○高市皇子尊城上殯宮之時柿本朝臣人麻呂作歌一首并短歌（一九九～二〇二）

短歌二首

文武四年

○明日香皇女木𥿻殯宮之時柿本朝臣人麻呂作歌并短歌（一九六～一九八）

短歌二首

右のうち題詞に○印を付した諸歌は挽歌で、皇子女の薨年月の明らかなものだから制作年月もほぼ確定しうるし、他の無印の諸歌も巻一の相対的に厳密な年次配列中にあって、それぞれの制作年が推測され、従来の諸注の推定もほぼ一致していると言って良いものである。なお、吉野讃歌は左注によると持統五年までの作と考えられていたことが察せられるので、右には四年と五年とに分けて掲げておいた。

これらに、

過近江荒都時柿本朝臣人麻呂作歌（二九～三一）

反歌

を持統五年以前の比較的に早い時期の作歌として加えることができよう。真淵は、

歌の次を思へば朱鳥二三年の頃にや。(7)

と言い、土屋文明『万葉集年表』にも、持統三年の条に収載されているもので、澤瀉『注釈』や窪田『評釈』にも人麻呂作歌の中で比較的早い時期の作品として扱われている。

また巻二の、

柿本朝臣人麻呂妻死之後泣血哀慟作歌二首 并短歌(二〇七～二一二)

は、二〇七と二一〇の長歌にそれぞれ「短歌」が二首ずつ添えられているが、二一〇の初案と考えられる[8]「或本歌」に「灰にていませば」という句が含まれていてこの「人麻呂妻」の火葬にされたことを推察させる。『続日本紀』文武四年三月の道照和尚の物化を火葬の始まりとする記事に照らし、文武四年以後の作とまでは断定できないにしても、泣血哀慟歌を持統朝前半に遡る作とはし難いと言えるであろう。

こうして人麻呂作歌のうち年次の確定しうる長歌と、それに準じて扱いうる長歌を配列してみると、人麻呂が、持統五年以前の反歌には「反歌」と頭書し、六年以後は「短歌」と頭書を変えて記していたことが分明になる。頭書は後になって別人の記入したものではないかという疑問も抱かれるかと思うが、別稿に詳しく検討したとおり[9]、作者(人麻呂)の記した形がそのまま保存され、伝えられたと見るのが正しいであろう。

人麻呂が「反歌」「短歌」の術語を使い分けたのは、反歌の意識そのものに変化を生じたためである。反歌はもと長歌の抒情内容を繰り返して強調したり要約して歌うものとして添えられていたが、人麻呂はそうした長歌への従属性の濃厚な反歌に飽き足らず、長歌には詠まれていない時や所に焦点を移しながら、複数の反歌を構成的に詠み添える方向に進んだらしい。その際、従前の「反歌」と区別して、とくに「短歌」という頭書を記したと思われる。持統六年以後の反歌がすべて複数で、質的にも反復や要約にとどまらない新しい性格を見せているのはそうした反歌史の展相を窺わせてくれる。

「反歌」「短歌」の頭書を、作者（人麻呂）の反歌意識に即したものと把えるとき、前掲の頭書の変化は、必ずしも年次の明らかな作に限ることなく、制作年次の不明な長歌にも当てはめて考えうることではないかと思われる。[10] 人麻呂は、人麻呂以前の反歌に性格的に近似した「反歌」を作ることから徐々に新しい性格の反歌、すなわち「短歌」の創造へと向かったのであって、そうした「反歌」と「短歌」の人麻呂における対照が、それ以前の反歌の歴史を、かなり明瞭に浮かび上がらせてくれるのである。

同じく後の時代の反歌の様態から、初期の反歌史を推測するものとは言っても、吉井論文と卑見とでは想定の内容には大きな隔たりがある。その原因については後述するが、先にも触れたとおり、舒明朝以後の反歌を万葉集の記載のままに認めるか否かが、判断の分かれる一つの理由となっている。

ただし人麻呂における「反歌」「短歌」を通して、それ以前の反歌を見た場合、それらのなかには制作の当初から「反歌」として記録されていたかどうか疑問の作のあることも、はっきりするだろう。巻一の原形の成立は、持統朝以後と考えられるから、[11] 初期万葉歌の場合、題詞や標の指示する時代が事実そのままの記録とは限らないのである。

また反歌が、その初期においてすでに独立性の強いもので、長歌内容と時や所を隔てたものでありえたかどうか、歌の場の性格からも考えられるべきだろう。初期万葉歌は儀礼と密接な関係をもち、歌の場の規制を強く受けるものであったということも、しばしば言われるとおりである。そのような時間的・空間的な強い制約のもとで、長歌とは時を異にし、内容を異にする自由な反歌が多く詠まれえたという想像は、わたしには、かなり無理なもののように思われる。事実、人麻呂の反歌の中でも、儀礼的制約の少ない作では自由さを増しており、殯宮挽歌には相対的に変化が乏しいから、[12] 限界文芸的呪術的性格を脱し記載文学的性格を強めるとともに、反歌の独立性を増したと考えるのが自然だろう。

第三に、反歌という名称そのものからも推測しうるところがあると思う。

「反歌」は、中国文学の乱や反辞と関係があると言われる。木村正辞『美夫君志』に、

按ふに、此は漢土にて賦の末に一篇の括りを述べたるものありてこれを荀子に反辞といへり。本邦の長歌は彼国の賦の如きなるものから、彼に擬して長歌の末に読添へたる短歌を反歌とはいへるなり。

と言い、鹿持雅澄の『古義』(総論巻一)にも中山巌水の説を引きつつ、

……賦の乱辞を、荀子には反辞とありて、反辞は其小歌也と自《ラ》注しおきぬれば、ここの反歌の名、かの反辞に本づきて、其歌のさまも、かの意を旨として長歌の意を約めて、打返しうたふこととはなせりと云り、此考おもしろし

と記しているように、荀子の反辞や楚辞の乱に擬して反歌が成立したと考えられる。

離騒の「乱曰」の王逸注に「乱理也、所㆘以発㆓理詞指㆒総㆗撮其要㆖也」とあるのや、荀子の反辞に関する楊倞の注「反辞反覆叙説之辞、猶㆓楚詞乱曰㆒」が山田『講義』などにも引かれているが、星川清孝訳注の『楚辞』によれば、宋の洪興祖の注には「凡そ篇章を作りて既に成り、其の大要を撮りて以て乱辞と為すなり」とあり、前引の王逸注と同様な理解を示す。これらに対し、陸侃如・高亨・黄孝紓の『楚辞選』や姜亮夫『屈原賦注』などでは、音楽上の説明を加え、馬茂元の『楚辞選』では、これら二つの説を兼ねて、乱を解する。要するに楽章や辞賦の卒章と見られ、その句数、長さは、数句、十数句のものが多く、中には二〇句あるいはそれ以上のものもあると言う。

前に引いた藤野岩友『中国の文学と礼俗』に王逸注を引用し「楚辞の乱は、音楽上のてくにくから文学上のてくにくに変わってしまっているのだから、それでよい」とした上で、清の蔣驥が楚辞の乱を分類し(『山帯閣楚辞』楚辞余論巻上)、

(一)懐沙は、前意を総《す》べ申《の》べて一篇の結構を小規模に具えているもの。
(二)離騒・招魂は、引いて本旨に帰するもの。
(三)渉江・哀郢は、長言詠嘆するもの。
(四)抽思は、段を分けて事を叙するもの。

の四としていることを紹介し、乱の成り立ちの上から考えると、(一)(二)の型が本来のもので、荀賦の反辞はこの型であると記している。これも参考になろう。

こうした中国の乱や反辞の性格についての説明に、とくに加えるものを持つわけではない。ただ、「反」字がカエスとかクリカエス意を表わす文字であり、万葉集でも「カヘル」「カヘス」などの語表記に当てられ、かつ日本語の「カヘル」は物事を繰り返す意味のことばでもあるから、「反歌」の名称を考案した人々に、要約反復する歌の意識が無かったとは言えまいし、後の日本国見在書目録に王逸注『楚辞』一六巻も見えるから、万葉人が乱や反辞を後漢の王逸注のように理解していた可能性は多分にあるだろう。音楽関係の知見がそれにどの程度加わっていたか、その吟味は今後の課題となるが、「反歌」が通説のように「反覆叙説之辞」と言われる乱や反辞からヒントを得て作られたとすれば、反歌史は、長歌内容の要約や反復を主とする「反歌」を始発の時期に持っていたはずであろう。既述の人麻呂の「反歌」「短歌」からする推定と併せて、わたしにはそれが当然のことのように思われる。

以上の三つの方法および視点からする推定は、もちろんこれを総合した広い観点から吟味されなければならないだろう。第二および第三の視点から、あたかも三角形の頂点をコンパスで限るように、反歌史の始源の状況が想定されるようにも思うが、問題は第一の点に関して多く残されている。次項にそれをまとめて考えたい。

三　天智朝以前の反歌

天智朝以前の長歌は、現在万葉集に見られるような形で制作の当初から記載され、伝えられたものかどうか。先にも触れたとおり、種々の角度から検討を要する難しい課題であると言って良い。

しかしながら、現在までに確かめられてきている表記論的研究[13]および編纂論的研究の結果からいえば天智朝以前の歌が当初から現在見る体裁で記されていたとは考え難く、口頭で伝えられ、一部分を古風な体裁で記録にとどめていたものを、巻一・巻二の編纂の段階で今日見るように整えたと考えられるだろう。反歌の頭書も、これに準じて扱いうるはずである。したがって当初からの形を伝えるか、後の加筆か、慎重に見定められなければならない。

作品に即して考えてみよう。天智朝以前の長歌で反歌を伴うものは次の五例に限られる。

〔舒明朝〕

(一)　天皇遊猟内野之時中皇命使間人連老献歌

やすみしし　我が大王の　朝には　取り撫でたまひ　夕には　いより立たしし　御執らしの　梓の弓の　金弭の　音すなり　朝猟に　今立たすらし　夕猟に　今立たすらし　御執らしの　梓の弓の　金弭の　音すなり　(三)

反　歌

たまきはる宇智の大野に馬並めて朝踏ますらむ其の草深野　(同・四)

(二)　幸讃岐国安益郡之時軍王見山作歌

霞立つ　長き春日の　暮れにける　わづきも知らず　むら肝の　心を痛み　ぬえこ鳥　うら歎居れば　たまだす

き　懸けのよろしく　遠つ神　わが大王の　いでましの　山越す風の　独り居る　わが衣手に　朝夕に　還らひ
ぬれば　大夫と　思へる我も　草枕　旅にしあれば　思ひやる　たづきを知らに　網の浦の　海人処女《あまをとめ》らが　焼
く塩の　念ひそ焼くる　吾が下情　（五）

反　歌

山越しの風を時じみ寐《ぬ》る夜おちず家なる妹を懸《か》けてしのひつ　（六）

〔皇極朝（もしくは斉明朝）〕

㈢　岡本天皇御製一首 并短歌

神代より　生《あ》れ継ぎくれば　人多《さは》に　国には満ちて　あぢ群《むら》の　かよひは行けど　吾が恋ふる　君にしあらね
ば　昼は　日の暮るるまで　夜は　夜の明くる極み　念ひつつ　寝もねかてにと　明かしつらくも　長きこの夜
を　（四八五）

反　歌

山の端にあぢ群さわき行くなれど吾はさぶしゑ君にしあらねば　（四八六）

淡海路の鳥籠《とこ》の山なる不知哉《いさや》川けのころごろは恋ひつつもあらむ　（四八七）

〔斉明朝〕

㈣　中大兄三山歌

香具山は　畝火ををしと　耳梨と　相争ひき　神代より　かくにあるらし　古も　然にあれこそ　うつせみも

妻を　あらそふらしき　(一三)

反　歌

香具山と耳梨山と相ひし時立ちて見に来し印南国原　(一四)

わたつみの豊旗雲に入日見し今夜の月夜清に照りこそ　(一五)

〔天智朝〕

(五)　額田王下近江国時作歌

うまさけ　三輪の山　あをによし　奈良の山の　山の際《ま》に　い隠るまで　道の隈《くま》　い積るまでに　つばらにも　見つつ行かむを　しばしばも　見放《さ》けむ山を　情なく　雲の　隠さふべしや　(一七)

反　歌

三輪山を然も隠すか雲だにも情あらなも隠さふべしや　(一八)

天智朝以前の長歌は、この外にも「天皇登香具山望国之時御製歌」(二、舒明朝)、「天皇詔内大臣藤原朝臣競憐春山万花之艶秋山千葉之彩時額田王以歌判之歌」(一六、天智朝)、「天皇崩時婦人作歌一首」(一五〇、天智朝)、「太后御歌一首」(一五三、天智朝)、「従山科御陵退散之時額田王作歌一首」(一五五、天智朝)があるが、いずれも反歌を伴わないものである。

ところで右の(一)〜(五)は、これを記載のままに認めれば、反歌の成立は、舒明朝まで遡ることになる。それは、前掲の久松説のみでなく、大方の考え方として定着していることである。しかし、この想定には、幾つかの問題点を指摘することができる。

まず右の㈠～㈤の中には、作歌時期に問題のある作品が含まれている。㈡は、その例と言える。軍王作歌が舒明朝の作ではなく、もっと後代の作品であろうことは、武田祐吉『万葉集全註釈』、窪田空穂『万葉集評釈』、澤瀉久孝『万葉集注釈』などに直観的な推測が記され、前に引いた中西論文にも(14)、その点についての言及を見る。また青木和夫「軍王小考」(15)には、軍王をイクサノオホキミと訓むのでなく、コンキシ(コニキシ)とし、百済王豊璋を指すという注目すべき推定が記されている。わたしもかつて「軍王作歌の論」と題して、卑見をまとめたことがある。本書の第二章に多少手を加えて収載したので、併読を乞う。

ここに要点のみ摘記すれば、軍王作歌の表現のうち「遠つ神」「大夫」「たまだすき懸け」「ぬえこ鳥うら嘆」などを仔細に点検してゆくと、舒明朝の作品とはとうてい考えられず、人麻呂以後の歌を誤って舒明朝に登載したのであろうと推定される。それに、本書の第一章「枕詞の変質」に記したような用言に冠する枕詞の性格を考えあわせるならば、右の推定はほとんど動かし難いものとなると思われる。

つぎに㈠～㈤の中には、「反歌」と呼ぶことが適切かどうか、疑わしい例が含まれている。㈣の左注に、

右一首歌今案不似反歌也。但旧本以此歌載於反歌。故今猶載此次。

とあるのは、左注の筆者にとっても一五番歌が反歌とは見難かったことを示す。

この場合、編者(左注の筆者)の見た「旧本」とは巻一の原本を言うのか、また、「旧本以此歌載於反歌」とあるのは、現在見られるような二首がすでに「反歌」の頭書で括られていたことを表わしているのか、巻十九・巻二十の家持作歌に見るように無頭書で長歌と並べ記されていたことを表わしているのかなど、「旧本」の様態について不明な所は残るが、旧本を巻一の原本と考えるにせよ、巻一の原資料とするにせよ、一五番歌は三山歌(一三)の反歌とは考え難

い性格を持つのである。すなわち長歌(一三)には三山の妻争いが歌われているし、反歌第一首目(一四)にもそれが詠まれているが、「わたつみの……」という一五番歌は、それに直接関連するところが無く、いわゆる反歌とは見難い性格のものである。山田『講義』に、

げにこの左註の如くこの歌は上の三山歌には関係なきなり。

と言い、窪田『評釈』に、「疑っているとおりの感がある」と左注に同意を示しているのももっともと思われる。

ただし、『全註釈』に、

左註に反歌と思われないとあるが、今日では反歌として解釈している。万葉集講義の説のように、長歌短歌ともに播磨の国での作とするので、長歌と前の反歌一首とは三山の相闘に就いて歌い、この歌は、転じて作歌当時の実況を詠んだものと解するのである。かように見る時に、三山の歌全体の構成の大きいこともよく知られるのである。

と記すのは、一五番歌を反歌と認める説で、前に触れた土屋『私注』および吉井論と等しい方向のものと言える。しかし、一五番歌は万葉集の左注の筆者も疑っているように、元来反歌として作られたものではなかったのではあるまいか。わたしには、左注の筆者の反歌意識は、原初のそれよりも恐らく間口の広いものとなっていたと思われる。それを基準にしながら「今案不似反歌也」と言わざるをえなかったところに、長歌と一五番歌との関係の異常さが表われていると見える。

吉井巌「反歌攷序説」にこの左注について、

この左註には筆者の家持と旧本編者との間に存在する反歌についての見解の相違が示されて居ると、至極素直に受取るのが最も妥当ではないかと考へられる。

と言われているのは、基本的に土屋『私注』の、

反歌に似ないといふ意見は、反歌といふものを、長歌の意味を繰り返して歌ふと云ふやうな考へ方が、一般的になつて居た時代のものであらう。(傍点―稲岡)

と共通の認識によるものだろう。左注筆者と旧本編者の見解の相違という点は認められるにしても、問題は、右に傍点を付したように、万葉集の第四期、すなわち末期万葉に至って反歌が反復あるいは要約――このことばは、詩歌に関して不適切なところを含むが、便宜上慣用に従う――を主とする性格に変ったという想定にある。

吉井論文にもあるいは『私注』説の背景にも、「反歌」は元来「短歌」であって、それが反辞のような狭い意味のものとなったのは家持の時代においてであったという、いわば先細りの態様が指摘されるようである。家持の反歌意識が比較的に限定された狭い性格と見えるのに対し、人麻呂や赤人の反歌は長歌に従属的であるよりもむしろ対応的関係にあって、より広い反歌意識をうかがわせるとも言われている。これは確かに注目すべき指摘であると思う。が、わたしはこれに対して次のような疑問を抱いている。

まず吉井説に想定されている反歌史では、もと自由で、単なる反復や要約にとどまらない反歌が作られていたのに、左注の筆者の時代には極めて狭い意味のものとなったといわれるが、そうした理解は、久松説と同じく巻一の記載を素朴に受容し過ぎるのではなかろうか。すでに記したように、比較文学的な視点から初期の反歌のあり方を想定した場合にも、また、人麻呂の反歌から前代の状況を推測した場合にも、反歌の原初の態様は、乱や反辞の影響を受けたと言うのにふさわしく、長歌内容の反復・要約を旨とするものだったと考える方が自然である。

さらに、右と密接に関連することだが、天智朝以前の反歌の中には、制作年代について編纂者の認識に誤りがあったのではないかと考えられる作品もあり、素朴実証主義的な理解の限界を示唆している。前述の軍王作歌のほかにも、

初期反歌の実例としては不審の抱かれる作が認められるのである。

それに、吉井論文および『私注』の説では、家持の反歌意識は、長歌に従属する狭い意識と解されている。たしかに家持作歌には長歌の抒情の反復とか要約などと説明されうるものも多いが、人麻呂や赤人の歌に模した作、たとえば四六六、四七五、三九五七などでは長歌に言及されなかった内容が歌われていて、これは必ずしも家持の意識の狭さを意味すまいと思われる。吉井論文では、そうした作品は模倣の故に容易に生みえたとして、例外視しているようであるが、模倣の場合であっても、作者はそれなりに反歌の機能や意義の拡大を意識しようし、また、人麻呂・憶良・赤人等の歌に親しんだ家持が自己の傾向だけを目安として「今案不似反歌也」などと記すこともありえまいと思われる。

細かいことになるが、一五番歌の左注に、反歌を「長歌の内容を繰り返して歌う」ものとする後代の家持の認識が反映しているとするなら、吉井論文に同じく従属的関係にはない反歌として例示されている宇智野遊猟歌に類似した注の見られないことも不審とすべきだろう。つまり、単に従属的関係にあるか否かという判断ではない別の尺度がこの左注の筆者にはあったと見るべきである。

右のような点から、一五番歌は、三山歌の長歌と直接に関係のない作であったと考えられる。ほぼ同じ時に同じ場所で歌われたために並べて記録されていたのではないかという窪田『評釈』の推定は具体的で、蓋然性が高い。三山歌の原資料には、長歌(一三)に続き一四・一五の両首を無頭書で並記してあったのに、旧本編者が一三と一四の間に「反歌」と加筆したために混乱を生じたのかも知れない。

右のように㈣を本来反歌ではなかった短歌の誤認された特殊な例とするなら、㈠も同様に考えられはしないだろうか。先に触れた中西論文[16]には、これを斉明・天智朝の作と推定しているけれども、そのころの作としてみても、長反歌の関係の特殊性は否定しえない。

周知のとおり、三・四番歌の関係については、従来の注釈書において十分説きえていない点が認められる。西郷信綱『万葉私記』に指摘されているように作者の位置や作歌事情などに関し、説が紛糾していて定説をえない。宇智野の行宮に作者も従駕しての作とする説が有力とも見えるが、不審が残るのである。もちろん三・四の長反歌を統一的に、同じ場における作として理解すべく努めてきたことは決して非難されるべきことではないし、むしろ反歌の扱い方として当然の方向であったと言うべきだろうが、反歌史そのものの見直しを重視する本節のごとき立場からすれば、夙に折口信夫がこの長反歌を同時の作ではないと喝破したように、[17] 別時の作が伝誦され、並記され、後に「反歌」の頭書が加えられたことも考えてみる必要があろう。反歌の性質の大幅に変化した人麻呂の時代以後には誤認し易い例であろうし、何よりもこの長歌と反歌は、成立を異にする作としてみると、理解の容易になる点を含むように思われる。

かつてこの三番歌を論じたさいに、[18] わたしは『万葉私記』の解に共感して「朝踏ますらむ」の「らむ」は「やがて行われるであろう宇智野での狩猟を、それ以前の時点で未来的に祝福し、希求し、想像し」た表現と受容したのだが、それは長反歌を同じ場の作として統合的に理解する場合で、反歌史を再検討する立場からは、舒明朝からの反歌とすることが疑われるのである。

以上のように整理してみると、反歌が舒明朝に創始されたという通説は、それほど確固とした理由を持たないことが知られる。反歌として長歌の内容とかなり離れた感のある㈠や㈣が「反歌」ではなかったとすれば、人麻呂以前の反歌が、反辞的でない、もっと自由な関係を長歌に対して持つものであったとする根拠はほとんど失われるに違いない。また、㈡が舒明朝の作でなく人麻呂の時代以後の作だとすると、反歌の創造は、もっと後のことになる。

㈢はどうなのかという問題が残されるが、皇極朝(あるいは斉明朝)に「岡本天皇御製」というこの長・反三首が現在見るままの形で作られていたとは、考え難いところがある。題詞に見える「岡本天皇」が皇極(斉明)天皇を指すにしても、長歌の末尾の形式(五・七・七・七の特殊な終止形式)に古風は認められるものの、この長歌には天智朝以前の歌として異例の表現が指摘されて、七世紀なかばごろの歌をそのまま伝えるものとは思われないのである。これも詳細は別稿「記紀万葉にみる斉明御製の謎[19]」などを参照願うこととしたいが、巻四の「岡本天皇御製」中の対句に「昼は　日の暮るるまで　夜は　夜の明くる極み」と「昼」を先に「夜」を後に歌われるのは、額田王の天智一〇年の作に「……夜はも　夜のことごと　昼はも　日のことごと……」とあるのや、景行記の「日日なべて　夜には九夜　日には十日を」などと反対になっている。南方熊楠の記すように[20]古代には日没を一日の始めとする特別な意識があったようで、近代になっても、トルコなどでは久しく認められたことらしい。日本の天智朝以前にそうした観念の存したことが、古事記や万葉集の表現から推察されるのである。しかし、天武朝以後になるとそれが変化して、わたしたちと同じく昼を先に、夜を後に表現するようになったらしく、文武三年弓削皇子の薨じた時の挽歌には、「昼はも　日のことごと　夜はも　夜のことごと　臥し居嘆けど　飽き足らぬかも」(二〇四)と歌われている。以後赤人(三七二)や憶良(八九七)の歌でも、家持作歌(四一六六)でも「あかねさす　昼はしめらに　あしひきの　八丘飛び超え　ぬばたまの　夜はすがらに　暁の　月に向かひて……」と言うように昼・夜の順序は変らなくなる。

熊楠が、田辺地方の方言に一昨夜をキノーノバンと言っていることや、今昔物語に前夜を「今夜」と表現していること等をあげ、

　これ天智帝御宇前の本邦で、トルコ等と同じく、日没を通用日の始まりとした遺習だらうか。

と推測したように、それが古代人の昼夜の意識と関わり、天智朝以前には古式の表現が採られていたとすると、「岡

本天皇御製」に「昼は……夜は……」の対句を見るのは、天武・持統朝以後の新たな観念を反映したものと判断されよう。恐らく暦法や時制の普及、時間意識の変化などがその背景にあると思われる。

そのほか、冒頭の「神代より　生れ継ぐれば」の「生《あ》れ」は、本来「神の出現」を意味することばで、万葉集でも一般にその意味で使われているのに、この歌では人間の誕生を表わすのに用いられていることなどに不審が抱かれるので、万葉集第三期すなわち奈良時代以後の作とする説も見られる。(21)以上の点を総合し、さらに初期万葉には珍しい反歌二首を伴う形であることや、第二反歌(四八七)が「独立しても存在しうる歌」(22)であり、後の添加も考えられることとあわせて、現在見るかたちでの「岡本天皇御製」を斉明天皇の実作とすることに躊躇されるのである。

この長歌は、夫の帰りを待つ貞淑な妻の思いを歌ったもので、あえて想像を記すなら、反歌の添え方から言えば人麻呂以後の仮託の作と考えられよう。あるいは、白鳳の英主天武天皇の父としての舒明を尊崇する文武朝、もしくはそれ以降の時代風潮のなかで、母なる斉明に関する伝誦や歌が育てられたのだろうか。万葉集巻二の相聞の部にこの「御製」が入れられなかったのも、原巻二の編纂以後の仮託とすると理解し易い。

㈠〜㈤として掲げた天智朝以前の諸例の中で㈡は明らかに制作年次のくだる作であり、㈠・㈣は本来「反歌」の頭書を持たなかったのに後の編者の手で「反歌」とされた疑いの濃い例。そして㈢は斉明朝の歌として疑問のある表現を含み、二首の反歌を持つところからも、反歌史の劈頭を飾る作品とはし難い例である。それらの中にあって㈤の額田王作歌はまぎれもない反辞的反歌で、作者および表現上の問題を含まない。初期反歌の態様を示すもっとも確かな例を、わたしたちは天智朝の額田王作歌に求めることができると言って良さそうである。

四　結

反歌史の始源を探るために少なくとも三つの方法が考えられることと、人麻呂の「反歌」「短歌」の在りようや長歌そのものの性格、反歌と反辞の関係などを通して、初期反歌は長歌の内容の要約とか反復に近い性格のものであったと推測されることなどを記したし、またそうした想定と絡めて現存万葉集における天智朝以前の長反歌が本来の形を伝えるかどうか慎重に吟味する必要のあることも述べた。

疑問のある作を除いてゆくと、反歌の始めは、天智朝の額田王作歌にその具体例を求めることができそうである。もちろん現存万葉集に見られる歌のみが当時の作品のすべてではないから、このほかに「反歌」の例も皆無だったとは言えないだろう。斉明朝の三山歌の反歌第一首目と長歌との関係をどう把えるかも問題で[23]、天智朝以前の例についてすべてが解決されたわけではないのだが、反歌史は無闇に遡れるものでないことや、初期反歌の限定的性格などについて或る程度の見通しは記しえたかと思う。

結果的には柿村重松説にごく近い形が得られたわけで、その炯眼に敬服するほかないが、既述のように理解すれば、人麻呂歌集および人麻呂作歌における反歌の変容がそれ以前の反歌史を背景に、その実態および文学史的意義を明らかにするのではないかと思う。

天智朝には律令の制定——これには論議もあるようだが——や官人制の拡充、学校の開設なども見られ、特に文運隆昌であったと『懐風藻』に伝えられている。この期の文化に多大の影響を与えたのは百済からの亡命者であって、彼らの知識や技術が学芸や文化の水準を飛躍的に高めたのである。舶来の文字によって自己の所懐を表現することも、この時期に初めて体験されたことであるらしい。もちろんその文学的な価値は高くないにしても、(24)作詩を通して体得した海彼の文学の意識や表現技法など、その影響を過小に見ることは許されないだろう。やまと歌が天武朝以後に華やかな個の抒情歌の盛りを迎える理由の一つは、そうした天智朝の唐風模倣の文化状況に求められるはずである。

初期反歌の確例を、天智朝の額田王作歌に見出すことも、右の動向と無関係には考えられない。中国詩に学び漢風の詩を模倣した人々が反辞や乱に擬して「反歌」を作り始めたのも自然の成行きであったと思う。

しかしながら、反歌の制作を、単なる模倣とのみ解するのは誤りである。やまと歌の歴史において反歌的な抒情を推進する力の高まったことが、反辞や乱からの示唆を貪婪に吸収、消化させたのだし、それは一面から言えば長歌の歴史の変化に違いないけれども、一方では、短歌形式そのものの成立とも深く関わることであったかも知れないのである。折口信夫の『古代研究』に、

短歌の形式の固定したのは、さまで久しい「万葉集以前」ではなかつた。飛鳥末から藤原へかけての時代が、実の処、此古めいた五句、出入り三十音の律語を意識にのぼせる為の陣痛期になつたのである。

囃《ヲサ》し乱めの還し文句の「ながめ」方が、二聯半に結著したのも此頃であつた。さうして次第に、其本歌《モトウタ》なる長篇にとつて替る歩みが目立つて来た。記・紀、殊に日本紀、並びに万葉の古い姿を遺した巻々には、其模様が手にとる如く見られるのである。(25)

と記すのは、短歌形式の成立と反歌の創始とをほぼ同じころと見、両者を相関的に解こうとするものである。本節においてそこまで明確にしえなかったことは遺憾であるが、「反歌」が天智朝のころに生まれたことと、その性格は長歌の抒情内容の反復・要約というのに近いものであったらしいこと、人麻呂の時代にはそれを承けて同種の反歌を添えることから次第に独立性を増し、時の経過や感情の変化まで含んだ複数の反歌を連作的に添える方向へ展開して

いったことなどを、反歌史の動向として素描する点にのみ目標を絞って自余は他日を期したい。

(1) 「声楽と文学と」(『折口信夫全集』第七巻)。
(2) 「反歌の問題」(『中国の文学と礼俗』)。
(3) 注(2)の藤野論文参照。
(4) 中西進『万葉集の比較文学的研究』五〇九頁。
(5) 『万葉』二六号。
(6) 『万葉集研究』第二集。
(7) 真淵『考』。
(8) 巻二・二一三歌が二一〇歌の初案であることについては、伊藤博「人麻呂の推敲」(『万葉集の表現と方法』下)に詳論が見られるし、拙稿「人麻呂作歌異伝攷」(『万葉集研究』一二集)でも検討した。
(9) 「人麻呂『反歌』『短歌』の論」。
(10) 拙稿「長皇子讃歌は人麻呂晩年の作か——表現を考える——」(小島憲之博士古稀記念論文集『古典学藻』)に、その点を検討し、長皇子讃歌は晩年の作ではなく持統朝前半の作と考えられることを、表現の吟味を通して述べた。
(11) 伊藤博「万葉集の成立と構造」(『日本文学全史』上代)。
(12) 注(9)に同じ。
(13) 『万葉表記論』第一篇および「和文表記の成立と展開」(『日本文学全史』上代)などに記したとおり、宣命大書体とも言うべき和文の綿密な表記の成立は人麻呂の時代であったと見られる。
(14) 注(4)に同じ。
(15) 五味智英先生還暦記念『上代文学論叢』(昭和四三年)所収。
(16) 注(4)に同じ。
(17) 「短歌輪講」(『アララギ』大正一〇年一月)に、三番を古曲と言う。
(18) 「中皇命」(『解釈と鑑賞』昭和四六年七月)。
(19) 季刊『明日香風』9、昭和五八年一一月。

(20)「往古通用日の初め」(『南方熊楠全集』第四巻)。なお神野志隆光「古代時間表現の一問題」(『論集上代文学』第六冊)にも、夜を先に言うのは一日が日没から始まるという古代的な観念の投影したものとすれば、昼を先に、夜をあとにする表現は新しいことを詳しく検討している。
(21) 曾倉岑「万葉集巻四『岡本天皇御製一首』」(『青山語文』八、昭和五三年三月)。
(22) 窪田『評釈』巻四。
(23) 長歌と反歌とは同時同所の作であって、三番歌と四番歌とが別時の作であるのとはやや事情を異にするが、記載の段階で「反歌」の頭書の記入された可能性が強いと思われる。
(24) 小島憲之『上代日本文学と中国文学』下巻、第一章一二四七頁。
(25)「折口信夫全集」第一巻、二一七頁。

6　枕詞の変質
――枕詞・被枕詞による歎きの形象――

一　記紀歌謡における被枕詞としての用言

土橋寛『古代歌謡論』に、従来の枕詞研究に欠けていた点として、歴史的変遷への考慮と被枕詞の性格の検討などが指摘されている。これは、多くの研究者の共感するところであろうと思われる。通時的な考察を欠いた本質論の不完全さは明らかだし、枕詞・被枕詞という連合表現の問題を枕詞の側からのみ見る弊も小さくないのである。したがって枕詞を被枕詞の性質によって三種に分類し、

甲　固有名詞に冠するもの
乙　普通名詞に冠するもの
丙　用言に冠するもの

このうち甲が枕詞としては最も本来的なものであり、それに対し、丙は最も後次的なものであることなどを土橋が説いているのは、従来とは異なる視点を提供したものとして評価されるだろう。

本節では、被枕詞に注意すべきであるという土橋の提言を承け、その視点を尊重しつつ、とくに甲・乙・丙の三種のうち丙の「用言に冠するもの」に焦点を絞り、被枕詞としての用言にはどのような語句が見られるか、そしてそれ

が一首の発想や主題とどのような関連を持つかなど、従来とは異なる所に力点を置いて記紀歌謡および万葉集の枕詞を眺めてみたいと考える。

まずA群として、記紀歌謡に見られる被枕詞としての用言を、左に掲げる。

A群　記紀歌謡における被枕詞としての用言

①笑み栄え（朝日の――）（記三）
②白き（栲綱の――）（記三、記五）
③若やる（沫雪の――）（記三、記五）
④黒き（ぬばたまの――）（記四）
⑤胸見る（奥つ鳥――）（記四）
⑥背《そ》に脱きうて（辺つ波――）（記四）
⑦青き（鴗鳥の――）（記四）
⑧群れ（群鳥の――）（記四）
⑨引け（引け鳥の――）（記四）
⑩霧に立たむ（朝雨の――）（記四）
⑪実の無けく（立ちそばの――）（記九・紀七）
⑫実の多けく（いちさかき――）（記九・紀七）
⑬潜き（鳰鳥の――）（記三八、記四二、紀二九）
⑭畏く（岩下す――）（紀四五）

⑮下よ延へ（隠り処《づ》の――）（記五六）
⑯絶え間継がむ（設弦《うさゆづる》――）（紀四六）
⑰燃ゆる（かぎろひの――）（記七六）
⑱乱れ（刈り薦の――）（記八〇）
⑲迎へ（山たづの――）（記八八）
⑳こやる（槻弓の――）（記八九）
㉑立てり（梓弓――）（記八九）
㉒水漬く辺ごもり（ししじもの――）（紀九五）
㉓手抱きあざはり（真《ま》栄葛《さきづら》――）（紀九六）
㉔熟睡《うまい》ねし（ししくしろ――）（紀九六）
㉕領巾とりかけ（鶉鳥――）（記一〇二）
㉖尾行き合へ（鶺鴒《まなばしら》――）（記一〇二）
㉗うずすまりゐて（庭雀――）（記一〇二）

数字の下はそれぞれ被枕詞・枕詞・歌謡番号を示したものである。歌謡番号の右側に傍線を施したのは長歌をあらわしている。念のために記せば、土橋の『古代歌謡論』には②④⑦を「白き腕」「黒き御服」「青き御衣」という普通名詞に冠する枕詞としているが、同じ土橋の『古代歌謡全注釈』古事記編には、それぞれ「白き」「黒き」「青き」の枕詞と注されている。後者が正しいと思われる。

なお、①〜㉗の中には、枕詞・被枕詞と言うべきか否か問題のある例も見出される。すなわち㉒の「ししじもの」

は「……じもの」を伴う句として「鳥じもの」(万葉、二二〇、五〇九など)、「犬じもの」(万葉、八八六)などと共に枕詞に加えないという注釈書も少なくない。また⑮の「隠り処の」は「下」の枕詞と見て用言にかかるとはしないのが一般であろう。土橋『古代歌謡論』の表(四一四頁)には「下よ延へつつ」に冠するものとしながら、『古代歌謡全注釈』には「下」の枕詞と注している。後者によれば被枕詞としての用言の例から⑮は除外すべきものとなる。その他、③「若やる」についても、「沫雪の」を「若やる胸」の譬喩的枕詞とする説が見られるし、(1)⑥も「辺つ波」を「そ」(「其」の意)に冠する枕詞と見る説がある。㉔は、「熟睡」という名詞に冠する枕詞とする説によれば、右のA群から除外しなければならない。

ただし、本節では、そうした分類上の精緻さを目的とするのでなく、分類上異説のある例も包含しながら、そこに被枕詞としての用言の明らかな特徴が指摘されるならばと望んでいるので、異説のある旨を注記するにとどめる。右のような例の有無が以下の叙述に影響するところはないことも付記しておこう。

先にも触れたとおり、本節の関心は被枕詞としての用言と表現主体の意識とのかかわりに向けられている。僅か五句から成る短歌の場合はもちろん、長歌でも平均二〇句を出ないような記紀歌謡において、ある詞句が特に選ばれて修飾句(枕詞)を冠せられるのは、やはり格別の理由あることと言わなければならないだろう。それは枕詞・被枕詞を部分的修辞として見るのでは失われるところの、主題や発想と深くかかわるはずのことである。たとえば、允恭記の歌謡、

君が行き日《け》長くなりぬ山たづの迎へを行かむ待つには待たじ　(記八八歌)

に、「山たづの」が「迎へ」の枕詞として用いられているのは、歌の主題と無縁な、部分的修飾にとどまるわけではないだろう。これを、ニワトコの葉の対生するところから「迎へ」に冠した枕詞と説くだけでは表面的形式的に過ぎ、

「迎へ」に特に枕詞を冠せしめた一首の発想および表現の必然性について何も語られないのに等しい。そこではなぜ「行き」や「待つ」ではなく「迎へ」が選ばれて被枕詞となったのかという問いが置き去りにされているように見える。しかし表現意識の問題としては、その点が問われなければならないだろう。

　うるはしとさ寝しさ寝てば刈り薦の乱れば乱れさ寝しさ寝てば　（記八〇歌）

でも同様のことが考えられる。「刈り薦の」が「乱れ」に冠せられるのは、刈った薦の葉がばらばらに乱れるところから男女の仲のばらばらになることを譬えたものと説かれるけれども――『記伝』に「心の乱るを云」とし、武田『記紀歌謡集全講』に「二人の中がうわさにも上り、平安でないこと」と記すのは、誤りだろう。『古代歌謡全注釈』や「古典全集」に二人の間がばらばらに離れる意と解しているのが正しい――それによって二つの詞句の関係は合理的に説明されるにしても、この表現を生み出した主体の意識に深く触れるとは言い難いのである。

念のために記せば、右のような問題は、⑱⑲の例のみでなく、①〜㉗のすべての例に関して問われることであろう。また、増井元「万葉集の枕詞」[2]に紹介されているような、枕詞を一首の歌全体の主意に直接関与しない部分的修辞と見る伝統的な枕詞観からすれば、すこぶる的はずれな感じのことだろうし、口誦文芸におけるきまり文句として枕詞を把握する考え方にとっても、縁遠いはずだろう。或る言葉(X)に対して常に一定の修飾句(Y)を伴うのが口誦の慣用句とすれば、それは前後の文脈や一首の主題や発想にかかわりのないこと、あたかもホメーロスの叙事詩における定型句のごとくであるだろう。[3] したがって、それらに関して主題や発想などとの関連を確かめることは意義の乏しいこととしなければならない。

従来の枕詞研究に本節のような問いを見なかったのは、そうした意味で当然のことであったと思う。

しかしながら、ここに扱う用言に冠する枕詞、あるいは被枕詞としての用言は、そうした旧来の枕詞観では律しきれない性格のものである。いわゆる枕詞を固定的・社会的・非実質的な性格のものとすれば、用言に冠する枕詞は、非固定的で実質的な性格が強い。土橋寛がこれを固有名詞や普通名詞に冠する枕詞と区別し、序詞に近いものと考えているのも、(4)そのためである。もちろん、その名称を序詞と改めてみたり、あるいは連合表現と新たに名付けたりすることで問題が解消するわけではない。従来「枕詞」と呼ばれてきたものの中には、歴史的な変化に応じてさまざまな形の含まれていることを意識しつつ、旧来の呼称をそのまま利用することにしておくのである。一首全体の意味に関与しない部分的修辞という規定も、ここでは棚あげすることが必要だろうと思う。

かつてわたしは、「山たづの　迎へ」について、次のように記したことがある。

この枕詞を支えている古代人の意識は、どのようなものであったのか。例の乏しい枕詞故、用例から帰納してその性格を抽出するのは困難であるが、臆測を記すことが許されるならば、次のように言いえようか。すなわち「山たづの迎へを行かむ」と言い、「山たづの迎へ参出む」(万葉、九七一、虫麻呂)という二例が、われわれに伝えるのは、迎えうること乃至逢いうることに対する確信なのではなかろうか。「山たづ」の葉の対生を喩として「迎へ」に行こうと歌う此の連合表現には古代人の意識における言と事との魔術的な関係が反映しているのかも知れない。「山たづの」という枕詞の消滅は、そうした魔術的な関係の消滅でもあったと言えるのだろう。(5)

はなはだ舌足らずのものであるが、言い換えると「君が行き」の一首は長く離れている君を尋ねて逢うことを願う歌であり、その願いが「山たづの　迎へ」という連合表現にもあらわれているということである。枕詞を言霊のこもる詞章と見、もと託宣の詞に限って用いられたと想像したのは折口信夫だが、その考えをここに想起してもいい。もっとも、折口のこの歌(記八八歌)や万葉集の「山たづね」の歌(巻二・八五)についての説明には従いかねるところもある。(6)肝腎なことは、人と自然、あるいは人と言葉との古代的な関係なのである。(7)

⑱の「刈り薦の　乱れ」についても、同様なことが考えられよう。この場合、部分的に近似する例は万葉集に多く見えて、

飼飯の海の庭よくあらし刈り薦の乱れ出づ見ゆ海人の釣船　（二五六）
わが聞きに繋けてな言ひそ刈り薦の乱れて思ふ君が直香そ　（六九七）
妹がため命のこせり刈り薦の念ひ乱れて死なましものを　（二七六四）
吾妹子に恋ひつつあらずは刈り薦の思ひ乱れて死なましものを　（二七六五）
草枕旅にし居れば刈り薦の乱れて妹に恋ひぬ日はなし　（三一七六）
都辺に行かむ船もが刈り薦の乱れて思ふこと告げやらむ　（三六四〇）

のように拾うことができる。

右の例によって、万葉集の「刈り薦の　乱れ」は、人麻呂作歌（二五六）を除くと、他はすべて表現主体（話主）の心の乱れを嘆く歌であることも知られるだろう。本居宣長が古事記の歌謡（前掲⑱）の場合をも「心の乱るるを云」うものと解したのは、「刈たる蒋は乱るゝ物なれば、乱ると云枕詞に万葉に数もなくよめり[8]」と記されているように、右の万葉歌と同種の連合表現として⑱の場合も受容したからである。

允恭記歌謡に見られる「刈り薦の　乱れ」と、万葉集の「刈り薦の　乱れ」との形式的な類同から、そこに表現としての等価性を想定することも確かに無理のないことと言うべきかも知れないが、しかし、それは両者の文脈に見られる相違を、「乱れ」の意味の差とともに見過すことになりはすまいか。

周知のとおり古事記八〇歌は、軽太子の悲恋物語のなかに取り込まれていて、直前の、

小竹葉に　打つや霰の　たしだしに　率寝てむ後は　人は離《か》ゆとも　（記七九歌）

が共寝することができたなら、あとは離れて行こうとも構わないという意味の独立歌謡を物語歌としたものであるように(9)、この歌も本来は独立歌謡であった可能性がある。「うるはしと」と言われているから、対等以上の相手への憧れを歌ったものと想像されよう。

言い換えれば、万葉集の「刈り薦の　乱れ」は恋のために千々に乱れる思いを嘆きながら否定的に歌っている、つまり負の文脈のなかで乱れる思いの喩として機能するのに対して、允恭記歌謡では共寝がひとたび果されるなら後は離れてもかまわないという文脈にあって、「刈り薦の　乱れ」は離れてある男女の喩として肯定的にはたらくのである。この相違は決して小さいとは言えまい。土橋『全注釈』に「再びは会えないかもしれぬ相手への恋情を歌っている点から見て、あるいは歌垣の歌かもしれない」と記すように、本来は歌垣の逢う瀬を歌ったものであったかもしれない。

⑱や⑲の例を通して、記紀歌謡に見られる被枕詞としての用言が一首中どのような機能や意義を持つか、表現主体(話主)の意識とのかかわりを重視しつつ検討しているのだが、A群の①～㉗の全用例を、初期万葉歌やそれ以後の用例と比較するとき、そこに幾つかの特徴が見出される。とりわけ、被枕詞としての用言が主体(話主)にとって悲嘆すべき否定的な状態を表わす語ではなく、むしろ積極的に期待され、または必然のこととして肯定されるような状態を表わす語句である点が注視されるのである。

二　万葉集に見られる被枕詞としての用言

ここで初期万葉歌および人麻呂歌集歌・人麻呂作歌に見られる被枕詞としての用言を比較の便宜のために掲げてお

きたい。

B群　初期万葉歌に見られる被枕詞としての用言

㉘にほへ（紫草の――）（巻一・二一）

㉙おほふ（玉くしげ――）（巻二・九三）

㉚引か（梓弓――）（巻二・九八）

㉛かよひ（あぢ群の――）（巻四・四八五）

B群（初期万葉歌）の場合は、四種四例を拾うのみである。土橋『古代歌謡論』の枕詞一覧表（四一七頁）には、長短歌合わせて六種六例を見るように記されているが、それは軍王作歌（巻一・五、六）の「ぬえこ鳥　うらなけ」「玉だすき　懸け」の二種を加えて数えられたものと思われる。軍王作歌は、作歌年代が問題とされ、わたし自身も別に卑見をまとめたことがある。(10)ここに、その結論のみ記せば、同歌は巻一の「高市岡本宮御宇天皇代」、すなわち舒明朝の標下に収められているけれども、人麻呂以後（文武朝か）の歌を編者が遡った時期の作品と誤認して配列したものと考えられるので、同歌の枕詞も、これを初期万葉歌の用例から除外するのが適当である。

C群　人麻呂歌集に見られる被枕詞としての用言

※㉜過ぎ（行く川の――）（巻七・一一一九）
（黄葉の――）（巻九・一七九六）

㉝かぐろき（みなのわた――）（巻七・一二七七）
（行く水の――）（巻九・一七九七）

㉞開け（玉くしげ――）（巻九・一六九三）

※㉟うらなけ（ぬえ鳥の――）（巻十・一九九七、二〇三一）
㊱明け（いなのめの――）（巻十・二〇二二）
㊲後も逢はむ（さねかづら――）（巻十一・二四七九）
※㊳消（朝霜の――）（巻十一・二四五八）
㊴ねもころ（菅の根の――）（巻十一・二四七三、巻十一・二八五七、二八六三）
※㊵乱れ（山菅の――）（巻十一・二四七四）
（解き衣の――）（巻十一・二五〇四）
※㊶なづさひ（にほ鳥の――）（巻十一・二四九二）
㊷床の辺さらず（まそ鏡――）（巻十一・二五〇一）
㊸見（まそ鏡――）（巻十一・二五〇九）
㊹有り（ありそ浪――）（巻十三・三二五三）
㊺栄え（桜花――）（巻十三・三三〇九）

C群の用言の番号の上に※印を付したのは主体（話主）にとって悲嘆すべき否定的な状態を表わすことの明らかな語であり、A群・B群として先に掲げた記紀歌謡および初期万葉歌の被枕詞には同類を求め難いものである。言霊的な意識による口誦の、集団歌謡的な歌のなかには被枕詞として選ばれることはなかっただろうと思われるこの種の用言を、人麻呂歌集および次に掲げる人麻呂作歌にはじめて見ることの意義を過小に評価すべきではなかろう。

多少先回りした嫌いがあるが、A・B・C三群を比較した時、※印の用言が人麻呂以後に現われるのは、単なる偶然ではなく、用言に冠する枕詞あるいは枕詞的修飾句の歴史に必然的なことではなかったかと推定されるのである。

人麻呂歌集ばかりでなく、人麻呂作歌にもこの種の語句は少なくない。

D群　人麻呂作歌に見られる被枕詞としての用言

㊻いやつぎつぎ（つがの木の――）（巻一・二九）
㊼朝越え（坂鳥の――）（巻一・四五）
※㊽過ぎ（黄葉の――）（巻一・四七、巻二・二〇七）
※㊾思ひ萎え（夏草の――）（巻二・一三一、一三八、一九六）
※㊿別れ（はふつたの――）（巻二・一三五）
(51)深め（深海藻の――）（巻二・一三五）
(52)思ひたのみ（大船の――）（巻二・一六七、二〇七）
(53)仰ぎて待つ（天つ水――）（巻二・一六七）
(54)貴く（春花の――）（巻二・一六七）
(55)身に副へ（つるきたち――）（巻二・一九四、二一七）
※(56)たゆたふ（大船の――）（巻二・一九六）
(57)かよふ（朝霧の――）（巻二・一九六の一云）
（朝鳥の――）（巻二・一九六）
(58)あらそふ（行く鳥の――）（巻二・一九九）
(59)たたはし（望月の――）（巻二・一六七）
(60)いやめづらし（望月の――）（巻二・一九六）

（春草の――）（巻三・二三九）
※(61)消（朝霜の――）（巻二・一九九の一云）
(62)懸け（玉だすき――）（巻二・一九九）
※(63)乱れ（大雪の――）（巻二・一九九）
（刈り薦の――）（巻三・二五六）
(64)栄ゆる（ゆふ花の――）（巻二・一九九）
※(65)さまよひ（春鳥の――）（巻二・一九九）
(66)後も逢はむ（さねかづら――）（巻二・二〇七）
(67)靡き（おきつ藻の――）（巻二・二〇七）
(68)ほのか（玉かぎる――）（巻二・二一〇）
(69)下へる（秋山の――）（巻二・二一七）
(70)とをよる（なよ竹の――）（巻二・二一七）
(71)長き（たくなはの――）（巻二・二一七）
(72)仰ぎ見（まそ鏡――）（巻三・二三九）

D群にも「過ぎ」「思ひ萎え」「別れ」「たゆたふ」「あらそふ」「消」「さまよひ」など、さらに多くの否定的状態を表現する語を見る。（なお、右のように単に枕詞と被枕詞のみを取り出したのでは、主体（話主）にとってその用言がどのような心情を表わしているか、判断のつきかねる場合があろう。前後の文脈や一首の主題等から判断するのであって、ここでは表示の便宜のため語句を限定して掲げるのである。）さらに、人麻呂以後の万葉集歌に同種の枕詞が多く見られることや、巻十一・巻十二の出典不明歌の被枕詞(用言)の性格などについては別稿「人麻呂歌集歌と巻十一・巻十二出典不明歌の位相」[11]に詳述したので、併読願いたく思う。

C群・D群およびそれ以後の万葉歌とくらべて、A群・B群における被枕詞としての用言は、主体(話主)にとって積極的に希求され、あるいは必然的な事柄として肯定されるような状態を表わす語に限られている。これは大きな特徴と言うべきだろう。

右のように記してくると、あるいは次のような疑問が寄せられるかも知れない。たとえば⑰の「かぎろひの　燃ゆる家群」では、妻の住む家(難波宮)の炎上が歌われていて、それは悲しむべき否定的な状態の表現にほかなるまい、と。

⑰が種々の問題を含むのは、本来物語とは関連のなかった独立歌謡を履中天皇に仮託したところに原因が求められよう。「かぎろひの」はもともと「枕詞」(または枕詞的修飾句)と言われるべきものではなく、「かぎろひの　燃ゆる家群」は陽炎のもえたつ景を歌う独立歌謡の詞句であり、丹比野地方の国見的望郷歌が物語中にとりこまれ[12]、履中天皇に仮託されたものらしい。妻の家のあたりをなつかしみ見るという地方の集団歌謡に、「燃ゆる」の両義性と「かぎろひの」の意味の非実質化によって、燃える難波宮を遠望する天皇御製という特殊な解釈が許容されていったのである。とくに注目されるのは、古事記の述作者(あるいは物語の語り手)の「かぎろひの」に対する意識は、万葉集の、たとえば「……かぎろひの　心燃えつつ……」(一八〇四、田辺福麻呂歌集)のような枕詞の用法に慣れたものと思われ、「かぎろひの」の非実質化や固定化の度合いを深く感じさせる点であろう。

一般に記紀歌謡の用言に冠する枕詞には、即境もしくは嘱目の景物を譬喩的表現に利用する序詞に近い性質が指摘されるのであって[13]、非固定性や実質性の濃厚なA群の表現のなかで、⑰は異色の印象を与えずにはいない。

もちろん、ここで注目されるのは、物語歌の枕詞「かぎろひの」の非実質性のみではない。自分の住む宮殿の炎上を表わす「燃ゆる」に修飾句「かぎろひの」を冠する技巧そのものに、たとえ集団歌謡の改鋳(解釈のし直し)であるにせよ、記紀歌謡の用言に冠する枕詞一般とは異なる⑰の後代性も透視されるように思われるのである。

独立歌謡の詞句のこの異様な焼き直し(解釈のし直し)は、いつごろ、どのようにして可能だったのか、詳細は知る由もない。天皇救出の功を倭漢直氏に帰せしめようとする土師氏の述作とする説もあるが、[14]抽象的な言い方を許してもらうなら、人麻呂歌集歌(C群)・人麻呂作歌(D群)および初期万葉歌(B群)における用言に冠する枕詞の流動性(非固定性)や実質性に照らし合わせても、独立歌謡としては陽炎に恋人の霊を見る古代的な観想を思わせる歌だったものが、宮殿の火災を嘆く物語歌として利用されたのであって、枕詞「かぎろひの」の記紀歌謡中異例の用法を見せている点から推しても、読み変えの時期は、あまり遡るわけではないだろう。

⑰は、特殊な例と言うべきものであった。記紀歌謡における被枕詞としての用言は、一般に主体(話主)にとって否定的な、悲嘆すべき状態をあらわす語ではないと言って良さそうだが、そのことは歌謡(うた)の歴史にとって一体どのような意味を持つだろうか。それについて記す前に、A群の諸例をもう少し詳しく見ておきたい。

①「笑み栄え」が沼河日売の歌の中で、八千矛神に向かって夜になったらいらっしゃいと歌う文脈に見られることは周知のところであろう。夜になって男神が笑みこぼれつつ訪ねて来ることは女性側からも期待されているわけで、同歌の「あやにな恋ひきこし」とか「命はな死せたまひそ」からも想像される今にも焦がれ死にしそうな男神を慰め和める効果を持つ喩となっている。

②の「白き」と③の「若やる」も同歌中の例である。「栲綱」を喩として白い腕を形容するのは、もちろんその美しさを誇示する心情からである。若々しい胸の喩として「沫雪」が利用されるのも、柔かなのを讃めてのことであろ

う(『記伝』[15])。

④「黒き」、⑤「胸見る」、⑥「背に脱きうて」、⑦「青き」は海辺の景物に寄せて衣服を変える様の喩としたもので、㉕㉖㉗の「鶉鳥　領巾とりかけ」「鶺鴒　尾行き合へ」「庭雀　うずすまりゐて」なども通ずる性質を持っている。これらは積極的に希求される状態とは言えないにしても、必然的な事柄として肯定的に歌われていると言って良いだろう。宣長は「先故《マツコトサラ》に好ましからぬ色をよみ賜へるなり」と記している[16]。

⑧⑨⑩も同じ歌謡中の例である。⑧「群れ」、⑨「引け」は大勢の供人とともに大和へ向かう男神を鳥の群に擬えたもので、これも必然的な状態として肯定的に歌われている。ただし⑩の「霧に立たむ」については多少注意を要すると思う。

⑩は「泣かじとは　汝は言ふとも　山処《と》の　一本薄　うなかぶし　汝が泣かさまく　朝雨の　霧に立たむぞ」と、男神の去った後の須勢理毘売の悲嘆を推量の形で美しく歌う文脈にある。これは悲嘆の形象であって、肯定すべき状態とは言えないのではないかと考えられそうだが、歌の主体すなわち男神側からどのように把握されるかが問題だろう。

土橋『全注釈』に、

八千矛神は須勢理毘売に対して、ひとりぼっちになった時のあなたの嘆きの息は、朝雨が霧になる時のように、深い深い霧になるでしょうよ、と意地の悪い厭みを言っている

と記すように、須勢理毘売の嘆きは男神にとってこの場合否定すべき嘆かわしいイメージと言うより、避け難い必然的な状態として歌われている。嫉妬深い妻に向かって、確信的にこのように歌うことで、女性の心はなだめられるかもしれない。もちろん饗宴の場における人々の解放的な騒ぎを背景に、この「意地の悪い厭み」も笑いとともに理解

されるはずである。

用言に冠する枕詞の例ではないが、允恭記歌謡に、

天飛む　軽の嬢子　いた泣かば　人知りぬべし　波佐の山の　鳩の　下泣きに泣く　（記八三歌）

とあるのも、同種の事情を想像させる。この歌は、軽の里の歌謡であったものが軽太子の物語歌とされたのであろう。解釈には異説もあるが、「(天飛む)軽の乙女は、ひどく泣いたら、人が知ってしまうだろうと、(波佐の山の鳩のように)忍び泣きに泣くよ」と解して歌垣[17]などではじめて男性を知った乙女の姿を思い浮かべてみると、「いた泣かば」以下の句が物語の文脈における場合とは別の意味で生き生きとしてくるし、いじらしい女性をいとおしむ男の心も感ぜられよう。既述の⑰と同様に、歌垣の歌が解釈し直され、「波佐の山の　鳩の　下泣きに泣く」が嘆きの形象として物語に適合するように受け取られたのは、それほど時代を遡ることではあるまいと思われる。

⑪⑫に関しては多くを言う必要もないだろう。「実の無けく」「実の多けく」が即物的に譬えられているわけで、両者のイメージの差の甚だしいほど面白さも増す類である。

⑯⑳㉑もとくに問題はあるまい。貴人の誓約に「設弦　絶え間継」ぐことがあるように、万一のために八田皇女を皇后と並べておきたいという⑯は、「設弦」を枕詞と見うるかどうかに異説はあるにしても[18]、「絶え間継」ぐことも「並べ」ることも、主体(話主)の願望であり、その表現に修飾句「設弦」が冠せられていることは間違いない。また⑳㉑は、思い妻の寝ている時も起きている時も、大切に世話をしたいという思いを槻弓や梓弓によせて歌っていて、弓を大切に扱うこころと、妻への優しさとが融合して特殊な効果を生んでいる。

㉓「手抱きあざはり」、㉔「熟睡ねし」の二例は、共寝を歌う文脈に見える。従来、万葉集に用いられている「安宿《やすい》」「味宿《うまい》」の両語のいずれも熟睡とか安眠とか解されて、その区別の曖昧なところもあったのだが、坂本信幸「宮人の

安宿も寝ず」[19]によると、ウマイは男女の共寝における熟睡の意味をもつらしい。㉓の「まさきづら」が絡み合いの状態の、㉔の「ししくしろ」が共寝の熟睡状態の喩として、これも肯定的に歌われている。

㉕㉖㉗の三例は、宮廷の酒宴において酒に酔った大宮人を歌った寿歌に見られる。「領巾とりかけ」「尾行き合へ」「うずすま」る大宮人の姿を鳥に擬えて生き生きと歌うもので、土橋『全注釈』に記すように、新嘗祭に奉仕する大宮人の姿をこのように叙述することが、天皇讃仰の意義を持つのであろう。これらもまた枕詞あるいは枕詞的修飾句の表現意図やその効果の明らかなものである。

こうした記紀歌謡の用言に冠する枕詞の中で、⑬の「鳰鳥の　潜き」はやや異なった印象を与えるかも知れない。日本書紀に忍熊王の歌として、

いざ吾君《あぎ》　五十《い》狭茅《さち》宿祢　たまきはる　内の朝臣が　頭椎《くぶつち》の　痛手負はずは　鳰鳥の　潜きせな（紀二九歌）

とある場合も、古事記に

いざ吾君　振熊が　痛手負はずは　鳰鳥の　淡海の海に　潜きせなわ[20]（記三八歌）

とある場合も、「潜き」の主体は忍熊王であり、追われた王が入水して死のうと歌ったことになっている。古事記三八歌のかたちでは、「鳰鳥の」が「淡海の海」にかかるとも見られて、本節に扱う用言に冠する枕詞とは別種のものとなるが、書紀のかたちは、明らかに「潜き」の枕詞であることを示す。その場合、「潜き」は入水自殺を意味するのだから、好ましからざる状態の表現とも考えられるが、記紀いずれにも「潜きせな(わ)」と歌われているように、忍熊王の願望表現にほかならないのである。つまり「潜き」に特に枕詞「鳰鳥の」が冠せられたのは、それが主体(話主)の希望を表わす一首の眼目となることばだったからだと言えるだろう。鳰鳥はカイツブリで、万葉集では人麻呂歌集や憶良・家持などの歌にも枕詞として利用されている。その点については後に触れる。

三　呪的な願望表現から嘆きの形象へ

枕詞を呪言に発するものと説いたのは、前にも触れたとおり折口信夫であった。

枕詞が日常対話に用ゐられたことは、考へられない。託宣の詞に限つてあることであつた。其が、叙事詩・寿詞に結びついて伝誦せられ、民謡・創作詩の時代になつても、修飾部分として重んぜられてゐたとも、

譬喩表現をとり入れてからは、枕詞や序歌は非常に変化して了うたが、元は単純な尻取り文句の様なものであつたのである。其が内容と関連する様になると、譬喩に一歩踏み入る事になる。……純粋譬喩に傾いたのが、主として人麻呂のした為事であつた。死んだ一様式を文の上に活して来たわけである。(21)

とも言われている。折口説を全面的に肯定しているわけではないが、土橋寛はこうした発想を受けつぎ、枕詞を分類して、

甲　固有名詞に冠するもの

乙　普通名詞に冠するもの

丙　用言に冠するもの

の三種とし、その歴史的変化を探ろうとしたのである。

古代の資料においては、このうち甲が圧倒的に多く、記紀歌謡では枕詞全体の約六割を占めることや、乙・丙が増加するのは万葉の創作歌の時代に入ってからであること等もすでに指摘されているし、また神名や地名に冠して用い

るのが枕詞本来の用法であったろうという推測もなされている。

枕詞の源流について、ここには折口説や土橋説以上のものを用意しているわけではないから、その点に深く立ち入ることは避けるが、巫祝などによって枕詞が作られたと見ることも、固有名詞に冠する枕詞を本来的なものとすることも、諸資料からする推論として肯けると思う。

なお、三種の分類に関して補説すると、甲は記紀歌謡において六割近くを占めるのに対し、丙は僅かに一割五分に過ぎない。ところが万葉集第一期では、丙がやや上昇して二割を越える一方、甲が減少し、さらに第二期の人麻呂関係歌では、丙が歌集略体歌で二割七分、非略体歌で二割九分、作歌で三割八分というふうに目立って増加する。こうした記紀歌謡における甲の圧倒的優勢と丙の乏しさ、万葉集の特に第二期における丙の急増と甲の激減の背後に、遡った時点の枕詞のありようを想定するなら、やはり甲を本来的なものとせざるをえないだろう。丙はそれに対して、後次的な性格のものと見られるのである。

神名・地名に冠する枕詞は、「青丹よし　奈良」や「神風の　伊勢」などのように、意味機能の面から見ると讃め詞が多い。このことも枕詞の本来的な性格を推測させるに違いない。神や土地の本質的属性を称辞的に表わしたのが神名・地名であり、それらが「属性を表わす枕詞」にもなりえたと言われる。[22]

また土橋論文に、被枕詞としての用言に注目し、一つの文脈中に枕詞に対する被枕詞であるのか、主語に対する述語なのか不分明な状態で存在するのを枕詞の始源状況と見ているのは、一方で記紀歌謡の特徴に融即的思考およびその表現をあげていることと深く関連する。

本節に主としてとりあげている用言に冠する枕詞の始源のかたちは、たとえば「幡薄穂に出しわれや尾田の吾田節の淡の郡にゐる神」(神功紀)や「水葉の稚やかに出でゐる神」(同上)などという前論理的な表現からも察せられる。[23]そ

うした例に比すると、万葉集の、

新室のこときに至ればはだすすき穂に出し君が見えぬこのころ　（三五〇六、東歌）

では、よほど譬喩的枕詞の意識が明らかになっていると思われる。

前論理的な表現から譬喩的な表現へという流れがそこに指摘されるが、これに本節で確かめてきた用言に冠する枕詞ないし被枕詞としての用言の諸特徴を要約しつつ加えるなら、次のようになるであろう。

(イ)A群（記紀歌謡）に見られる被枕詞としての用言は、表現主体（話主）にとって積極的に期待されることや、必然的な叙事として肯定される内容を表わす語であって、とくに悲嘆すべき否定的な状態を表わすことばを含まないと認められること。

(ロ)B群（初期万葉歌）に見られる被枕詞としての用言にも、右と同様な性質が指摘されること。

(ハ)A群（記紀歌謡）に含まれる独立歌謡を改鋳（解釈し直し）した物語歌には、改鋳後のかたちとして否定的な悲しむべき状態を表わす語句を見ること。

(ニ)A群（記紀歌謡）・B群（初期万葉歌）とは異なって、C群（人麻呂歌集歌）・D群（人麻呂作歌）には、「過ぐ」「うらなけ」「別れ」「思ひしなえ」など、表現主体にとって悲しむべき状態を表わす語を多く見ること。

資料の乏しい時代のことで、推定には困難を伴うけれども右の(イ)(ロ)(ハ)(ニ)から単刀直入に論をすすめるなら、次のように考えられようか。

すなわち、記紀歌謡の被枕詞としての用言に見られる右のような特徴は、その歌謡の呪的、〈前抒情的〉な性格と密接に関連するもので、(イ)(ロ)は決して偶然でないばかりか、枕詞一般あるいは用言に冠する枕詞の始源状況の想定などと照らし合わせても必然的な性質と考えられる。

一方、人麻呂以後の万葉集歌において被枕詞としての用言にしばしば悲しみや人の死などに直接かかわる語句を見るようになるのも、人麻呂以降の歌における個の抒情歌的性格の深まりと関連した当然の現象であろう。言い換えれば、個人の抒情歌的性格の乏しい口誦の歌謡においては、一首の核となるような主体(話主)の願望、あるいは必然的な叙事を担う用言に枕詞(または枕詞的修飾句)が冠せられており、一首の重心が悲嘆の形象化に移るとともに被枕詞となる用言にもそれにふさわしい消極的否定的な状態を示すことばが含まれるようになるということである。

(ハ)の、独立歌謡の語句の改鋳(解釈し直し)も、実は、口誦の集団歌謡的表現の創作抒情歌的な表現への読み変えにほかならないだろう。

固有名に冠する枕詞の割合や、用言に冠する枕詞の占める割合に、いちじるしい変化の認められることは先に触れたとおりだが、枕詞・被枕詞の性質にも記紀歌謡と人麻呂以後の万葉集歌との間には、地殻変動とも言うべき変化が見られるのである。本節ではそれを、序詞および対句、反歌の変化などと合わせ、口誦文学から記載文学への転換に深く関わる歴史的な変移と考えるのである。

なお初期万葉歌と記紀歌謡の表現については、これまでもその等質性あるいは異質性について種々の論議があったが、枕詞や序詞の用法、対句の性格などを通して見た場合には、初期万葉歌の表現はおおむね伝統的保守的傾向を強く感じさせるものであり、記紀歌謡のそれとの間には記載以前のうたの表現としての等質性が認められると言ってよいだろう。それについて次項に多少補説するつもりである。

四　枕詞の呪性と譬喩性

人麻呂作歌の枕詞に意味的要素を増し、譬喩的機能の重視されていることや、詩的映像への発展を示していることなどは、西郷信綱『詩の発生』に指摘されたとおりである。[24] そのこととおそらく密接な関連を持ちつつ、被枕詞の性格に見られる変化を通してうかがわれる作歌態度の転換について、ここでは特に注意したいのである。

恋の苦しみを強調したり、人の死を悲しみ嘆いたりする表現としてきわめて効果的なことばを、人麻呂歌集・人麻呂作歌には多く拾うことができるが、そうしたことばは、それ以前の呪的な、集団歌謡的な歌の世界では枕詞や被枕詞などに選ばれることの、恐らくなかったものだろう。〈言〉に発すれば〈事〉として実現するという言霊観念の稀薄化や表現の客観化に伴って、

　朝霜の消なば消ぬべく念ひつついかに此の夜を明かしてむかも　（巻十一・二四五八、人麻呂歌集）

のような譬喩的な抒情表現も創造されたのである。と言うよりも、個の抒情の解放は、呪的な言語観からの離脱を前提としたと言ったほうが正確かも知れない。

人麻呂歌集歌の表現が、相対的に自立性を強めたものであることは、有名な、

　みけむかふ南淵山の巌には降りしはだれかきえのこりたる　（巻九・一七〇九）

　あしひきの山河の瀬のなるなへに弓月が嶽に雲立ちわたる　（巻七・一〇八八）

などによっても知られよう。そのほか応神記の歌謡、

　いざ子ども　野蒜摘みに　蒜摘みに　我が行く道の　香ぐはし　花橘は（中略）[a]ほつもり　赤ら嬢子を　いざささば　良らしな

と、大海人皇子の、

　[b]紫草のにほへる妹をにくくあらば人妻故に我恋ひめやも　（巻一・二一）

それに人麻呂歌集の、

(c)あからひく膚も触れずて寝たれども心を異には我が念はなくに　(巻十一・二三九九)

のそれぞれの傍線部(a)・(b)・(c)を、女性美を讃える表現として対照して見ることからも察せられるはずである。

(c)の「あからひく膚」について、契沖は「はだへの雪のごとくなるにすこし紅のにほひあるをいへり」(代匠記)と説き、また斎藤茂吉は「官能的で誠に生々とした好い語である。薄紅に透きとほるやうな美しい膚を連想せしめる」(評釈篇)と言っている。この(c)と、(b)あるいは(a)との間には否定し難い相違が認められよう。

(b)が紫根をイメージとした即境的な譬喩で、対象たる女性の外貌に関して伝えるところは乏しいのに対して——紫草の白い花をイメージとして女性の美を譬えたとも、紫色そのものをイメージとしているとする説もあるが、[25]採らない——、(c)の「あからひく膚」は、そうした即境的な景物を離れ、言葉の抽象性を増しているに拘らず、表現としての具象性や官能性の濃いものとなっている。(c)は、(b)よりも即境性や、歌の場の制約を稀薄化しただけ表現の客観性・描写性を強めているとも言えるのである。

これらに対し、(a)の「ほつもり　赤ら嬢子」は語義そのものに不明瞭な点を含む。まだ開かぬ花を喩としたのかもしれないが、言葉が不透明で、事物の把握も分析的というより総合的なために、漠然たる印象は理解されるものの、明確なイメージが描かれるわけではない。それに比べると、(c)の「あからひく膚」は色彩の微妙な美を表わして、事物を描写する性格が強い。つまり(a)・(b)に比し、(c)は言葉が透明でわかり易く、描写性を増しているのである。

さらに、次のような例も合わせて見ておきたい。

(d)念ふにし余りにしかばにほ鳥のなづさひ来しを人見けむかも　(巻十一・二四九二、人麻呂歌集)

(e)……家ならば　かたちはあらむを　うらめしき　妹の命の　あれをばも　如何にせよとか　にほ鳥の　二人並び

居　語らひし　心背きて　家離りいます　(巻五・七九四、憶良)

(f)……わたつみの　沖辺を見れば　いざりする　海人の処女は　小舟乗り　つららに浮けり　あかときの　潮満ち来れば　葦辺には　鶴鳴き渡る　朝凪に　舟出をせむと　船人も　水手《かこ》も声呼び　にほ鳥の　なづさひゆけば家島は　雲居に見えぬ……　(巻十五・三六二七)

(g)にほ鳥の息長河は絶えぬとも君に語らむ言尽きめやも　(巻二十・四四五八)

にほ鳥の葛飾早稲をにへすともそのかなしきを外に立てめやも　(巻十四・三三八六)

(d)(e)(f)(g)は、万葉集に見られる枕詞「にほ鳥の」を被枕詞別に括って掲げたものである。(d)(e)(f)は用言に冠する例で、(d)と(f)は同形だが、後述するように表現意識に差があると思われるので、別掲するのである。(g)は、固有名詞に冠せられた例で、ここでは直接の対象から除く。

(d)と(e)(f)の間にも、表現の性格上少なからぬ差違を指摘することができる。やや細かい詮議になるが、(d)において枕詞「にほ鳥の」と被枕詞「なづさひ」とは、主述に準ずる関係であって、そこに恋に悩む男の姿が重ねられ「流通」[26]した一首となっているのに対し、(e)の「にほ鳥の」は被枕詞「二人並び居」の主語たりうるわけではなく、譬喩性の明らかな修飾語となっている。言い換えれば、(d)が前論理的表現に相対的に近いのに対し、(f)はそれから遠ざかった直喩性の強い表現と言えるのである。このことは、程度の差はあれ、(d)と(f)との相違としても認めうることのように思われる。

(d)(f)は、どちらも「にほ鳥の　なづさひ」とある。その部分のみを見る限り、形の全く等しいものであるが、後者は、

……朝なぎに　水手の声よび　夕なぎに　梶の音しつつ　波の上を　い行きさぐくみ……鳥じもの　なづさひ行

けば……　（巻四・五〇九、丹比笠麻呂）

ともほぼ等しい表現であって――作歌の場や歌の内容から言えば、(d)と(f)よりも、(f)と五〇九歌の方が親近である――、「鳥じもの　なづさひ」と同様な直喩性を(f)にも読みとることができるだろう。したがって、(e)も(f)も、(d)に比べると相対的に古代的融即表現からの後退を示す例と言ってよさそうである。さきにわたしは、応神紀の歌謡、

　いざ吾君　五十狭茅宿祢　たまきはる　内の朝臣が　頭椎の　痛手負はずは　鳰鳥の　潜きせな

について「潜き」が「鳰鳥の」を冠せられているのは、主体の願望の表現であり、一首の眼目となる言葉だからで、呪的な性格の連合表現と言いうることを記したが、それに比べると人麻呂歌集(d)の「にほ鳥の　なづさひ」は呪性を薄めたもので、文学的抒情的性格の強い譬喩表現であることも疑いない。ただしその(d)も、万葉集の枕詞「にほ鳥の」の例のなかでは、古代的前論理的性格を形態上残しているのであって、そうした点に人麻呂歌集歌の表現の過渡的性格を見ることもできる。

　前後したが、先掲の「朝霜の　消なば消ぬべく」も、書紀歌謡に「朝霜の　御木《みけ》のさ小橋　まへつきみ　い渡らすも　御木のさ小橋」（二四歌）とあるのを先蹤とする枕詞のように見える。「朝霜の　御木」は筑後国の郡名「三毛」（『和名抄』）に冠する枕詞の例で、「御木」のケは原文「概」でありケ（乙）の音仮名なので、朝霜の「消《け》」の意で言い掛けたものと説かれている。[27]それが妥当か否かも問題だが（次頁）、それを認めたとしても、次のようなことが考えられよう。すなわち、先掲の人麻呂歌集の例や「朝霜の　消やすき命」（巻七・一三七五）など、枕詞「朝霜の」は万葉集では人麻呂の時代以後に見られるのであり、そうした例からすると、こうした連合表現が古くから慣用されていたのかどうか、疑わしい。

　土橋『全注釈』（書紀編）には、右の歌が独立の宮廷寿歌か、それとも宮廷寿歌を踏まえた物語歌かに言及し、後者

である可能性の大きいことを記したのちに、

この物語(『記』にはない)の主眼が、景行天皇の熊襲討伐に関連して、御木の行宮の滞留と、大宮人の奉仕を歌ってこれを讃美することにあることはいうまでもないが、三毛の地には『筑後風土記』逸文にも示されているように、大木伝説が伝えられていたので、これを物語の中に取り入れたものであろう。そして宮廷讃歌的な時人の歌と大木伝説とを結合する方法が、大木が倒れて大宮に通う橋となったという趣向であろうと思うのである。

と言う。宮廷讃歌的な時人の歌と、大木伝説との結合は、歌詞の上では地名の入れ換え等によって成されたであろう。「故、是の国を御木の国と号くべし」という地名起源の説明記事を含んでおり、元来別の地名の入っていた歌に「御木」の地名を挿入したものと推定されるが、その際「御木」に枕詞として「朝霜の」を新たに冠したのだろうか。右のような歌詞の改訂が行われたとすれば、その時期は既述の「かぎろひの　燃ゆる家群」という履中記歌謡の読み換え(解釈のし直し)の時期と同様に、それほど古く遡るまいと思われる。ひょっとすれば、天武朝以降かも知れないので、書紀の「朝霜の」を人麻呂歌集の例より先行するとは断定し難かろう。

もっとも、右は「朝霜の　御木」という連合表現を「朝霜易消也、欲読彌概之発語」と解する『釈日本紀』所引の私記の説によっている。「或はあさしもといふ地名ありて石上布留などと同じ続にあらざるか」という福井久蔵『枕詞の研究と釈義』の疑問を正当とすれば、話はまったく別になる。

五　用言に冠する枕詞の非固定性と中国文学

記紀歌謡に見られる用言に冠する枕詞の流動性、非固定性は、長歌に見られる一七種類の枕詞の延べ使用回数一八という数値からも明らかであろう。これに対し固有名詞に冠する枕詞は、三八種、六七回であって(普通名詞に冠する枕詞は二六種三二回)、固有名詞に冠する枕詞がとくに固定的であり、したがって非実質的な性格を示していることも知られる。

反対に、用言に冠する枕詞は、枕詞と呼ぶのも躊躇《ためら》われるほど流動性に富んでいて、前後の文脈にかかわりなく、時と場を超えて再三再四使用されるというような性格からは遠ざかっている。用言に冠する枕詞のこうした流動性・非固定性は、たとえば人麻呂歌集や人麻呂作歌の、次のような例にも顕著である。

解き衣の恋ひ乱れつつ浮きまなご生きても吾はありわたるかも　(二五〇四、略体歌)
山菅の乱れ恋ひのみせしめつつ逢はぬ妹かも年は経につつ　(二四七四、略体歌)
……引き放つ　箭の繁けく　大雪の　乱れて来たれ……　(一九九、作歌)
飼飯の海の庭よくあらし刈り薦の乱れ出づ見ゆ海人の釣船　(二五六、作歌)

被枕詞としての「乱れ」は初期万葉歌に見られないので、万葉集の中では右に掲げた人麻呂関係歌の例が最古となる。一見してわかるとおり「乱れ」は転々と枕詞を変えており、「乱れ」と他の語句との間に特定の関係が固く保たれていた気配は乏しい。音調や意味や映像などを考慮しつつ、それぞれの文脈にふさわしい詞句を人麻呂は選んだものと思われる。そのことは、これらの例における枕詞を入れ換え、「山菅の恋ひ乱れつつ浮きまなご……」「引き放つ　箭の繁けく　解き衣の　乱れて来たれ」などとしてみると、良く分かるはずである。こうした非固定性は、「過ぎ」に冠する例においても同様に認められる。

行く川の過ぎにし人の手折らねばうらぶれ立てり三輪の檜原は　(一一一九、非略体歌)
黄葉の過ぎにし子等と携はり遊びし磯を見ればさぶしも　(一七九六、非略体歌)

塩気たつ荒磯にはあれど行く水の過ぎにし妹が形見とぞ来し　（一七九七、非略体歌）

人麻呂歌集の歌については、作者をめぐる論議もあるが、これらは人麻呂の自作と見て良いものであろう。人麻呂は、前後の文脈にあわせて、それにふさわしい修飾句を模索したものと思われる。

ところで「乱れ」や「過ぎ」にしても、「別れ」「思ひ萎え」などにしても、人の悩み、嘆き、悲しむことを表わす言葉であって、そうした否定的な、負の状態をあらわす動詞に枕詞を冠する例は、記紀歌謡や初期万葉歌には見られぬものであった。四語句のうち、「乱れ」については前に記した。「別れ」「思ひ萎え」は、記紀歌謡には用いられていず、また「過ぎ」は多数の用例があるが、すべて或る地点を通過する意で、たとえば「にひはり　筑波を過ぎて」（記二五歌、紀二五歌）、「あをによし　奈良を過ぎ」（記五八歌）のように、地名に枕詞が冠せられる例ばかりで、「過ぎ」に掛かる枕詞の例は記紀に無い。

つまり「乱れ」や「過ぎ」など、人麻呂歌集や人麻呂作歌の例こそ、新たな文学の意識による嘆きの抒情表現として、天武・持統朝に創造されたものであった。

「ぬえ鳥の　うらなけ」という連合表現も遥かに遡った時代から流通していたわけではなかろう。人麻呂歌集七夕歌の、

久方の天の河原にぬえ鳥のうらなけましつすべなきまでに　（巻十・一九九七）

よしゑやし直ならずともぬえ鳥のうらなけ居りと告げむ子もがも　（巻十・二〇三一）

などを嚆矢として譬喩的修飾句の仲間に加えられたものと思われる。別稿「人麻呂の枕詞について」(28)に触れたとおり、ヌエが枕詞とされているのはほとんどが逢えぬ悲しみ（愛別離苦）を訴える文脈においてであり、それに憶良の貧窮問答歌の「ぬえ鳥の　のどよひ」の例を加え、すべて悲嘆の形象化に用いられていると言える。

ヌエがトラツグミだとすれば[29]、その鳴き声はヒー、ヒーヨとまるで人の悲しみ泣くごとくに聞かれる。そのために恋に悩む男女や貧窮に呻吟する人々の喩として用いられ、効果のあったものと察せられる。用言に冠する枕詞の、既述のような使用状況に照らし合わせ、人麻呂以後に創造された詞句とすることに何らの疑いもあるまいと思う。巻一の巻頭近くに見える軍王作歌中の「ぬえ鳥の　うらなけ」については別に記した。本書第二章でも論じるように[30]、人麻呂以後の作歌を編者の誤認によって舒明朝まで遡らせて収載したものであろう。本節に示したような視点からの考察をそれに加えるなら、同歌の制作を人麻呂以後とすることはほとんど動かし難いのではあるまいか。

問題は、右のように多彩な譬喩的表現を生み出した力として、人麻呂の創造力ないし想像力のほかに何が重視されるかにも求められよう。答えは一元的に考えられるわけではないが、一つの見過し難い力として、海彼の文学の影響があげられると思う。

前掲の「朝霜の消なば消ぬべく念ひつついかに此の夜を明かしてむかも」や「……まつろはず　立ち向かひしも露霜の　消なば消ぬべく……」(巻二・一九九)などの背景には、おそらく、霜の消え易く露のかわき易いことをもって人生の喩とした中国詩の示唆があったはずである。

天地《ハ》無《ク》二終極一、人命《ハ》若《シ》二朝霜《ノ》一　(文選・曹子建送応氏詩)
人生《レテ》処《ルモ》二一生《ニ》一、去《ルコト》若《シ》二朝露《ノ》晞《クガ》一　(同・贈白馬王彪詩)
人生《ハ》譬《フ》二朝露《ニ》一、居《レバ》レ世《ニ》多《シ》二屯蹇一　(玉台新詠・秦嘉贈婦詩)

などはその一例である。これらは万葉集の「朝霜の消」、「露霜の消」という連合の典拠として万葉歌人たちには熟知せられていたものであろう。同様に、天武・持統朝に創造されたのだろうと先に記した「ぬえ鳥の　うらなけ」にしても、中国詩の示唆を全く受けなかったとは言い難いように思われる。哀情を懐いて鳥啼を聴くのは、中国詩の常套

表現と言っても良さそうで、

長夜何《ソ》冥冥《タル》、一《タビ》往《キテ》不二復還《ラ》一。黄鳥為《ニ》悲鳴《ス》。哀《シキ》哉傷《マシム》二肺肝《ヲ》一。（文選・曹子建三良詩）
孤鴻号《ビ》二外野《ニ》一、翔鳥《ハ》鳴《ク》二北林《ニ》一。徘徊《シテ》将何《ヲカ》見《ル》、憂思《シテ》独《リ》傷《マシム》レ心《ヲ》。（同・阮嗣宗詠懐詩）
仰《イデ》聴《キ》二離鴻《ノ》鳴《クヲ》一、俯《シテ》聞《ク》二蜻蛚《ノ》吟《ズルヲ》一。哀人《ハ》易《ク》二感傷《シ》一、触《レテ》レ物《ニ》増《ス》二悲心《ヲ》一。（同・張孟陽七哀詩）

など、あげればきりがない。人麻呂が石見相聞歌の連作構成に示唆を受けたのではないかと考えられる陸士衡の「赴レ洛道中作二首」にも、

虎《ハ》嘯《キ》二深谷《ノ》底《ニ》一、雞《ハ》鳴《ク》二高樹《ノ》巓《ニ》一。哀風《ハ》中夜《ニ》流《レ》、孤獣《ハ》更二我前《ヲ》一。悲情《ハ》触《レテ》レ物《ニ》感《ジ》、沈思《ハ》鬱《トシテ》纏緜《ス》

と詠まれている。これらの離れた人や亡き人を思う詩の表現に示唆を受け、「ぬえ鳥の　うらなけ」が創られたということも、あながちに否定はできないであろう。

もちろん、個々の詩と歌との対応関係を具体的に確かめることも大切に違いないが、本節において重視すべきは、それぞれの表現を支え、あるいは成り立たしめている抒情意識であって、集団歌謡的な表現意識とは異なる新たな詩歌創造の意識が、このような表出をうながしたということにほかならない。人間の悲嘆の形象化が詩歌において自覚的に始められたと言って良い。

わたしはかつて、人麻呂歌集や人麻呂作歌に「前擬人法的表現」とでも言いうるような自然との融合表現の見られることを記したことがある。(31)

記紀歌謡の、

神風の　伊勢の海の　大石に　這ひもとほろふ　細螺《しただみ》の　い這ひもとほり　撃ちてし止まむ（記一三歌）

や、

……其が下に　生ひ立てる　葉広斎《ゆ》つま椿　其が花の　照り坐《いま》し　其が葉の　広り坐すは　大君ろかも（記五七歌）

などに見られる自然と人間との神話的呪的な関係が、人麻呂歌集の、

我が背児に吾が恋ひ居れば吾が屋戸の草さへ思ひうらぶれにけり（巻十一・二四六五、非略体歌）

往く川の過ぎにし人の手折らねばうらぶれ立てり三輪の檜原は（巻七・一一一九、非略体歌）

などにも尾を引いていることを記したのである。いわゆる擬人表現よりも濃密な自然と人間との融合親和、もしくは渾然合一の関係が認められるのである。五味智英が人麻呂の表現の特徴を絢爛たる修辞と、自他の境を撤し対象と融合するような心情とに求め、「原始の心と開化の技法との微妙な調和」(32)に人麻呂の声調の秘密があると評したのは、広く知られているとおりで、ここに言う融合交感的な自然観が、その「原始の心」に相当すると言ってよい。もちろんそれは言霊の余響と言うべき性格のもので、原始の人そのものの心ではないが、そうした交感的自然感情の濃厚さと、本節に扱ってきた枕詞による嘆きの譬喩的形象を成立せしめた意識とは、相反する方向のものである。人麻呂の歌にはこの二つが混在し、矛盾的に表出されていると見られる。古きものと新しきものとの葛藤を、知的論理的に整理してしまうのでなく、矛盾する相をそのままことばで掬いあげるところに独得の「動乱調」(33)の生まれる所以があることも別に記したとおりである(34)。

本節において、用言に冠する枕詞にもっぱら照準を定めたのは、特に人麻呂の新しい技法を探るためであった。西郷信綱『詩の発生』に、人麻呂の枕詞においては「神話的なものを詩的にいかに自由化するかが課題となっていた」と記しているのも、神話から抒情歌へ、枕詞がいかにその性格の改変を迫られたかを問うものである。

変化は、単に枕詞・被枕詞の連合にのみ見られるわけではない。対句が記紀歌謡における繰返しや言い換えに近い

形から、対偶意識の強い中国詩的な対句へと変ったのも、同じ人麻呂の時代であったし、[35] 序詞を、嘆きの心情表現の譬喩としてもっぱら利用するようになったのも、人麻呂歌集・人麻呂作歌以後のことと言って良い[36]。一方、複数の短歌の連作によって、主体(話主)の心情の変化や時の経過を表現することが行われるようになったのも、持統六年伊勢行幸時の留京作歌三首(四〇～四二)を嚆矢[37]とするらしい。こうした広汎な表現上の変化を、人麻呂の時代に、とくに人麻呂歌集や人麻呂作歌を中心に見うることは、彼の多力の然らしめたところに違いなかろうが、その背景として、文字の介入や時間意識の変化、海彼の文学観・人生観の影響など、多様な条件の考えられることも、すでに別に記したとおりである。

(1)　「古典大系」『古代歌謡集』には「柔いので『若やる』の枕詞的序詞」と記し、「古典全集」『古事記』にも「『若やる』の枕詞」としているが、『古代歌謡全注釈』(古事記編)には「ふわふわと柔らかいので、『若やる胸』の譬喩的枕詞としたもの」と注する。「思想大系」『古事記』補注も同じ。

(2)　有精堂「万葉集講座」第三巻所収。二七一頁に、「枕詞を特に和歌における修辞の一つとする観点は一般的なものであるが、この見方についてもなお検討を要するのではあるまいか。枕詞を修辞とする把握自体は恐らく正当であろうが、その場合の〃修辞〃の概念が、表現において比較的に軽い、非中核的部分を指すものだとすれば、そこには文学観をめぐる大きな問題が存するように思われる。(中略) 枕詞については、そうした捉え方は〃枕〃詞という名称そのものにも纏わりついており、近世国学がそれを冠辞・装ひなどとしたり、またその機能を声調を整えることにあるとした見方とも関連するものである。更に現在の枕詞定義の主柱ともされる『歌全体の主意と関わらない修飾句』といった見方とも不可分のものであろう」と言う。

(3)　久保正彰『ギリシァ思想の素地』に、ホメロスの叙事詩における定型句が前後の文脈にかかわりなく特定の固有名詞に冠せられることを詳述している。

(4)　土橋寛『古代歌謡論』第一〇章「枕詞の源流」四四八頁に「さきに『用言に冠する枕詞』と仮称したところのものは、本質的には序詞として、『枕詞的序詞』とよぶ方が、むしろ適当であろうと思う」と記されている。

(5) 拙稿「磐姫皇后歌群の新しさ」(『東京大学教養学部人文科学科紀要』第六〇輯)。
(6) 注(5)と同じ。
(7) 古代歌謡にあらわれた人と自然との関係が融合交感的であり、生命的連繋が深いことは、土橋『古代歌謡論』『古代歌謡全注釈』等に説かれるとおりであろう。
(8) 『古事記伝』三十九之巻に「契沖云ク、刈蒋《カリコモ》のなり」とし、そのあとに本文に掲げた言葉がある。
(9) 『古代歌謡全注釈』(古事記編)二九五頁に「刹那的というよりは、率寝ることへの強い欲求への表現である。『伊香保ろのそひの榛原ねもころに奥をなかねそまさかし良かば』(万葉、三四一〇)に似た気持。ただしこれは独立した歌として見た場合で、物語を背景として見ると、たとえ仮定であっても、軽大郎女が離れていくことを予想する余地はまったくないから、この歌のあとにある『百の官及天の下の人等、軽太子に背き』(記81前文)という事態を予想した言葉と解される。つまり物語歌としては、『人』は百官や天下の人々をさしていると解されるのであって、独立歌謡の意味を変えて物語化しているわけである」と言う。
(10) 拙稿「軍王作歌の論」(『国語と国文学』昭和四八年五月)。本書第二章に収載。
(11) 五味智英先生古稀記念『上代文学論叢』(昭和五二年)所収。
(12) 「思想大系」『古事記』補注に「本来は民謡で恋歌。従って『かぎろヒノ』も『もゆる』に係る枕詞などではなく、実際に陽炎が燃えている春の朝の景色に、恋人へのきぬぎぬの想いを託して歌っているのである」とし、土橋『古代歌謡と儀礼の研究』三六六頁に「『かぎろひの　燎ゆる家群　妻が家のあたり』の歌詞は、炎上する難波宮を歌ったものとは解されないのであって、春の始め山の上から陽炎の立ち昇る妻の家の辺を望んで懐かしんだ、古代の国見的望郷歌(ないし国見的恋歌)であろうと思う」と言う。
(13) 土橋『古代歌謡論』第一〇章「枕詞の源流」など。
(14) 『古代歌謡全注釈』(古事記編)二八七頁に「この地方の民謡を取り入れてこの物語を作り上げた者は誰か……私は野中・古市の歌垣の歌を取り上げて倭建の霊魂鳥を追う后・御子たちの物語を述作し、天皇の大葬歌の典拠とした土師氏が、この物語の述作者でもあるのではないかと推測したい」と記す。
(15) 『古事記伝』十一之巻に「沫雪より連《ツヅ》く意は、脆《モロ》くて固《カタ》からぬ方、歌の意は、柔《ヤハラ》かなるを美《ホム》る方なり」とある。

(16)　『古事記伝』十一之巻に「上代より中昔までも、黒き衣を着たること物に見えねば……彼《ノ》鈍色《ニビイロ》にはあらで、真黒なるをも、人の賤しめて、好《コノマ》ざりしと見えたり……されば今此に、黒御衣とあるは、此《レ》は不宜《フサハズ》とて、棄《スツ》ることを云むために、先故《マヅコトサラ》に、好ましからぬ色をよみ賜へるなり、さて次に青《キ》衣を云て、其《ソレ》をも棄《ステ》、その次に緋色を云て、此《レ》ぞ宜きとよみ賜へる次第《ツイデ》、おのづから後の御世御世の服色《キモノノイロ》の御制《ミサダメ》の次第とも合《アヘ》るをや」と言う。

(17)　土橋『古代歌謡全注釈』(古事記編)。「思想大系」『古事記』頭注には「この歌謡、物語のなかに置くと、軽の少女は軽大郎女で、泣くのも彼女となるが、それならば記伝もいうように『下泣きに泣け』と命令形にすべきである」と言う。

(18)　相磯貞三『記紀歌謡全註解』、土橋寛『古代歌謡論』などに枕詞としているが、土橋『全注釈』(日本書紀編)、武田『全講』、「古典全集」『古事記・上代歌謡』などには枕詞と認められていない。

(19)　『万葉』七八号。

(20)　「思想大系」『古事記』補注に「『鳰鳥ノ』は『淡海ノ海』の下の『潜きせなわ』の枕詞とする説も強いが、源氏物語、早蕨に琵琶湖を『鳰の湖』と詠んだ歌がみえるので『淡海ノ海』の枕詞の用例としてみた方が妥当」と言い、土橋『全注釈』には「『書紀』の歌では『鳰鳥の　潜きせな』(紀29)とあるから、『古事記』の歌も『淡海の海に』の句を飛び越えて『潜きせなわ』にかかる枕詞と見る説もあるが、このような枕詞のかかり方は異例である」とする。

(21)　「折口信夫全集」第一巻五二四頁。

(22)　土橋『古代歌謡論』第一〇章四二八頁に「ささなみの志賀」「神風の伊勢」などについて「神や土地の本質的属性を称辞的に表わしたのが神名・地名であり、それを並べて呼ぶ場合、上に来たものが『属性を表わす枕詞』になるわけで、枕詞と神や土地の名称(別名)とは、本質的には区別できないのである」と言う。

(23)　土橋『古代歌謡論』第一〇章「枕詞の源流」四三九頁に「こうした前論理的な表現が、幡薄の穂の揺れ、水草の動きに神の出現をみた古代的心性の言語的表現であることはいうまでもない。『木花さくや姫』も、木の花の咲き栄えている状態そのものをもって名としたものであり、自然と人の生命とを融即的にみる思考形式そのものの言語的表現である。そうした融即的思考が退化して論理的思考が強くなってくると、『幡薄』や『水葉も』は、『新室の言寿に来れば幡薄穂に出し君が見えぬこのごろ』(万葉、三五〇六)という風に、譬喩的に用いられ、枕詞意識が明瞭になってくる」と言う。

(24)　『詩の発生』「柿本人麿」の「五　人麿の言語」参照。

(25) 窪田『評釈』、久松潜一『万葉秀歌』などに「紫色のごとく、含みをもった美しい妹」と、色の紫について言ったものとするが、原文「紫草能」とあるように、紫草そのものについての表現と見るべきだろう。また、白花の美しさを譬喩としたと見るのは、ニホフの本義が赤い色を発散させることにあるので、初期万葉歌の解にふさわしくないだろう。
(26) 島木赤彦『万葉集の鑑賞及び其批評』(「全集」第三巻)に第四句を「足ぬれ来し」と訓み「一二句実によく張り得てゐる。それに対して第四五句会心に流通して情を成し得てゐる」と言う。ナヅサヒと訓む場合にも、同様のことが言えるだろう。
(27) 「古典全集」『古事記・上代歌謡』頭注に「朝霜は消えやすいことからケ(消)にかかる」とあるように説くのが一般である。
(28) 『万葉集研究』第一集(塙書房)収載。
(29) 東光治『万葉動物考』に「最初(即ち万葉時代)は広くトラツグミ、フクロウ、ミミヅク、サンカノゴヰ、ヨタカなどの夜中悲しげに鳴く鳥の総名として用いられたのではなからうか」と言い、トラツグミについて、「毎年三月より五六月頃までの間夜半より早朝にかけ、山腹の林間にて、口笛に似て、ヒーヒョーときこゆる悲調の声を発す」と記す。
(30) 「軍王作歌の論」参照。
(31) 「前擬人法」(『国文学』昭和五〇年四月)。
(32) 「古典大系」『万葉集 一』の解説に「人麿は枕詞・序詞・対句・繰返し等の従来から存在した技法を縦横に駆使し、絢爛たる修辞を以て歌を飾っている……また彼は自然であれ人事であれ、対象と自分との間の境界を撤して、対象と我と渾然合一の境地にあるような歌を詠んでいる。この心情の在り方は、原始の人の心から糸を引いて来ているものの如くである。原始の心と開化の技法との微妙な調和に、彼の歌の万人を打って、しかも及びがたい所以があるのである。この境地は彼を以て最後とした」と言う。
(33) 「動乱調」の語は、五味智英『古代和歌』中に用いられたもので、人麻呂の歌の沈痛な、しかも渦巻くような調べに対する称である。これと「端厳調」との関係などについては、五味「人麻呂の調べ」(『万葉集の作家と作品』)参照。
(34) 拙稿「人麻呂における『動乱調』の形成」(『万葉集研究』第五集)。
(35) 柿村重松『上代日本漢文学史』および拙稿「万葉集の方法――対句の本質――」(『国文学』昭和五八年五月)参照。
(36) 拙稿「人麻呂歌集略体歌の方法(三)」(『万葉集研究』第九集)。
(37) 拙稿「連作の嚆矢」(『明日香』昭和五八年一月)。

第二章　万葉集の歌人と作品

1　軍王作歌の論
――「遠神」「大夫」の意識を中心に――

一　軍王作歌の問題点

万葉集巻一には周知のように次のような長歌が見られる。

　幸讃岐国安益郡之時軍王見山作歌

霞たつ　長き春日の　暮れにける　わづきも知らず　むら肝の　心を痛み　ぬえこ鳥　うらなけ居れば　玉襷　懸けの宜しく　遠つ神　吾が大君の　いでましの　山越す風の　独り居る　吾が衣手に　朝夕に　還らひぬれば　大夫と　思へる我も　草枕　旅にしあれば　思ひやる　たづきを知らに　網の浦の　海人処女らが　焼く塩の　念ひそ焼くる　わが下こころ　(五)

　反　歌

山越の風を時じみ寝る夜おちず家なる妹を懸けてしのひつ　(六)

反歌(六)のあとには左注も記されているのだが、それについては後に触れることとしよう。

題詞、および『代匠記』などの注にしたがって「遠つ神　吾が大君の　いでましの　山越す風」の部分を理解しつつ右の歌を通読すれば、天皇(舒明)の行幸に従駕した作者(軍王)が、天皇を「遠つ神　吾が大君」と讃え、自己を

「大夫」と自負しながらも、望郷の念に堪えかね、家妻を思って嘆いている歌と知られる。もちろん行幸従駕の歌としては集中最古の作となるし、また、家郷を思う旅の歌としても、もっとも早い時期のものである。したがって、文学史的に大きな意義が認められるのであるが、すでに指摘されているように、この歌には種々の問題が認められる。

第一に、「軍王」という人物が不明であること。「軍王」をイクサノオホキミと訓むにしても、他に例のない王名であるし、そうかと言って、「軍君」と同様にコニキシ・コンキシなどと訓むことで解決されるかと言うと、なお残る問題も少なくないようである。(1)

作者の問題ばかりでなく、第二に、歌の制作時期に関する問題もある。たとえば武田『全註釈』に「この歌は、舒明天皇の時代の作品として、配列されているけれども、文筆性の内容を有し、形式も整備して、作り歌である性質が濃厚であって、実際の時代は、もっと降って、藤原の宮時代以後のものではないかとも思われる」と言い、窪田『評釈』にも「この作風は特殊なもので、集中に類を求めると柿本人麿の作風に近いものである。たぶん人麿の作風を模したものであろう」と言っている。澤瀉『注釈』に、この作を舒明天皇行幸時の作にあらずと判断しているのは、『全註釈』の説を承けたものである。

もっとも、作風となると主観的な要素も強く、論者個々の印象批評に流れて、水掛け論に終る可能性もある。茂吉の『万葉秀歌』にこれを行幸供奉の作とし、「この歌で学ぶべきは全体としてのその古調である」と記すのは、主として反歌についてであり、『全註釈』の説の出される以前のものではあるけれども、「古調」を認めている点に注意されよう。また、土屋『私注』に「軍王の不明なるによつて種々の新説を生じて居るが、それは取るに足らぬものの様に思はれる」とし、舒明一一年の行幸時の作歌としているのは、「種々の新説」に『全註釈』の説などを含めて解して良いのかどうか詳らかでないが、「遠つ神」の語釈の書き方からしても、舒明朝の歌として疑われていないことはに困難であるかの例ともすることができよう。

同様に、形式面についても、客観的に妥当な結論を導きうるとは、必ずしも保証し難いようである。確かに、軍王作歌の形式、ことに、長歌の形式は新しい。そのことは、主観的印象を超えて認めうるところで、一首二九句からなるこの長歌が見事な五・七の定型に整えられているのを見る。(3)また、長歌の末尾も、五・七・七と綺麗に歌い納められていて、同じ舒明朝の長歌として収載されている舒明御製や中皇命の献歌(宇智野の狩の歌)と比較しても、五番歌の形式の新しさは、瞠目に価する。それは、五番歌の舒明朝制作を疑わせるきっかけになるだろう。武田『全註釈』に「形式も整備」していると言うのは、これらを含めてのことと思われる。しかしながら、一方でわたしたちは、天智崩御の折の額田王作歌(一五五)や婦人作歌(一五〇)に、五・七・七結尾の定型長歌のあるのを思い浮かべることができる。それらより三〇年ほど遡った時点で、「軍王」がかような形式の歌を創造しなかったと、どうして言いえよう。埋没した歌々の多いことを考え、万葉集の現配列を重視すれば、むしろありうることとしなければなるまい。はなはだ客観的に見える形式上の特徴も、特殊な条件の下にあるのでなければ、それだけで作歌時期の前後を決する証拠とは成し難いと言うべきである。

『全註釈』にこの歌を舒明朝の歌ならずと判断したのは、別の手掛かりにもよっていた。「遠つ神　吾が大君」という詞句の意味について新見というべきものがあり、それを軸として、制作時期についての疑問も提出されたと見られる。試みに『全註釈』の「遠つ神」の説明を引いておこう。

天皇は神聖にして、凡人の境界に遠いのでいう枕詞と解せられている。しかしこれは、この長歌の大君を、現在の天皇と解することを基礎とした解釈であるが、もし過去の天皇の行幸をいうと解するならば、遠ッ神は、過去に出現して今は神となられた方々の義に解すべく、語義からいえば、その方が自然である。これは、『代匠記』の「遠つ神といふは凡人の境界に遠けれはいへり」(初稿本・精撰本とも同じ)という記述や、真淵『考』の「人に遠くして崇也」という説明に対立するものである。

ただし、『全註釈』の右の説明には、二つの問題点を認めざるをえない。第一は、「遠つ神」という語句自体について詮議の行き届いていないこと。これは、右掲の叙述そのものから判断するのであって、実際に武田の考察がどこまで及んでいたかという推測は含まない。第二に、「遠つ神」の意義を武田説のように過去の天皇と解するのが正しいとしても、そのことと、五番歌が舒明朝の制作か否かとは、直接に結びつかないであろうこと。過去の天皇としても、舒明朝において過去の天皇を偲んで歌ったとすれば、想定として成り立つ可能性が認められよう。

妙に叙述がくどくなったように思うが、わたし自身の整理のために必要なので、寛恕を乞いたい。端的に言って、わたしは契沖の「凡人の境界に遠けれは」という説に左袒するものではない。武田説の方が、結論から言って正しかったと思うのである。にもかかわらず、『全註釈』以後の注釈書、たとえば「古典大系」(人間を遠く離れた存在である天皇の意か、とする)や、「古典全集」(「天皇を天つ神の子として遠い昔からの輝かしい血筋を受けたものとしていう、と説く)などの支持を得ることなく、単なる問題提起に終っている理由は、右のような点に認められよう。

二 「遠神」と現神思想

まず「遠神」という語句に執してみたい。「遠神」が時間的な隔たりを意味するかどうかは、いちおう別としても、天皇を「神」として表現していること自体、歴史的に検証を必要とするだろう。後述する「大夫」と併せて、これらがともに舒明朝に可能な表現であったか否かが問題となるのである。
一般に天皇を現神（あきつかみ）とする思想が文献上に明確な形をとどめるのは、大化以後であるとされる。

㋑明神御宇日本天皇（大化元年七月詔）
㋺明神御宇日本倭根子天皇（大化二年二月詔）
㋩現為明神御八嶋国天皇（大化二年皇太子奏請）
㋥明神御大八洲日本根子天皇（天武十二年正月詔）
㋭明御神止大八嶋国所知天皇（文武元年八月詔）
㋬明神八洲御宇倭根子天皇（慶雲四年七月詔）
㋣現神御宇倭根子天皇（和銅元年正月詔）
㋠現神大八洲所知倭根子天皇（神亀元年二月詔）

右の㋑㋺㋩㋥は、日本書紀、㋭㋬㋣㋠は『続日本紀』に見える例である。天皇を現神とする思想が文字の上に定着されているのは、現存文献では㋑を初見とし、以後引きつづき現われると言って良い。これらにもとづいて、直木孝次郎は、現神思想を大化前後における皇室の急激な政治的発展によってもたらされたものと考えている。(4) ただし、㋑㋺㋩の三例については、それが大化当時の字句をそのまま残すか否か、疑問も存するようである。大化改新之詔が後の浄御原令もしくは大宝令の知識によって粉飾を施され、あるいは変改されているであろうことは、井上光貞『日本古代国家の研究』(5) などにより種々論議されてきたところで、㋑㋺㋩は、改新詔そのものではないけれども、関連した問題を含むのである。とくに、井上の改新詔批判の根拠とされた「郡」は、元年八月詔に多数見られ、また二年三月詔にもあって、この前後の詔が必ずしも大化当時そのままのものとして扱い難い一面を示している。

また、㋑および㋺の「御宇」の表記は「治天下」と同様にアメノシタシラシメスと訓まれているが、「治天下」の方が古く、令以後「御宇」と記されるようになったと考えられるのによれば、㋑㋺の例は、令の知識によって書かれた公算が大きい。(6) ㋑㋺が怪しいとすると、㋩も疑わしくなる。

これらに対し、㊁は、別の資料によって裏づけられるところがある。すなわち現神思想が和歌の中に成句となって現われるのは壬申の乱以後であって、有名な、

大君は神にしませば赤駒の腹ばふ田居をみやことなしつ　(四二六〇)

という大伴御行の歌や、人麻呂の讃歌に多く見られることも、周知に属しよう。そうした歌の例を考えあわせると、㊁は確かな例のように思われるのである。問題は、書紀の編纂論や成立論などと関連し、さらに詳細な検討を要するが、現段階において現神思想の明証を文献上に求めるならば、それは大化以後であり、さらに厳密には、天武朝までは確かに遡りうるということになろうか。

わたしがここで問題とするのは、軍王作歌における「遠つ神　吾が大君」が「凡人の境界に遠ければ」とか、「天つ神の子として遠い昔からの輝かしい血筋を受けたもの」というような内容とすれば、当然右の現神思想に関わって来ざるをえないと思われる点にある。舒明朝に、すでにこのような表現があったと考えるには、やはり不審が抱かれるだろう。これは、舒明朝の表現ではなく、天武朝以後とするのが穏やかではなかろうか。

右は、『代匠記』以後説かれてきた、「遠神」を現在の天皇と解する考え方が、舒明朝の作には適しない旨を記してきたのであるが、それは、「遠神」を過去の天皇と解した場合にも同様にあてはめ得る潜勢を秘めている。

前にも触れた直木孝次郎『日本古代の氏族と天皇』によれば、皇祖神信仰も、大化前後に始まったと言われる。大化元年七月詔に「我遠皇祖の世に、百済国を以て、内官家としたまふ……」とあり、大化二年三月詔にも「代々の我

が皇祖等、卿が祖考と共に倶に治めたまひき。朕も神の護の力を蒙りて、卿等と共に治めむと思欲ふ」と言い、三年四月詔にも「惟神も我が子治らさむと故寄させき。是を以て、天地の初より、君臨す国なり」と見えるように、皇祖を顧み、その庇護を受けつつ国家を治めようという意識が明瞭に指摘される。白雉元年二月詔に「今我が親神祖の治らす穴戸の国の中」とあることも注意される。

もちろん、祖神信仰と天皇現神観とは、本来別個に考えるべき内容を有するが、直木も説くように、両者に共通した背景を考えてゆくことも可能であり、また二者の一方が他方を促進する契機となったことも想像に難くないから、「遠つ神　吾が大君」が、仮りに過去の天皇を指す詞句であったとしても、舒明朝の表現としては、なお不審が抱かれるのである。

前後したが、「遠神」の字面は、万葉集以外では『出雲風土記』に一例見える。

　天乃夫比命の御伴に天降り来まし伊支等が遠神天津子命詔りたまひしく　（意宇郡屋代郷）

これは祖先神を意味する例に間違いなく、「遠祖」(紀および風土記に多く見られる)と同様、「遠神」も過去を顧みての表現として理解するのが穏やかである。むしろ「遠神」を現在の天皇と解しようとするならば、相応の証を必要とするだろうと思われる。

万葉集内の、もう一つの例としてあげられる角麻呂作歌の、

　清江の岸野松原遠神わが大君のいでまし処　（二九五）

の場合も、同様に理解されると思う。角麻呂の歌において具体的に思い浮かべられる「わが大君」が誰かという推測などは、後に一括して記すこととしたい。

三　「大夫」の意識

「遠神」について前項のように考えてくると、同様に不審の抱かれる言葉として「大夫」が浮かび上がってくる。「大夫」をマスラヲと訓むことは、舎人皇子の、

大夫哉　片恋将為跡　嘆友　鬼乃益卜雄　尚恋二家里　（一一七）

という歌によっても察せられる。

ところで、万葉集内のマスラヲの例は、六六例を拾いうるが——巻三・四四三歌の「武士」はモノノフの例と見て除外する——そのうち当面の軍王作歌の例を除くと、すべて人麻呂の時代か、それ以後の歌にあらわれる。つまり、軍王作歌の「大夫」は、集内において——と言うより、古事記にも見られないので上代文献中——最も古い用例であり、軍王は、大夫の自負を歌った最初の歌人であったことになる。それが事実とすれば貴重な例と言わなければならないが、作者不明の歌を併せて考えても、比較的に古い歌を収めたと見られる巻十三には一例もなく、軍王作歌から人麻呂歌集歌や人麻呂作歌まで、長い空白があることなど、疑問の節がないわけではない。先の「遠神」の問題を踏まえて言えば、これも舒明朝の歌でなく律令制度の確立された後の歌であることを示す徴証の一つではなかったかと考えられてくるのである。

マスラヲという言葉の意義についても、種々の見解が見られる。優れた男子とか立派な男とするのが一般であるが、武く強き男と説くもの[7]、健康な男とするもの[8]もある。また、川崎庸之[9]・西郷信綱[10]・上田正昭[11]は、これを官僚貴族と規定している。遠藤宏は、マスラヲの原義を優れた男と認めた上で、万葉のマスラヲの条件として、階層的には官人階

級に限定されるし、内面的には倫理的道徳規範が認められると言う[12]。遠藤論は最近のもので、広くこの問題を扱ってもいるので、直接参照されるよう希望する。

単刀直入に言えば、万葉のマスラヲのすべての例に妥当する形でその語意を規定することは難しいであろう。優れた男とか、立派な男子という説明が一見妥当に見えるのも、マスラヲの語形に関連するとともに、内実の多様性に由来する所が大きいと思われる。しかし、マスラヲとは、本来優れた男とか立派な男子というような抽象的な意義の言葉であったのかということになると、わたしには疑問に思われるのである。

万葉集の歌は舒明朝から数えても一〇〇年余りの期間の作歌を収めている。その間に社会的変動もあり、語義に変化を生じたということも十分想像されるであろう。まして、マスラヲという語の外延が、万葉集においては律令官人に限定されるという事実からすれば、官僚社会の変化がマスラヲの語に微妙に影響しているであろうと察せられる。したがって、一方では共時的な立場から、万葉集およびその他の上代文献のマスラヲの全用例に通ずる語意の詮索が望まれるし、一方これを通時的に見きわめることも必要とされるのである。

一つの事実をあげよう。万葉集内のマスラヲのうち、比較的に古い例として、人麻呂歌集に「建男」「健男」のあることも知られていようかと思う。人麻呂歌集についてはまだ論議が続けられているが[13]、「建男」「健男」はいわゆる略体歌[14]にも非略体歌にも見られるので、略体歌の扱いになお疑問を抱いている人にも「健男」が比較的に古いマスラヲの例として見られる事実は諒解されるのではなかろうか。卑見によれば、それは天武朝から持統朝にかけてのことになるが、その問題に関してここに深入りはすまいと思う。

健男の現心も吾はなし夜昼といはず恋ひしわたれば　（二三七六、略体歌）

石すら行きとほるべき建男も恋ひといふことは後の悔いあり　（二三八六、略体歌）

健男の念ひ乱れてかくせるその妻天地にとほり照るとも顕れめやも　（二三五四、非略体旋頭歌）

二三五四歌の「健男」をマスラヲと訓むことは、「健男の念ひ乱れて」の異伝（一云）として「大夫乃思多鶏備弖」があることからも察せられる。また「健男」に剛強の男の意の存したことは『篆隷万象名義』に「健、渠建反伉」とし、『新撰字鏡』にも健について「居勤反大力勇也」と記しているのでもわかる。後に掲げる景行記の建男の例から言ってもマスラヲに「健男」「建男」を宛てた表記者の意識として剛強の男を意図する所のあったことは疑いないようだ。それが日本語マスラヲの語義と全円的に重なる表記か否かは問題であるが、少なくとも人麻呂歌集の筆者はマスラヲの表記として「健男」を選んだのであり、万葉集においてマスラヲを表意的に記したものは、「健男」「建男」と「大夫」とに限られることなども注目されるのである。

「健男」「建男」は、古事記にも見える。

於㆓西方㆒除㆓吾二人㆒無㆓建強人㆒。然於㆓大倭国㆒益㆓吾二人㆒而建男坐祁理。

有名な熊曾建の言葉である。もちろん、古事記の「建男」をマスラヲと訓むべきだなどと言うつもりはない。ここは、普通に訓まれているようにタケキヲでさしつかえなかろうと思う。ただ「建男」が剛強の男を意味する文字面であったことは、古事記の例によっても確かめられるし、「健」や「建」のこうした用法は、書紀の健児・健人にも見られるのである。先に「健男」がマスラヲという語の意味と全円的に重なるか否か問題である旨記したが、マスラヲの一面としての剛強性に注目し、それを抽出強調した表記であることは認めなければならない。

さらに、もう一つの事実に注目したい。

韓国に行き足らはして帰り来む麻須良多家乎に御酒たてまつる　（四二六二、多治比鷹主）

……大久米の　麻須良多祁乎を　先に立て　靫取り負せ……　（四四六五、大伴家持）

右は、マスラタケヲという、末期万葉における用語例である。ここにわざわざ「タケ」の語を加えている点について、どのような説明が可能であろうか。

右の例に関連して折口信夫は、次のように説いている。

（マスラヲには）元来勇武の意はなかつたのを、後の分化で出来た意義だから、武力ある人と言ふ風の訳はわるい。ますらたけをとなつて、初めて武力ある様は現れるのである。（万葉集辞典）

さすがに興味深い見解を見るのであるが、これが誤りであろうことは、先掲の「健男」の例に照らして明らかだろう。マスラヲは、もともと勇武剛強の意を包摂した語であったけれども、あらためて「タケ」の語を加えることによって、それを強調する必要を生じたのである。それは、なぜなのか。

ここに、次のようなことも指摘しておきたい。土屋文明『万葉集年表』によって、万葉集におけるマスラヲの比較的に古い用例を掲げると、次のようになる。

(a)大夫や片恋せむと嘆けどもしこのますらをなほ恋ひにけり　（二一七、舎人皇子）
(b)嘆きつつ大夫の恋ふれこそわが結ふ髪のひちてぬれけれ　（二一八、舎人娘子）
(c)……大夫と　念へる吾も　敷妙の　衣の袖は　通りてぬれぬ　（一三五、人麻呂）
(d)大夫の得物矢手挟み立ち向ひ射る円方は見るに清けし　（六一、舎人娘子）
(e)大夫の鞆の音すなりもののふの大臣楯立つらしも　（七六、元明天皇）

当面の軍王作歌および前掲の人麻呂歌集の例は除いて、右の(a)〜(e)が、和銅元年以前のマスラヲの用例である。(b)は、マスラヲノコと訓むが、同様に扱う。(d)は大宝二年、(e)は和銅元年の作で、(a)(b)(c)は、(c)に多少問題もあるものの、持統朝から文武朝にかけての作品と見られる。

これらのうち、(d)(e)のマスラヲの例において、勇武の男あるいは剛強の男に近い意識を指摘することは容易であろう。(a)(b)(c)は(d)(e)よりもその点が不明確なようであるが、剛強の意を含まなかったとは言えず、むしろそうした意味に解して支障のない所と思われる。

ところが、さらに時代をくだらせて、神亀年間の歌になると、右のようなマスラヲ＝剛強の男という等式の成り立ち難い例を見る。たとえば、山上憶良の哀世間難住歌においては、

ますらをの　をとこさびすと　剣太刀　腰に取り佩き　さつ弓を　手握り持ちて……　（八〇四）

と、一見剛強な男の様に感じられる描写をしていながら、

はひ乗りて　遊び歩きし　世の中や　常にありける……

と歌い続けられるのであって、それは直前の、

をとめらが　をとめさびすと　唐玉を　手本にまかし　よちこらと　手携はりて　遊びけむ　時の盛りを　とどみかね　過しやりつれ

と対をなし、「ますらを」は「をとめ」に対する語句として、単なる男あるいは宮仕えする男の意に近似したものになっている。土屋『私注』の大意に、この場合のマスラヲを単に「男」としているのは、先掲の(a)〜(e)について「勇しき男子」とか、「たけき男子」と訳している同書の大意や語釈に照らして、こまかい配慮を感じさせるものである。

また、巻十の、

大夫の　出で立ち向かふ　故郷の　神名備山に　明けくれば　柘のさ枝に　夕されば　小松がうれに　里人の　聞き恋ふるまで……　（一九三七）

という歌は、古歌集の歌だから、奈良朝初期の作と思われるが、その「大夫」には剛勇の意はほとんど感ぜられない。

土屋『私注』に「ここは単に、人の出かけるといふ意」と説かれているのが正しいであろう。つまり、広く万葉のマスラヲと言っても、時代がくだると、このような例を見るのである。

右に記したことは、微妙な語意の揺れにかかわるのであり、さらに詳細な検討を必要とするのであるが、奈良朝以降のマスラヲは、それ以前にくらべ、剛強の意を相対的に減じたものであることは、これらの例からも察せられよう。そうした事実と、先掲の鷹主や家持の歌に見られるマスラタケヲの用語例との間には、密接な関係が認められはすまいか。マスラヲが、本来の剛強の意を稀薄化して行った結果、勇武の男を表わす場合には、とくにタケを補足する必要を生じたのではないかと考えられるのである。問題は、なぜ剛強の意を稀薄化したかという点にも求められる。

先に触れたように、万葉集のマスラヲは、マスラヲノコやマスラタケヲを含めて六六例を数える。そのうち「大夫」と記された例は四五例を占めている。「大夫」を「丈夫」と伝える写本もあるが、「大夫」が正しい文字面であって、それが、万葉のマスラヲの約三分の二に相当する。六六例の中には「麻須良乎」など、音仮名表記の巻における仮名書き例(一四例)を含むから、「大夫」表記の割合は実質的には、さらに高く見積られるべき性格のものだろう。つまり、万葉のマスラヲは、表意的にはほとんど「大夫」と書かれている――既述の「健男」「建男」の例を除いて――と言って良いのである。その意味で、万葉のマスラヲの性格を検討する場合に、「大夫」の表記に着目するのは、相応の妥当性を含む。

上田正昭が、川崎庸之・西郷信綱・北山茂夫の説を承けて、マスラヲの表記において「大夫」の用例の過半を占めることや、現実にマスラヲ意識を歌ったのは、中央官人ないしその関係者であって、地方豪族や農民層の歌には見られぬことなどを通して、マスラヲの実態は官人層を抜きにしては考えられず、「治むる大夫」の姿にその現実の意識をささえるものがあったと記しているのは[15]、マスラヲを単に「優る男」とか男子一般と解してしまうことに反省を迫る論であった。人麻呂以後、とくに奈良朝の歌に、上田の指摘したような大夫的性格を否定しえまいと思われる。しかし、上田の論点が万葉のマスラヲのすべてに拡張されて、

> 大宝令や近江令以前にすでに「大夫」的な官人身分が、中央貴族層に形成されていたことは、大化前代における官司制の成熟過程からいって十分に推測しうるところである。したがって初期万葉の段階で、軍王が「大夫」的意識にもとづく歌をよんでいても矛盾するところではないわけだ。

と言う風に語られると、そこにはまた別の疑問も生ずるのである。上田のマスラヲ論は、少なくとも右の論文においては、「大夫」の表記を軸とする故に、必然的に「大夫」に収斂する性格を持っている。それは、それなりに意義を有することも疑いないけれども、そこには、遠藤の指摘したような限界もある。[16] したがって、上田のような角度からでは、マスラヲ本来の語義または属性が何であったか、また、なぜ「大夫」の表記が選ばれるようになったか、を解くための視点を確保し難いように思われる。

先にわたしは、マスラヲという言葉を通時的に把握しなおす必要のあることを記したし、また、マスラヲの語義もしくはマスラヲ意識に揺れが認められることも指摘したのであった。「大夫」の表記は、律令官人制の整備とともに官僚男子一般をあらわす称としてのマスラヲに当てられ、以後官僚たちの風流志向の強まりとともに、当初の剛勇のおもかげを減じていったものと思われる。

ここで、多少迂遠にわたるけれども、「大夫」の文字面について付記しておかなければならない。上田論文では、万葉の「大夫」を、官職名の大夫と関連あるものと考えられているが、そこに問題があると思われる。なお、時代別国語大辞典には、官名の大夫などとは関係なく、大丈夫の意で用いられた表記だろうと推定している。この方が、広く受け入れられている考え方なのであろうか。山田孝雄の『講義』にも、

「マスラヲ」の義に「大夫」の字面を用ゐたるは、漢籍にては遊仙窟を見る。されば、支那にても「大夫」を「大丈夫」の意に用ゐしを見る。

と記されている。しかし、万葉の「大夫」(ますらを)を「大丈夫」の略とする考え方には、二つの問題点を指摘することができるだろう。

第一に、山田『講義』に言うような、「大夫」を「大丈夫」の意味に用いた例がはたして中国にあるのかどうか。右に掲げられた遊仙窟の大夫は、

大夫巡二麦隴一、処子習二桑間一
大夫存二行迹一、慇懃為二数来一

の二カ所に見えるのであるが、八木沢元『遊仙窟全講』によれば、どちらも官位ある者の意で、張郎をさしている。つまり、これは「大丈夫」を略した「大夫」とは言い難いのである。諸橋の大漢和辞典にも「大丈夫」を意味する「大夫」は見当らない。

第二に、中国には見られなくても、日本において「大丈夫」を略して「大夫」と記した例があるのか、否か。これは、判断が難しいが、もし「大丈夫」の略として「大夫」と書かれたものとすれば、なぜ「丈夫」とせずに官名とも紛らわしい「大夫」としたのかが説明されなければなるまい。そうした略し方を万葉集の歌人たちがしたと考えるべき必然性は見当らないようである。

結論的に言って、わたしは「大夫」を「大丈夫」の略とする説には賛成しがたい。大夫を大丈夫と記した確かな例が万葉集に指摘されるならともかく、そうした例は無いし、日本書紀の「大丈夫」(神武即位前紀)をマスラヲと訓む古訓が見られるとはいっても、それをそのまま万葉時代に遡らせることができるかどうか、問題だろう。

上田論文に、「大夫」の文字面そのものに即して意義を探ろうとされているのは、方向として肯定されるけれども、「大夫」にも種々の意義があるから、それを細かく見定める必要があると思う。

大夫が五位以上の称となるのは、律令制の制定と関わる。天武・持統朝には、二十六階冠位の錦冠、四十八階冠位の直冠以上(令制の五位以上に相当)を大夫と呼んだと見られる。(17)しかし、「山上憶良大夫」とか「京職藤原大夫」など、題詞や左注に見える例は別にして、万葉歌における「大夫」(ますらを)が五位以上の称としての大夫と直接に関わりを有しないことは、人麻呂作歌や虫麻呂歌集歌の「大夫」(ますらを)の例からも、明らかである。

ところで、先の遊仙窟の例にも見られたが、「大夫」には、広く官職を有する者を意味する場合がある。荘子の漁夫篇に「大夫之憂」とあるのも広く君に仕える者を指した例で、天智紀に、

九年春正月、……詔士大夫等大射宮門内。

とあるのも、同じらしい。万葉の「大夫」(ますらを)表記は、こうした例と同種のものと考えられるだろう。

万葉の「大夫」(ますらを)表記には、官人意識が濃厚に反映していると考えられる。それが人麻呂作歌以後にもっぱら現われることも、意味深いことと思われるし、先に言ったとおり、本来剛強の意を含んでいたはずのマスラヲが次第にその意味を減じていったのも、その理由を明らかにしうるのではあるまいか。

もともと剛強の男の意をもっていたマスラヲに官人の総称としての「大夫」の文字を宛てたということは、宮廷官僚の体質の変化にしたがって、たとえば風流化、あるいは遊蕩化などとともに、「大夫」(ますらを)の語意も蕩揺することを予測させるだろう。マスラヲが本来の剛強の意を減殺した理由は、それが男子官僚一般の称呼として用いられるようになったことと、時代の下るとともに官僚の体質の変化したことなどによるものと思われる。

しからば、マスラヲに「大夫」の文字を当てるようになったのはいつごろからなのか。現存の万葉集による限り、

それは人麻呂の時代以降のことと考えられるだろう。人麻呂歌集に「健男」「建男」の例が見え、その異伝(一二六)中に「大夫」があり、また人麻呂作歌に「大夫」と記されていることに特別の意味があるように思われる。

五番歌の問題に戻ろう。軍王作歌の「大夫」の例を舒明朝のものかどうか疑ったのは、前節に記した「遠神」の表現から、その作歌時期を降らせて考えるべきではないかと思ったからである。五番歌の「大夫」も人麻呂以後の用例であるとすれば、本項に述べたところと矛盾しないことになる。

なお、五番歌の「大夫」を後の表記と認めるにしても、表記は別にして、マスラヲという語の用例としてはどうだろうか、という疑問も浮かべられるはずである。しかし、

遠つ神　吾が大君の　いでましの　山越す風の　独り居る　吾が衣手に　朝夕に　還らひぬれば　大夫と　思へる吾も

という文脈から、濃厚な官人意識、すなわち「大夫」意識を読みとることは容易だろう。そうした意識こそ、「大夫」表記に真にふさわしいものであって、五番歌のマスラヲが益卜雄・麻須良乎という仮名表記、あるいは健男という訓字表記であった可能性を疑わせるに違いない。

五番歌のマスラヲは、正しく「大夫」であって、これを「大夫」の表記や、また作歌の時点などと切り離して考えることはできないのである。

四　枕詞その他の表現について

五番歌が、「遠つ神　吾が大君」および「大夫」の表現によって、人麻呂以後の歌であることが確かめられるとす

れば、先に触れた歌体の問題も、ごく自然に諒解されるのではあるまいか。五・七の定型で、五・七・七結尾の最古の、孤立した先例では、五番歌はあり得なかったわけである。茂吉が「古調」と評したのも、持統・文武朝の歌とすれば、それほど見当はずれにはならない。

ここではさらに、五番歌の表現のなかで、人麻呂以後と考えられる徴証のいくつかを記しておくこととしたい。

まず、枕詞「ぬえこ鳥」について。「ぬえ鳥の」という枕詞に関しては別稿(18)にかなり詳しく記したことがある。「ぬえこ鳥」の例を含めヌエトリノは、万葉集に六例のみ見られる珍しい枕詞で、人麻呂歌集(一九九七・二〇三一)および人麻呂作歌(一九六)のほか、憶良作歌(八九二)と家持作歌(三九七八)にも用例がある。東光治『万葉動物考』に、

毎年三月より五六月頃までの間夜半より早朝にかけ、山腹の林間にて、口笛に似て、ヒーヒョーときこゆる悲調の声を発す。(比叡)山上宿院に宿泊すれば容易に之を聞くことを得べし。

と説かれているように、その悲しい鳴き声によって、「うらなけ」「のどよひ」という動詞や「片恋嬬」という名詞の譬喩的修飾語として用いられたのである。

軍王作歌が舒明朝の作品とすれば、五番歌に見られる「ぬえこ鳥」はそれらの中でももっとも古い例となり、軍王の用いたこの枕詞を、およそ四〇年後に人麻呂が襲用したことになるが、前項までに記したとおり、五番歌は人麻呂以後の作と考えるべき徴証を種々含んでおり、人麻呂歌集や作歌において人麻呂の創造し、使用した「ぬえ鳥の」という詞句を、軍王や憶良および家持が襲用したと見る方が自然である。

同時に、次のような点を、ここでは考え合わせるべきであろうと思われる。五番歌の「ぬえこ鳥　うらなけ居れば」という連合表現は、用言に冠する枕詞の例であるが、枕詞のなかでも比較的歴史が浅いと見られる用言に冠する枕詞の特徴として、とくに悲嘆すべき、消極的な内容をあらわす用言の例が、初期万葉歌になく、記紀歌謡にも見ら

れないというべきであることは、別に（本書第一章第6節）詳述したとおりである。そうした用言に冠する枕詞の現われ方に照らしても、「ぬえこ鳥　うらなけ居れば」は、舒明朝の例としては早きに過ぎるのであって、「過ぎ」「乱れ」「別れ」など、他の悲嘆すべき消極的な内容の被枕詞（用言）とともに、人麻呂の時代以後に連合表現として使われるようになったと考えるのが穏やかだろう。

もう一つ、別の枕詞についても考えてみたい。冒頭から九、一〇句目に、「玉だすき　懸けの宜しく」とある。この「玉だすき」は、普通タスキを掛ける意で、あとの「懸け」に冠する枕詞と説明されているもので、それはそれなりに正しいと思われる。

ところで、この「玉だすき」という枕詞は、どのような閲歴を持つ表現なのだろうか。記紀歌謡には見られず、また意味的にも「玉だすき」と「懸け」との関係は明瞭だから、それほど古くまで遡るものとは考えられない。万葉集には、「玉だすき」を「畝火」（地名）に冠する枕詞として用いた例も見える。

玉だすき　畝火の山の　橿原の　ひじりの御代ゆ……　（二九、人麻呂）
玉だすき　畝火の山に　鳴く鳥の　声も聞こえず……　（二〇七、人麻呂）
玉だすき　畝火を見つつ……　（五四三、金村）
玉だすき　畝火の山に……　（一三三五）

この地名に掛かる用例の方が古いかも知れない。「懸け」に冠する例として、比較的に古い時期のものをあげると、

玉だすき　懸けて偲はむ　恐かれども　（一九九、人麻呂）
玉だすき　懸けてしのはな　恐かれども　（三三二四）
露負ひて　靡ける萩を　玉だすき　懸けて偲はし……　（同右）

であって、軍王作歌の例を除くと、右のような挽歌の中に「玉だすき　懸け」の古例が見出されることになる。これには、相応の意義が認められるのではあるまいか。

周知のように、人の死に際して近親者あるいは従者などが木綿のたすきを掛けて祈り、死者を祭ったことは、

……木綿だすき　かひなに掛けて　天なる　ささらの小野の　ななふ菅　手に取り持ちて……

（四二〇、石田王卒之時丹生王作歌）

……木綿だすき　肩に取り掛け　倭文ぬさを　手に取り持ちて　勿離けそと　われは祈れど……　（四二三六）

などによって知られる。挽歌中に、このような古例の見られる事実は、この連合表現の成立の事情を物語るように思われる。

すなわち、人麻呂の高市挽歌の場合、軍王作歌を除いて、「玉だすき　懸け」という連合表現の最古の例となるのであるが、この作においてこの連合が創造されたとすると、むしろ作者の意識を推察しやすいであろう。「玉だすき」は、作者の嘱目のもの、というより作者の身に帯びたものとしてあったと思われる。「玉だすき　懸け」は、現実に木綿のたすきを掛けて祈る人々のイメージを喚起する表現であった。その上で、「懸け」は掛詞として、同音の、心にかけての意味を匂わせながら「偲はむ」に続くのである。こうした技法は、記紀歌謡の景物提示の方法に似るし、人麻呂自身の表現に類似例を探せば「剣太刀・身に副へ」などがあげられるかも知れない。

右のような「玉だすき　懸け」について、これを枕詞と説き、実質的な意味を持たないかのように見てきたところに、従前の解釈の不備が認められよう。高市挽歌に即して、この連合表現をパラフレイズするならば、

玉ダスキヲカケテ祈リツツ、心ニカケテオ偲ビ申シ上ゲヨウ

というふうになるものと思われる。

人麻呂の挽歌において、即境の景物を利用しつつ考案されたかと推測される連合表現「玉だすき　懸け」であるが、五番歌では「玉だすき　懸けの宜しく　遠つ神　吾が大君の　行幸の　山越す風の　独り居る　吾が衣手に　朝夕に還らひぬれば」と、単に「カヘルという言葉を口にするのも嬉しく」という程度の、抽象的な意味に限定して用いられているのを見る。五番歌では、タスキを掛けるという意味は薄らいで、「玉だすき」はほとんど非実質化しているかのような感じさえ与えるのである。人麻呂の独創と覚しい枕詞は多く数えられるし、それが後代に襲用され、非実質的な度合を深めていったと思われる例も、幾つかあげることができるが、(19)この「玉だすき　懸け」も、それらと同様に考えるのが妥当であろう。

五　結び――舒明朝の作とされた理由

前項までに記したとおり、軍王作歌は、人麻呂以後に作られたと見るのが穏やかである。それでは、なぜ、軍王作歌は舒明朝の歌として分類配列されたのであろうか。

右の点については、これを次のような角度から考えることができる。第一には、白鳳期における舒明天皇尊崇という背景について、そして、第二には「遠つ神　吾が大君の　行幸の　山越す風」という部分の誤読の可能性について、と言えよう。

後者から記すならば、題詞の「幸讃岐国安益郡之時……」にも関連するのであって、題詞では五番歌を舒明天皇の讃岐国行幸時の作としているのであるが、「遠つ神　吾が大君」を前述のように過去の天皇を指した表現とすれば、この題詞は、少なくとも「……時」までは怪しいことになる。(20)さらに「軍王見山作歌」についても澤瀉『注釈』などに言及されているのを見るが、「見山」には特別の意義も考えられるようだから、[21]題詞のすべてについて、編者のさかしらな手入れがあったとすることは出来ない。ただ、「天皇登……之時」という二番歌や、「天皇遊猟……之時」という三番歌などにならって、五番歌の題詞にも「幸……之時」が加えられた可能性は十分認められよう。そして、そのことが編者の誤読の結果であったことも考えられるのである。

誤読は、「行幸の　山越す風の」という部分にかかわっているはずだろう。前に掲げた角麻呂の歌には、「わが大君のいでまし処」となっていて、現在の天皇の行幸でなく、過去の行幸を歌ったことがわかり易いのであるが、[22]五番歌の場合は「行幸の　山」で切れずに、「山越す風」と続いているために、まぎらわしく、誤解も生じ易かったものと思われる。角麻呂作歌のみ過去で、五番歌は現在の行幸とするのは当らないであろう。[23]

題詞の筆者、もしくは編者に誤読があったらしいことを認めるにしても、それのみでは、舒明朝に五番歌が繰り入れられる積極的な理由とはならない。行幸をされた天皇が舒明天皇自身と考えられるような背景が現実に存した故に、「遠つ神　吾が大君」という本来のことばの意味を越えて、舒明行幸の時点へ、五番歌は時を遡って位置を与えられたと見るべきであろう。

舒明天皇が、天武天皇の父として、また、白鳳期における「現代」の祖として仰ぎみられたであろうことについては、伊藤博『万葉集の構造と成立』上巻にも、しばしば触れられている。編者にそのような意識があったということは、同時代の歌人達にも通じて言えるはずで、角麻呂作歌(文武朝あるいは元明朝の歌であろう)の「遠つ神　吾が大君」も、過去のどの天皇であってもかまわないわけではなく、舒明天皇その人を意識しての表現だったと考えるのが穏やかであると思われる。

本項で、歌の表現から推定してきた軍王作歌の制作時期と、角麻呂作歌の制作時期とがきわめて接近して見えるのも、理由のあることに違いない。舒明三年九月および一〇年一〇月には有間行幸のことが記されており、行幸は数カ月の長さに及んでいる。住吉行幸が、その時のこととして後代まで伝えられたとしても、おかしくないであろう。伊予温湯宮行幸も、一一年一二月から一二年四月にかけての大旅行であって、風土記逸文にも伝えられていることは、周知の通りである。六番歌の左注に、「若疑従此便幸之歟」と推測しているのは、作歌の時期としてでなく、「遠つ神　吾が大君」の行幸時期として考えれば、至当な判断であろう。あるいは「己亥歳……作歌」などと原形に記されていたとすれば、文武三年の作歌を六〇年前の作品と誤ったということも考えられるかもしれない。「軍王」については、その頃の人の中から、作者にふさわしい人物が吟味されるべきであろうと思う。

(1)　青木和夫「軍王小考」(『上代文学論叢』所収)にコニキシと訓み、豊璋を指すとする説を見る。また、吉永登「軍王について」(『関西大学国文学』四七号)にも同様な説がある。しかし、豊璋では時代が合わないと思われる。
(2)　最近刊行された『万葉集私注』の補巻においても、この問題には触れられていない。
(3)　「網の浦の」が六音で字余りに見えるが、母音音節を含む。
(4)　『日本古代の氏族と天皇』二五一頁。
(5)　同書第二章「大化改新とその国制」のうち、とくに三八三頁以降。
(6)　「古典大系」『日本書紀』下巻補注25—五。
(7)　山田『講義』、土屋『私注』、澤瀉『注釈』など。
(8)　折口信夫『万葉集辞典』。
(9)　川崎庸之「大伴三中の歌」(『文学』昭和二二年一月号)。
(10)　『日本古代文学』。
(11)　「社会と環境——ますらを論を中心として——」(『解釈と鑑賞』昭和三四年五月号)。
(12)　「万葉集作者未詳歌と『ますらを』意識」(『論集上代文学』第一冊所収)。
(13)　人麻呂歌集の歌の文字面については稲岡『万葉表記論』に詳述したし、その表現面については、「人麻呂歌集略体歌の方法」㈠㈡(『万葉集研究』第六集・第七集)などに詳しく述べた。

(14) 略体歌・非略体歌の分類については、拙著『万葉表記論』第一篇(下)一九八頁参照。

(15) 注(11)にあげた論文参照。

(16) 注(12)の遠藤論文参照。

(17) 「古典大系」『日本書紀』補注。

(18) 拙稿「人麻呂の枕詞について」(『万葉集研究』第一冊所収)。

(19) 注(18)にあげた論文参照。

(20) 武田『全註釈』、澤瀉『注釈』など。

(21) 伊藤博「題詞の権威」(『万葉』五〇号)。

(22) 伊藤前掲論文。

(23) 山部赤人の三二二歌に「遠き代に　神さび行かむ　行幸処」とあるのも、同様な表現であるが、これも行幸従駕歌ではない。

2　石見相聞歌と人麻呂伝
――作品論による伝記の再検討――

一　晩年石見赴任説に対する疑問

わたしが人麻呂晩年の石見赴任説に疑問を抱くようになったのは、作品論、とくに反歌・枕詞・対句などの方法の吟味を通してである。人麻呂晩年の石見行を伝記上の事実として推測させ、承認させる根拠としては、一般に、巻二相聞部の末尾に置かれた石見相聞歌(一三一～一三九)と、挽歌部の「柿本朝臣人麻呂石見国に在りて死に臨む時に自ら傷みて作る歌一首」(二二三)に続く五首の作品があげられてきた。しかし、最近この臨死歌の題詞をめぐるさまざまな議論が見られるし、その伝記的事実性が疑問視されている(後述)。また石見相聞歌の技法を詳細に検討してみると、晩年よりも、むしろ持統朝前半の作品とすべき徴証が幾つも認められる。作品と伝記とを私小説的に直結させて人麻呂の伝記を考えてきた従来の素朴な方法に疑問が抱かれるとともに、作品論としての綿密な検証をへず、制作年次の不明な人麻呂作歌を、仮想された伝記の枠に合わせて配列するという、これまでの作歌年次の推定法にも問題が感ぜられる。

本節は、そうした従来の人麻呂論に対して、むしろ作品論を尺度として、人麻呂の伝記を再検討する必要のあることを、わたし自身の方法的反省をこめて記すものである。

二　反歌史と石見相聞歌

石見相聞歌は、連作二首の長歌から成り、それに初案と推定される(1)「或本歌」を加えた形で、巻二相聞部の末尾に置かれている。

柿本朝臣人麻呂石見国より妻に別れて上り来る時の歌二首 并せて短歌

石見の海　角の浦廻を　浦なしと　人こそ見らめ　潟なしと　人こそ見らめ　よしゑやし　浦は無くとも　よしゑやし　潟は無くとも　いさなとり　海辺をさして　和多豆の　荒磯の上に　か青なる　玉藻沖つ藻　朝はふる　風こそ寄らめ　夕はふる　波こそ来寄れ　波のむた　か寄りかく寄る　玉藻なす　寄り寝し妹を　露霜の　置きてし来れば　この道の　八十隈ごとに　よろづたび　顧みすれど　いや遠に　里は離りぬ　いや高に　山も越え来ぬ　夏草の　思ひしなえて　偲ふらむ　妹が門見む　靡け此の山　(一三一)

反歌二首

石見のや高角山の木の間より我が振る袖を妹見つらむか　(一三二)

小竹の葉はみ山もさやに乱るとも我は妹思ふ別れ来ぬれば　(一三三)

或る本の反歌に曰はく

石見なる高角山の木の間ゆも我が袖振るを妹見けむかも　(一三四)

つのさはふ　石見の海の　言さへく　辛《から》の崎なる　海石《いくり》にそ　深海松《ふかみる》生ふる　荒磯にそ　玉藻は生ふる　玉藻なす　靡き寐し児を　深海松の　深めて思へど　さ寐し夜は　いくだもあらず　延《は》ふつたの　別れし来れば　肝向《きも》

かふ　心を痛み　思ひつつ　かへりみすれど　大船の　渡の山の　黄葉の　散りのまがひに　妹が袖　さやにも見えず　嬬隠る　屋上の 一に云ふ、室上山 山の　雲間より　渡らふ月の　惜しけども　隠ひ来れば　天つたふ　入り日さしぬれ　大夫と　思へる吾も　敷妙の　衣の袖は　通りて濡れぬ　（一三五）

反歌二首

青駒が足掻きを早み雲居にそ妹が当りを過ぎて来にける 一に云ふ、あたりは隠り来にける　（一三六）

秋山に落つる黄葉しましくはな散りまがひそ妹があたり見む 一に云ふ、散りなまがひそ　（一三七）

或る本の歌一首 并せて短歌

石見の海　津の浦を無み　浦無しと　人こそ見らめ　潟無しと　人こそ見らめ　よしゑやし　浦は無くとも　よしゑやし　潟は無くとも　勇魚《いさな》取り　海辺を指して　柔田津の　荒磯の上に　か青なる　玉藻沖つ藻　明け来れば　浪こそ来寄れ　夕されば　風こそ来寄れ　浪のむた　か寄りかく寄る　玉藻なす　靡きわが宿《ね》し　敷妙の　妹が手本を　露霜の　おきてし来れば　此の道の　八十隈毎に　万たび　かへりみすれど　いや遠に　里放《さか》り来ぬ　いや高に　山も越え来ぬ　はしきやし　吾が嬬の児が　夏草の　思ひしなえて　嘆くらむ　角の里見む　靡け此の山　（一三八）

反歌一首

石見の海打歌の山の木の際《ま》より吾が振る袖を妹見つらむか　（一三九）

右の歌群において、まずわたしの注意を惹くのは、反歌の頭書と歌の内容とである。

別稿「人麻呂『反歌』『短歌』の論」(2)にも詳述したとおり、人麻呂の持統朝以後に制作した長歌の反歌には、頭書を「反歌」とするものと「短歌」とするものと、二種類がある。石見相聞歌には、「反歌」と書かれている。

こうした頭書の相違が何を意味するか、これまではあまり問題にされなかったようで、「反歌」「短歌」のいずれであっても同じことであるとするのが一般的な解釈だったと思われる。[3] それが正しければ、石見相聞歌に「反歌二首」とか「反歌一首」と書かれていることも、文学論的に、あるいは作品論的に、たいした意義を持たぬことになろう。しかしながら、まことに些細に見えるこの頭書の相違が、意外に深い意味を持っているらしい。

詳細は、別稿を参照願うとして、ここに要点のみ摘記すれば、第一に、「短歌」の頭書は、もっぱら巻一・巻二の人麻呂作歌に集中して見られるのであり、[4]「反歌」の頭書を含む例とともに人麻呂自身の記したあとを、そのまま保存するものと認められる。第二に、両者を使い分けたのは、反歌の数・内容・制作年次などと関連してのことで、人麻呂の反歌意識の変化と不可分であろうこと、が指摘される。

右の第一の点に付加すべきことは何もないが、第二の点は、さらに次のように具体化することができる。

(1)人麻呂作歌において、単数反歌の頭書はすべて「反歌」となっているのに対し、「短歌」と頭書されたものは、すべて複数反歌である。

(2)作歌年次の明らかな歌では、持統五年以前の作に「反歌」、持統六年以後の作には「短歌」と頭書されている。

これらは神田秀夫『人麻呂歌集と人麻呂伝』にも夙に注目されていた点であるが、[5] 残念なことに、こうした現象の背後にひそむ反歌意識にまで遡源して検討されず、単に編纂者の書き癖によって生じたものと推定されたにとどまっている。そうした方向で処理するかぎり、当面の石見相聞歌の制作時期について、とくに疑義を生ずることもないであろう。

「作歌年次の明らかな歌では」と(2)に記したのは、吉野讃歌や川島皇子挽歌に「反歌」とあり、高市皇子挽歌や明日香皇女挽歌に「短歌」となっていることのみを言うのではない。持統初年に作られたかと推測されている近江荒都歌には「反歌」とあり、持統六年冬の作歌かと考えられる安騎野の歌(四五～四九)や、「灰にていませば」という火葬を表わす詞句を「或本歌」に含むところから持統朝後半か文武朝の作とされる「泣血哀慟歌」には「短歌」とあることも含めて考えることができる。

ただし、右の(1)(2)のような表面的な指摘のみにとどまるのであったら、本節に作品論として喋々するにはあたらないと言うべきだろう。反歌の内容に関する次のような特徴もここに考えあわせる必要がある。

(3)「反歌」の頭書をもつ歌は、長歌の内容の反復あるいは要約が主であるのに対し、「短歌」の頭書をもつ歌では、長歌の抒情内容を超え、時間的にも空間的にも遠い地点に主体(話主)の視座が構えられているのを見る。

人麻呂は、右のような内容の違いに応じた頭書として「反歌」と「短歌」とを使い分けたのではなかったか、と思われる。

たとえば吉野讃歌の第一長歌の末尾「水たぎつ　滝のみやこは　見れど飽かぬかも」を繰り返して、

　見れど飽かぬ吉野の川の常滑の絶ゆることなくまた顧みむ　(三七)

と歌い、第二長歌の「山川も　よりて仕ふる　神の御代かも」を反復して、

　山川もよりて仕ふる神ながらたぎつ河内に舟出せすかも　(三九)

と歌ったのに対し、安騎野の作歌では、長歌の「草枕　旅宿りせす　古思ひて」を受けて、

　阿騎の野に宿る旅人うち靡きいも寐らめやも古思ふに　(四六)

と歌うとともに、夜半から翌朝に至るまでの感情が四首の連作的な反歌に詠み込まれているのを見る。後者を「短歌」と特称したのは、それ以前の「反歌」とは異なり、長歌の内容を繰り返したり要約したりするにとどまらない、

もっと独立的な性格を強めた反歌であることを示したのだろう。そこには、人麻呂の反歌意識の拡大あるいは展開と、それに対する自負とが秘められているようだ。

「反歌」と「短歌」とを、単なる名称の相違として表面的に把握するのでなく、人麻呂の表現意識および長歌の創造の動態に即した変化として理解するならば、制作年次による截然たる対照も、その文学史的意味を明らかにするにちがいない。

人麻呂以前の長歌には反歌のないものが少なくない。[6] そして例外的に複数の反歌を持つ長歌の伝来や万葉集への登録については、種々の問題点が指摘されている。たとえば中大兄の三山歌の反歌「わたつみの豊旗雲に入日見し今夜の月夜清に照りこそ」(一五)は、左注に「右の一首の歌は、今案ふるに反歌に似ず」と記されているように、同時同所の作として並記されていた歌が反歌と誤認されたのであろうし、岡本天皇御製と題された巻四の歌(四八五〜四八七)は、長歌の表現に「昼は　日の暮るるまで　夜は　夜の明くるきはみ」という、天智朝以前の歌とは考え難い詞句を含んでいる。天智一〇年の額田王作歌に「夜はも　夜のことごと　昼はも　日のことごと」(一五五)とあるように、「夜」を先に、「昼」を後にするのが、日没を一日の始まりとする古代の暦日意識にもとづく表現とすれば、[7] 岡本天皇御製は初期万葉時代の歌かどうか、はなはだ疑わしいことになる。

こうして疑問のある例を除いてゆくと、初期万葉の長歌には、反歌のないのが一般であり、そこに新たに反歌を一首添える形が創り出されるに至ったのだということが明らかになってくる。額田王の近江遷都の際の歌に、「こころなく　雲の　隠さふべしや」という長歌の末尾を繰り返して、

三輪山を然も隠すか雲だにもこころあらなも隠さふべしや　(一八)

と歌われているのが、初期反歌の典型的なかたちを示す例として注目されるのである。それは柿村重松『上代日本漢

文学史』に、反歌の発達を、

詩文大に興りて、楚辞文選の類が通行するに至りての産物なりとするを妥当とすべく、そは方に天智時代以後にあるべし。

と推定しているのと、正しく合致するはずである。中国詩を読み、漢風の詩を作り始めた人々が反辞や乱に模して反歌を添えるようになったのを、比較文学的視点からごく自然な成行きとして柿村は指摘したのであった。

「反歌」が反辞や乱に模したものであることや、音楽上のテクニックの影響も重要であると思われるが、ここでは省略したい。[8]ただ一つだけ言い添えると、「大日本古文書」第一巻に、

離騒三帙、帙別十六巻　天平二年七月四日　高屋連赤麻呂

と見える、「帙別十六巻」は『日本国見在書目録』に「楚辞十六巻王逸」とあるのと等しく、王逸注『楚辞』一六巻のことであろう。[9]その離騒の「乱曰」の王逸注には、

乱理也、所㆘以発㆓理詞指㆒総㆗撮其要㆖也

と記されており、多少時期は遡るけれども、近江朝の詩人たちの乱に関する知識も、この王逸注によるのではないかと思われる。宋の洪興祖の注に「凡そ篇章を作りて既に成り、其の大要を撮りて乱辞と為すなり」とあるのも、[10]王逸注に近く、また荀子の反辞も楊倞の注によれば、

反辞反覆叙説之辞、猶㆓楚詞乱曰㆒。

と説かれていて、こうした乱や反辞の示唆を受けつつ成立したのが反歌だとすると、長歌の内容の要約や反復を主とする反歌こそ、その初期のかたちではなかったかと思われる。

宇智野遊猟の時の中皇命の献歌(三・四)は、長歌とは別個に成立した短歌が、同時に歌い伝えられたために「反歌」

として長歌に付記されたのであろう。[11] 軍王作歌は本来は舒明朝の作ではなく、人麻呂以後の歌であって、編者の誤認により現在見る位置に収められたものと推定される。[12] それらも右のような反歌史の鳥瞰のもとで、いっそう確かめられるはずである。

人麻呂以前の反歌史のありようを、比較文学的な視点および文献学的な資料の検討などを通して、右のように考えうるとすれば、人麻呂作歌の反歌が、持統朝前半と後半以降とでその性格を変化させていることも、単なる偶然ではなく、文学史的に大きな意義を持つことが知られるであろう。人麻呂は、前代からの反歌の詠法を継承したのであるが、しだいにその性格を改め、長歌の中では歌わなかった時間、空間にも抒情の翼をひろげて行ったものと想像される。そのように考えてほぼ誤りなかろうと思われるが、その際問題になるのが石見相聞歌にほかならない。

冒頭にも触れたとおり、石見相聞歌は、通説によれば人麻呂晩年の作とされる。真淵の『考』に（傍点―稲岡）、

いと末に石見に任て、任の間に上れるは、朝集使・税帳使などにてかりに上りしもの也。此使には、もろ〳〵の国の司一人つゝ九・十月に上りて、十一月一日の官会にあふ也。其上る時の哥にもみぢ葉をよめる是也、即石見へ帰りてかしこにて身まかりたる也　（別記一）

と記されているのに、ほぼ沿った理解がなされてきたと言ってよい。契沖の『代匠記』に、

此巻下ニ、人麿、朱鳥三年ニ日並皇子ノ薨去ヲ傷奉テヨマレタル哥アリ。第一ニ軽皇子ノ御供ニテヨマレタル哥ニハ、日並皇子ノ御狩ノ御供セラレタリトミユレハ、此別ハ朱鳥元年二年ノ間ニ、猶元年秋九月ナルヘシ。九月ト指コトハ次ノ長哥并反歌ニ見ユヘシ　（二三一題詞の説明）

と、持統初年の石見行を想定しているのや、神田秀夫『人麻呂歌集と人麻呂伝』に、「人麻呂は、持統五年、六年、七年の内の、秋に、筑紫・石見へ往ったのである」と推測しているような例もないわけではないが、それらは稀な例

である。

武田祐吉が人麻呂の足跡を検討して、

石見に就いては、最後に人麻呂がその地で死んでゐるのだから、途中で一度都に帰ることがあつたとしても、その前後の旅行を、連続的なるものと見て、これを最後に置くことは、まづ問題が無いとしてよい。(13)

と述べているのも、また、斎藤茂吉『柿本人麿』総論編の「人麿作歌年次配列」に、

私案は、人麿の妻の死を文武四年頃としたので、石見で妻と別れる歌はどうしてもそれ以後とせねばならぬので、年表の配列よりもずつと後になつた訣である。そして此は、依羅娘子をば死んだ人麿の妻よりも後の妻として考へたことが前提になつて居るのである。

と記し、慶雲元年あたりの作ではないかと想像している(14)のも、真淵説に近い。澤瀉『注釈』に、

人麻呂は石見国で死んでゐるらしいので、一度の旅行ではなくて、石見国に滞在し、この上京以後にも再び石見国に住んだのではないかと思はれる。

と晩年の石見滞在を認めているのは、臨死歌の題詞を中心に考えた場合、自然な想定と言えるかもしれない。なお人麻呂の生地を石見とする説もあるが、後述するように、その可能性は乏しいと思われる。

右のように、人麻呂晩年の石見赴任と、石見相聞歌とは密接に関連するものとして、伝記上にも、作品の年次配列の場合にも扱われることが多いのである。しかし、そうした晩年の石見赴任、あるいは石見相聞歌の晩年制作を裏づけるような作品としての性格を、石見相聞歌が持っているのかどうか、詳細に吟味してみると、はなはだ疑わしいと言わざるをえない。

すでに見たように、この相聞歌の反歌は「反歌」という頭書を持っている。頭書の「反歌」は、制作年次の明らか

な長歌においては持統朝前半の特徴とすべきものであった。「反歌」「短歌」という二種類の頭書を人麻呂自身が意識的に使い分けていたとすると、ここに「反歌」と記されているのは、晩年制作説を疑わせるものを含んでいる。ただし、単に「反歌」か「短歌」かの相違のみにとどまるならば、例外を認めれば済むことだから、晩年説を覆えすに足りる証拠とは言いえないであろう。さらに、次のような注目すべき特徴を、この相聞歌が持つことも、考えあわせたいと思う。

「石見の海　角の浦廻を……」で始まる第一長歌には二首の反歌が添えられているが、「或本歌一首并短歌」と題されたその異伝(一三八)には「反歌一首」として、

石見の海打歌の山の木の際より我が振る袖を妹見つらむか　(一三九)

が添えられているに過ぎない。著名な反歌「小竹の葉は……」に相当する一首を欠いているのである。

この異伝(或本歌)は、推敲の跡を示すか、それとも伝誦による訛伝を示すか、近年の論議が集中して、多くの人々の関心をひいたところだが、ここに結論だけ記すならば、「或本歌」(一三八・一三九)は第一長歌(一三一～一三三)の初案であり、それには、「小竹の葉は……」は無かったものと推測される。(15)

石見相聞歌の第一長歌は、当初は反歌一首の形で構想されたのであった。反歌一首の長歌が持統朝前半に集中して見られることは、すでに記述したとおりである。もちろん持統五年以前の作で二首の反歌を伴うものもあるが、それらの中にも、近江荒都歌(二九～三一)や日並皇子挽歌(一六七～一六九)のように、元来反歌一首の形で作られ、のちに推敲の間に第二反歌が補われたかと推定される作品が見られるので(後述)、単数の、反復ないし要約を主とする反歌から、複数反歌へという方法を人麻呂が模索したのは、持統四、五年ごろではなかったかと思われる。

石見相聞歌の第一長歌を、初案では長歌末尾と等質の抒情内容を有する反歌一首の形で構想しながら、推敲後見納

め山での袖振りののちの沈静した感情を歌う第二反歌が加えられることとなったのは、右のような時期の作品だったことと関わりがあるのだろう。そうした変化のなかに、人麻呂の反歌に対する積極的な姿勢をうかがうことができるのではなかろうか。むしろ人麻呂の創造活動を、動態的に把握するために、そうした変化の機微を知ることが是非とも必要であると言ってよい。

三　日並皇子挽歌と近江荒都歌

ここで、日並皇子の殯宮挽歌と近江荒都歌の反歌に触れておきたい。いずれも持統朝前半の作品であり、複数の反歌を持つ例として注目されるのである。

前者には、

久方の天見る如く仰ぎ見し皇子の御門の荒れまく惜しも　（一六八）

あかねさす日は照らせれどぬばたまの夜渡る月の隠らく惜しも　（一六九）

の二首の反歌が添えられている。この反歌と長歌との関係については、かつて次のように記したことがある。

「久堅の天見る如く仰ぎ見し」と言い、また「ぬばたまの夜渡る月」と言っているのは、長歌の「望月の　たたはしけむと　天の下　四方の人の……天つ水　仰ぎて待つに」と関連する表現であり、「御門の荒れまく惜しも」は、長歌末の「皇子の宮人　行く方知らずも」と通ずる。「隠らく惜しも」も等質の抒情である。つまり、二首の反歌の間に場の転換とか時の経過はなく、二首は長歌の歌い終わりの抒情表面に均質に並べられるのである。もちろん茂吉が言うように、第二反歌には「月の沈むことが写象として鮮明で、背景の日並皇子のことは長歌又は第一の反歌に任せた形である」という程度のことはあろうが、用語も内容も長歌および第一反歌に極めて類似したものである。[16]

ことばの不十分な点があるけれども、「短歌」と頭書されたものとは異なって、二首の反歌が長歌の抒情内容に近い表現を持つことを言ったのである。

ここでとくに注目したいのは、第二反歌の下に、

或本以二件歌一為二後皇子尊殯宮之時歌反一也

という注記のあることである。念のために言えば、澤瀉『注釈』には、この注の「件歌」を、一四五の左注「右件歌等、雖レ不ニ挽レ柩之時所レ作、准二擬歌意一、故以載二挽歌類一焉」と同じように、前の歌を一括して言うものと解し、一六八・一六九の二首を指すと見ている。しかし、「件の歌」を、

集中の十数例のうち(十七・三九一四)の左注の場合のみはその一首の事を指してゐるが、他の場合はすべてその注によつて一括せられた一連の作をさす例になつてゐる

という理由から、前二首を指すと結論されたのは、詳細な考察と見えるものの、左注と下注とを混同した判断と言わざるをえないように思う。この注は、『古葉略類聚鈔』には別行に大書されているけれども、金沢本をはじめ他の写本には皆二行書きの下注になっている。つまり古写本の伝えるところでは下注と解するのが正しいのである。「或本以件歌……」という注の書式そのものも、「右件……」という左注の例とは異なっている。したがって一六九のみを指すと見るべきである。

ところで、こうした注が一六九に付けられたのは、どのような事情によるのだろうか。一首だけに「後皇子尊の殯宮の時の歌の反」という異伝を生じたのは、なぜなのか。はなはだ興味をそそられるけれども、それは、「あかねさす

日は照らせれど」という歌詞にもかかわりのあることではなかろうか。

周知のとおり、一六九の「あかねさす日は照らせれど」を、天皇を喩えての表現と見るかどうか、諸注の判断は分かれている。真淵の『考』に、

上の日はてらせれどてふは、月の隠るゝをなげくを強むる言のみ也……常の如く日をば天皇をたとへ申すと思ふ人有べけれど、さてはなめげなるに似たるもかしこし、猶もいはゞ此時天皇おはしまさねは、さるかたにもよくかなはざるめり。

と、譬喩説を否定しているのに対し、『童蒙抄』には、

是は日を天皇に比し奉りて、月を皇子になぞらへてよめる歌と見えたり。

と言い、雅澄の『古義』にも、

此ノ歌は、左註《（ママ）》に云るがごとく、まことに高市皇子尊の、殯宮の時の歌の、反歌にぞあるべき。されば日者雖照有は、天皇の御うへをたとへ奉り、月の隠良久は、皇子ノ尊をたとへ奉れるなり、さなくては、日者雖照有と云こと、無用言《イタヅラゴト》になりて聞ゆるをや。

と記している。『古義』の説は、下注を正伝とする点、はなはだ極端であって、そのまま肯定するわけにはゆかないけれども、「日は照らせれど」を譬喩と解しようとすると、持統三年四月の草壁皇子薨去の時には、まだ持統天皇は即位されていず、草壁挽歌とは考えがたくなるところを、合理的に詰めての推定と思われる。

こうした譬喩説は、井上『新考』、山田『講義』、武田『全註釈』、窪田『評釈』、「古典大系」などに受け継がれている。一方、先掲の真淵流の考え方も、かなり広く見られるのであって、橘『略解』に、

此日を天皇をさし奉るにやといふ説もあれど、天武天皇崩まして、三年に此み子薨たまひ、其明る年大后位に即

給へれば、此時天皇おはしまさず、はたなめげにも聞ゆればしからず。

と言うのは、真淵『考』の説の踏襲である。岸本『攷證』、木村正辞『美夫君志』などにもこれに近い考えが見られる。斎藤茂吉の『評釈篇』に、

『月の隠らく惜しも』は日並皇子の薨去を惜しみ奉つたことは確かだが、上の句は必ずしもさういふ人事的関係を顧慮せずともいい。

と実景説を主張しているのも同様で、土屋『私注』、澤瀉『注釈』、「古典全集」、「古典集成」などが、これに従っている。

右のように、譬喩か実景かは、かなり微妙な問題で、諸注の説も分かれているのだが、下句の「月の隠らく惜しも」が、たとえ実景であるにしても、皇子の薨去を象徴する表現であることは動かないのだから、上句の「日」も、茂吉の言うような実景でありつつ、しかも天皇を象徴する表現と解して差しつかえないとするならば、これほど紛糾することもなかったであろうと思われる。

確かに、持統三年四月には、持統天皇はまだ即位していない。したがって、その時点で一六九歌が歌われたとすれば、象徴説は工合が悪いように思われる。しかし、従来の論議が、日並皇子薨去の時点にこだわりつつ、実景か象徴かを判断していること自体に多少の疑問も感ぜられるのである。

日並皇子の殯宮は、かなり長期間にわたっており、翌持統四年まで行われたらしい。そのことは、舎人たちの慟傷挽歌から推測される。そして、長歌(一六七)には推敲の跡も見られるので、二度以上歌われたことも確実だろう。

もし、翌持統四年正月の即位以後にも一六七歌が歌われ、その段階で新たに反歌一首(一六九)が加えられたとするならば、「あかねさす日は照らせれど」は、持統天皇の即位を象徴する表現として、生き生きと感受されるにちがい

ない。

つまり、日並皇子の薨去が持統三年だから持統即位前の作であると、かたくなに考えるのではなく、歌の完成を流動的なものとして右のように推測してみると、第二反歌の特別の意義が明らかになるのではあるまいか。人麻呂は、当初から二首の反歌を添えていたわけではなく、持統即位という新事態を迎え、その時点にふさわしい歌を、第一反歌に調子を通わせながら制作し、添加したものと思われる。

高市皇子の挽歌であるという異伝を生んだのも、編者の時代にすでに鹿持『古義』説に類する判断があったからなのだろう。逆に言えば、「日は照らせれど」は、天皇への暗示を含みやすいことを語るであろうし、日並皇子挽歌の反歌という本文の伝を疑いないものとすると、第二反歌（一六九）の制作時期をずらせて、あとから加えられたものと考えるのが至当であろう。

日並挽歌についての右のような推測をかならずしも無稽ではあるまいと思うのは、反歌一首のみを伴う長歌の形から、反歌二首の形式を創造することが、現代のわたしたちの想像以上に難しい課題であったはずだからである。新形式の誕生には、おそらくかなりの試行の時を要しただろうと考えられる。日並皇子挽歌のみでなく、そのほかにも推敲過程で複数の反歌となったと思われる例が見出されるのも、その意味で自然なのである。

近江荒都歌がその例になる。荒都歌の制作時期は、厳密に言うと明らかでないが、巻一の配列などをもとに持統三、四年ごろとするのが通説である。

言うまでもなく近江荒都歌にも「反歌」の頭書を持つ二首の反歌が添えられている。

ささなみの志賀の辛崎幸くあれど大宮人の舟待ちかねつ　（三〇）

ささなみの志賀の 一に云ふ、比良の 大わだ淀むとも昔の人にまたも逢はめやも 一に云ふ、逢はむともへや　（三一）

この「反歌」もよく見ると、初案の段階から二首揃っていたかどうか、疑わしい点が認められる。第二反歌(三一)には異伝があって、

ささなみの比良の大わだ淀むとも昔の人に逢はむと思へや

という形の伝えられていたことも知られるのであるが、比良は比叡山北方の比良山麓、現在の志賀町木戸、小松のあたりを指す地名だから、大津京からは北に遠く隔たっている。「ももしきの　大宮所　見れば悲しも」と歌われている長歌の反歌としては、地理的に離れ過ぎているのである。そうした「比良の大わだ」を詠んだ「一云」のかたちは、もしそれが本文より前の、いわゆる初案だとすれば、長歌とは別の成立ちを考えさせるところを含んでいる。「一云」の形は、本来長歌(二九)の反歌として制作されたのではなかったのではないか。

第二反歌(三一)を、もと近江荒都歌(二九、三〇)とは別個の、独立短歌として成立したものと推定したのは、神野志隆光「近江荒都歌成立の一問題――三一番歌は独立の短歌であったか――[17]」である。神野志の指摘するように、近江荒都の長歌には「或云」の形で別案(初案)を注記しているのに、三一番歌では「一云」となっており、既述の比良と大津京との隔たりから言っても、また異伝記載の様式の相違によっても、長歌の初案とは別の成立ちが考えられるのである。

とくに注意したいのは、神野志のその後の論文「近江荒都歌論[18]」のなかに、三一番歌に触れて、長歌(二九)末尾の推敲と呼応して、それが第二反歌として呼びこまれるに至る必然性を説いている点である。

前後したが、長歌(二九)の異伝が初案の形を表わしていることは、岩下武彦「近江荒都歌論――人麻呂の方法――[19]」、同「近江荒都歌[20]」などに、従来の説の批判とあわせて具体的な詞句に即して説かれている。再案の、

春草の　茂く生ひたる　霞立ち　春日の霧れる　ももしきの　大宮処　見れば悲しも

と、初案の、

霞立ち　春日か霧れる　夏草か　茂くなりぬる　ももしきの　大宮処　見れば寂しも

とを比較してみると、前者に「相対的に宮の荒廃そのものを見つめ、滅びてしまったことを直接受けとめる態度[21]」の強いことが認められよう。その長歌の再案にふさわしいのが第二反歌であって、第一反歌(三〇)の「大宮人の舟待ちかねつ」では終わりえない表現の不充足を自覚した人麻呂が、推敲の間に、反歌三一を取り込むに至ったという神野志の推定は、かなり確度の高いものと思われる。

したがって、近江荒都歌も、もと反歌一首のみの長歌であったと言って良さそうである。このことは、石見相聞歌晩年制作説についての疑いをいっそう強めるだろう。

四　石見相聞歌は持統朝前半の作品か

持統朝前半の人麻呂の長歌は、前代からの反歌制作法を継承し反歌一首の形式であった、と言いきってしまうと、石見相聞歌の第二長歌(一三五)および狭岑島の歌(二二〇)という年次不明な二作を無視したことにもなろうから――これらについては後述――少数の例外を除いてという条件付きの言い方に柔げておく必要があろうが、それでも、持統五年までの人麻呂の長歌制作の傾向は、かなりはっきりしてくると思う。

現代のわたしたちの常識からすると、反歌一首を添えるのも、二首とするのも、人麻呂の力量から推して、たいした変化ではないとも考えられようが、複数反歌様式の創造に至る道は、それほど平坦ではなかったようである。大摑みに言うと、人麻呂は持統四年ごろから複数反歌への志向を見せ始めたと言えるだろう。日並皇子挽歌や近江荒都歌の推敲を通じて徐々に自覚された新たな反歌の利用法が、持統朝後半以後の連作的な、複雑な反歌の創造へとつながるのであり、反歌史は人麻呂によって大きく書きかえられることになる。そうした動きのなかに石見相聞歌の第一長歌を置いてみると、通説とは異なる見方が自然に浮かべられてくるだろう。

初案の長歌(一三八)の末尾「角の里見む　靡け此の山」を受けて、見納め山での激情を、

石見の海打歌の山の木の際より我が振る袖を妹見つらむか　(一三九)

と歌うことで完結していた原第一歌群は、前述のような人麻呂の反歌意識の流れのなかにおいてみると、その単純な作り方から、持統朝前半の作品としか考えられないのである。晩年に人麻呂がこういう反歌一首のみの長歌を再び作ったのだと強いて想定するとすれば、それは回帰的な作風の変化を認めてのことであって、反歌の技法という点からいえば、紛れもない初期の単純な形を示している。それに、後述するような対句や枕詞の性質をあわせると、晩年の作とは到底思われない。

長歌の第二首目(一三五)、つまり「つのさはふ　石見の海の　言さへく　辛の崎なる」で始まる歌は、二首の反歌を持っているので、既述の持統朝前半の反歌の詠風から逸れるように感ずる向きもあるかもしれないけれども、反歌の内容を見ると、これも長歌の中ですでに歌われたことを強調していて、長歌と詞句を共通にする部分もあり、場の転換や抒情の質の変化などが指摘されるわけではない。

長歌の、

……黄葉の　散りのまがひに　妹が袖　さやにも見えず　嬬ごもる　屋上の山の　雲間より　渡らふ月の　惜しけども　隠らひ来れば

と呼応して、反歌の、

青駒が足掻きを早み雲居にそ妹が当りを過ぎて来にける　一に云ふ、あたりは隠り来にける　（一三六）
秋山におつる黄葉しましくはな散りまがひそ妹が当り見む　一に云ふ、散りなまがひそ　（一三七）

が詠まれていることは疑いないだろう。複数の反歌とはいえ、その内容は長歌の抒情の枠内にとどまるのである。したがって石見相聞歌の長歌は、第一長歌も第二長歌もともに、持統朝前半の他の作品と同様な反歌様式をもって、まず作られたと言ってさしつかえない。

有名な「小竹の葉は……」の歌が、推敲後に加えられたものであることは先にも触れた。第一反歌までに歌われた見納め山での激情とは異なり、やや時を経たのちの沈静した思いが歌われている。そこに、新しい反歌の誕生を見るのである。長歌の抒情内容の要約や反復という初期反歌の詠風とは異なって、長歌には詠まれなかった時空を詠み、しかも長反歌を緊密な統一体とするような内容の反歌を添えることに、新たな文学的可能性を人麻呂が見出したのも、さまざまな試行の結果であったろう。石見相聞歌の推敲の果てに「小竹の葉は」の反歌を加えていることに、わたしは人麻呂の作品研究の上で重要な意義を認めたいと思う。[22] 別稿に、この点について、次のように記したのは、その推敲の期間を長く想定したものである。

敢えて想像をすれば、この歌の初案と再案との間には相当の年月の隔たりがあるのであって、初案は持統朝前半に、最終案はその後半に成ったという風にも考えられる。……かように二首の反歌が、昂揚と沈静両様の心を写し、その間に時の推移が表わされるものはB類（稲岡注―「短歌」の頭書のある歌をさす）の長反歌では屢々見られる所であって、そうした反歌の作法に慣れて来た人麻呂が、原案に手を入れると共に新たな反歌を一首加えたという事も十分考えうる……

しかし、近江荒都歌と日並皇子挽歌の例や「反歌」「短歌」という頭書の問題をあわせて考えると、持統朝後半に余り深く入り込まない時と見る方が良いだろう。この石見相聞歌の推敲から完成への体験が、持統六年以後の新たな反歌創造への道を見出す契機となったと、言いなおしておきたい。そうした推敲期間のことよりも、むしろ人麻呂にとっての重要な課題として、時をめぐる表現のあったことを、注意しなければならないと思う。[23]

　石見相聞歌が二首の長歌による連作的構成を見せるのは、『文選』の陸士衡の「赴レ洛二首」および「赴レ洛道中作二首」のように、別離直後と故郷を遠く隔たってからの時と、二つの時を焦点とする二首仕立ての構成に示唆を受けたものだろう。[24]その暗示によって、見納め山における袖振りの時を焦点とする一三八歌(第一長歌初案)と、妻の里からいっそう隔たった日没時を焦点とする一三五歌(第二長歌)を制作した人麻呂は、それらの間に、別れの心を詠む独立的な性格の強い一首として「小竹の葉は」の絶唱を挿入することによって、第一長歌から第二長歌への時の推移を理解し易いように配慮したのではなかろうか。連作にしても、反歌にしても、時の問題と、文字記載の問題とが深く関わっているはずである。[25]

　わたしが石見相聞歌を持統朝前半の作ではないかと推測するのは、単に反歌の頭書が「反歌」となっていることや、反歌の内容が長歌の枠を超えていることなど、皮相な現象によるのみではない。これも別稿[26]に記したことであるが、人麻呂にとって新しい反歌様式の創造とは、単に反歌の数とか機能にのみかかわるというものではなかったと思われる。形式が外化された精神の構造を意味するならば、人麻呂の創造した新たな反歌様式は、彼にとっての自覚された人間の精神の構造にほかならず、したがって古い様式との並存を拒む緊張が、そこには孕まれているはずである。

　そうした人麻呂の内面的な問題とおそらく深くかかわりつつ、そのほかの表現技法にも持統朝の前半から後半にかけて、かなり大きな変化の認められることも付記しておくべきだろう。

　そのひとつは、枕詞に見られる変化である。これはかつて「人麻呂の枕詞について[27]」の中でも、また「人麻呂『反歌』『短歌』の論」[28]の中でも記したことがあり、その際は、用言に関する枕詞の変化を、制作年次不明の長歌の年次推定に利用しうるだろうと考えたのであったが、ここでは方法的にそれほど無理をせず、反歌の詠法によって二分した場合に、「反歌」と頭書された持統朝前半の作品では、用言に冠する枕詞が相対的に少なく、「短歌」と頭書された後半以降の歌でその割合が激増してゆくということを指摘するのみで足りると思う。枕詞の用法において、人麻呂が新たな道を開いていったことは、本書の第一章にも記したとおりである。用言に冠する枕詞が、記紀歌謡や初期万葉歌よりも人麻呂歌集略体歌・非略体歌・人麻呂作歌の順に著しく増してゆくばかりでなく、記紀歌謡や初期万葉歌における被枕詞としての用言は、主体(話主)にとって望ましいことや、必然的で肯定されるべき事柄を意味するのが一般であるのに対して、人麻呂歌集と作歌では、悲しむべき否定的な状態を表わす言葉に譬喩的な枕詞を冠した例を多く見るようになるのである。

右のような傾向は、歌集から作歌へと強められるのであり、用言に冠する枕詞そのものが、枕詞の中で比較的に歴史の新しいものであるだけに、その増加は時を逐ってのことと理解されるし、作歌を二分する持統朝前半と後半との相違も、その延長上にとらえられるのである。こうした用言に冠する枕詞は、近江荒都歌では「つがの木の・いやつぎつぎに」という呪的な連合をただ一つ見るに過ぎないし、吉野讃歌には、二首の長歌を通じて一例も見出しえない。持統三年の日並皇子挽歌には「天つ水・仰ぎて待つ」「大船の・思ひたのむ」「春花の・貴からむ」「望月の・たたはしけむ」という四例を数えるが、持統五年の川島皇子挽歌では一首の短さにもよってか、「剣太刀・身に副へ」の一例のみになっている。

つまり、持統朝前半の長歌には、全体として用言に冠する枕詞は少なく、とりわけて、否定的な、悲しむべきことを意味する用言に枕詞を冠した例は、近江荒都歌・吉野讃歌・日並挽歌・川島挽歌には見られないのである。これに対して、持統一〇年の高市皇子挽歌には「朝霜の・消」「大雪の・乱れ」「玉襷・懸け」「露霜の・消」「春鳥の・さまよひ」「ゆく鳥の・あらそふ」「木綿花の・栄ゆる」と、多くの用言に冠する枕詞が使われているし、文武四年の明日香皇女挽歌にも、「朝霧の・通はす」「朝鳥の・通はす」「大船の・思ひ憑み」「夏草の・思ひしなえ」「ぬえ鳥の・片恋」「望月の・いやめづらしみ」「夕星の・か行きかく行き」など多彩な連合が見られる。もちろん、それに応じて、消極的な悲しむべき状態をあらわす用言に冠する例も増加するのである。

石見相聞歌の第一長歌に、「夏草の・思ひしなえ」「露霜の・置き」の二例、第二長歌に「はふつたの・別れ」「深海藻の・深め」の二例というふうに、それぞれ二種ずつの用言に冠する枕詞を見るのみなのは、これを晩年の作とするには、高市挽歌や明日香皇女挽歌における枕詞の多彩さに比べて、余りにも隔たり過ぎるのではあるまいか。反歌のありようとともに、枕詞の用法も、石見相聞歌の持統朝後半作ではなく前半作を語っていると思われるのである。

さらに対句の特徴も、これに加えて考えられよう。柿村重松『上代日本漢文学史』や大畑幸恵「〈対句〉論序説」(29)に指摘されているとおり、記紀歌謡や初期万葉の繰返しに似た〈対句〉から、人麻呂以後の歌における、中国文学の影響を受けた対偶意識の明確な、整斉の美を生命とする対句が創造されるのであり、そのかたちも単純な二句対を主とするものから、複雑な長対への展開が認められる。

これを人麻呂の長歌に限って見た場合にも、前掲の持統朝前半の作では、

［船並めて　朝川渡り
［舟競ひ　夕河渡る　(三六)
［此の川の　絶ゆることなく
［此の山の　いや高知らす　(三六)

春へは　花かざし持ち
秋立てば　黄葉かざせり　（三八）

上つ瀬に　鵜川を立ち
下つ瀬に　小網さし渡す　（三八）

大宮は　此処と聞けども
大殿は　此処と言へども　（二九）

春草の　茂く生ひたる
霞立ち　春日の霧れる　（二九）

神集ひ　集ひ座して
神分り　分りし時に　（一六七）

春花の　貴からむと
望月の　たたはしけむと　（一六七）

宮柱　太敷きいまし
みあらかを　高知りまして　（一六七）

旦露に　玉裳はひづち
夕霧に　衣は濡れて　（一九四）

という二句対を拾うのみであるのに、[30]文武四年の明日香皇女挽歌では、

上つ瀬に　石橋渡し
下つ瀬に　打橋渡す
立たせば　玉藻のもころ
臥せば　川藻の如く
朝宮を　忘れ給ふや
夕宮を　背き給ふや
春へは　花折りかざし
秋立てば　黄葉かざし

のような短対に加えて、

石橋に　生ひ靡ける　玉藻もぞ　絶ゆれば生ふる
打橋に　生ひをれる　川藻もぞ　枯るれば生ゆる　（一九六）

のような長対を見るし、同じく持統朝後半以降の作と考えられる吉備津采女挽歌にも、

露こそば　朝に置きて　夕には　消ゆと言へ
霧こそば　夕べに立ちて　朝には　失すと言へ　（二一七）

という四句の長対を含むのである。持統一〇年の高市皇子挽歌に、壬申の激しい戦闘を、

斉ふる　鼓の音は　雷の　声と聞くまで
吹き響せる　小角の音も　敵見たる　虎か吼ゆると　諸人の　おびゆるまでに
ささげたる　幡の靡きは　冬ごもり　春さりくれば　野ごとに　着きてある火の　風の共　靡くがごとく

取り持てる　弓弭の騒き　み雪降る　冬の林に　つむじかも　い巻き渡ると　思ふまで　聞きの恐く
引き放つ　矢の繁けく　大雪の　乱れて来たれ　（一九九）

と歌うのも、「四・六・八・八・四」の変則句数になっているが、特殊な効果を意識した変形の長並対と言うべきかもしれない。

こうした対句の用法を通して石見相聞歌を見た場合にも、

［浦なしと　人こそ見らめ
［潟なしと　人こそ見らめ
［よしゑやし　浦は無くとも
［よしゑやし　潟は無くとも
［朝羽振る　風こそ寄らめ
［夕羽振る　波こそ来寄れ
［いや遠に　里は放りぬ
［いや高に　山も越え来ぬ　（一三一）
［海石にそ　深海松生ふる
［荒磯にそ　玉藻は生ふる　（一三五）

といった二句の短対の多用を見るのみであって、持統朝前半の特徴を示しこそすれ、持統朝後半から晩年にかけての新たな傾向をそこにうかがうことはできない(31)。

反歌といい、枕詞あるいは対句の技法といい、これらはすべて人麻呂の時代に大きな変化を見せるものであり、持統朝の前半と後半とで、右のようにかなり明瞭な転換を示すことも、むしろ当然と言うべきであろうから、石見相聞歌を晩年の円熟した作品群と同期のものとすることには、少なからぬ抵抗を覚えるのである。

五　臨死歌をめぐる疑問

前項までに記してきたように、石見相聞歌を晩年の作品とすることは、作品論的に甚だ疑わしく、持統朝前半に作られた諸作に通ずる性格をそなえていると言って良い。従来は、そうしたこととかかわりなく人麻呂の伝記を考え、晩年の石見行と結びつけて理解されてきたのであるが、逆に、そうした作品分析を踏まえて、伝記そのものを再吟味する必要も感ぜられるのである。

もちろん人麻呂が晩年に石見に住んでいたという推定は、巻二の臨死歌の題詞「柿本朝臣人麻呂石見国に在りて死に臨む時に自ら傷みて作る歌一首」と密接に関連している。これに石見相聞歌が結びつけられて人麻呂晩年の伝記が考えられてきたのは、題詞に忠実な判断であったと言える。契沖や神田秀夫の説など少数の例外を除き、真淵以来の考え方の主流が晩年赴任の方向を目指したのも、その意味で当然であったと思われる。

ただし、前項までに述べてきたとおり、石見相聞歌が晩年の作品ではなく、持統朝前半の作であるとするならば――その可能性は大きいと思われる――晩年赴任説は大きく揺るがせられるであろう。その上で巻二の挽歌部に見られる臨死歌の「……人麻呂石見国に在りて死に臨む時に……」という題詞が忠実に伝記的事実を反映するとすれば、天武朝から持統朝前半にかけて石見へ行った人麻呂が、帰京後に安騎野の歌や高市挽歌・泣血哀慟歌・明日香皇女挽歌など、公私にわたる多数の歌をつくり、さらに晩年に至って再度石見へ赴いたというふうに、両度にわたる石見行を想定しなければならない。

そのような説が従来にもなかったわけではない。『代匠記』の惣釈に、

後ニ石見国へ下リテ死セラレタルモ、亦再タヒ彼国ノ属官ニ下ラレケルナルヘシ　（精撰本）

とあるのは、古い例であるし、岡熊臣の『事蹟考弁』に、

予ハ今、人麻呂ノ石見在国ヲ二度ト定シモノナリ。岡部翁ハ在国ヲ唯一度トセラレタル故ニ予ガ説ト少異ナル所アリ。ソハ上文ニモ種々イヘル如ク、初度ハ府ノ属官ニテ下リ、其時ノ上京ハ朝集使ナドナルベク、サテ此国ノ任終テ後、在京ノ官ニモ年序ヲ経テ、筑紫ニモ下リ、且従駕遊歴亡妻弔悲ノ歌皆此間ノコトニシテ、サテ後ニ再度石見ニ下向アリシハ、臨時ノ詔使ナドニテ下ラレシカ、又ハ幾度モ国務ノ在官カ、ソハイヅレニシテモ在国ハ二度ナルベシ

と言うのは、契沖説を継承したものであろう。臨死歌の題詞が事実に即しているなら、契沖や熊臣の考え、すなわち石見再下向説を正しいとすべきである。

ところで本節の主題は、石見相聞歌に重点があるのだから、相聞歌の制作時期について記し終えた時点で、いちおうの区切りはつけられるわけだし、臨死歌の問題はそれと別個に考えられなければならない性格のものである。しかしながら、臨死歌の題詞と歌の内容とをめぐっても、さまざまな問題が掘り起され、疑問が投げかけられている。それらを踏まえて考えることも、人麻呂の伝記研究上、見のがしがたい点を含むと思われるので、ここに付記しておくことにしたい。

大越寛文の触れているとおり[32]、臨死の歌群（二二三～二二七）を虚心に読むと、五首のあらわす人麻呂の臨死の場所のイメージが、海と山とに分かれていることに気付かされる。

　鴨山の岩根しまける吾をかも知らにと妹が待ちつつあるらむ　（二二三）

という人麻呂作歌では、山のイメージが顕著だが、これに対する依羅娘子の、

　今日今日と吾が待つ君は石川の貝に交りてありと言はずやも　（二二四）

では、海が前面にせり出してくる。もっとも、澤瀉『注釈』や「古典全集」などのように近藤芳樹『万葉集註疏』の借字説によって「貝」を「峡《かひ》」の意に解する説によれば、山峡であって、この歌も山のイメージとなるが、それは峡谷での死を予見しての判断であって、「貝」は正訓字と解するのが正しい読みと思われる。[33]そして、

　直の逢ひは逢ひかつましじ石川に雲立ち渡れ見つつしのはむ　（二二五）

では谷川、つまり山のイメージが強く印象される。歌のことばに即して人麻呂の死地を想像すると、山と海と、それぞれのイメージが浮かべられるのである。

それに、注意すべきは、依羅娘子の第一首目には第四句を「谷に」とする異伝のあることだろう。

　今日今日と吾が待つ君は石川の谷にまじりてありと言はずやも　（二二四の一云）

となっているから、こちらは谷川、つまり山の映像の歌である。率直に言って、依羅娘子は夫の臨死の場所をどのように思い描きながら作歌したのか明確に把握しにくいのだが、異伝には本文とかけ離れたイメージが歌われ、第二首目（二二五）にまた山の谷川が詠まれているところから、これらの歌の伝承について次のような想像をさそわれる。

つまり、本来「谷尓交而」と詠まれたはずの依羅娘子の歌が、伝承中に「貝尓交而」と歌い変えられていったのであり、その二形のうちの、後の形「貝尓」の方を編者は正伝として本文に採用し、「谷尓」を異伝としたのであろう。編者自身は人麻呂の死んだ場所を海とする伝承の方を正しいと信じていたわけで、そうした二類の伝承が巻二の編纂のころすでに存在していたのだろう。そのことは、あとの丹比真人の歌と作者不明の歌との二首によっても確かめら

れる。

丹比真人の歌は、

荒浪に寄りくる玉を枕に置き吾ここにありと誰か告げけむ　（二二六）

であって、まぎれもなく海のイメージで歌われているのに、作者不明の「或本歌」では、

天ざかる夷の荒野に君をおきて思ひつつあれば生けるともなし　（二二七）

と歌われていて、反対に荒野すなわち山野のイメージになっている。

本文を、おしなべて等質の資料と見ようとする人は、以上の五首をもともと一連の作であったと考え、人麻呂の臨死の場所は、谷川もあり、貝もあり、荒浪が寄せて来て、しかも夷の荒野であるというような「鴨山」だと想像するかも知れないが、それはかえって真相を歪めることにしかならないだろう。

第一に、問題の人麻呂作歌は山であって海ではないし、第二に依羅娘子の歌も既述のとおり本来二首ともに山の谷川を想像しつつ詠まれたものらしい。そう考えてゆくと、もっとも重要な人麻呂とその妻の歌が山を死地としているわけで、そこにこの一連の作の原点があったことも透視されてくるだろう。作者不明の「天ざかる夷の荒野」の歌は、その唱和を受けての作に違いない。

ところが人麻呂の死地を、あらたに海に結びつける伝承が生まれ、その影響で依羅娘子の歌の一部が「貝尓」と歌い換えられるとともに、丹比真人の「荒浪に」の歌も伝えられるようになった。つまり人麻呂の死に関する二種類の伝承が重層した形で、この歌群にあらわれているのだと考えると、死地のイメージの奇妙な混乱も、その理由が明らかになろう。編者は、二種類の伝承のうち海のイメージに加担したのである。言い換えると人麻呂の死を海辺とする伝承の中に編者は生きていたのであり、作者不明歌に、

右一首歌作者未詳。但古本以二此歌一載二於此次一也。

と注し、何やらえたいの知れない、うさん臭い歌のように扱っているのも、編者の立場からすれば自然であったと推測される。しかし、それは人麻呂の与り知らぬことであった。

依羅娘子が石見で別れた妻と同じ女性かどうかも、江戸時代以来説の分かれていることで、真淵の『考』に、

人麻呂《カ》妻依羅娘子《ノ》与二人麻呂一別時《ノ》哥、とて、思ふ《(マ》な《こ》と、君はいへども、あはん時、いつと知てか、吾こひざらん、とよみしは、載し次でに依ば、かの石見にて別れしは即此娘子とすべきを、下に人まろの石見に在て身まからんずる時、しらず《(ママ)》と妹が待つゝあらん《(ママ)》とよみ、そを聞てかの娘子、けふ〳〵とわが待つ君とよみたるは、大和に在てよめるなれば、右の思ふなと君はいへどもてふは、石見にて別るゝにはあらず、こは朝集使にてかりにのぼりて、やがて又石見へ下る時、むかひめ依羅娘子は、本より京に留りて在故にかくよみつらん、あはん時いつと知てかといふも、かりの別と聞えさる也（別記二）

とあるのは、別人説である。岸本『攷證』、橘千蔭『略解』、橘守部『檜嬬手』、井上『新考』、土屋『私注』など、この説に従っている。一方、山田『講義』に、一四〇歌に注して、

これは上の歌のつづきに置けるによりて、なほ石見国に留り残れる妻の歌とせざるべからず。按ずるに人麿には前に妻ありしがそれが身亡《カナ》りしことはこの巻挽歌の中の長歌にて明かなるが（二〇七）、その下に人麿が石見国に在りて死に臨みし時に自ら傷しみて作れる歌（二二三）の次に「人麿死時妻依羅娘子作歌」とあれば、依羅娘子とあるはその後の妻なること明かなり。しかもこれの歌をば京に在りてよめりとするにて上の如き説も出でしなるべきが、そはその歌の解き方をさる意にとりなしたりしによることにて、その歌の趣にてはその墓地を明かに見知りての詠と思はるれば、この依羅娘子が石見に在りしことを思ふべきなり。

と記すのは同人説で、茂吉『柿本人麿』総論編、澤瀉『注釈』、窪田『評釈』など、この説を採る。両説は相譲らぬ形で現在に至っていると言って良い。

しかし同人説を採る『講義』や茂吉『柿本人麿』総論篇の考説にも見えるように、依羅氏は、『新撰姓氏録』摂津国皇別依羅宿祢の条に、「日下部宿祢同祖、彦坐命之後也」とあり、また河内国諸蕃依羅連の条に、「百済国人素祢志夜麻美乃君之後也」と見える。依羅娘子という呼称は、万葉集一般の「〇〇娘子」という形から帰納すれば[34]、依羅氏出身の娘子か、依羅地方に住む娘子と解されるが、依羅氏が山陰地方に住んだという形跡は古代文献の中に求められず[35]、ほとんど河内・摂津・和泉の三国に集中しているし、また依羅という地名も、大和に近い河内・摂津か、三河国に求められる[36]。日本書紀に見える地名の依網(崇神六十二年紀、仁徳四十三年紀、推古十五年紀、皇極元年五月紀)は、すべて河内の依羅で、河内志の「丹比郡池内池、在二池内村一。広三百余畝。或曰二依羅池一」の記事とも合致する。こうしたことをあわせると、依羅娘子を石見出身の女性と考えるのは、どうも無理だと思われる。多くの注者が石見で娶った妻ではないと考えているのも、もっともである。

それでは、都から伴って下った妻かというと、それも疑わしい。石見相聞歌の第二長歌に、「さ寐し夜は　いくだもあらず　延ふつたの　別れし来れば……」と歌われているのは、京から伴って下った妻には、適わしくない表現と思われる。依羅娘子が京師に近い河内か摂津の女性とすると、石見で別れた女性は、それとは別の、石見国で知りあった人とするのが至当であろう。

右のような点に加えて、石川とか鴨という地名がペアになって出てくる著名な場所として、葛城の鴨と河内の石川とがあることも見のがせないだろう。日本書紀に見える河内の依網池にも近い場所であって、人麻呂歌集旋頭歌の、

青みづら依羅原に人も逢はぬかも石ばしる淡海県の物語りせむ　(一二八七)

の依羅原とも、あまり離れていないらしい。

以上を総合して判断するならば、臨死歌の本来の舞台は石見国ではなく、依羅娘子の三首の歌(一四〇・二二四・二二五)も石見で詠まれたのではなかったと考える方が自然で、それが後代の伝承のなかで石見の海に結びつけられていったと想像されるのである。

石見の海に伝承が結びつく契機は万葉集の中にも求められよう。巻二相聞の部の末尾に、

柿本朝臣人麻呂の妻依羅娘子、人麻呂と相別るる歌一首

な念ひと君は言へども逢はむ時何時と知りてか吾が恋ひざらむ　(一四〇)

とある依羅娘子の歌が、直前の石見相聞歌(一三一〜一三九)と対をなす贈答歌と判断されるようになり、石見の妻と依羅娘子とが等式で結ばれてしまうと、人麻呂の石見赴任は晩年で、その死は石見国でのこととしなければ辻褄が合わなくなる。澤瀉『注釈』に一四〇歌を、

贈答の形で載せられてゐるので、人麻呂が別れを惜しんだその妻と見るのが自然であらう。

と記し、臨死歌の題詞をそのまま受容して、「石見で客死した」と説いているのは、その典型的な例と言える。わたし自身も、つい先年まではその方向で人麻呂の伝記を考えてきたのであったが、本節に記してきたように石見相聞歌を解し、また臨死歌に伝承の重層を見出すとすれば、石見妻＝依羅娘子の等式はくずれるであろう。

たしかに、石見相聞歌に対して依羅娘子の一四〇歌は「贈答の形」で載せられているようにも見えるが、依羅娘子を河内か摂津の娘子とするなら石見での別れの贈答ではありえないはずだろう。そう思って一四〇歌の題詞を一三一歌の題詞とつき合わせてみると、それらの間に直接呼応を意識して書かれた形跡の無いらしいことにも気づく。巻二相聞の部の贈答歌は、答歌に「和歌」もしくは「報歌」と書かれているのが一般であるし、一三一の題詞には、

柿本朝臣人麻呂石見国より妻に別れて上り来る時の歌二首

と、単に「妻」とあるのに、一四〇歌の方には「妻依羅娘子」と記されているのが不審で、両者が別人として意識されていたらしいことを推測させる。

つまり、依羅娘子は石見の妻ではなかったし、一四〇歌は石見における別れの歌ではなかったのである。それが見掛けの上から贈答歌と誤認されるとともに、依羅娘子=石見妻となり、人麻呂の死の舞台が石見に移され、そして石見相聞歌に印象深く歌われている海のイメージが次第に臨死の伝承に忍び込んで行ったのではないか、とわたしは推測する。巻二の編纂を、原巻二の成立と追補とに分けて考えうるとすれば[37]、臨死歌が現在見られるような形に整えられたのは、追補の時以後に属するだろう。

六　結び

人麻呂の臨死の歌について、前項に記したように考えると、石見相聞歌晩年制作説の根拠は、全く失われることになる。作品の性格に従って、これを持統朝前半の作と見るのが穏やかであることは、既述のとおりである。当然、人麻呂が石見に行ったとすれば、それ以前のことになる。同様に、狭岑島の石中死人歌(二二〇〜二二二)も、巻二の配列によれば臨死歌の直前にあって、大宝ごろの作ではないかとする説も見られるほどであるが[38]、長歌の抒情内容を繰り返す二首の「反歌」を持つ点で、一三五歌と通ずるし、対句・枕詞などの性格からいっても持統朝前半の作であろうと思われる。また「反歌一首」を持つ長皇子讃歌(二三九・二四〇)は、持統朝の作とも、文武朝の作とも言われているけれども、これも持統朝前半の作品と考える方が正しいようである。そのことは別稿[39]に詳述した。

拙稿「反歌史溯源」や「人麻呂『反歌』『短歌』の論」発表後さいわいに多数の人々から肯定的な評価を受けてきたが、それらの論の内容をつきつめてゆくと、本項で扱ってきたような問題に向きあわざるをえない。人麻呂作歌の制作年次別配列はそれを越えて可能となるであろう。大要を記して斧正を仰ぐ所以である。

(1) 「或本歌」が初案と考えられることについては、伊藤博「歌人の生誕」(『万葉集の歌人と作品』上)、神野志隆光「石見相聞歌の形成」(『国語と国文学』昭和五二年二月)など参照。

(2) 『万葉集研究』第一集所収。本書第一章に関連する諸問題を概説した。

(3) 山田『講義』に「長歌に副へる短歌なれば反歌といふもよろしかるべく、又ひろく長歌に対しては短歌といふに妨なしいづれにてもよし……」と記し、澤瀉『注釈』に「時により反歌とも短歌とも書いたものと思はれる」と言うように、頭書の「短歌」と「反歌」との相違にはあまり注意されて来なかった。窪田『評釈』に「……単なる繰り返しであった反歌が、長歌よりなかば独立した趣をもつようになってきたのであるが、その延長として、反歌を短歌と記すようになったものと思われる。反歌を長歌よりなかば独立させたのも、いったがように人麻呂によって創められたことである。今また、反歌を短歌と記すのも、同じく人麿の作において見るのである。この記し方は、人麿のしたものと思われる」とあるのは、作者による意識的な書きわけを推定している唯一の例である。

(4) 万葉集内で、反歌の頭書に「短歌」もしくは「短歌何首」と記された例は、巻一および巻二のみに限られているし、その大部分は人麻呂作歌(四五、一九六、一九九、二〇七、二一〇、二一七)の場合である。そのほかには巻一の「藤原宮御井歌」(五二)、巻二の「志貴親王薨時作歌」(二三〇)に「短歌」「短歌二首」とあるのを拾うのみ。これらは持統朝末以後の例で、人麻呂作歌の影響によるものと思われる。なお、題詞末に「并短歌」と小書されているのはここにいう頭書の「短歌」とは区別されなければならない。

(5) 神田秀夫は「反歌」と「短歌」との間には、意義上ほとんど区別は認められず、「筆癖」の異なる二人以上の筆録者によって記されたために、こうした相違が生じたものと考えている。

(6) 拙稿「反歌史溯源」(井上光貞博士還暦記念『古代史論叢』上巻所収)参照。本書第一章収載。

(7) 南方熊楠「往古通用日の初め」(『南方熊楠全集』第四巻)参照。

(8)　初出、拙稿「万葉集の詩と歴史」(『国文学』昭和五三年四月)。本書第一章「反歌史溯源」に収載。
(9)　この点については藤野岩友『中国の文学と礼俗』参照。
(10)　星川清孝『楚辞』(「新釈漢文大系」)六六頁。
(11)　注(8)拙稿など参照。
(12)　拙稿「軍王作歌の論」(『国語と国文学』昭和四八年五月、本書第二章所収)参照。
(13)　『国文学研究——柿本人麻呂攷——』。
(14)　「人麿作歌年次配列」(「斎藤茂吉全集」第一五巻)。
(15)　注(1)に同じ。
(16)　「人麻呂『反歌』『短歌』の論」(『万葉集研究』第二集)。
(17)　『日本文学』昭和五一年一二月。
(18)　『論集上代文学』第九冊。
(19)　『日本文学』昭和五三年二月。
(20)　『万葉集を学ぶ』第一集。
(21)　注(19)の岩下論文。
(22)　注(16)に同じ。
(23)　神話的な円環的な時間から、水平に流れ去ってやまない時間へ、人麻呂の時代に時間意識が大きく変化した点をとくに注目したい。漏刻の発明と利用、暦の意識の普及、仏教の影響、中国文学および中国思想の影響などによるのであろう。人麻呂歌集や作歌の表記において、テンス(時制)に関する助動詞が徐々に綿密さを加えているのも、その意識の反映と見られる。人麻呂以後に、新たなかたちの反歌や、長歌・短歌による連作が作られるのは、理由のないことではない。
(24)　拙稿「人麻呂と中国詩」(『明日香』昭和五三年五月)。
(25)　本書第二章の「『讃酒歌十三首』——その連作性と作品的関連——」参照。
(26)　拙稿「長皇子讃歌は人麻呂晩年の作か——表現を考える——」(小島憲之博士古稀記念論文集『古典学藻』)。
(27)　『万葉集研究』第一集所収。

(28) 注(16)に同じ。
(29) 『国語と国文学』昭和五三年四月。
(30) 吉野讃歌の第二長歌(三八)に、「畳づく　青垣山　山神の　奉る御調と　春へは　花かざし持ち　秋立てば　黄葉かざせり　逝き副ふ　川の神も　大御食に　仕へ奉ると　上つ瀬に　鵜川を立ち　下つ瀬に　小網さし渡す」とあるのを、八句の長対と見るのは、「畳づく　青垣山」に対する「逝き副ふ　川の神」、および「山神の　奉る御調と」に対する「大御食に仕へ奉ると」という詞句の、それぞれの対応からしても無理であろう。作者(人麻呂)には、八句の長対とする意識は無かったと思われる。
(31) 石見相聞歌の第二長歌(一三五)の「大船の　渡の山の　黄葉の　散りのまがひに　妹が袖　さやにも見えず」と「嬬隠る　屋上の山の　雲間より　渡らふ月の　惜しけども　隠ひ来れば」を六句対とする見解もあるが、「黄葉の　散りのまがひに」と「雲間より　渡らふ月の」、「妹が袖　さやにも見えず」と「惜しけども　隠ひ来れば」という対応の不整さからいって、対句とは見難いであろう。
(32) 「柿本人麻呂終焉挽歌」(『万葉集を学ぶ』第二集)。
(33) 万葉集の「貝」は、鰒や恋忘貝のように海の貝を表わすのが一般であり、借訓字としての例の見られないことも参照されよう。
(34) 神田秀夫前掲書、藤原芳男「万葉の郎女」(『万葉』四六号)、小野寛「女郎と娘子」(『論集上代文学』第三冊)など。
(35) 注(32)の大越論文参照。
(36) 『和名抄』に、河内国丹比郡と参河国碧海郡に見え、また摂津国住吉郡には大羅に「於保与佐美」の訓がある。
(37) 伊藤博「原巻一・二の形成」(『日本文学史・上代』)。
(38) 土屋文明『万葉集年表』には「大宝年中の作なるべし」と言い、茂吉『柿本人麿』総論篇「人麿作歌年次配列」には大宝二年に配列し「便利のため此処に配列して見た」と記す。
(39) 注(26)に同じ。

3　「動乱調」の形成

——渾沌への凝視——

一　茂吉の仮説

ここに「動乱調」と称するのは、人麻呂の、

楽浪《ささなみ》の志賀の辛崎幸くあれど大宮人の船待ちかねつ　(三〇)

や、

阿騎の野に宿る旅人打靡き寐《い》も宿《ぬ》らめやも古思ふに　(四六)

などの、沈痛な、しかも渦巻くような調べに対して名付けられた称呼を借用したものである。(1) 前者すなわち三〇歌は第三句まで自然の栄えを明るく言い下しつつ「ど」の逆接を境に暗澹として大宮人の船を待ちわびる心を歌い、後者すなわち四六歌には「寐も宿らめやも古思ふに」という四・五句の転倒と「やも」という反語によって、輾転反側しつつ夜を明かす旅人の心情が歌われている。この重厚かつ沈痛な調べは、同時代の黒人にもなく、後の赤人・家持の歌にも見られぬもので、人麻呂独得の歌調と言って良いものである。

もちろん、人麻呂作歌のすべてが、かかる「動乱調」で覆われるわけではなく、一方に、

山川も依りてつかふる神ながらたぎつ河内に船出せすかも　(三九)

や、

大王の遠のみかどと在り通ふ島門を見れば神代し念ほゆ　（三〇四）

のごとく、安定した心境を明るく、かつ荘重な調べに乗せて歌ったものもある。これらは、「端厳調」と名付けられており、これに応ずるものとして、持統天皇の御製、

春過ぎて夏来るらし白妙の衣乾したり天の香具山　（二八）

の、軽佻に流れず、暗欝に堕しない、端正かつ明朗な調べもあげられている。「動乱調」といい、「端厳調」という、この二つの調べは、人麻呂の挽歌と讃歌とをそれぞれ象徴すると言ってさしつかえないであろう。(2) 特に「動乱調」の、読む者を胸底から揺り動かさずにはおかない沈痛真摯な嘆きの声は、和歌史上に比類の無い独自の歌調として、深い魅力を湛えている。

作者人麻呂は、いかにしてこのような調べを成就しえたのであろうか。あるいはまた、何が、このような調べを可能ならしめたのであろうか。そうした問いは、右のような調べに魅せられた者の、おのずからに抱く疑問であろうと思う。『古代和歌』には、こうした点について、人麻呂の生きた時代、すなわち壬申の乱を頂点とする激動の時代の経験が、人麻呂の生の形成に大きく作用したに違いないこと、そしてそれが類稀な歌調を生み出す一つの因をなしているであろうことが説かれている。肯綮にあたる所があると思う。さらに、悠久な自然の前に須臾の人生を悲嘆する心情が人麻呂に存したであろうことや、対象の本質に肉迫し、自他の境界を撤してこれと合一する人麻呂の柔軟な心の在りようにも言及されている。いずれも人麻呂調の形成に欠かせぬ要件であったろうと思われる。

ところで本節では右のような動乱調成立の条件をここに改めて吟味することにのみその目標を置くわけではない。それらをあわせて、人麻呂が、動乱調なり端厳調なりを自己の歌調となしえたのは、その歌人的閲歴の中でどのよう

に位置づけられるのかを問うことが、本節の主たる課題となるであろう。人麻呂作歌のみを対象として見る限り、彼は持統朝の初めのころから既に円熟した力量を有し、沈痛重厚な歌調で独自の歌境を開きえていたと考えられるけれども、今仮りに、人麻呂作歌と明記された作品は、彼の歌人的閲歴のごく一部分の所産に過ぎず、それ以前にいわゆる習作期とも称すべき多年の活動が認められるとするならば、そこに歌人人麻呂の成長ないし変化を跡づけることができようし、それによって一層明瞭に動乱調や端厳調成立の具体相を把握しうるであろうと思う。

右のようなことを考えるのは、人麻呂歌集を人麻呂作歌以前の、彼の習作期とも言うべき時期に関連あるものと見る、歌集研究の最近の成果に導かれてのことである。

人麻呂歌集と作歌の関係については、従来種々の判断の入り乱れた状態にあったと言うべきだが、歌集および作歌の表記の吟味を通して、両者共に同一人の文字遣いをほぼそのままに残すものであろうという推測が成されるし[3]、また歌集が作歌以前に記されたものであろうということに関しても、その表記の示唆するところと思われる[4]。細かい点で、なお検討を要するけれども、歌集と作歌の関係の基幹は、右のように把握することができるだろう。

ここにわたしの思い合わせるのは、斎藤茂吉『評釈篇』冒頭の、次のような言葉である。

若い人麿は既に天分を発揮して、楽々と種々の歌を作った。その中には恋愛を基調とした民謡風の歌もあらうし、牽牛織女を題材とした一群の歌もあらうし、なほ心の働きの細かいものには寄レ物といふ一群の民謡的恋愛歌もあり、材料的に智恵の働を示した旋頭歌のやうなものもあるわけである。さういふ人麿歌集中のものを人麿の比較的早期の作だと極めれば、人麿作と明記されてゐる比較的後期の歌は、さういふ人麿歌集の歌に比して、重厚で切実で力強いものである。そしてこの差別は何処から来るかといふに、作歌の態度から来る、心構へから来ると私は解釈するのである。そしてこの差別は、実に非常な差別であるから、つまりは歌風の『変化』といふことになり、私はこれを一つの大きい『進歩』だと解釈するのである。よつて、人麿生涯の歌風を通観して、人麿歌集をも勘定に入れれば、多くの偉大な芸術家に見ると同様、正しき変化と、大きい進歩をして居たといふ結論に達するのである。(5)

ここには、一つの仮説としてではあるが、歌集から作歌へ、人麻呂の「変化」ないし「進歩」を跡づけることができるのではないかという想が語られている。

茂吉のこうした考え方は、必ずしも彼の内部で完全に熟し切ったものにはなっていなかったらしい。先掲の言葉につづいて、

……比較的初期の人麿作歌と、人麿歌集出の歌とを比較するに、やはり大観して、人麿歌集の歌の方が軽易に響くのである。そして此はその作歌の態度、表現の態度によつて違ひ、即ち全力的態度と、安易的態度とによつて違ふものとすれば、必ずしも年齢的年次的でなく、その作歌時に於ける態度として同時的にも考察の出来る問題である。ゆゑに若し人麿歌集中のさういふ安易的な歌も等しく人麿作だとせば、作歌の態度について顧慮しようとしてゐる私等にとつて却つて有益なる資料だといふことにもなるのである。

と記しているのは、年齢的年次的な差別として仮想された歌集と作歌の関係を、同時的な、作歌態度の相違にもとづく差違としても考察しうることを述べたもので、茂吉自身の判断に揺れのあったことを物語る。さらに、自序として記された昭和一三年一一月の識語に、

人麿歌集の歌は、明かに他人の名の署せられてゐるものはそれを取除けるとして、概ね人麿の作だらうと考へるのは、近時学会の傾向のやうに見える。つまり、契沖・真淵等が考へたよりも、まだまだ多く、人麿の作が含有せられてゐると考へるのであり、或は殆ど総て(取のけたもの以外)が人麿の作だらうと考へる、と謂つた方が寧

ろいいかも知れない。さういふ説のやうに見える。けれども、実際に人麿歌集の歌の一つ一つに当つて、考へ且つ味へるに及んで、自分は必ずしも最近の学会の傾向に直ちに賛同することを躊躇するものである。契沖・真淵等よりも、なほ積極的に人麿作を認容する過程を歩んで来たのであるが、それでも本巻に於ては、自分はどちらかといへば契沖・真淵の考の方嚮にむかつて還元しつつある結論を得たのではなからうか。

とあるのと、その『評釈篇』(6)「人麿歌集私観」に、

……人麿の比較的初期の作と想像せられる人麿歌集出の歌でも、既にかく巧妙で達者の風格を示してゐるのだから、人麿作と明記されて居る一群の歌との間に、一見『変化・進歩』の過程が瞭然としてゐないやうに見えるにも拘はらず、私は、人麿歌集中の多くの歌と、人麿作と明記されたものとの間に一つの『変化』を認め、『進歩』を認めようとしてゐるものである。

と書かれているのを比較すれば、揺れは一層明らかになるかも知れない。識語に示された見解が「人麿歌集私観」よりも後のものであることは疑いないから、「積極的に人麿作を認容する過程を歩ん」だ茂吉が「契沖・真淵の考の方嚮にむかつて還元」したことを、引用した二つの文から読み取ることができるのである。

しかし、ここで大切なことは、もちろん茂吉の判断の揺れや矛盾をあげつらうことではないだろう。茂吉をして「学界の傾向に直ちに賛同することを躊躇」せしめたものが、歌集の歌の味読にあるということの意味を改めて考えてみる必要があるし、一歩進めて、歌の内容あるいは歌風からする茂吉のような判断が、歌集と作歌の関係について、どれほど有効な射程を持ち得るか——といってもわたしはその有効性を全く否定するわけではないのだが——、他の諸条件と合わせて十分に計量することが求められよう。

茂吉自身が提唱しながら後にみずから後退を余儀なくされた歌集と作歌の関係についての仮説を、改めてここに持

ち出したのは、先にも触れたとおり人麻呂歌集は人麻呂自身の手でその作歌に先立って記されていたと推測しうるからで、そうした推測に立つわたしには、茂吉の仮説が重い意味をもって想起されるのである。(7)

そうは言っても、わたしは人麻呂歌集の歌が、他人の署名ある作を除いてすべて人麻呂の自作であると考えているわけではない。そこには人麻呂の自作でないものも含まれているだろうし、実作がどれほどあるかも明らかでない。ただ、歌集歌が人麻呂の書き残した形でわたしたちの前に在り、その中に人麻呂作と覚しい歌々も見出されるという事実、そしてそれらが作歌以前の段階に彼自身によって書きとめられていたらしいことと、茂吉の仮説のように人麻呂の「変化」や「進歩」を考えることとがどのように響き合うかが問題である。

茂吉も言うとおり、人麻呂作歌においてわたしたちは重厚あるいは沈痛な、いわゆる人麻呂調の歌に接するのであり、人麻呂が既に円熟した力量を有していたことを知る。一方、人麻呂歌集においては、軽易な、個性的とは言い難い集団歌謡的な歌々を見る。しかも歌集は作歌よりも以前に人麻呂自身によって書きとめられていた。軽易から重厚へ、茂吉の仮説のように「進歩」や「変化」が、そこには認められそうに見える。

しかし、歌集の集団歌謡的な歌々、土屋『私注』に「特定個人の製作でなく、民族心、社会心、一般に集団意識と称すべきものの表現」(8)と言われているような歌々が人麻呂の作であることをいかにして証することができようか。(9)一般に作者不明の歌の帰属を推測する際に採るような方法、すなわち家持が「裁歌の体、山上の操に似る」と記したごとき作風の類似によって作者を推定する道は、人麻呂作歌を尺度とする限り、ほとんど閉ざされてしまうに違いない。少なくとも略体歌と呼ばれている多くの歌については、そうした方法上の問題を抱えこまざるをえないと言って良いだろう。茂吉が「どうして人麿がかういふ軽く安易なものを作つたたらうか」といぶかしがったり、「さういふ軽いものをば人麿作として認容することを好まない」という風に、主観的な、好悪の感情に居据わった表現を残しているのも、歌の帰属を明らかにする方法上の昏迷を表わすように思う。

本節に、その昏迷を打破するような確実な根拠を略体歌全般にわたって示しうるわけではないし、真淵が「家集にいでたりともそは人丸の自詠とも定めがた(し)[10]」と記しているような状態から、どれほどの歩みを進めうるか心許ないが、たとえば次のような徴証から、多少はその秘密が解けはすまいかと考える。

二　巻向歌群の位相

巻向歌群とは、武田祐吉『国文学研究――柿本人麻呂攷――』に指摘された人麻呂歌集非略体歌の一群を指す。武田によれば、人麻呂歌集中、巻向・弓月方面の地名を含む歌として次の一三首が掲げられる。[11]

①痛足河浪立ちぬ巻向の由槻が嶽に雲居立てるらし　(一〇八七)
②あしひきの山河の瀬のなるなへに弓月が嶽に雲立ち渡る　(一〇八八)
③鳴る神の音のみ聞きし巻向の檜原の山を今日見つるかも　(一〇九二)
④三諸のその山並に子等が手を巻向山は継ぎの宜しも　(一〇九三)
⑤巻向の痛足の川ゆ往く水の絶ゆることなくまたかへり見む　(一一〇〇)
⑥ぬばたまの夜さり来れば巻向の川音高しも嵐かも疾き　(一一〇一)
⑦児等が手を巻向山は常にあれど過ぎにし人に行き巻かめやも　(一二六八)
⑧巻向の山辺とよみて行く水の水沫のごとし世の人吾等は　(一二六九)
⑨巻向の檜原に立てる春霞欝にし思はばなづみ来めやも　(一八一三)

⑩子等が手を巻向山に春されば木の葉しのぎて霞たなびく　（一八一五）

⑪たまかぎる夕さり来れば猟人《さつひと》の弓月が嶽に霞たなびく　（一八一六）

⑫あしひきの山かも高き巻向の崖《きし》の子松にみ雪降り来る　（二三一三）

⑬巻向の檜原もいまだ雲居ねば子松が末ゆ沫雪流る　（二三一四）

右に加え、歌集の旋頭歌には、

⑭泊瀬の弓槻が下にわが隠せる妻あかねさし照れる月夜に人見てむかも　（二三五三）

がある。これも「弓槻(弓月)」の地名を含むので、同群と見るべきだろう。もっとも、此のユツキについては異説もあり、山名説のほかに斎槻すなわち神聖な槻の木と解する説も見える。[12] 弓月が嶽は泊瀬の山々に連なっているから、これを「泊瀬の弓月」と表現したとしてもおかしくないし、また槻の木の根方を言うのならば、「槻本」とあるのが歌集表記として一般的だと思われるから——旋頭歌に「小槻下」（一二七六）と見えるのもヲツキガシタニであろう——⑭の「弓槻下」はユツキガシタニと訓むのが正しかろう。何よりもユツキという言葉は集内でこのほかすべて固有名であり、その点を重視すれば、[13] ここも山名とする方が穏やかである。

なお、「弓槻」という表記から槻の木のイメージが全く無かったとは言い難い。弓月が嶽の山陰の意に、神聖な槻の木のかげの意味をも添えていたと見るべきだろう。もう一首、右と対をなす歌として、

⑮健男の思ひ乱れて隠せる其の妻天地にとほり照るともあらはれめやも　（二三五四）

がある。巻向・弓月の地名は含まないが、同群と見て良いものである。

この巻向歌群が注視される理由は三つある。第一に、武田祐吉も記しているように、人麻呂歌集には、かく多数の巻向およびその近傍の地名を含む歌が見られるのに、万葉集のその他の部分にはほとんど見当らないことが挙げられ

る。ほとんどと言ったのは、巻十二に、

巻向の病足《あなし》の山に雲居つつ雨は降れどもぬれつつそ来し　（三一二六）

とあるのと、巻四の紀女郎歌に、

世の中の女にしあらばわが渡る痛背の河を渡りかねめや　（六四三）

を見るからである。ただ後者は、アナ（感動詞）とセ（背）とに掛けて夫に裏切られた悲しみを表現するもので、アナセの地名に観念的な興味を寄せての作と推測され、穴師との関係は必ずしも現実の地縁を意味しないようなので、それを考慮すれば「巻向歌群」の人麻呂歌集特有ともいうべき様態がいっそう浮彫にされると思う。

巻向は三輪山の東北に当たる。諸国への通路というわけではない。にもかかわらず人麻呂歌集には春の歌冬の歌を含み、また夕の歌も夜の歌も含む。そうした時間的な多様性と、巻向という土地に収斂する空間的集束性とを踏まえて、武田はこれらの歌から〈巻向の恋〉とも言うべき男女関係の始終を読みとることが出来るのではないかと考えたのである。その点については、折々に触れることとしたい。

第二に注目しなければならないのは、人麻呂歌集の中でも非略体歌に分類される歌にのみ、右の一五首は見出されるということである。これは、見過ごされ易いことかも知れないが、人麻呂歌集を略体・非略体の二種類に分けて考える最近の歌集研究の動向に照らして注意されるのみではなく、非略体歌という表記論的に同一水準にあると見られる集合の中に「巻向歌群」のすべてが包み込まれている点に、先述の時間的な多様性とともに非拡散的な性格をも示すのである。

第三に、右のことと密接に関わってくるが、此の歌群中に、人麻呂歌集の中でもとりわけ人麻呂調に近いと判断されるような歌々が含まれている事実を挙げなければならない。①②⑤⑦などがそれであって、人麻呂作歌中に類歌を求めうるものや、歌集中の自作歌の推測にかならず挙げられてきた歌々であると言って良い。それらの歌は、歌集非略体歌と人麻呂作歌との緊密な関係を推測させよう。

第四に挙げるべきことは、右の第三とはむしろ逆に、此の「巻向歌群」中に、略体歌のいわゆる「民謡的」な作風を思わせる「軽易」な作品を含む点である。

たとえば⑨⑩について茂吉は「品のいい恋愛歌(相聞)で、これも吟誦に適するいい声調を持つてゐるから、従つてまた形式化され易い素質のあるもの」とも、「人麿が若し、巻向の穴師の里あたりにゐたとせば、かういふ楽《らく》な種類の歌を幾つか作つたと考へても差支は無いわけである。つまり全力を灑がない歌が幾つかあり得るだらうといふことになる。どんな優れた歌人でも一首一首尽く優秀といふわけには行かない。そこがまたおもしろいところなのである。併しこれも、人麿作といふ仮定の上に云へることなので、或は人麿作で無いのかも知れない」と言っている。土屋『私注』に一八一三歌を「一首全体としては民謡的であるが、序の部分には、もつと個人的な経験を感じとることも出来る」と評し、一八一五歌について「序歌の様子などは、民謡であらうが、現実の生々しさをも失つて居ない」と記すのも、⑨と⑩に「民謡」風を感じ取ってのことである。非略体歌ではあるが、略体歌の持つ集団歌謡的性格に通ずるものをこの二首は持っている。

右の第一の点は、「巻向歌群」と仮称する歌々が、万葉集内で特異な一群であることを窺わせるし、男女の恋の始終を想像させる内容を持つことから、元来何らかの地縁によって一群の纏まりのある歌群として作られたのではなかったかと推測させよう。第二および第三の点は、さらに人麻呂作歌との類縁関係を加えることによって、これらの歌々が人麻呂の自作の可能性あることを暗示する。そして第四の点は、問題が非略体歌および作歌の関係に限られるのでなく、略体歌と一般に呼ばれている、人麻呂の自作か否か判断の困難な歌群にも及んでゆくことを教えるだろう。

本節でとくに「巻向歌群」に焦点を絞った理由の一つは、それが歌集と作歌との関係をコンパクトな形で示しているのではないかと考えられる点にある。歌集を作歌以前に記録されたものとすれば、当面の課題である人麻呂調の形成についての多少の手掛かりも浮かんで来るのではなかろうか。

三　「巻向歌群」と人麻呂作歌（その一）

まず、前記の第一、第三の点を確かめておきたい。

「巻向歌群」の歌一五首を読むと、「子等」と呼ばれ「妻」と称される女性が浮かんでくる。またこの歌群には、女性と知り合った当初の気持を詠んだと思われる作（③⑭⑮）と、女性の死後の哀しみを詠んだと思われる歌（⑦⑧）が含まれ、そのほか春の歌（⑨⑩⑪）、冬の歌（⑫⑬）も見られるので、長期間にわたっての詠作が想像される。武田祐吉は、そこから「一篇の歌物語」にも類する男女の関係を推測したのである。

③の歌に、「檜原の山を今日見つるかも」と歌っているのは、女性の処に通い始めた頃を思わせる。[14]茂吉『評釈篇』に、

……人麿歌集には、巻向山を中心とした歌が随分多いから、人麿が或期間この辺に住んで居ただらうと想像することは決して無理ではない。そしてその住みはじめごろの作とこの歌を想像するのは、これも亦そんなに無稽の想像ではあるまい。

と記すのは、巻向を男（人麻呂）の居住地と考えたものである。たしかに「同じ大和の人間」であっても「今日見つるかも」とか「鳴る神の音のみ聞きし」と歌うことはありうるだろうが、[15]多少強引な判断のようにも思われる。

今しくは見めやと念ひし三芳野の大川よどを今日見つるかも　(一一〇三)
音に聞き目には未だ見ぬ吉野川六田の淀を今日見つるかも　(一一〇五)

作者未詳の吉野歌と同様にその土地を初めて訪ねた感動を歌ったと見るのが正しいだろうし、男女関係を考え合わせるなら、通い始めと推定するのが自然である。

三諸のその山並に子等が手を巻向山は継ぎの宜しも

④は、三諸山の山つづきに巻向山の連なっているのがいかにも具合が良いという歌である。「子等が手を巻向山」という表現には妹に対する情愛が匂わされているだろう。単に山の名の「巻」に掛けた枕詞としてあるのでなく、巻向の女性を念頭にした実質性が感ぜられるのである。これも通い始めのころの歌とすれば、浮き浮きとはずむような心情が諒解し易いかも知れない。

一方、⑦は「過ぎにし人に行き巻かめやも」とあるので、女性の死後の歌と知られる。「児等が手を巻向山」という表現がここにも見えるのは、④と同じ女性を念頭に置いての作だからだろう。茂吉は、「ただの空想的な作でなく、実際に恋人の死んだ時のやうに受取れる」と言い、「一首の哀韻に人麿的なところがあつて棄てがたい」(16)とも記している。

土屋『私注』には、

纏向山といふ地名によつて起された感興である。「子等が手を」と枕詞(序とも言ひ得る)を置いたのも、興味から出て居る。「過ぎにし人に行き巻かめやも」も常識的で、痛切ではない。動機が動機であるからである。

とあり、「民謡の常であつて止むを得」ないとも評されている。茂吉と文明とで、⑦の評価にかなりずれのあることが知られるし、前者が「人麿的な哀韻」を感じているのに、後者は「地名によつて起された感興」に過ぎないと、相反した受け取り方が成されている点に注目される。

おそらく評価のわかれは「児等が手を」という枕詞の実質性を認めるか否かに関わるのであろう。『私注』のように実質性を否定し、意味的に⑦を第二句以下に限定しつつ読んでみると、巻向山と「過ぎにし人」との関連も薄くなり、「興味から出て居る」とか、「地名によつて起された感興」という評が理解し易いのではないかと思う。枕詞「子等が手を」は、万葉集内で人麻呂歌集にのみ見え、語意も明瞭で、しかも一人の女性を念頭にしての作かと考えられる一群の歌の中に使用されているのだから、巻向山近傍の女性に恋する男の情感を秘めた実質的な内容を持つ修辞ではなかったかと思われる。

土屋『私注』では、この枕詞が巻向山という地名から想像し易い性質を持つ故に、これに似た詞句が古くから使用され、歌垣などにも歌われていたのではないかと推測している。コラガテヲマキムクヤマという表現の持つ口当りの良さを、口誦歌謡的な性格とし、枕詞を非実質的な、音調を整えるのみのものとすれば『私注』の解に近づくだろうが、人麻呂歌集および作歌における枕詞の新作や改鋳の状況から推察して、もと歌垣などの歌謡に用いられていた修辞であったとしても、ここでは実質的な意味が生かされ、再生せしめられた例として扱うのが正しいのではなかろうか。人麻呂の創作とすれば、なおさら非実質性を強調するわけにはゆかない。結句の「行き巻かめやも」という嘆きが痛切に響くのも、此の初二句との呼応によるのである。

なお、この歌の「〜ど〜やも」の形は、上句に自然の不易の相を歌い、下句に人の世の無常を反語をまじえて表現するもので、

ささなみの志賀の大わだ淀むとも昔の人にまたも逢はめやも　（三一）

という人麻呂作歌に類似する。本節に取りあげた「動乱調」に等しい表現を歌集にすでに見出すことは、注目して良

いであろう。
⑦の上句「子等が手を巻向山は常にあれ」に巻向山の不易を歌う作者の心は、愛する子等の生の常に変らぬことをも志向してやまないのであるが、逆接の助詞「ど」を介して下句と連結される時、歌は一気に暗転し、「行き巻かめ」と烈しい行為を意志しつつ、否定されざるをえない嘆きを表わすことになる。ここには、ひたぶるに子等の生を肯定し信じようとする作者の心と、それを打消す非情な現実との葛藤が、あたかもドラマのように、しかも主体の熱情に力点を置きながら表現されているのを見るのである。こうした歌の形の新しさ、抒情内容の清新さ——茂吉が「哀韻」と言い、「人麿的」と言ったのは、それと無関係ではあるまい——から言って、⑦が歌垣などの歌謡として古くから歌われていたと考えることはできまいと思う。その点は、また後に触れる。

右の歌に続いて、巻七には⑧が載せられている。

巻向の山辺とよみて行く水の水沫のごとし世の人吾等《われ》は　（一二六九）

この歌についても、土屋『私注』と茂吉『評釈篇』との間の受容の差は甚だしい。『私注』に、

一二句には現実的な所があるが、全体としては、平凡な理屈に終つて居る。（中略）人麿歌集の歌と、人麿の歌とを混同しない用意は常に必要であらう。

と記しているのに対し、茂吉『評釈篇』には、

調子も延び、真面目に詠んでゐて相当の強さを保持しつつ進んでゐる声調にはやはり、人麿を思はしめるところがある。

と言う。
人麻呂の自作か否か、一首のみから判断することは難しいだろうが、⑦に続いて⑧を読むと、巻向の山辺を流れる川

に寄せ、水沫の浮かんでは消えてゆくはかなさに人の世の無常を悲しんでいる作者の心が託され、それが理屈を越えて伝わってくるように思われる。土屋『私注』の「一二句には現実的な所がある」との指摘には同感されようし、さらに第三句以下も、この類の歌として最も古い時期の作であることを考え合わせるなら、まだ手垢のつかない哀韻に聞くべきものがありはしないだろうか。全体として人麻呂作歌程の重さが感ぜられないという印象は、無常観(感)を歌うことの難しさにも関連するだろう。天平五年に憶良の詠んだ、

水沫なす微き命もたくなはの千尋にもがと願ひ暮らしつ　（九〇二）

に比べてみると、憶良歌の傍線部「水沫なす微き命」の、いかにも観念的成句的な表現に対して、人麻呂歌集の「巻向の山辺とよみて行く水の水沫のごとし」には、具象的な描写の力が感ぜられる。万葉歌の歴史において、人の命を泡沫のはかなさに喩えた最古の例を人麻呂歌集に見るわけで、単に「平凡な理屈」として片付けられない性格を示唆していると思う。

九〇二歌は、憶良の作品だから観念的な度合が甚だしいということもあるかも知れない。しかし、それを考慮しつつ、古歌集中の例、

隠口の泊瀬の山に照る月は満ちかけしけり人の常なき　（一二七〇）

と比べても、同様なことが指摘されるはずである。

一二六九歌のような歌があるからこそ、人麻呂作歌の、

もののふの八十氏河の網代木にいさよふ波の行方知らずも　（二六四）

も偶然ではないように思われる。「もののふの」に対して、「巻向の山辺」の歌は、確かに軽い感じは否めないだろうが、両者に通ずる哀韻も感ぜられる。それを茂吉は聞いていたのではなかろうか。

巻向の痛足の川ゆ往く水の絶ゆることなくまたかへり見む　（一一〇〇）

⑤もまた、解釈や評価に諸注釈書の間でずれの見える作である。作歌の動機について武田祐吉は「この痛足の川のほとりには、又作者の心を惹きつける人が居た筈である」[17]と記しているが、茂吉『評釈篇』には「特別の人事的・行事的な意味があるかどうか私は知らない」と言う。

動機の問題はひとまず措くとして、ここでも『私注』の評価の厳しいのが、目につく。『私注』によれば、この歌は吉野讃歌の「此の川の絶ゆることなく」（三六）や、「見れど飽かぬ吉野の川の常滑の絶ゆることなくまたかへり見む」（三七）の「転訛」であって、そのために「〜ゆ往く水の」と理に細かくなり、感動が弱められたと言う。「またかへり見む」が吉野讃歌では見る対象を明らかにしているのに、巻向の歌⑤では何を見るのか曖昧になっているのも、言葉の上べだけの「転訛」だからで、「そこまで神経が働かな」かったせいだという手厳しい評も見られる。茂吉がこの一首の声調にも「何処か人麿的なところ」を感じているのと、いちじるしい対照を示すのである。茂吉は「若しこの歌が実際に人麿の作だとせば」、三七歌も「この辺の素質」の連続と考えられると記している。島木赤彦が「この歌の姿、矢張り人麿の姿である」と言ったのも、茂吉に通ずる受け取り方で、『私注』との隔たりは大きい。

茂吉と文明との、⑤に対する評価の相違を真正面から取りあげる結果になったが、もちろんそれのみを強調することに本節の目的があるわけではない。

「〜往く水の」という序詞は、有名な斉明女帝の歌（斉明紀）に、

飛鳥川みなぎらひつつ行く水の間もなくも思ほゆるかも

と見えるし、鏡王女の歌にも、

秋山の木の下がくり行く水の我こそ益さめ思ほすよりは　（九二）

とある。前者は建王の死を傷む挽歌であり、後者は天智天皇との相聞歌である。ともに人麻呂および同時代の人々にも広く知られていた作だろう。人麻呂歌集には、前掲の⑤の外に、

(a)是川の水沫逆まき行く水の事かへさずそ思ひ初めてし　(二四三〇、略体歌)
(b)八釣川水底絶えず行く水の続ぎてそ恋ふるこの年ごろを　(二八六〇、略体歌)
(c)塩気たつ荒磯にはあれど往く水の過ぎにし妹が形見とそ来し　(一七九七、非略体歌)

の三首があり、こうした表現――(a)・(b)は序詞、(c)は枕詞を含む例――が歌集で愛用されたことを窺わせる。

斉明御製(実作ではなく、仮託の可能性もある)[18]は挽歌であるが、鏡王女の歌も人麻呂歌集の(a)・(b)・(c)三首も相聞歌である。⑤を相聞歌として見れば、「またかへり見む」という詠嘆は、妹の住む土地への讃美にほかならないだろう。窪田『評釈』に、

誓言とすれば、妻の家の辺りの痛足川の水の永遠を喩とすることはきわめて当然なことで、また相対しての歌であるから、主格を省いた詠み方をすることも自然である。

と言われているのは、これを或る男の恋する女性に対する誓いの歌と解するものである。

一方、⑤を女性の死後の歌として読むこともまた可能だろう。痛足河の水の絶えないことを喩として、妹の住んでいた里に妹亡き後も絶えず通って来ようと歌ったものと見るのである。歌集の一七九七歌(前掲(c))は、そうした土地への執着を歌うものだし――妹の住む里というのではないが――、人麻呂作歌に、

……音のみも　名のみも絶えず　天地の　いや遠長く　しのひゆかむ　御名にかかせる　明日香河　万代までに　はしきやし　吾王の　形見にここを　(一九六)

とあるのも同様な発想である。明日香皇女にゆかり深い明日香川を形見の土地として遠長く偲ぼうと歌われているわ

けで、⑤も、これらと同想の作として理解されないだろうか。

穴師川のほとりに住む女性の死後、⑦や⑧の悲歌が詠まれ、同じころに⑤も作られたのではなかったか、と私は思う。巻向川(穴師川)は、男のいくたびも目にし、耳にした清流であったに違いない。女性の死後もそれは潺湲と流れつづける。人の命の無常さを対比的に印象づける自然の不易の相に寄せて、男は生前と同様に何時までも通い続けようと歌っているのである。

「女の死後も」と、今記したが、作者が人麻呂であるならば、そうした言い方にはやや注意を要するだろう。人麻呂は、死後というような表現を拒む歌い方を、しばしば見せるからである。それについては、後にまとめて考えることにするが、⑤が生前の誓いの歌とも見えるのは、そうした歌い方と関連しているのであろうか。相手はすでにこの世に亡く、近代的に割り切った言い方をすれば、幽冥境を異にした死者に対する誓いの歌が⑤であったと思われる。

⑥の、

ぬばたまの夜さりくれば巻向の川音高しも嵐かも疾き　(一一〇一)

は、巻向川の近くの、家の中での作と思われる。川音の高まりを聞き、烈しい嵐の状態を推量しているのだが、不思議に重々しく響くのは、何に由来するのだろうか。赤彦は、この歌の形を説明して、

第一二句の掛りを第四句で強く受けとめて、更に第五句を据ゑてゐる勢が恰も嵐の疾きに似てゐる。『嵐かも疾き』の五二音も跌宕非常である。人麿の歌柄である。[19]

と説く。土屋『私注』にも、作風が一〇八七・一〇八八と似ていることを記し、茂吉も、

現に川音の高くなつたのを注意して、それに力点を置いて歌つてゐるのも面白く、それに夜になつたことを云ひ、それも、『夜されば』と云はずに、『夜さりくれば』と云つてゐるのなども、単に声調を延ばす意味ばかりでなく、

時間的経過を暗指してゐるやうに思へる。それから、川の音が変化しつつ高まつて聞こえるのを、『嵐かも疾き』と疑つて一首を結んでゐる歌であるが、かういふ天然現象に鋭敏に参加し力を籠めて歌つたから、一首の声調が非常に緊張して居る。

と言い、「一首は夜の暗黒と山河の河浪の音と山風の襲来と相交錯し、流動的、立体的で、不思議に厚みのある歌」とも記している。表現の技術およびその効果などについて、これらの言葉は、多くのことを教えてくれると思う。

しかし、欲を言えば、わたしがここで知りたいのは、「跌宕非常」の表現を可能とした作者の心の状態である。誤解のないように言い直せば、夜の川音に耳を傾け、「嵐かも疾き」と推量しているこの歌の主体の、「内部急迫」[20]はどのようであったかが、知りたいのである。単に「天然現象に鋭敏に参加し力を籠めて歌」った故に、こうした叙景的な歌ができたわけではないだろう。主体の或る心の状態に即して物象の表現も成り立つとすれば、この叙景に見合う主体の心とはどのようなものなのか。

万葉集内の嵐の歌を見ると、舟航の安全を祈るもの(一一八九)や、花の散るのを惜しむ歌(一四三七)もあるが、

窓越しに月おし照りてあしひきの下風吹く夜は君をしぞ思ふ　(二六七九)

衣手に山下の吹きて寒き夜を君来たらずは独かも寝む　(三二八二)

のように、離れた愛人を思い、独り寝の寒々とした哀しみを訴える作が多く目につく。

ながらふる妻吹く風の寒き夜にわが背の君は独りか寝らむ　(五九)

という誉謝女王の作歌も、アラシの語は含まないが類想の歌だろう。

み吉野の山の嵐の寒けくにはたや今夜もわが独り寝む　(七四)

という文武天皇の歌は典型的なものである。人麻呂歌集の巻向の歌⑥の、奔放な措辞の裏にどこか冷え冷えとしたも

のが感じられるように思うのも、単なるわたしの主観のせいだけではなさそうである。茂吉が、

……嵐の季は必ずしも冬季と限つてはゐないが、後世の用法のごとくにやさしい風でないことが分かる。そこでこの歌の場合も、何となし、『寒く荒い風』のやうな気がして、さう解して来た。まへに評釈した『雲居たてるらし』、『雲たちわたる』は、欝勃とした、清澄でない趣だが、この方はどうも寒く鋭い気持がしてならない。

と言っているのも、そうした点を指摘するものである。寒く鋭い自然に対応する冷え冷えとした心情から、巻向の女性の家での作としても、その女性の不在を感じさせるようにわたしには思われる。女性の死後の巻向の夜の歌と考えると、この歌はいっそう良く理解されるのではあるまいか。単に自然の変化を一瞬に把握して詠んだというのみではなく、夜の荒々しい自然に哀傷の心が託されたために「跌宕非常」の調べも成しえたのかと思われる。

四　巻向歌群と人麻呂作歌（その二）

①・②は、人麻呂歌集中でも最も人麻呂作歌に近い調べの歌として著名である。

痛足河河浪立ちぬ巻向の由槻が嶽に雲居立てるらし　（一〇八七）

という①について茂吉『評釈篇』に、

強い荘重な歌で、然かも写生が行きとどいて胡魔化しがない。風も雨も背景に潜めて、河浪を眼前に彷彿せしめ、雨雲をそれに配してゐるその単純化の手腕は実に驚くべきである。

といい、土屋『私注』にも、

単純であるがよく捉へ、感じを十分にあらはして居る。自然の見方としても勝れて居るし、調子も引きしまつた

ものである。（中略）

人麿作であるか否かに就いては、人麿歌集の性質から、にはかに断定は下しかねると思ふが、人麿歌集が部分的にもせよ人麿の作風を伝へ、其の作を収めて居るとすれば、此等の作こそ人麿作と見なければなるまい。

と記されている。窪田『評釈』に、

一切の原因である風には触れず、それによって起された眼に見る河浪の状態、見ない高峯の雲の状態と、変化させられての動きのほうに心を向けているのである。それも興味的に軽く見たり思ったりしているのではなく、ある驚きをもって全心を向けてのことであるのは、その調べの張ってゐる（ママ）上に直接に現われている。（傍点—稲岡）

とあるのも掲げておきたい。歌集中、人麻呂的な声調を感じさせる歌として、諸家の見解の一致している作の一であると言って良い。

茂吉が「写生」の行きとどいているのを讃え、『私注』に自然の見方や調子が勝れていると評されているのは、言うまでもなく、叙景歌としてこれを見てのことである。しかし、①を叙景歌と断定してかかるのは、そこに一面の真実は把えられるにしても、歌の古代的な諸性格を単純化しわたしたちの側に引き寄せ過ぎた作品理解ではないかと、疑ってみる必要もあるのではないか。窪田『評釈』に「ある驚きをもって全心を向けて」自然の変化を見ていると言われている、この単純な歌の姿には、近代的な意味における「写生」や叙景歌の概念からはみ出してしまうところの、古代的な性格が蔵されていはしないだろうか。

そのことは、同じ人麻呂歌集中の雲を詠む歌、とくにタツクモを詠んだ歌から容易に推察されるところでもある。

A　雲谷　灼発　意追　見乍有　及直相　（二四五二）

B　春楊　葛山　発雲　立座　妹念　（二四五三）

C　三吉野之　御船乃山尓　立雲之　常将在跡　我思莫苦二　(二四四)

D　天海丹　雲之波立　月船　星之林丹　榜隠所見　(一〇六八)

E　橋立　倉椅山　立白雲　見欲　我為苗　立白雲　(一二八二)

Aは、「雲だにもしるくしたたば慰めて見つつもあらむ直に相ふまでに」と訓むのであろうが、斉明紀の、

今城なる小丘が上に雲だにも著くし立たば何か嘆かむ

に類似する。また、人麻呂の没後に依網娘子が詠んだという、

直の逢ひは逢ひかつましじ石川に雲立ち渡れ見つつ偲はむ　(二二五)

にも酷似している。これらは、立ちのぼる雲に恋する人の霊魂を見る古代的な観想の歌と言って良いだろう。[21]Aも、挽歌ではないが、離れて逢えぬ恋人を思い、せめて雲だけでもはっきりと立ちのぼったら、それを見つつ心を慰めようという歌と解され、これも雲に思う人のタマを見る点で共通の古代的心情を表わしていると言える。

BもAと同様であろう。葛城山に立つ雲が、いわゆる序詞として有機的に働くのは、右のような古代的観想によって選択された物象叙述として、単なる叙景以上の意義を持つからである。

この歌の楊については、渡瀬昌忠「恋と自然——人麻呂集略体歌の柳」[22]に、春の歌垣との関連の深いことが説かれている。葛城山における春の歌垣に、楊がかづらとして用いられたのであり、その葛城山に立つ雲を見つつ歌垣で逢った妹を想うというのが、Bの心である。

なお、Bの下句に類似する例は、集内に幾首か拾うことができる。

秋されば雁飛びこゆる竜田山立ちても居ても君をしぞ思ふ　(二二九四)

遠つ人猟路の池に住む鳥の立ちても居ても君をしぞ思ふ　(三〇八九)

これらは下句のほぼ等しいものである。もしBの「たつ雲の立ちても居ても」の方が、「竜田山立ちても居ても」や「住む鳥の立ちても居ても」の場合よりも、序詞と心情表現部との関連の深さを感じさせるところがあるとすれば、それは物象表現に、恋の深さを直接に表わしうる雲の選ばれたことが、音の類似や掛詞の技巧を越えて感動を伝えるのであろう。

Eも、同様な心を表わす歌である。

橋立の倉椅山に立てる白雲見まく欲りわがするなへに立てる白雲

これも恋の心と無縁ではあるまい。窪田『評釈』には、

……人麿の心理からいうと、その胸に希望した自然現象が、希望そのままに眼前に展開しているのを認めた時の感動である。言いかえると、我と自然と一体になり得た瞬間の深い感動で、それをこのように具象したのである。

と説かれているが、茂吉は「全体は山の白雲の歌だが、何となし抒情的で愛情がこもつてゐる」と言う。土橋寛は、この歌を集団的な歌謡と見、霊魂と雲との融即的な関係を踏まえつつ「おそらく倉椅山のほとりに住む女があって、直接会うかわりに、せめて白雲が立てばいいと願う心持」を歌ったものと解している。(23) 茂吉の「何となし抒情的」と感じたところを明瞭にしたと言って良いだろう。

Eは単なる自然現象を詠んだ作ではなく、A・Bなどにも通ずる恋の心を詠み込んだ歌と考えるべきである。

Dは、特殊な作品である。天を海に、雲を波に、月を船に、星を林に譬えたもので、中国文学との関連が指摘されている。(24) 当時として斬新な見立ての作として注目されるが、当面の問題について、A・B・Eなどの諸歌と同様な性格を抽出することはできない。ただ、こういう形で雲が詠まれるようになるところに、古代的な自然感情から脱却してゆく道の一つが見えるだろう。

Cは、弓削皇子の、

瀧上之　三船乃山尓　居雲乃　常将有等　和我不念久尓　（二四二）

と少異である。Cがもとの歌で、弓削皇子歌はそれを変改した作と思われる。一首は、雲を常住とし、それと比較して己が命の無常を嘆いたものであるが、ここには先掲のA・B・Eに見られた融即の関係とは別の、自然と人間との乖離やこの世の無常を嘆く心が見えてきている。

人麻呂は、もちろん「原始の心」そのままにとどまっていたわけではない。そのことは、

山の際ゆ出雲の児等は霧なれや吉野の山の嶺にたなびく　（四二九）

という作歌からも知られよう。この上句の「甲は乙なれや」という形は、万葉集にこのほかにも見られるが、甲と乙の異質性を認識しつつ両者を抒情的に結びつける表現形式と言って良いものである。出雲の児等と霧とを等号で結びえないことが意識されながら「霧なれや」と歌われるところに反語的詠嘆は深まり、下句の現実への嗟嘆が強調されるのである。[25]自然との融即から分離・対立へ、人麻呂の自然観にも、変化が認められる。

それはともかく、歌集の略体短歌（前掲A・E）と旋頭歌（前掲E）に歌われた雲が、一様に融即意識にもとづいて恋人を思う相聞の歌であることは注意すべきだろう。少なくとも、巻向の雲の歌①②の詠まれた背景に、右のような古代的な観想があり、それを考慮する必要のあることを、A・B・Eの歌は教えているようである。

それに、巻向歌群の中③④⑤⑥⑦⑧⑨⑩⑭⑮が、女性を念頭に置いての作であることは明らかだから、①②もまた同様な心情による作歌ではないかと考えることも、当然の推測と思われる。

巻向の女性との関連から言えば、この①②も妹の死後の作なのであろうか。わたしがそう判断するのは、この二首に恋の甘美さよりも、もっと切実な鋭いものを感ずるためであるし、また②と手法的な相似を、人麻呂の日並皇子追

慕の歌に見出すからである。

　右のように考えてくると、①の「驚くべき」「単純化」は、自然を単に「写生」してえられたということではなく、亡き人を思う心象にふさわしい景としての古代的な意味を明らかにするだろう。記載の歌の描写性を持ちながら、古代的な融即の心情を表現の背後に蕩揺させている歌として、この叙景的抒情歌は詠まれたのである。

　②も、同様である。島木赤彦が、

　山川の湍が鳴つて、弓月が嶽に雲の立ちわたる光景を「なべに《ママ》」の一語で聯ねて風神霊動の概があり、一首の風韻自ら天地悠久の心に合するを覚えしめる。人麿作中最も傑出したものの一であらう。[26]

と激賞した歌であるが、ここにも古代的な発想の認められることは、①について述べたとおりで、単なる叙景歌と解するのは正しくないであろう。

　この②の叙景的な歌の姿および作歌主体の心情は、

　東の野に炎の立つ見えてかへり見すれば月かたぶきぬ　（四八）

と日並皇子を追慕しつつ安騎野で詠まれた人麻呂作歌に通ずるところがある。安騎野の歌も一見したところ叙景的であるが、これを「高朗にして沈痛」[27]な響きの作とし、また下句に「哀韻」（茂吉『評釈篇』）の感ぜられる歌としたのは、皇子追慕の真摯な情の力によるのであり、それ故に、長歌四五の反歌ともなりえていると思われる。

　赤彦は、右の②と四八歌とを比較しつつ、次のように言っている。

　第一句より三句まで押して行つた勢を「見えて」と切り、更に第四句を起して第五句「月傾きぬ」と二五音を以て結んでゐる手法、句勢、甚だ前掲「弓月が嶽」の歌に似てゐて、これはそれに比して較や下風に立つの感あるは、弓月が嶽の歌がよく渾然一如の域に入つて居るに対し、これは上下句間に猶分岐の痕があり、それを聯ねん

とした「顧みすれば」の力も猶及び難きの観ある所にある。(28)

実作者として句勢や手法の類似を看破しているのはさすがだと思われるし、弓月が嶽の歌に寄せる赤彦の愛着も察せられる評である。確かに、この二首は、

東の野に炎の立つ見えて
あしひきの山川の瀬のなるなへに

という上句と、

かへり見すれば月傾きぬ
弓槻が嶽に雲立ち渡る

の下句に、二つの自然事象が詠み込まれ、主観的な表現を含まず、純叙景的な相貌を持つ点や、結句を二五調で結んでいるところなど、酷似していると言って良い。赤彦は、そのような近似した形ながら、四八歌は上下句の間に連繋のゆるみがある故に、弓槻が嶽の歌に及ばないことを指摘する。この指摘は、首肯されるに違いない。

本節の文脈に沿って言えば、歌集歌②は作歌四八より以前に作られていたはずであり、四八歌の制作にあたり、人麻呂は巻向の女性を偲ぶ歌(②)の手法を活かしつつ皇子追慕の歌を成したと考えられよう。

前後したが、二首の手法や句勢の相似は、同一の作者の歌とすれば、心情的にも類似の条件のあることを想像させるだろう。②を巻向の女性の死後の歌ではないかと推測する理由は、その点にも求められる。

先掲の一五首の中には入れなかったが、

往く川の過ぎにし人の手折らねばうらぶれ立てり三輪の檜原は　(一一一九)

も同じく巻向の女性が他界した後の歌ではなかろうか。この歌の第二句、原文は「過去人之」であり、旧訓ではスギ

ユクヒトノと訓まれていた。茂吉『評釈篇』にも、その場所を通り過ぎる人と解されている。[29] 窪田『評釈』には、

「往く川の過ぎにし人の手折らねば」は一見、妙な言葉である。死んだ人が手折らないのは当然に過ぎるからである。

と記す。

しかし、これらは近代的な理解をあてはめ過ぎたものと思われる。人麻呂歌集や作歌において枕詞「行く水の」「黄葉の」などを冠せられた「過ぐ」は、単なる通行の意を表わす動詞ではないから、ここでもこの世を過ぎ去った人を「往く川の過ぎにし人」と表現したものと見るべきである。

それに、山中に死者の迷い入るような観想を持ち、死生の境を撤した表現を見せている人麻呂にとっての「過ぎにし人」は、わたしたちの言う「死者」とニュアンスの異なることも注意しなければなるまい。「過ぎにし人」こそ、死者を指す言葉でありながら、その死を認めようとしない作者の心情と関わりの深い表現であって、その「人」が手折らないことも、決して「当然に過ぎる」ことではないのである。

以上、前項から本項にかけ、巻向歌群と巻向の女性との関わりを確かめてきた。武田祐吉の推測を、ある部分ではさらに進めることにもなったかと思う。

前掲の巻向歌群一五首の中には、③④⑭⑮のように通い始めのころを思わせる歌と、①②⑤⑥⑦⑧のように女性の死後の作と思われる歌を含んでおり、それに春の歌(⑨⑩⑪)と冬の歌(⑫⑬)がある。春・冬の歌が男女の恋の関係では、時期的にどう位置づけられるか、その点について確かな答は、まだ出しえない。後考に俟つこととしたい。

武田祐吉の想像のように、ここにはある恋の始終が歌われているようである。そして、さらに注意すべきはその中に、人麻呂作歌の詠風にごく近い作品が見られる点であろう。①②⑥にとくに人麻呂的なものが感ぜられることは、

諸注釈書の一致した見解と言えそうだし、⑦と作歌三一、②と作歌四八とが近似したかたちを持つことも赤彦などの指摘したとおりである。巻向歌群は、その表記からも、また作風の上からも、柿本人麻呂作歌と親近な関係にあると言って良さそうである。本項の文脈から言えば、作歌以前の人麻呂の自作として考えることが、当然の道筋となるが、その際、同じ「巻向歌群」中の歌に指摘される「軽易」な風についても併せて検討されなければなるまい。

五 「巻向歌群」と「軽易」の風

「巻向歌群」は、人麻呂作歌と親近な関係にある。武田祐吉がその作者に人麻呂を擬し、また男女の恋物語の主人公に人麻呂を当てて解しようとしたのも、自然な推理だったと言えるかも知れない。

ただし、本項においては、武田のたどった跡をそっくりなぞろうとは考えない。「巻向歌群」は人麻呂の自作であり、巻向地方に何らかの地縁を有した人麻呂が天武朝の末か持統朝の初めのころに制作した歌群であったことが確かめられたならばそれで足りるし、ここに歌われている女性が人麻呂の伝記にとって恋人あるいは妻として間違いないという証明など、直ちに可能だとは思われない。ここで、さらにこの歌群を注視するのは、一方に略体歌的な、集団歌謡風の軽い歌も含むという、その特異な性格のためである。

⑩子らが手を巻向山に春されば木の葉しのぎて霞たなびく　(一八一五)

これは恐らく通い始めから、まだそれほど隔たっていないころの歌として作られたものであろう。枕詞の使い方などに、前掲の④や⑥のような「人麿らしいところ」を見せながらも、全体的に軽く作られている。それは、

⑨巻向の檜原に立てる春霞おほにし思はばなづみ来めやも　(一八一三)

でも同様に感ぜられよう。人麻呂歌集略体歌の、

足引の名に負ふ山菅押し伏せて君し結ばば相はざらめやも　(二四七七、略体歌)

とか、

肥人の額髪結へる染木綿の染みにし心我忘れめや　(二四九六、略体歌)

などと、形の似たもので、歌の心としては、

淡海の海沖つ白浪知らねども妹がりと言はば七日越え来む　(二四三五、略体歌)

や、

山代の泉の小菅なみなみに妹が心を吾が念はなくに　(二四七一、略体歌)

に近いであろう。これらは決して沈痛な響を持つものではない。むしろ、否定的な現実による挫折を知らない明るさを持ち、集団歌謡的な性格を感じさせるものである。(30)

⑨⑩は、右のような略体歌に通ずる性格をうかがわせよう。⑨について茂吉が、

品のいい恋愛歌(相聞)で、これも吟誦に適するいい声調を持つてゐるから、従つてまた形式化され易い素質のあるものである。然し作者は実際この辺に住んでゐたことが分かり、親しんでゐた女をも想像することが出来るから、ただ空漠とした歌謡的なものでないことが分かる。(31)

と言うのは、歌謡的な声調および形式の認められる一方、具体的な個に即した内容も持つことを指摘したものである。

⑩について、

『木の葉凌ぎて霞たなびく』の句はやはり何処か真実のところがあつて好い。

上の句の枕詞の使ひざまなどは人麿らしいところもあり、人麿が若し、巻向の穴師の里あたりにゐたとせば、か

ういふ楽《らく》な種類の歌を幾つか作つたと考へても差支は無いわけである。[32]

と言うのも、ほぼそれに近い。「木の葉凌ぎて霞たなびく」の持つ描写の具象性は、「巻向の檜原に立てる春霞」にも程度の差はあるけれども、感じられるところだろう。先掲の略体歌にはそれが乏しいのである。集団歌謡的な「軽易」な作風から具象的な描写性を増し、さらに重厚で沈痛な抒情歌が作られるようになる。そうした「進歩」や「変化」がこの「巻向歌群」には暗示されているように思われる。

人麻呂は、最初から重厚な歌々を詠みえたわけではなかったろう。その歌作の原点は、略体歌の集団歌謡的な性格の濃い作品——それが人麻呂の自作であるか否かは別の問題として——の中に求められるようである。「巻向歌群」の④⑨⑩の歌なども、それを示唆しているようである。

朝影に吾が身はなりぬたまかぎるほのかに見えて去にし子故に　（二三九四、略体歌）

行き行きて逢はぬ妹故久方の天の露霜にぬれにけるかも　（二三九五、略体歌）

大船の香取の海に碇おろし如何なる人か物念はざらむ　（二四三六、略体歌）

雲間よりさわたる月のおほほしく相見し子らを見むよしもがも　（二四五〇、非略体歌）

など、歌集の相聞歌であるが、枕詞「たまかぎる」、序詞「雲間よりさわたる月の」の用法に特色があり、また声調に「大きく重厚」[33]に響くところや、「哀韻」[34]をひめたところもあって、人麻呂がこれらの歌を人麻呂作歌以前の段階で制作していたということも十分考えられるし、茂吉が右のような歌を人麻呂の自作と推測していたのも[35]、もっともと思われる。

ただこれらは、やはり人麻呂作歌よりも軽く作られていることは否めず、二三九四歌・二三九五歌・二四五〇歌のそれぞれに対して「民謡らしい甘美な効果」[36]があるとか、「民謡的に誇張された表現であるが、本気であって軽薄な所がない[37]」とか、「民謡としては、前(稲岡注―二四四九)の別伝と見てもよい位のものだ。(中略)この方が平凡になつて居る[38]」という風に、「民謡」と見る見方も出されている程である。「朝影に吾が身はなりぬ」と歌っても、表現の感覚性を楽しんでいる所が感じられるし、「久方の天の露霜にぬれにけるかも」でも同様である。あるいは、「碇おろし如何なる人か」の、音調の快さに頼った飛躍ある作風も、作歌とは異なった詠み方を思わせる。略体歌のなかに人麻呂の自作が含まれているとすれば、右のような歌々こそそれに該当するものとしてまず挙げられるべきだろうが、それらの有する集団歌謡的な遠心性は、人麻呂の歌風の淵源を暗示しているようである。

茂吉の仮想した「軽易」から「重厚」への作風の変化は、大摑みに歌集から作歌への変化を把えようとしたものと言える。茂吉はのちにその考えを撤回し、同時的な作としても認めうるものとし、歌集中の人麻呂自作歌を増加させる推測も控えたのであるが、本書のように文字表記の検討を踏まえ、また枕詞・序詞などの方法の変化を通して、歌集と作歌との前後関係を基本的に認容する立場にあっては、自作歌の多寡とは別の問題として、歌集と作歌との詠風の相違が顧みられるのである。それはかつて石井庄司『古典考究――万葉篇――』に、

吾吾は出来上つた人麻呂の雄篇大作に対つて徒らに眼を眩す代りに、一歩退いて静かに思をめぐらし、人麻呂をしてかかる雄篇大作を成さしめるに至つた所以を尋究し、且つその生成発達の迹をたどり、以て真に歌聖たるの根源を明らかにすべきであらう[39]。

と記し、また大久保正『上代日本文学概説』に、

従来の民謡世界を十分に吸いあげながら、そこからぬけ出た、洗いあげたように新鮮な抒情世界を開いている[40]。

と言われているような人麻呂歌集や人麻呂作歌の秘密を解く手掛りとなるだろう。

とくに前節までにも触れたごとく、巻向歌群の④・⑤や⑦など茂吉『評釈篇』と土屋『私注』とで解釈・評価にず

れがあって、一方では人麻呂的な作風が指摘されながら、一方では「民謡性」が言われるというふうに、二つの性格をめぐって対立的な判断も見られるのであるが、そうした二つの性格の並存に象徴的な意義を見るべきではなかろうか。集団の歌謡から表現の形式とエネルギーを承けつつ、そこに個の抒情を盛り込もうとした人麻呂の習作期の姿が浮かんで来よう。

六　「動乱調」の形成

「巻向歌群」と仮称した歌から想像される女性が、現実において人麻呂とどのような関係にあったかは、本節における推測の範囲を越えている。歌群の歌を人麻呂の体験に即したものとして最も密接な関係を考えるならば、武田祐吉の、

……作者は、この巻向の地で冬の歌を詠み春の歌を詠んだ。どれだけの年月を此処に通ひ来たものかは知らない。(中略)而して終にその妻は死んだ。(41)

という想定の、「作者」を人麻呂とし、人麻呂とその妻との恋の顚末を見ることになるが、人麻呂の伝記の一部としうるほど確かなことかどうかは分からない。

ただし、次のように言うことは許されるかも知れない。すなわち、「巻向歌群」の中でも妹の死後を歌ったかと思われる作において、歌調は重さと深さを増すのであり、そこに「変化」を読み取ることができる。この歌群がもし人麻呂の体験にもとづいた表現であるとすれば、妹の死という現実が、人麻呂の心に衝撃を与え、感覚性や官能性を楽しむ軽易な作風に、沈痛な響きを加えたとも考えられよう。また、たとえ人麻呂自身の妻ではなかったとしても、無

常な此の世に対する悲嘆が自覚的に詠み込まれるようになるところに「動乱調」の形成を見ると言えるのである。その意味で、本節冒頭に触れた五味智英の指摘も顧みられよう。

天智から天武への新しい展開の為の陣痛であつた壬申の乱は少年の日の彼にとつて、その意義のはつきり摑めるものではなかつたであらう。しかし、凄まじいばかりに軋りつつ展開して行く世の姿は、心魂に徹して響き、彼の生の形成に大きく働いたに違ひない。十数年の後、荒廃の旧都に立つて、右の歌のやうな沈痛な動乱調をなし得た所以はこゝにある。……悠久な自然の姿の前に人間の営みの須臾な子を歎くといふ心情もあつたであらう。しかしそれは法則として会得されたのではなく、己が生の中に具体的に個として感得されたものであつた。[42]

ここに壬申の乱を人麻呂の少年時代のこととしているのは、その後の著作である『万葉集の作家と作品』の「補記」に、

人麻呂の年齢は右に記したよりも十歳ぐらゐ上と見る方がいいやうである。さうすると、彼が壬申の乱に出逢つたのは青年時代のこととなる。[43]

と記されているのによって改められなければならない。人麻呂は天武初年に二五、六歳に達しており、人麻呂歌集の歌々は、そのような人麻呂によって書き留められたものであった。したがって壬申の乱に天武方として従軍したことも十分想像されるであろうし、乱の意義が「はつきり摑めるものではなかつた」とするのも言い過ぎだろう。

しかし五味も記すように壬申の乱の印象は深くその心に沈んでこの世の無常を体感せしめたと思われる。近江荒都歌は乱後の荒廃を悲しみ、人の世の転変の定めなさを嘆く心に発したものであり、その嘆きが波のうねるような調べに乗せられて読者の共鳴を誘うのである。

「動乱調」と呼ばれる人麻呂の調べが、深い肺腑の底からの共感を誘うものとなりえたのは、右のような壬申の大

乱の体験や、あるいは人の死に接しての無常意識の深まりによるであろうし、また、対象との境を撤してこれと合一する柔軟な、豊かな人麻呂の心性にもよろう。

融即的な自然感情の表現は、人麻呂歌集略体歌(44)に、

春山の友鶯の鳴き別れかへります間も思ほせ吾を　(一八九〇)

春山の霧にまどへる鶯もわれにまさりて物思はめや　(一八九二)

春さればまづ三枝の幸くあらば後にも逢はむな恋ひそ吾妹　(一八九五)

春さればしだり柳のとををにも妹は心に乗りにけるかも　(一八九六)

山ぢさの白露重みうらぶれて心に深く吾が恋止まず　(二四六九)

高山の峯行く完《しし》の友を衆み袖振らず来ぬ忘ると思ふな　(二四九三)

などが見られるし、非略体歌でも、

往く川の過ぎにし人の手折らねばうらぶれたてり三輪の檜原は　(一一一九)

我が背子に吾が恋ひ居れば吾が屋戸の草さへ思ひうらぶれにけり　(二四六五)

を見る。人麻呂作歌にも、

ささなみの志賀の辛崎幸くあれど大宮人の船待ちかねつ　(三〇)

ささなみの志賀の大わだ淀むとも昔の人にまたも逢はめやも　(三一)

があることは周知のところであろう。人麻呂歌集・人麻呂作歌を通じて指摘される古代的な自然感情と言って良い。

こうした自然との融合交感的な感情の表現は、人麻呂以前の額田王の歌にも、

三輪山を然も隠すか雲だにも情あらなも隠さふべしや　(一八)

とあり、中大兄の三山歌にも、

香具山と耳梨山と相ひし時立ちて見に来し印南国原　(一四)

のように見られるが、人麻呂以後の万葉集歌には影をひそめてゆくのである。

たとえば、右掲の一一一九・二四六五・二四六九のように、植物のウラブレと歌の主体のウラブレとが重ねられ、独得の親和関係を醸し出している表現は、第三期以降になると見られなくなる。ウラブレは、人の心の状態の表現にその用例が限定されてくるのであって、唯一、鹿鳴について、

雁は来ぬ萩は散りぬとさをしかの鳴くなる声もうらぶれにけり　(二一四四)

と歌った例を、その例外として見るのみである。しかも二一四四と先掲の人麻呂歌集歌とを比較して明らかなように、同じくウラブレと表現していても、歌集歌のような自然と吾との一体感は二一四四になく、鹿鳴を対象として情趣的に受容し、これを表現しているものである。

大西克礼も指摘しているように[45]、自然と融合親和する感情は我が国における詩歌の表現の一般的特徴と言って良いが、なお詳細にこれを検討してみると、人麻呂およびそれ以前に見られる「前擬人法[46]」とも称すべき濃厚な融合交感的自然感情の表現は、万葉集第三期すなわち奈良時代以後には後退し、影をひそめて行くようである。それは自然の景物の描写的な表現が増加するのと併行して見られることで、自然を対象化して表現する意識と密接に関連しているのである。

先にも少し触れたとおり、人麻呂歌集・人麻呂作歌を通じて自然の物象と作者の心とが融合親和する表現を見るのであるが、人麻呂はすでに自然と人間との乖離を認識していた。言うまでもなく、自然との融即を志向する感情は原始呪術的世界に通ずるものであって、乖離の嘆きとは矛盾する方向を持つ。人麻呂の中にはこの二つの感情が、色合

を異にしながら混在していたと言えるだろう。

本節の主題とした「動乱調」とは、せめぎ合うこの二つの感情の矛盾的表現であり、五味の言葉を借りるなら、「原始の心」が知った人間無常の自覚的表現であったと思われる。古きものと新しきものとのせめぎ合う内面の矛盾を、知的論理的に整理してしまうのでなしに、軋み合う相をそのまま掬い上げて歌ったところに「動乱調」成立の秘密があり、またこの調べの人麻呂に限られる理由もあるのだろう。茂吉が人麻呂に学びつつ、ついにこれを越ええなかったとすれば、それは二つの個性の差もあろうが、その置かれた歴史的環境の違いによるところも大きいであろうと、わたしは思う。

人麻呂を「挽歌歌人」と言って、失われたものに対する哀惜を歌うことが人麻呂の基本的姿勢であるとする見方が、今日、一般化しているようである。確かに彼の本質に迫る把握ではあろう。しかし、それが人麻呂の全面を覆い、「カオス」とも称される彼の歌の秘密を剔抉するに足るものかと言うと、なお不満の残るのを否定し難いように思う。

第一に、人麻呂は挽歌を多く作っているとは言え、歌集に見られる相聞の歌々も、それが人麻呂の自作を少なからず含むであろうという推測を重視すれば、彼の全貌を把えるために是非とも視野に入れる必要があるし、「挽歌歌人」という称は、むしろそれを切り捨てたところに成り立つ評語の感があるからである。

第二に、視点を作歌に限るとしても、人麻呂の代表的な調べとして本節にとりあげている「動乱調」のほかに「端厳調」もあって、「挽歌歌人」という規定は、後者を包括しえないと思われることも注意したい。

第三に、人麻呂挽歌の発想自体の含む問題に、右の呼称が対応しているかどうかということもあげられよう。

中西進『柿本人麻呂』に、「不在への凝視」あるいは「失われしもの」の詩として人麻呂の歌を説こうとした[47]のに対し、青木生子「人麻呂の歌の原点[48]」に、人麻呂の「失われしもの」の詩は、失われし悲しみを歌うのでなく、まさに、この失われしものを求めてやまぬ愛の詩なのである。このために生ずる苦悩と問いかけなのである。

と言われているのは、右の第三の項目に関連する批判である。失われた悲しみを歌うと記した時に、すでにわたしたちの掌から砂のようにこぼれ落ちざるを得ないと感ぜられるものを、青木論文は掬いあげようとして書かれたのであろう。本節の課題とする「動乱調」に即して言い直しても、その調べは、哀惜というにはあまりにも烈しく、「不在」と「実在」との間をさまよう人麻呂のひたぶるな心を表わしていると思われる。カオス(渾沌)とは、単に歌の表情をあらわすのみではない。

児等が手を巻向山は常に在れど過ぎにし人に行き纏かめやも　(一二六八)

ここに、飽くまでも妹の生を信じようとする作者の心と、それを否定しようとする現実との葛藤が歌われていることは、既に記した。「挽歌歌人」と言い、「愛の歌人」というのは、この葛藤をそれぞれの方向から把えようとした評言だろう。

人麻呂の心が「無類の柔軟性を持ち、日常性の塵に蔽はれず常に新鮮な驚きを以て事物に対し[49]」ていたという指摘は、時代を超えて多くの詩人に適用される言葉ではあるが、この場合珠玉のような輝きを持って思い起される。人麻呂にとって、自らの心の「渾沌」も、驚きをもって凝視されるものであったろう。妹「不在」の認識が先行するのではなく、「実在」を願い、それを信じようとする作者の心がいや応なしに「不在」の現実と向き合わざるをえない、その場合の表情を定型短歌に結晶させると、こうした歌になるのではなかろうか。「不在への凝視」「失われし悲しみを歌う」というよりも、作者の心の「渾沌」への凝視といった方が、いっそう適切なようである。

ささなみの志賀の大わだ淀むとも昔の人にまたも逢はめやも　(三一)

先掲の歌集歌(一二六八)と相似の形式で詠まれた近江荒都歌の反歌にも、「不在」を認めず、「実在」を信じ求めようとする心と現実との相剋が歌われている。読者を揺すって止まない渦巻くような感慨は、作者の内面の「渾沌」に触れ、その深みに惹き込まれてゆく時に生ずる、一種の眩暈に似ている。

ささなみの志賀の辛崎幸くあれど大宮人の船待ちかねつ　(三〇)

ここにも「待ちかねつ」と歌われている結句は、「待つ」意志をそのまま保存するように感ぜられる。そうした人麻呂特有の歌いぶりを包みこむものとしては、前掲の規定は、やはり近代的で感傷的に過ぎるだろう。無常を自覚し始めた「原始の心」の渾沌とした嘆きを、卓抜な技法をもって歌ったという意味で、茂吉の「渾沌」(50)という評語に勝るものはあるまいと思う。

巻向の痛足の川ゆ往く水の絶ゆることなくまたかへり見む

先に、妹の死後も絶えず通って来ようと歌った作かと推定したものであるが、それが生死を超えた誓言と聞かれ、まるで讃歌のように響くのも、永遠の「実在」として妹を求めつづける人麻呂の姿勢によるだろう。この歌の形が、吉野讃歌の反歌、

見れど飽かぬ吉野の川の常滑の絶ゆることなくまたかへり見む　(三七)

に利用されているのも、理由のないことではない。生死を超え永遠の相を歌った歌の形に、吉野川の常滑を喩として離宮の繁栄が詠み込まれたのである。

人麻呂歌集の歌に見られる感覚美や官能美の表現、そして対象との融合的な感情表現は、若い人麻呂の豊かな感性や楽天的な現実肯定の態度と関連して理解されるところがあるのかも知れないが、また、一方では、これらは、母胎としての集団歌謡から受けついだ古代的な性格と見ることもできるに違いない。

しかし天武朝の末から持統朝の初めにかけて、人麻呂の作風にも大きな転機が訪れたように見える。作品の表現の上からすれば、壬申の乱や一人の女性の死を契機に人の世の無常を自覚した人麻呂が、重厚かつ悲劇的な歌の形と声調とを創造したと言えるだろう。集団的な歌謡の土壌から豊かなエネルギーを摂取した一人の歌人の、人の心の渾沌を凝視する歌人への飛躍的な変化を示すものとして、本節にとりあげた「巻向歌群」の歌々がわたしには意味深く見つめられるのである。「端厳調」とは、そうした人麻呂の歌いあげた、永遠なるものへの讃歌ではなかったろうか。

(1) 五味智英『古代和歌』六九頁。
(2) 五味智英「人麻呂の調べ」(『万葉集の作家と作品』)には、動乱調と端厳調について、人麻呂が「対象の性質に従つて、動乱すべき時に動乱し、端厳なるべき時に端厳の調べを成した」ことが説かれ、「彼の歌には一つの極に動乱が座し、他の極に端厳が存し、その中間に両者いづれかに寄り、或いは両者に対してほぼ等間隔を保つ作があつて当然である」と述べられている。
(3) 稲岡『万葉表記論』第一篇参照。
(4) 同前。とくに第一篇上第二章「人麻呂の表記の展開」に、「将」字の用法と助動詞「ム」の表記を通して歌集と作歌の表記の関係を詳述した。
(5) 「齋藤茂吉全集」(新版)第一七巻三一頁。
(6) 同前。
(7) 茂吉の仮説は、久松潜一・澤瀉久孝・石井庄司・武田祐吉などの研究を踏まえてのことなので、厳密に言えば、それらの先学の説と茂吉の仮説とすべきかも知れない。
(8) 『万葉集私注』巻第一一。
(9) 梅原猛『歌の復籍』下巻に、稲岡の『万葉表記論』を引き、歌集の表記が人麻呂の手に成るとすれば、歌の作者も人麻呂と考えるのが当然であると記されている。しかし、問題はそれほど単純ではないだろう。
(10) 真淵『新採百首解』。

(11)『国文学研究――柿本人麻呂攷――』一八三頁。
(12)茂吉『評釈篇』、土屋『私注』、「古典大系」など。
(13)澤瀉『注釈』に、集内のユツキは当面の例以外すべて固有名であるところから、二三五三歌の場合も山名であろうと言う。
(14)注(11)と同書。
(15)理屈としてはありうるだろうが、「隼人の薩摩の瀬戸を雲居なす遠くも吾は今日見つるかも」(二四八、長田王)、「今しくは見めやと思ひしみ吉野の大川よどを今日見つるかも」(一一〇三)、「音に聞き目には未だ見ぬ吉野川六田のよどを今日見つるかも」(一一〇五)など、集内の例は、居住地を示してはいない。「昨日こそ舟出はせしかいさな取り比治奇の灘を今日見つるかも」(三八九三)でも同様である。
(16)茂吉『評釈篇』(「全集」第一七巻一〇一頁)。
(17)『国文学研究――柿本人麻呂攷――』一九一頁。
(18)土橋寛『古代歌謡全注釈』(日本書紀編)に、斉明紀の建王挽歌を非実作とする理由が記されている。直接本節に関わるわけではないので、詳細な内容紹介は控える。
(19)「赤彦全集」第三巻七六頁。
(20)茂吉『童馬漫語』に見える用語。人麿作歌『評釈篇』の自序には「作歌衝迫」とある。ほぼ同じ内容の語と思われる。
(21)雲の古代的観想については、土橋寛『古代歌謡と儀礼の研究』二八六頁に詳述がある。
(22)『解釈と鑑賞』昭和四六年一一月。
(23)『古代歌謡と儀礼の研究』三七三頁。
(24)小島憲之『上代日本文学と中国文学』中巻八九七頁。
(25)「已然形+ヤ」の形式について、阪倉篤義「反語について」(『万葉』二二号)は、反語文の多くに後件として叙述されていることが現に存在する事実であり、そのために否定の気持は強く前件に向かって働き、後件の事実への詠嘆が深められることなど詳述している。
(26)「赤彦全集」第三巻五八頁。
(27)「赤彦全集」第三巻六九頁。

(28)「赤彦全集」第三巻六八頁。
(29)「古典大系」の大意に「流れて行く川の水のように、通り過ぎて行った人々が手折らなかったので、しょんぼりと立っている。三輪の檜原は」と記しているのも、通過の意に解したものである。
(30)二四七一・二四七七など、土屋『私注』に平凡な民謡と言っている。「民謡」という語が適切か否か問題はあるが、略体歌に集団歌謡的な性格を感じ取っているのは注意して良い。
(31)茂吉『評釈篇』(「全集」第一七巻三二七頁)。
(32)茂吉『評釈篇』(「全集」第一七巻三三二頁)。
(33)茂吉『評釈篇』二四三六歌の項(「全集」第一七巻六〇六頁)に「一首の声調は大きく重厚で、上の句の序もこせこせせず耳触りしないやうに音を運んでゐるところ、巧を見せずに巧な歌である」と言う。
(34)茂吉『評釈篇』二三九五歌の項(「全集」第一七巻五二二頁)に「この一首も幾らか軽いが声調に濁が無く、自然に流露して居て旨い。……それから、この歌には、何処かに哀韻を聴くことが出来、それもまた人麿の声調を聯想することも出来るとおもふ」と記す。
(35)「茂吉全集」第一七巻月報、柴生田稔稿。
(36)土屋『私注』巻一一、二三九四歌の項。
(37)『私注』巻一一、二三九五歌の項。
(38)『私注』巻一一、二四五〇歌の項。
(39)同書二三〇頁。
(40)同書一九八頁。
(41)『国文学研究――柿本人麻呂攷――』。
(42)『古代和歌』六九頁。
(43)『万葉集の作家と作品』一二頁。
(44)歌集における略体・非略体の区別は、稲岡『万葉表記論』第一篇下一八八頁～二〇〇頁に記したのによる。
(45)『万葉集の自然感情』第三章「万葉的自然感情の美学的考察」など。

(46)「人麻呂歌集の位相――前擬人法的表現――」(『国文学』昭和五一年四月)。

(47)「筑摩詩人選」『柿本人麻呂』。

(48)『国語と国文学』昭和四八年一二月。

(49)『古代和歌』八九頁。『万葉集の作家と作品』「人麻呂――時代と作品(2)」には、「人麻呂にあつては、激動の一々が強い刻印を彼の魂におして行つたのであつた。……一々の刻印を鮮明に受け得る柔軟な魂と、年少の心柔らかきころの異常な体験とが相俟つて、彼の深切な性格を形造つたものであらう。……人麻呂は凡ゆる経験に対して目を側めず、真直に之を受取り、之を生かし己を生かす人であつた」と言う。

(50)『万葉秀歌』の四八歌の項に「一種渾沌の調を成就してゐる」と言い、『評釈篇』にも「此歌は、大力量のある歌人が、句割をしたりなどして相当の滓を残してゐる点でも、甘滑から脱して一種渾沌の調を成就して居るのである」と記すが、『総論篇』の「柿本人麿私見覚書」に「人麿のものにはいまだ『渾沌』が包蔵せられてゐる。いまだカーオスが残つて居る。重厚で沈痛な響は其処から来るのであらう。人麿のものは繊弱に澄まずにいまだ声調に濁つたところがある。老子に、『渾兮其若レ濁』云々といふ句がある。これは人麿のある歌を暗指して充分である」と言うのが詳しい。

4 「志賀白水郎歌十首」と「讃酒歌十三首」

――その連作性と作品的関連――

一 尼崎本朱筆の信憑性

万葉集巻十六の「筑前国志賀白水郎歌十首」の配列とその構成的意義については従来も論議が繰り返されてきた。後にも触れるとおり、その多くは現在通行の西本願寺本をはじめとする仙覚本系統の諸本の配列に従い、その連作的配列の意義を問おうとするものであったと言って良い。

一方、澤瀉久孝のように通行本文とは異なって尼崎本の朱記に注目し、その注記に従って歌を移動させてみるといかにも「あざやかな配列」となることを説いた論者もある。(1) しかし、澤瀉のこの主張はその後の研究者の受け入れるところとはならず、また、澤瀉自身もその後に書かれた『万葉集注釈』の中で、

……書入の朱筆がいつ加へられたものかといふ事を考へると「所聞」(三八六七)の右下に「礼」の朱筆を加へたのと同じ頃だとすれば、この「或本」も原本のものでなく、後のものだといふ事になるかとも思はれるが、それは断定出来ない事とすれば、その歌の順序を原本のものと考へる可能性も否定する事は出来ないと私は考へるのである。

と、やや躊躇いながら記述しているのを見る。はたして、この歌群の配列に関する尼崎本朱注は、「所聞」の下に加え

られた「礼」と同様に後人のさかしらであり、信憑性の乏しいものであろうか。本節では、右の澤瀉説を受け、尼崎本朱記の信憑性を確かめつつ、一〇首の配列の意義を問うものである。

①王の遣さなくにさかしらに行きし荒雄ら沖に袖振る　（三八六〇）
②荒雄らを来むか来じかと飯盛りて門に出で立ち待てど来まさず　（三八六一）
③志賀の山痛くな伐りそ荒雄らがよすかの山と見つつ偲はむ　（三八六二）
④荒雄らが行きにし日より志賀の海人の大浦田沼はさぶしくもあるか　（三八六三）
⑤官こそ指してもやらめさかしらに行きし荒雄ら波に袖振る　（三八六四）
⑥荒雄らは妻子の産業をば思はずろ年の八歳を待てど来まさず　（三八六五）
⑦沖つ鳥鴨とふ船の還り来ば也良の埼守早く告げこそ　（三八六六）
⑧沖つ鳥鴨とふ船は也良の埼廻みて榜ぎ来と聞こえ来ぬかも　（三八六七）
⑨沖行くや赤羅小船に裹遣らばけだし人見てひらき見むかも　（三八六八）
⑩大船に小船引き副へ潜くとも志賀の荒雄に潜き相はめやも　（三八六九）

右は西本願寺本の配列に従ったものであるが、尼崎本の三八六二歌の頭には朱筆で、

本云、或本已下三首在上云々

とあり、三八六六歌(⑦)の前に移動させるべき印も見える。

この朱注の意味そのものについては澤瀉『注釈』に記すように、次の三首すなわち三八六三から三八六五のあとに

三八六二の書かれた写本があったことを伝えると解して誤りないと思われる。

なおこの外に、配列に関する諸本の異同を拾うならば、『古葉略類聚鈔』に三八六六と三八六七(⑦と⑧)とが入れ替って記されていることを挙げなければならない。

『古葉略類聚鈔』の場合は、おそらく「廻みて榜ぎ来と聞こえ来ぬかも」や「船の還り来ば……早く告げこそ」という歌の表現および内容から――と言っても、その判断が表面的であることは後述のとおりである――順序を入れ替えたのであろう。⑧の結句の訓を「キコエコヌカモ」としながら「所聞」の右下に「衣」とわざわざ誤字を書き加えていることからも察せられるように、『古葉略類聚鈔』の筆写者は主観的に手を加えているわけで、歌の配列についてもその恐れは無しとしないのである。

ところで前者すなわち尼崎本の場合はどうだろうか。これは、尼崎本の筆写者もしくは加注者の主観ではなく、「本云」とか「或本」としているのでも明らかなとおり、校合した写本があって、対校の結果その文字面を付記したものであることが知られる。

問題はこの「或本……」にどれほどの信憑性が認められるかという点にあろう。それが「所聞」の右下に加えられた「礼」の朱記と同様な評価しか与えられないとすれば、誤字・誤記の一つとして葬られることになろう。澤瀉の提言にも拘らず諸注に尼崎本の配列が採用されるに至らなかった理由の一つは、そうした点に求められると思う。また、澤瀉『注釈』に多少の躊躇いが見られるのも、その点にかかわっていたはずである。

ところで、この「或本……」は、「所聞」の右下の「礼」の朱記と同様に扱われなければならないものか、否か。

こころみに尼崎本の中から、「或本……」という同形式の注記を拾ってみよう。

(イ)三七九一の前文に「……吹此翁」とある「吹」について右下に「或本无此字」と記されたもの。

(ロ)三八四〇の本文の「将播」について「或本作孕」と記されたもの。
(ハ)三八五七の左注「感情馳結紛恋実深……」の「紛恋」について「係応 或本」と記されたもの。
(ニ)三八七八の本文「見和之」の次に「所聞多禰乃机乃嶋能……」とあり、その左に「或本曰所聞字已下在次哥」と記されたもの。

一見して知られるように、右は尼崎本本文の誤りを訂し、現在考えうる万葉集の正しい原文と思われるものに復したものがほとんどを占める、これは先ず注意して良いことだろう。
(イ)は、「阿誰呼吹此翁」という部分で、「吹」は『類聚古集』にも見られるが、西本願寺本などにはない。前後の文脈から言って、「吹」は衍字とするのが正しいと思われ、諸注に「阿誰《たれ》か此の翁を呼びし」と訓じているのが肯定されよう。「或本无此字」とある「或本」の方が正しい本文を伝えるのである。
(ロ)は後廻しにしよう。
(ハ)は、「感情馳せ結ぼほれ、係恋実に深し」と読んで無理なく意味の通るところであるが、「恋」字が『古葉略類聚鈔』に「応」とあり、尼崎本の本文では「係恋」が「紛恋」となっている。それを「係応」と朱記したのは、「係」については正しく、「応」については誤りと思われる。
(ニ)は問題なく「或本……」の朱注が正しいと判断される。三八八〇歌冒頭の「所聞多禰乃机之嶋……」の部分を、誤って三八七八歌の末尾「……見和之」に続いて筆写したもので、これも朱注が正しいのである。
こうして見ると、尼崎本の「或本……」という注記は、決して「礼」の加筆朱記と同様のものとは言い難い、かなり信憑性の高いものであることが知られると思う。澤瀉の指摘したとおり、尼崎本そのものが『類聚古集』の編者の底本としたものとは認められないが、両者の底本は同系統だったらしく、しかも西本願寺本や紀州本など仙覚系諸本とは別系の写本で、巻十六の写本としては最も古いものであることなど、巻十六の考察に尼崎本の価値は高く評価されるばかりでなく、「或本……」の朱注はさらにその尼崎本の本文の誤りを正している所が少なくないのであって、これは十分注意されて良いだろう。

(ロ)に戻ろう。(ロ)の朱注のあるのは、

寺々の女餓鬼申さく大神の男餓鬼たばりて其子将播

の一首である。諸本に異字を見ず、ただ尼崎本の欄外に先掲の朱記が見られる。

結句の「其子将播」には『類聚古集』、『古葉略類聚鈔』、西本願寺本・紀州本などにすべて「そのこはらまむ」の訓を見るのであるが、「古典大系」、澤瀉『注釈』、「古典全集」など、最近の注釈書では、「そのこうまはむ」と訓まれている。今、「古典大系」の頭注を引けば、

原文の播は、ホドコス、チラス、マク、の意。従って、生みちらす意。その意味をこめて生ムの反復形ウマフに意志を表わすムをつけて、ウマハムと訓む。

とある。しかし、もともと播にウムの意は無いと思われる。『霊異記』下巻三四に保度許須の訓注が見え、『名義抄』にもホドコス・スツ・アカルなど多数の訓があるが、ウムやハラムは無い。『篆隷万象名義』にも「補佐反種・散・揚・放・棄」の注を見る。

古事記に「播」字は使われていないが、書紀には多数(九〇例)見える。その大部分は歌謡中の音仮名であり、表意訓字としては、第一巻に「重播」「播殖」「播生」とある計五例に過ぎない。

重播は、シキマキと訓む訓注のある語で、文字通り種子を重ねて播くことに外ならないし、「莫不播殖而成青山」「皆能播生」の場合も、マクとかホドコスと訓まれ(3)、植物の種子をまくことに関連する。

これに対し、万葉集の(ロ)の場合は、女餓鬼の言葉に当たる部分だから、文脈から言えば子をウムことに関係するのであろうと推察される。古訓がハラマムであるのも、その意味では当然と言える。が、先に触れたとおり播の字義としてウムとかハラムは考え難い。

言い落としたが、万葉集でも、播字は音仮名として多用されており、訓字としては当面の三八四〇歌の場合に限られる。澤瀉『注釈』にもウマハムの訓が採用されているが、文字との関係について深く触れるところはない。

右のようなことをもとにしてわたしはここで「将播」をウマハムと訓んだ『代匠記』以来の訓を否定するつもりはない。ウマハムは卓抜な訓であると思う。ウマフという語の存在を他に確認しえないのが残念だが、ありうる語と考えられる。しかし、そうした珍しい語形であるために、いっそうこの部分の表記が気になりもする。多少迂遠な感もあるが、いましばらく「将播」を追ってみよう。

孕は、古事記には見られないが、書紀には「妾孕天孫之子」「時孕月已満」(巻二)、「初天皇在孕而」(巻十)、「孕婦」(巻十四・巻十六)、「牝馬孕於己家」(巻二十五)などを拾うことができる。「孕月」は、「古典大系」本にウムガツキと訓まれている。他の例はハラムと訓まれるだろう。つまり、「孕」字こそハラムもしくはウムという日本語にふさわしい文字だったはずなのである。『名義抄』(法下一三八)に、孕に「余證反ハラム」とあるのも、付記しておくべきか。

ここで、当時の人々が「ウマフ」という語を表記する場合を想像してみよう。ウマフはウムに反復を示す助動詞フの付いた形で、こうした語形の表記には、助動詞「フ」に相当する文字を書き添えるのが普通であることは、巻十六の、このほかの部分から確かめられる。「古典大系」および澤瀉『注釈』によって、同巻内の「……フ」の語表記を拾えば、次の通り。

羅丹津蚊経・刺部重部・餝氷・還氷・忍経等氷(以上三七九二)・移波(三八七七)

三七九一の竹取翁の歌に大部分が集まっているが、継続の助動詞「フ」を伴う例は、すべて仮名で表記を補っている。当然、「ウマハ」の場合もウムに生・産を当てるにせよ、孕を当てるにせよ、ハを送り仮名のように書き加える必要があったはずである。

(ロ)の歌の筆録者は、そのハに播字を当てたのではなかったろうか。播《ハ》は、集内に頻出する仮名である。むしろ表意訓字としての用例は見えず、またウム・ハラムの意に相当しない文字故に、そうした可能性は高いと言うべきだろう。播字がハの仮名として使われたとすると、三八四〇歌の結句は、本来どのように書かれてあったと考えられようか。

わたしは、その場合に尼崎本の朱注が顧みられるべきだろうと思う。「播」のみではなく、また「孕」の一字のみでもなく、三八四〇歌の結句の原形は、「其子将孕播」のように書かれていたのではあるまいか。「孕播」の二字で、ウマハの表記に相当するだろう。「播」はハの音仮名だが、同時に播の字義も勘案されているのかも知れない。あるいは、「孕播」の二字で、みごもり生み散らす意を表わし、あわせて播の字音も利用しつつこの珍しい語を表記したと言うほうが正しいかも知れない。

右のように、わたしには、尼崎本欄外の朱注「或本作孕」が単なる誤伝としてしりぞけえないものに映る。三八四〇の結句は訓義ともに問題を残すところだから、万葉集の原文の検討に見逃し難い注であると言わなければならないだろう。先の(イ)(ハ)(ニ)の例に加え、この(ロ)の場合も、「或本……」は別系の写本の誤写例を添記しているに過ぎないと捨て去りえぬものを含むように思われる。

以上、煩瑣にわたった嫌いもあるが、尼崎本の朱注「或本……」の(イ)(ロ)(ハ)(ニ)がそれぞれ尼崎本の誤りを正し、万葉集の原形と思われる字面を示していることを検して来た。中には、「恋」を「応」とする(ハ)の例の一部のごときものをも含むけれども、その(ハ)にしても「紛」を「係」としているのは正しいのである。したがって、尼崎本の朱記「或本……」の信憑性は「所聞」の下に見られる「衣」や「礼」と同様には論ぜられないだろう。筆跡鑑定は、わたしの能くするところではないが、三八六七歌の「礼」と三八六二歌の頭に記された「或本……」とでは、筆勢も筆の太さも異なるようである。

実を言うと、ここまで尼崎本の注記「或本……」の形式を(イ)(ロ)(ハ)(ニ)の四例としてきたが、厳密にはもう一例あると言わなければならない。三八一七歌の下に「田廬者多夫世反」とあるのに注して、「或本无此説云々」と見えるのがそれで、形式的には同じものと言える。ただし、前述の(イ)(ロ)(ハ)(ニ)が線画の太さも筆勢も通ずると思われるのに対して、この三八一七歌の場合はそれらと異なり、書体も雑で同一人の同時の筆とは考えられない。したがって、これを除いた前記四例を、三八六二歌の頭の「或本……」の朱注と同類のものとし、その性格を吟味したわけである。(4)

二　志賀白水郎歌十首の構造

前節に述べたように、尼崎本の細字注「或本……」は、「所聞」の右下に書き加えられた「礼」とは異なり、万葉集の原文を考える場合に看過しえないものを多く含んでおり、信憑性も高いものと判断される。本節の問題としている三八六二歌の朱注もそれに通ずると思われる。したがってこれを安易に見過すことは許されない。

もちろん、(イ)(ロ)(ハ)(ニ)の「或本……」の注がどれほど重視されるにしても、当面の、

本云或本已下三首在上云々

という注の内容自体が問題なのであるが、右のようなことが、わたしに尼崎本の朱注を見直させるきっかけとなったのは事実である。

尼崎本の朱注の指示に従って配列を改めると――以下これを配列Bと言う。冒頭に掲げた通行の配列をAとする――、配列Bの前半は次のようになる。

①王の遣さなくにさかしらに行きし荒雄ら沖に袖振る
②荒雄らを来むか来じかと飯盛りて門に出で立ち待てど来まさず
④荒雄らが行きにし日より志賀の海人の大浦田沼はさぶしくもあるか
⑤官こそ指してもやらめさかしらに行きし荒雄ら波に袖振る
⑥荒雄らは妻子の産業をば思はずろ年の八歳を待てど来まさず
③志賀の山痛くな伐りそ荒雄らがよすかの山と見つつ偲はむ

（後略）

数字は通行の配列Aにおける順位をあらわす。そのAと、尼崎本の朱注によるBと、二種類の配列のうちいずれが原配列であり、いずれが誤写、誤伝であると考えられるだろうか。

余談にわたるが、右のABのうち、もしもBが原形であってAはそれを誤り伝えたものとするならば、その誤写の過程は比較的に想像し易いようにも思われる。すなわち、Bにあっては、「年の八歳を待てど来まさず」という下句を持つ⑥の歌の後に③の「志賀の山痛くな伐りそ」が配列されているわけで、これを「待てど来まさず」という同一の結句に惹かれてAでは②の「門に出で立ち待てど来まさず」のあとに記してしまったのではなかろうか。それがAの誤伝のきっかけを成したのだろうと想像される。

事実、同じ尼崎本の中に、

能登国歌三首

はしたての　熊来のやらに　新羅斧　おとし入れわし　かけてかけて　な泣かしそね　浮き出づるやと　見む和之（三八七八）

の「和之」の後につづけて、

所聞多禰乃　机乃嶋能　小螺乎　伊捨（ママ）持来而

と記されているのは、三八八〇歌の冒頭の詞句である。それが二首前の三八七八の末尾に連続して書き加えられているのは、三八七九歌の、

はしたての　熊来酒屋に　まぬらる奴わし　誘ひ立て　率て来なましを　まぬらる奴和之

の末尾の「和之」と等しい故の誤写である。

こうした例も見られるから、本来⑥の後にあった③を②の後に誤記してA配列の生み出される可能性は認められよう。

しかし、右の逆の場合、すなわちAからBへの誤写は、それほど判然と理由を推察することができない。なぜ③の位置にあった歌を⑥の後に写すようなことになったのかが分からないのである。それもAを原形とする通説に対して疑念の抱かれる理由の一つと言って良かろう。さらに、尼崎本朱注の指示する配列によれば、十首の構成がAよりいちだんと鮮明になることも事実である。

先にも触れたとおり澤瀉久孝「志賀白水郎歌十首」に、

㈠大君の遣さなくに……　㈤官こそさしても遣らめ……
㈡荒雄らを来むか来じかと……　㈥荒雄らは妻子の産業をば……
㈣荒雄らが行きにし日より……　㈢志賀の山いたくな伐りそ……

という六首の対応に注目し、

さてかうしてよく見るとこれは何とあざやかな排列だと思はれないであらうか。犬養氏の第一波第二波は㈠㈡㈣—㈤㈥㈢にこそ見事に示されてゐると云へないであらうか。釜田氏の「唱和」はこの三首づつのくりかへしに立派に示されてゐるのではなからうか。㈠㈤をぢかに並べた井上氏たちの思ひつきもさる事ながら、右のやうに並べた㈠と㈤、㈡と㈥、㈣と㈢とにこそ笠井氏の説明とはやゝ意を異にした「呼応」が明瞭に看取せられるではないか。

と述べている。

確かに、右のように並べて見ると、二首ずつの対応関係——西本願寺本などの配列にもそれは或る程度うかがわれるが——は、いちだんと明瞭になる。この、二首ずつ対となっている特殊な形の意義を解明することが連作の構造の理解には重要な鍵となろう。

澤瀉の説明によれば、㈠と㈤は荒雄の船出の姿を描いており、㈡と㈥とは「待つ妻子の姿」、㈣と㈢とは「残された故郷の風物」を描いたものだという。確かにその通りに違いなかろうが、そうした対象の相違を指摘するのみでは対応構造の真意を説いたことにはならないと思われる。

単刀直入に卑見を記してゆこう。

①②④の三首(B配列の冒頭)は、予定の期日を過ぎても帰らぬ荒雄を待つ妻子の立場の歌である。それに対して、⑤⑥③の三首は「年の八歳」を経ても未だ帰らぬ荒雄のことを思ってやまぬ妻子の気持を歌うものである。B配列の冒頭の三首と、次の三首との間には、長い年月の経過が予想されているだろう。それは、

荒雄らを来むか来じかと飯盛りて門に出で立ち待てど来まさず　(三八六一)

荒雄らは妻子の産業をば思はずろ年の八歳を待てど来まさず　(三八六五)

の二首を比較しても直ちに察せられるはずである。三八六一歌の「来むか来じか」については、「古典大系」本頭注に、「来るか来ないか」などと直訳しては真情は表われない。もう来るか、もう来るかと待ちこがれる至情の表現に外ならない。

と記し、澤瀉『注釈』に、

今の来じかは来むかの意が強くて、もう来るか、もう来るか、という気持に近い。

と説いているとおり、予定の期日を過ぎても帰らぬ荒雄を待ちこがれている妻子の気持の表現と思われる。

これに対して、後者は「年の八歳を待てど」にも明らかなように、多年待ち続けて待ち得ぬ絶望的な嘆きの表現である。そして、この二首の対応は、それぞれの後に続く④と③とに受け継がれている。

④荒雄らが行きにし日より志賀の海人の大浦田沼はさぶしくもあるか　(三八六三)

③志賀の山痛くな伐りそ荒雄らがよすかの山と見つつ偲はむ　(三八六二)

④を、挽歌的な内容のものと見る注釈書もある。たとえば武田『全註釈』に「荒雄なくして、その遺跡のさびしいことを歌っている。挽歌にしばしば見る型である」と記しているのなどその例になる。しかしサブシは、原文「不楽」と書かれているように鬱々として楽しまない様を言うのであって、挽歌とは限られない表現である。山上憶良の、上京する大伴旅人を送る餞けの歌に、

言ひつつも後こそ知らめとのしくもさぶしけめやも君いまさずして　(八七八)

とあるのは相聞歌で、大伴池主の、

桜花今そ盛りと人は言へど我はさぶしも君としあらねば　(四〇七四)

も同様である。もちろん挽歌の中にも、

家に行きて如何にか我がせむ枕づく嬬屋さぶしく思ほゆべしも　（七九五）

のような例があるから「不楽《さぶし》」のみによって挽歌とも相聞とも判断はつけ難い。したがって、前後の歌や文脈から挽歌か相聞か、すなわち相手の死生を推定するよりほかないのである。

率直に言ってわたしは「荒雄らが行きにし日より」という詞句に挽歌的なものよりも、相聞的な発想を感じているようだ。それはこの歌が尼崎本の朱注の指示どおり三八六一歌「飯盛りて門に出で立ち待てど……」の直後に配列されているならば、いっそう明瞭になるはずの相聞の抒情であろう。誤って三八六二歌の「よすかの山と見つつ偲はむ」の後に記されてしまったために、この歌も挽歌的に理解されてきたのだが、配列Bに従って読めば、よりすっきりした形でこの歌も受容されると思われる。

①の「沖に袖振る」が出帆の時の回想、②は陰膳を据えて待つ妻子の嘆き、④はそれらを受け、荒雄の帰らぬ寂しい大浦田沼のありさま、という具合に抒情は進められるのである。

これに対して③は「よすかの山と見つつ偲はむ」と歌われているように、絶望的な、死の影が感ぜられる。この歌こそ挽歌と呼ぶにふさわしいだろう。

「よすかの山」は犬養孝の記すように(5)、「荒雄が海上から目標として来る山」なのだろう。だから「痛くな伐りそ」と歌われるのであり、その志賀の山を眺めつつ荒雄のことを偲ぼうと言うのである。この歌は配列Bによれば「年の八歳を待てど……」という⑥の歌の後にあり、前歌と響きあいつつ絶望的な嘆きを伝える。

しかし、通行の配列Aにおいては③の「よすかの山と見つつ偲はむ」が②の「飯盛りて門に出で立ち待てど来まさず」と④の「荒雄らが行きにし日より志賀の海人の大浦田沼はさぶしくもあるか」との間にあって、荒雄の死はまだ妻子の心のなかに根づいていないように感じられる。

わたしは先に、配列Bの冒頭三首は帰るべき期日を過ぎても帰らぬ荒雄を待つ嘆きの歌であり、次の三首は多年経た後の悲しみの歌であると記した。作者の視座が、前の三首では予定の期日を過ぎたばかりの時点に据えられ、後の三首では多年(八歳)経過した時点に据えられていることを言ったのである。悲嘆のなかに前者には希望が、後者には絶望が強く表現されていると見えるのも当然であろう。①の「王の遣さなくにさかしらに行きし荒雄ら沖に袖振る」と⑤の「官こそ指してもやらめさかしらに行きし荒雄ら波に袖振る」との相違も、同様な構成的視点から理解されるべきだろう。

念のために記せば、右の二首の「袖振る」に関する諸注の説明もかなり不安定に見える。両者の「袖振る」をともに荒雄の遭難の様子とするものや、①を出帆の様、⑤を遭難の様とする説などもあるが、すなおに読めば、三八六〇歌(①)は②の「飯盛りて門に出で立ち待てど」の歌の前に置かれているから、溺れ死ぬ時の様子とは解されまい。読者は先ず、冒頭の一首によって「さかしらに」(この句の意味は原文「情進」とあるように自ら進んでの意であろう)荒雄が出帆して行ったことを知るのである。ただ注意しなければならないのは、それが出帆の時点に視座を置いてではなく、帰港すべき予定の時期以降に視点をおいた回想であることだろう。その意味で澤瀉『注釈』に、

前のは出帆の光景で、沖の船上で別れを惜しんで袖を振る意で(稲岡注—以上は三八六〇歌についての説明)、ここは(稲岡注—三八六四歌を指す)難船して波の間に漂つて袖を振つてゐる意で、「沖」を「波」にかへて両者の区別を示したものと見るべきだと思ふ。

と説くのも、武田『全註釈』に、

ユキシと過去に言っているから、別れを惜しむ姿と見るわけにゆかない。

と記しているのも、当たらないと思う。『全註釈』の判断によると、「ユキシ」は過去の助動詞「シ」を含むので「袖振る」の現在形とは区別され、行ったのは過去、振るのは現在と解され、荒雄の遭難のさまということになるわけだが、この断定は性急にすぎるようだ。

一首の歌のなかで複数の動詞が用いられている場合、前出の動詞に過去の助動詞が付せられていると、後出の動詞にはそれを伴わなくても回想として理解しうるのである。たとえば、

たまくしげ見諸戸山を行きしかばおもしろくして古思ほゆ　(一二四〇)

の歌において、「行きしかば」は過去であるが、「古思ほゆ」は現在形だから、ユクとオモホユとは時相が異なるかと言うと、そうではない。「古典大系」の大意に「歩いて行ったところ(中略)しのばれるのだった」と説明されているように「古思ほゆ」も「古思ほえき」の意味なのである。

「行きし荒雄ら沖に袖振る」も同様に「行きし荒雄ら沖に袖振りき。」と解すべき可能性が十分に考えられるわけで、『全註釈』のように「行きし」だけを過去のこととするのは歌の理解としてあまりにも硬直化し過ぎたものと言わなければならない。

その点で犬養孝「『筑前国志賀白水郎歌』論」に、

もともとこの歌の上四句(「王の遣さなくに情進に行きし荒雄ら」)の持つ無念さや悲壮感は、遭難前出船時のものとして解せなくはないにしても、それでは結句の持つ親愛感或は思慕感とそぐはないものがあり、これは生死不明を気づかふものの無念さの上に立たなければならない。

と記されているのは、『全註釈』式理解の誤りを指摘したものと言えるのである。「袖振る」には、荒雄の妻子の「無念さ」が籠められている。本節の構成論によって言うなら、それは、期日を過ぎても帰らぬ荒雄を待つ妻子の立場か

らする回想ということになる。したがって犬養論文に、「沖に袖振る」を、

自分から進んでいつた荒雄は荒海のただ中にゐる。しかも恐らくは、こちらに袖を振つてゐる……（傍点―稲岡）

と説き、視界外の現在推量としているのは、武田『全註釈』とは異なった点で誤っているだろう。「あるいは、遭難したのでは……」という不安を抱きつつ回想しているわけで、作者の視座が帰港予定日以後に据えられ、そこから出航の時を回想する形で歌われたのが「行きし荒雄ら沖に袖振る」なのである。

右のように解するなら、①と⑤の、「沖に」と「波に」との相違も、一方を出航時、一方を遭難時というふうな無理な意味づけをしないですむであろう。「沖に袖振る」も「波に袖振る」も、それぞれ「沖に袖振りき」「波に袖振りき」という出航時の回想であって、ただ前者は予定日直後、後者は「八歳」後の回想というふうに回想する時点がずらされているに過ぎない。当然そこには帰って来るかも知れないという期待感の深浅があり、逆に絶望感にも浅深があるわけで、それが「沖に」「波に」の相違に表わされているのである。八歳後の絶望的な心情で荒雄との別れを思い起す時、魔物のような大浪の間に見え隠れしつつ袖を振っていた姿がまぶたの底に浮かぶのであろう。あの時の波も、いつもとは違って見えたという思いが「波に」という言葉には籠められている。回想とはそうした抒情性を常に伴うものだろう。

①②④は予定の期日を過ぎても帰らぬ荒雄を想う歌であり、⑤⑥③は多年経て、もはや絶望的とも思われる悲嘆のなかでの作と解される。十首のうちの六首目までは、時の経過に従って配列され、三首ずつ一群を成し、しかもそれぞれの歌が他の群の一首と対応するという特殊な構造を持つのである。

それでは、後部の四首はどうだろうか。

それらは⑤⑥③の後に位置づけられているために、もはや①②④と同じ時点の抒情とは受け取り難いだろう。当然

「八歳」を経た後の感懐とされると思う。

⑦沖つ鳥鴨とふ船の還り来ば也良の埼守早く告げこそ　（三八六六）

⑧沖つ鳥鴨とふ船は也良の埼廻みて榜ぎ来と聞え来ぬかも　（三八六七）

⑦⑧の二首は二句目まで同一句を共有することによって対応を明らかにしているが、⑦は今すぐにも荒雄の船が帰って来るような口吻を感じさせるのに対し、⑧には相対的に絶望感が深く表現されている。

右のように記しても、わたしは結句の「聞え来ぬかも」を澤瀉『注釈』のごとく「聞こえては来ないことよ」と解する説に賛しているのではない。原文「所聞許奴可聞」と書かれてあるから、「許奴可聞」は否定でなく、希望の表現と見るのが正しいと思われる。

一般に万葉集の訓字主体表記諸巻において否定の「ズ(ヌ)」は「不〜」と記されるが、希望の意の「ヌカモ」は「不」を使用せず、「ヌ」に「奴」や「沼」を当てているのであって(少数の例外はある)、巻十六に、

久堅之雨毛落奴可……　（三八三七）

……道尓相奴鴨。　（三八七五）

とあるのも、希望の意味である。巻八の、

九月の其の始雁の使にも思ふ心は所聞来奴鴨　（一六一四）

は三八六七歌と結句を等しくするが(「所」の字は『代匠記』説による)、これも希望と解される。したがって⑧も「聞えて来ないかなあ」の意味に受け取るのが穏やかである。

希望と解されるにしても、⑦の「早く告げこそ」と⑧の「聞え来ぬかも」とでは、事の実現性に対する主体の判断に微妙な差違が認められるようだ。たとえば、

(a)……王の　命かしこみ　天離る　鄙辺にまかる　古衣　真土山より　還り来ぬかも　（一〇一九）
(b)おくまへて吾を念へるわが背子は千年五百年ありこせぬかも　（一〇二五）
(c)九月の其の始雁の使にも思ふ心は聞え来ぬかも　（一六一四）
(d)朝毎にわが見る屋戸のなでしこが花にも君はありこせぬかも　（一六一六）

の傍線部は普通に希望される実現性の高い事柄とは異なって、容易に現実化し難いのを承知の上でなお希望されることを表わす、切実な抒情表現と言って良い。(b)・(c)・(d)の非現実性は一見して明らかかと思われる。(a)はその点やや判り難いかも知れないが、「石上乙麻呂卿配土左国之時歌三首」の題詞を持ち、乙麻呂が配所の土佐国から直ちに帰って来ることは考えられないのを承知の上で希望しているのである。）これらに対し、

梅の花夢に語らくいたづらに吾を散らすな酒に浮かべこそ　（八五二）
うち日さす都の人に告げまくは見し日の如くありと告げこそ　（四四七三）

などの「コソ」による希求表現は、傍線部に明らかなように相対的に実現の容易な事柄をあらわしている。つまり否定的な感情は「ヌカモ」の方が強いのである。これは「ヌカモ」のヌが、本来は打消の助動詞であったことにも関わるのだろう。希望の表現でありながら、不可能を前提とする故にいっそう詠嘆も深められるわけである。

⑦も⑧もともに希求ないし希望の表現なのだが、前者が相対的に明るく、後者がやや暗い印象を与えるのは右のような点に理由があろうし、⑦⑧が一組を成して、なお残る微かな希望と深い絶望との対照を表わすものと知られる。

最後の二首、

⑨沖行くや赤羅小船に裹遣らばけだし人見てひらき見むかも　（三八六八）
⑩大船に小船引き副へ潜くとも志賀の荒雄に潜き相はめやも　（三八六九）

にもほぼ同様な構成的意図を見ることができるだろう。⑩は荒雄に逢うことはできまいという絶望的な悲嘆の表現である。⑨には解釈上異説が見られ、「人見て」の「人」を「あの人」すなわち荒雄ととるか、他の人ととるかが問題であるが、「古典大系」などのように夫荒雄を指すと考えるべきだろう。澤瀉『注釈』に、意中の人でなく、「人が見ますわ」などという場合と同じ「人」の意としているのは、武田祐吉[6]・高木市之助[7]の説をあげ、その方がすなおではなかろうかと考えられたためで、あまり積極的な理由はないようだ。

端的に言って「人」を誰か他の人と解し、三八六八歌を、

沖ヲ行ク朱塗リノ船ニ贈リ物ヲ托シテヤッタラ、モシヤ誰カ他ノ人ガ見テ包ミヲ開ケハスマイカ

という具合に受け取っては、荒雄の妻子の悲歌として形を成さないのではあるまいか。高木や武田が、のちに右のような解釈を捨てているのはそのためであろう。

「人」を荒雄と解すれば、この歌の下句は、

モシヤアノ人ガ見テ包ミヲアケルノデハナカロウカ

の意味になる。帰って来ないけれども、ひょっとしてまだ生きているのではないかしらという期待の詠まれた歌——。

荒雄のことを特に「人」と言ったのは、長い年月の間妻子を見捨てて帰らないので、やや距離をおいているからだろう。そう解すると⑨と⑩とが、やはり期待の感情を詠む歌と絶望的な心情の歌との対照を明らかにした組歌であることがはっきりして来る。⑦と⑧、⑨と⑩は「八歳」後の心情をあらわすが、二首ずつが組みを成し、それぞれ期待と絶望とを対照的に表現しているのであって、まことに特殊な構造を持つ連作と言うべきである。

三　白水郎歌の構成と中国詩

尼崎本の朱注に従って白水郎歌十首の配列を改めその意義を考えてみると、冒頭の三首(①②④)は予定の期日を過ぎた時点に視座を据えたもの、そのあとの七首は「八歳」後に視座を置くものであることがわかる。さらに、その七首の中の三首は、冒頭の三首と対応しつつ「八歳」後の絶望的な心情を表現していること、残りの四首は二首ずつが対応し明暗の感情の対照を示していることが知られるのである。

まことに巧妙な、緻密に仕組まれた構成と言うほかないが、そうした複雑な構造によって事件後の年月の経過と、それにともなう妻子の悲嘆の深まりとを短歌一〇首で表現することに作者は腐心したものと思われる。

犬養孝は山上憶良の「恋男子名古日歌」を例とし、その長歌の構成を三段に分け、

第一波では、宝の中の宝吾子古日を提示し、毎朝の愛くるしい姿を、ついで毎夕の愛くるしい姿を述べて、その愛児の成長を楽しむと発展して、愛児のいとしさとその成長を期待し、第二波では突如愛児の病気、懸命なる神への祈り、容態変じて絶命狂乱の嘆きと層々重ねて、愛児の病より死への歎きを訴へる。かくて第三波に来世の幸福を願求する形で更に強い死の歎きを二段の発展で訴へてゐる。

と説き、それと同様に、この志賀白水郎歌も、第一波から第三波に至る心情表現で構成されていることを記している。(8)

三段に分けて把握されることは、尼崎本朱注の配列によっても同様だし、長歌と比較することにも意義があろう。ただ長歌に擬えて考えるとすれば、

①（三八六〇）
②（三八六一）
④（三八六三）
⑤（三八六四）　予定期日を過ぎた後の抒情（回想と悲嘆）
⑥（三八六五）
③（三八六二）　多年経た後の抒情（回想と悲嘆）　長歌
⑦（三八六六）
⑧（三八六七）　なお残る微かな期待とそれ
⑨（三八六八）
⑩（三八六九）　を打消す強い絶望　反歌

のように把握されるだろう。なお、第一歌（①）と第四歌（⑤）にほとんど同型の歌を見るのは、中国詩の畳句を思わせる。

たとえば『詩経』国風に、

遵ヒ二彼ノ汝墳一　伐ル二其条枚ヲ一　未ダレ見二君子ヲ一　惄トシテ如シ二調飢ノ一
遵ヒ二彼ノ汝墳一　伐ル二其条肄ヲ一　既ニ見ル二君子ヲ一　不二我ヲ遐棄セ一　（周南・汝墳）

維鵲ニ有リレ巣　維鳩居ルレ之ニ　之子于ニ帰グ　百両御フレ之ヲ
維鵲ニ有レ巣　維鳩方ッレ之ヲ　之子于ニ帰グ　百両将ルレ之ヲ

維鵲有巣　維鳩盈之　之子于帰　百両成之　（召南・鵲巣）

陟彼南山　言采其蕨　未見君子　憂心惙惙
亦既見止　亦既覯止　我心則説

陟彼南山　言采其薇　未見君子　我心傷悲
亦既見止　亦既覯止　我心則夷　（召南・草虫）

などのごとく、類似句を反復し、時の経過や事態の推移を叙べたものは数多く拾うことができる。憶良がこうした中国詩から暗示を受け①と⑤のような類歌の配列を考案したということも妄想とばかりは言い切れないであろう。とくに「汝墳」や「草虫」は、夫の帰りを待つ女性の立場の詩であって、内容的に通ずるところも見られる。また、憶良と文学的に親交のあった大伴旅人の連作として有名な讃酒歌にも、類似歌の反復による時の経過の表現が見られることも注意したい。これらについては、後項で触れる予定である。

ところで、本節では「筑前国志賀白水郎歌十首」の作者の問題について、あえて触れずに来たが、既述のような複雑な構造を持つこの十首は、その緻密な連作的表現から言っても、すでに志賀の漁撈者やその妻子の作歌として見ることのできない性格のものだろう。万葉集における短歌の連作の在りようを調べてみれば明らかなとおり、短歌の数においても、巧緻な構成的配列においてもこれに匹敵するものは旅人の讃酒歌以外に見られないから、熟練した作歌の技術を持つ人の作であることは間違いなかろうし、高木市之助の掲げている志賀島に関する知識の詳しさや憶良の筑前守時代との時期的符合、歌の表現および内容に見られる現実的傾向などを勘案すれば、山上憶良を作者と考えることが至当と思われる。

憶良の作品としてこの歌の成立ちを想像してみると、事件の起こった当初は憶良自身これを直接に知らなかったであろうと推察される。そしておそらく「年の八歳」を経過した時点で憶良はこの話を海人の妻子たちから聞いたのであろう。憶良の筑前守赴任は神亀三年[9]と考えられ、神亀元年か二年に事件が起こったとすれば、その時憶良は九州にはいないことになる。連作十首の最も重要な部分が「八歳」後の天平二、三年ごろに視座を据えるものであるのは、その意味で当然であろう。

なお、あたかも反歌のように添えられている後半の四首⑦⑧⑨⑩に微かな期待と絶望とが対照的に詠みこまれているのは、「八歳」後の絶望の中にあっても海人の妻子達はなお荒雄が帰って来るのではないかという微かな希望を抱きつづけ、それを訴えてやまなかったことを想わせる。その恩愛の情の深さが憶良の心をとらえたのではなかったか。

四　序文か左注か

ここで左注についても触れておきたい。白水郎歌の左注は元来序文として書かれたものではなかったかという説も見られるし、左注であるか、序文であるかは、連作の成立と受容に深い関わりを持つからである。

> 右は、神亀年中に、大宰府筑前国宗像郡の百姓宗形部津麿を差して、対馬の糧を送る船の柂師に充つ。時に、津麿滓屋郡志賀村の白水郎荒雄の許に詣《いた》りて語りて曰はく、僕《われ》小事あり、若疑《けだし》許さじかといふ。荒雄答へて曰はく、走《われ》郡を異にすといへども、船を同じくすること日久し。志兄弟《はらから》よりも篤く、死に殉《したが》ふことありとも、豈復辞《あにまたいな》まめやといふ。津麿曰はく、府官僕を差して対馬の粮を送る船の柂師に充てしも、容歯衰老して、海路に堪へず。故《ことさら》に

来り祇候す。願はくは相替ることを垂《めぐ》めといふ。ここに、荒雄許諾《うべ》なひて、遂に彼の事に従ひ、肥前国松浦県美禰良久の崎より発船して、直に対馬をさして海を渡る。登時《すなはち》忽に天暗冥《くら》くして暴風に雨を交へ、つひに順風無く、海中に沈み没《い》りき。これに因りて妻子等、犢《うしのこ》の慕《したひ》に勝《あ》へずして、此の歌を裁作りき。或ひとの云はく、筑前国守山上憶良臣、妻子の傷を悲感しび、志を述べて此の歌を作れりといふ。

この左注を松岡静雄が本来序文であっただろうと推定したのは、冒頭の「右以」の二字が『類聚古集』に無いことを主要な理由としている。(10)

確かに『類聚古集』には「右以」がない。しかし尼崎本その他の古写本にはこの二字が見られるし、松岡の尊重した『類聚古集』には、「右……」という同類の語句の欠落をこの歌のほかにも多量に指摘することができる。すなわち三八〇六・三八〇七・三八〇八・三八〇九・三八一〇・三八一三・三八一五のそれぞれの左注に「右伝云」もしくは「右歌伝云」という冒頭の語句が無い。これは『類聚古集』の特徴であって、「右……」という左注の語句の有無に関し『類聚古集』(巻十六)は信ずるに足らないのである。従って『類聚古集』の志賀白水郎歌の左注に「右以」の二字の無いことを、序文であった証として利用することはできない。

また川口常孝「憶良の長歌と連作」(11)には、

1 序文をもって歌の背景を説明することが憶良の普通のやり方であること。

2 熊凝歌の序文と、志賀白水郎歌の左注とが「同一筆法」であること。

などから、本来序文であったものを編者(大伴家持)が左注に移管したのであろうと推定している。松岡の場合とは異なり、相当詳しく論じられているので、川口論文を直接参看されるように希望したい。

ただ右のようにその論点を纏めてみると、1はこれだけでは志賀白水郎歌の左注を序文であるとするための証として十分でないし、2も、物足りない。川口論文には適宜文言を取捨しつつ「同一筆法」である証明が試みられているが、周知のとおり憶良の他の作品における序文の末尾には、「歌曰」「其歌曰」「作歌曰」などと記されていて、この白水郎歌のように「作此歌」と書かれた例は無い。川口論文ではこのような序文の末尾には編者の手入れを想定している。(12)

しかし、序文の機能を重視すればするほど、わたしには川口論文に想定されているような編者の手入れや、序文から左注への移管の処置が不可解に思われる。編者はそうした重大な変更を加えることをしたのだろうか。

もちろん単なる形式上の問題としてならば、巻十六の三八一六歌から以後が左注形式になっている、巻十六の作品配列の傾向によって序文が左注に改変されたということもいちおう認められるかも知れない。

しかし問題は、川口論文に熊凝歌の序と「同一筆法」であると判断されている左注の内容にあるだろう。この連作に、前掲の内容の「序文」を作者(憶良)が適わしいものと考え、歌の前に記すことをしたかどうか、はなはだ疑わしいと言わなければならない。

第一に、「筑前国志賀白水郎歌」と題詞に見えるとおり、(13)この連作は白水郎の(妻子の)立場で詠まれている。題詞ばかりでなく歌の内容によってもそれは確かめられる。その点題詞に「……熊凝の為に其の志を述ぶる歌に和ふる六首」と代作性を明示した熊凝歌とは事情を異にすると言うべきだろう。

わたしが川口説に疑問を持つのは、そうした題詞および内容から察せられる作者の意図に照らして、仰々しい漢文序を連作の冒頭に構えることを憶良がしたとは思われないからである。この左注は、白水郎の(妻子の)作でないことが一目瞭然としており、表現効果の上から言ってもそれを前置することが連作にとって有効だとは必ずしも言い難いのである。

第二に、さらに決定的と思われるのは、左注の大部分を占める荒雄・津麻呂交替の事情の説明と荒雄の友愛を強調した序の内容が連作十首の抒情とは、事件に対する姿勢を異にする点であろう。「志兄弟よりも篤く、死に殉ふことありとも、豈復辭まめや」というのは、恐らく漢文的潤色であろうが、そこに描かれている荒雄は友人のために自己を捨てて悔いることのない勇敢な行為者として讃えられている。それは連作十首を貫流する妻子の悲しみの抒情とは背反する、第三者的な評価ではなかろうか。

もちろん短歌の部分に、荒雄と津麻呂の友愛の深さを讃える気持がまったく投影されていないと言っては誤りだろう。①や⑤に「情進(情出)に行きし荒雄ら」と詠まれているのは、訓法上の問題は別にして、文字面から否定的ニュアンスは受け取り難いと思われる。土屋『私注』に「気丈に、元気よく等の意とすれば、字を宛てた心持も理解出来よう」と説かれているのも、そうした方向のものである。「情進(情出)」に行ったことを肯定しながら、一方では愚痴をこぼさずに居られぬ妻子の気持がそこに籠められているようだ。

したがって左注の叙述と歌とのつながりが無いわけではないが、短歌において事件の友愛的側面をとりあげることを、作者はそれ以上は控えているのである。荒雄の行為を讃えることは妻子の心情にそぐわないから——。そこに左注と歌との視点の相違が見られる。

かつてわたしは「(志賀白水郎歌の左注が)序文であったら、短歌の歌いぶりももっと変って居たであろう」と記したことがあったが、それを本節の文脈に即し短歌を主にして言い換えれば、左注は飽くまでも左注であって、序文としての記しようは別に考えられるはずだということになろう。

憶良がこの事件について詳細を知った時、少なくとも二つの感情が彼をとらえたはずである。一は多年を経てもなお夫の帰りを待つ妻子達への同情であり、一は進んで難に赴いた荒雄の心意気に対する倫理的共鳴であろう。左注は主として後者に沿って記されているが、連作短歌は疑いなく前者を中心としていて、左注と短歌との間には視点の移行が認められるようだ。

右のようなことは熊凝歌とその序文の間には見られぬことで、白水郎歌の左注が飽くまでも左注であることを物語っているように思われる。

五 連作の抒情性と叙事性

既述のように問題点を整理した上でこの連作を冒頭からもう一度読み直してみると、わたしには憶良の苦心したところが多少は明らかになるように思われる。

連作短歌は先ず官命によらずに自ら進んで対馬へ向かった荒雄を歌い(①)、陰膳を据えて帰りを待つ妻子と(②)寂しい大浦田沼の様子を歌っている(④)。何のために、どこへ荒雄が出船して行ったかが表現されていないと非難するのは筋違いだろう。それは左注から補えば足りることであり、歌はもっぱら帰りを待つ妻子の嘆きと不安とを浮彫することに執するのである。

そして再び自ら進んで出て行った荒雄のことを回想的に歌ったのちに(⑤)、「八歳」経ても帰らぬ荒雄が難ぜられ(⑥)、荒雄の死をほとんど動かし難いものと思う絶望的な心境で志賀の山を見つつ偲ぼうと歌われている(③)。

繰返しと言うのに近い①と⑤とが、時を隔て心境を異にした詠歌群の冒頭にあるのは、中国詩の暗示によるかと思われることもすでに記したとおりである。先掲の「汝墳」を例として考えてみよう。

彼の汝墳に遵ひ、其の条枚を伐る。

未だ君子を見ず、惄として調飢の如し。

第一節で読者は、汝水の堤防に沿って行き、木の枝や幹を伐って暮らしながら夫の帰りを待つ妻を思い浮かべる。

そして、

彼の汝墳に遵ひ、其の条肄を伐る。

既に君子を見る、我を遐棄せず。


第二節では、一年後夫が帰って来たことを知るのである。一、二節の冒頭八言はほぼ等しく、僅かに枚と肄との変化によって——枚は枝もしくは幹であり、肄はひこばえ、すなわち切り株から出る芽をあらわす——一年の経過をも表わしている。憶良や旅人がこうした詩を知らなかったはずはない。むしろ積極的に海彼の畳句の技法を採り入れて連作短歌における時の経過や場面の転換の標示に用いたのではなかろうか。単に短歌を羅列するのみでは、読者にはどこからどこまでが同一時点の詠作か分かり難いところであるが、間仕切りと言うべき繰返しによって、遭難直後から「八歳」後への転換が表わされるのである。先掲のような中国詩に親しんだ人達にとって、憶良のこの方法は、一つの試みとして注目されるものだったに違いない。後に述べるとおり、同じ手法が旅人の讃酒歌にも見られるのである。

後部の四首は、長歌に譬えれば反歌相当の部分で、中国詩なら第三節に当るだろう。絶望のなかにも、なお生きているのではないかという気持は残っているのであって、それが「也良の埼守早く告げこそ」(⑦)の歌となり、その期待を打消す形で「聞こえ来ぬかも」(⑧)の嘆きが詠まれる。一縷の希望を捨て切れない心には、もしやあの人が……という思いも蕩揺するのであるが(⑨)、「ふたたび逢うことはできない」という絶望感が身をさいなむ(⑩)。

憶良が長歌の形式でなく短歌一〇首の連作という特殊な形を選んだのは、特別のねらいがあったからであろう。抒情的な短歌を重ねることによって、長歌のおちいりがちな散文性や平板性を避けながら、夫を失った志賀白水郎の妻子たちの悲しみを一人称で歌うことが可能となる。そうした短歌形式の長所を活かしつつ、少異歌の特殊な配置を利用した珍しい構成によって時の推移や叙事性を補っているところに作者憶良の意図がうかがわれるのである。

六　讃酒歌の構成をめぐって

志賀白水郎歌に指摘される短歌の特殊な配列は、大伴旅人の讃酒歌十三首にも類似の例が見出される。

大宰帥大伴卿讃酒歌十三首

験なき物を念はずは一坏の濁れる酒を飲むべくあるらし　（三三八）
酒の名を聖と負ほせし古の大き聖の言の宜しさ　（三三九）
古の七の賢しき人たちも欲りせしものは酒にしあるらし　（三四〇）
賢しみと物言ふよりは酒飲みて酔ひ哭きするしまさりたるらし　（三四一）
言はむすべ　せむすべ知らずきはまりて貴き物は酒にしあるらし　（三四二）
なかなかに人とあらずは酒壺になりにてしかも酒に染みなむ　（三四三）
あな醜賢しらをすと酒飲まぬ人をよく見ば猿にかも似る　（三四四）
価無き宝と言ふとも一坏の濁れる酒にあにまさめやも　（三四五）
夜光る玉と言ふとも酒飲みて情を遣るにあに若かめやも　（三四六）
世の中の遊びの道に冷しきは酔ひ泣きするにあるべくあるらし　（三四七）
この世にし楽しくあらば来む世には虫に鳥にも吾はなりなむ　（三四八）

生ける者遂にも死ぬるものにあれば此の世なる間は楽しくをあらな　（三四九）

黙然居りて賢しらするは酒飲みて酔ひ泣きするになほしかずけり　（三五〇）

この十三首については戦前、そして戦後しばらくの間、とり立てて言うべき構成のない、即興的に詠み捨てられた作品とされて来た。しかし、その後の研究の進展とともに十三首のそれぞれが細かく吟味され、この歌群全体の構成や成立ちも論ぜられるようになったのである。(14) その詳細は『万葉集必携』および伊藤博「古代の歌壇」などによって知られたい。

十三首を一読してまず注意されるのは、類想の、少異の歌が一定の間隔を置いて繰返しあらわれる特殊な構造を持つことだろう。冒頭の「験なき物を念はずは一坏の濁れる酒を飲むべくあるらし」をはじめ、「賢しみと物言ふよりは……」「あな醜賢しらをすと……」「世の中の遊びの道に……」「黙然居りて賢しらするは……」の計五首が二首おきに並び、内容は酔い泣きを讃え賢しらを蔑視することで一貫している。さらに右の五首に挟まれた二首──たとえば「酒の名を聖と負ほせし……」の歌と「古の七の賢しき人たち……」の歌──が類似した内容を持ち、二首ずつ対を成しているのも、讃酒歌十三首が漫然と並んでいるわけではなく恐らく意図的に構成された連作であることを想像させよう。

冒頭の一首は讃酒歌全体の総論とも言うべきものである。斎藤茂吉がこの歌について「旅人の作つた最初の歌がやはりこれでなかつただらうか」(15) と直観的に言っているのも面白い。

くよくよと物思いをせず一杯の濁酒を飲むべきであるらしいと歌われていて、「酔ひ哭き」「賢しら」の語はないけれども、「験なき物思い」すなわち「賢しら」であって、それを振り捨てるべく盃を取る作者の姿が浮かんでくる。

次の一首、三三九は「酒の名を聖と負ほせし」と『魏志』の故事を引用して酒を讃える歌である。酒を聖人と言った古人を「大聖」とあがめているのは作者の誇張で、そこに笑いがある。

次の三四〇も『晋書』の竹林の七賢の故事を歌うのであるが、「欲りせしものは酒にしあるらし」に、酒に引きつけた解釈が示されていて笑いを含むところも前歌と軌を一にする。

四首目は、ふたたびこの連作の主題とも言うべき「賢しら」の軽蔑、「酔い泣き」の讃美を繰り返すものである。ただ第一首目の「濁れる酒を飲むべくあるらし」が飲み始めを感じさせたのに対して、「酒飲みて酔ひ哭きするしまさりたるらし」には、飲酒の度の進行が感じられる。[16] 窪田空穂は「酔ひ哭き」をこの連作で繰返し歌っているのは旅人にその性癖があったためではないかと推測しているが、[17] そこまでは言い切れまい。

第五首（三四二）、第六首（三四三）は、無上に貴い物として酒を讃える歌で、前者はまず「きはまりて貴き物」であるらしいと言っている。「きはまりて」は現代語のキハメテに相当する語で、ごく平凡な用語とも見られそうだが、この「キハマリテタフトキ」は漢文の翻訳語かとも言われる。[18] そうだとすれば、当時としてはハイカラな表現だったわけで、梅花歌の「雪の流れ来る」[19] などとともに旅人の素養をうかがわせる例になろう。

後者「なかなかに人とあらずは……」の歌は、呉の鄭泉の故事すなわち『瑪玉集』の「我死なば窯の側に埋むべし。数百年の後、化して土と成り、覬取して酒瓶とならば、心願を獲たり」を踏まえているが、それは背後にかくされ、作者自身の気持として「酒壺になりにてしかも」と言うのである。人間であるよりも酒にどっぷり浸っていたいと歌ったところに、前の徐邈や竹林の七賢の故事を歌ったものに比べ、ほろにがさが残る。

第七首目（三四四）は、再び第一の主題の繰返しであり、「賢しら」への反撥であって、「酔ひ哭き」の語は見えなくとも「酔ひ哭き」讃歌であると言って良い。

讃酒歌十三首の中には、とくに「酔ひ哭き」と「賢しら」の語が多く用いられているが、「酔ひ哭き」を讃える心はすなわち「賢しら」を侮蔑する心でもある。その「酔ひ哭き」と「賢しら」とがどのように十三首に見られるかを確かめてみると、次のとおりである。

三三八　験なき物を念はずは……

三三九　（ナシ）

三四〇　（ナシ）

三四一　賢しみと物言ふよりは……酔ひ哭きするしまさりたるらし

三四二　（ナシ）

三四三　（ナシ）

三四四　あな醜賢しらをすと……

三四五　（ナシ）

三四六　……酒飲みて情を遣るに

三四七　……酔ひ泣きするにあるべくあるらし

三四八　（ナシ）

三四九　（ナシ）

三五〇　……賢しらするは酒飲みて酔ひ泣きするになほしかずけり

直接に「賢しら」または「酔ひ哭き」の語の見えるのは、三四一・三四四・三四七・三五〇の四首で、いずれも二首おきに飛石状に現れる。さらに既述の三三八歌の「験なき物を念」うことも「賢しら」に外ならないから、それも含めて考えるならば、二首おきに「賢しら」蔑視の歌と「酔ひ哭き」讃歌とを配列するのは、この讃酒歌全体にわたる傾向であると言うことができるであろう。

なお三四六の「酒飲みて情を遣る」も「酔ひ哭き」を讃えるものであるが、上句に「夜光る玉と言ふとも」とあり、これは三四五の「価無き宝と言ふとも……」と二首一組になることが明らかだから、除外しておこう。

第七首目(三四四)に戻って言えば、この歌は十三首の中央に位置しており、その意味でも注目すべき一首と思われる。「酒飲まぬ人をよく見ば猿にかも似る」という痛烈な揶揄を含んでいるので、その対象となった具体的な人物についてもさまざまな推測が行われてきた。旅人の周囲にあって、賢しらな論議を好む人として憶良の名を挙げる説もあったが、見当違いだろう。それよりも、長屋王事件の主導者で、法家的な冷徹さを持っていたと想像される藤原武智麻呂のような人間像を考える五味智英の説[20]のほうが、まだ蓋然性が認められよう。もちろんそうした特定の人物を思い浮かべなくても一向に構わないわけである。

第八首(三四五)、第九首(三四六)は、「価無き宝」[21]や「夜光る玉」[22]よりも飲酒の方がまさっていると歌う二首一組の作である。「〜と言ふとも〜めやも」の形まで、まったく等しいことにも注意したい。

一〇首目(三四七)は、ふたたび主題を繰り返した歌である。第三句「冷者」の読み方に異説があって定訓を見ないのであるが、山田『講義』の「スズシキハ」が正しいのではなかろうか[23]。無常な現世の遊びの道の中ですがすがしい気持のするのは酒を飲んで酔い泣きをすることであるらしい、と歌ったものと解される。同じく「スズシキハ」と読んでも、「心楽しまず荒涼たるならば」と解する「古典大系」本のような解釈も見られるが[24]、『琱玉集』の嗜酒篇に管輅が酒を飲み清冷になったという記事もあり、「清冷」が否定的な意味ではないように、ここの「冷」も心楽しまないとか、荒涼とした状態を表わすわけではないと思う。構成の上から言っても、この歌は「酔ひ哭き」を讃える歌に間違いなさそうである。

第一一首(三四八)、第一二首(三四九)は、現世謳歌の刹那主義的な内容を詠む。この世において楽しかったら来世では人間ならぬ虫や鳥になってもかまわないと言い、また、生きている者は結局は死ぬときまっているのだから、この世にいる間は楽しく暮したいと言う、いずれも享楽主義的な考え方で、儒教や仏教の教示するところからは遠い。なお、二首ともに飲酒に関する表現を含まないが、鹿持雅澄の『古義』に、

現世に生るれば、後遂には、ことわりの如く、死ぬる事もある物にてあるなれば、ながらへてあるほどは、酒を心だらひに飲みて、楽しくあらむと、ひたすらにおもへるよしなり。(傍点―稲岡)

と言い[25]、さらに、

現世に在るほど、心だらひに酒をのみて、一すぢにたのしくあれば、未来の世には、たとひはゆる畜生道に堕ちて、虫に生れかはるとも、鳥にうまれかはるとも、吾はいとはじとなり。

とも注しているように、「この世にし」または、「此の世なる間は」の次に「酒を飲んで」を補って解釈する注釈書も少なくない。強いてそのようにする必要はなかろうとも考えられるが[26]、飲酒は仏教の五戒の一で、これを犯せば悪道に落ちると言われているから[27]、ここも作者は「楽しくあらば」に飲酒を含めていたものとすると「虫に鳥にも吾はなりなむ」に直接つながることになる。「讃酒歌」と題された連作であり、後に記すように一首目から徐々に飲酒の度も深まってゆく様も表現されているので、「楽しく」に酒がまったく関わらないとは言い難いのである。

最後の一首(三五〇)は、冒頭歌に対応し、分別のある賢そうな様子をするのは酔い泣きに及ばぬことだったと、自分の体験による結論として歌っている。「なほしかずけり」という句が、それ以前の「飲むべくあるらし」や「酔ひ哭きするしまさりたるらし」「酔ひ泣きするにあるべかるらし」などとの呼応を感じさせるし[28]、推量ではなく体感的に「酔ひ哭き」の効験を讃える口ぶりなのも、歌の位置の動かし難さを教えてくれる。

「酔ひ哭き」を讃えるリフレインの歌に挟まれた二首ずつの組歌も、それぞれ聖賢の故事によって酒を讃め(三三九・三四〇)、次いで酒にどっぷりと浸りたいと願い(三四二・三四三)、さらに無上の宝玉と比較しても飲酒の方がまさっていると言うほどにエスカレートし(三四五・三四六)、最後に現世をデスペレートに謳歌するといった順序になっていて、これも入れ替えはきかないだろう。

讃酒歌十三首は、統一や組織のない、即興的に詠みすてられた歌群ではなかったのである。繰り返して酔い泣きを讃え、賢しらをさげすむ五首の主題部分と、その間に挿入された二首ずつの組み歌とで構成された巧緻な連作であって、冒頭から時間の進行につれ酩酊の度を増し、笑いと涙とをまじえる飲酒の状況を髣髴させるものになっている。

山田の『講義』に、この十三首を論じて、

第一(三三八)は冒頭として徒らに物を念はむよりは一杯の濁酒を飲むべしといひて、酒を提げ示せるなり。第二(三三九)は酒の名を古人が聖人と名づけたることを讃し、第三(三四〇)は古の七賢も酒を愛せしことを讃す。以上二首は古事を示して、古より酒を讃美せしことを明かにせり。第四(三四一)は酒を飲むことを讃美し、第五(三四二)は酒そのものを讃美し、第六(三四三)に至りて酒そのものに没頭せる極端を示しここに一度讃酒の頂に達し、第七(三四四)は一転して酒飲まぬ賢しら人を罵倒す。かくて第八(三四五)は再び酒そのものを讃美し、第九(三四六)は再び酒を飲むことを讃美し、第七にいへる酒飲まぬ賢しら人はこの無価の宝を知らずと罵り、第十(三四七)は世間遊興のうちに最も無邪気なるものは飲を解するにありとして遥に「三四一」に応じ、更に第十一(三四八)に於いて酒をいはずして酒に溺るゝものの情の極端を示して遥かに第六(三四三)に応じて讃酒の絶頂に達す。かくて第十二(三四九)はそれをうけて、その意を敷衍せるものなるがこれもまた酒をいはずして讃酒の意をあらはせるは、二首相応ぜる趣あり。而して第十三(三五〇)に於いて、全体の意を結集して局を結ぶものなり。

と記しているのは、讃酒歌が構成を意識した連作であることを指摘した最初の論であるが、先に記したような特殊な形式には気づかれなかったようだ。

いったい、二首ずつの組歌をサンドイッチ状に挟みつつ、酔い泣きを讃え賢しらを蔑視する繰返しがとびとびに歌われるこの特異な配列を、旅人はどのようにして創造しえたのだろうか。

右の問題に関して、五味智英「讃酒歌のなりたち」(29)に興味深い説が見られるので紹介しておきたい。

五味は、本節に組歌と言った二首ずつの組みと、繰返しの一首を合わせた三首——冒頭の一首は総論として特立させ、あと三首ずつを一組に考えている——が、それぞれ一組を成すことを言い、一組三首の成立ちは、旅人の作歌における浄瀉単位の小ささや息の短かさに関連しているだろうと推測する。浄瀉単位とは、五味論文に独自の用語であるが、一度の作歌機会に無理なく連続して作りうる作品(短歌)の数を意味すると言えば良いだろうか。旅人の作を通覧すると、それがほぼ三首を限度とすることが知られる。浄瀉単位三首という、旅人の作歌の傾向が、三首ずつを一区切りとする珍しい構造の讃酒歌を生み出したのではないかと考えて、五味は次のように想像している。

……杯を手にした旅人が、ポツリポツリと詠んで行つたやうに思はれる。ポツリポツリと言つても一首ごとに等間隔でといふ意味ではない。恰も瀬と淵とが交替に存在する川のやうに、第一首が一度、あと各組が一度づつといふやうに小休止をおいて行つたのではなからうか。かう言つて居る私の心の中には浄瀉単位のことがあるのである。これだけの歌群を一気に詠み上げるべく彼の浄瀉単位はあまりにも小さい。ここで彼が大宰府から帰京する途次及び帰京後に作つた歌を想起するのも有効かも知れない。(中略)三首、二首、三首といふ浄瀉作用を、時をおいて為してゐるが、この時間的間隔をずつと詰め、二首の単位を三首に拡張すれば讃酒歌群の小型のものに、形の上では成る。この「間隔を詰めた」形が讃酒歌だつたのだと思ふ。最大の浄瀉単位を四つも重ねたところに、彼なりの一気呵成はあつたのだが、実は一組づつ位が一気呵成で、それぞれの間には杯を含んで黙思する時があつたのだと思ふ。その黙思の時は、しかしさう長くはなかつたであらう。日をわたるやうな黙思では恐らくなかつたと思はれる。彼は同じ語彙句法を繰返し使ふ癖があるので、あまり強く言ふわけには行かないが、讃酒歌群における繰返しの多さは、比較的短時間の間に、ある気分に乗つて作られたが故ではないかと思ふ。

大分長い引用になったが、浄瀉単位の小さい旅人が十三首一連のこの連作をどのように作り出したかを具体的に考えた論文として注目されると思う。ただし五味論文の末尾に、

私の言はうとする主張は、讃酒歌が整然たる構成を有すること、しかもそれは意図的構成によるものではなくて、おのづからなりたつて行つたものであるといふことである。

と書かれているように、意図的な構成によるのでなく、即興的に詠出された歌々がおのずから整然たる構成を有するようになったものであると考えられているのは、わたしには納得し難い点を残す。既述の、首尾照応した、しかも特殊な配列がおのずからに成り立ったとは考えにくいのである。

五味論文で旅人の浄瀉単位が指摘されたのは刮目に価することで、彼の特徴を明示したものと言えると思う。しかし、浄瀉単位の小ささが強調されるほど、集内でも珍しい十三首に及ぶ短歌の連作がおのずからなる成立ちの作品であるとは想像し難かろうし、浄瀉作用の時間的間隔を詰めた短時間の制作という想定には、論理的な矛盾をさえ感ずるのである。

それに、二首ずつ対を成す歌を挟んで、主旋律とも言うべき五首が飛び石状に配列されている珍しい形式は、即興の、無意識的な制作行為から生み出されたものとはとうてい思われない。記紀歌謡や万葉集にしばしば見られる形式ならば、無意識的に成ったものがその形を襲用していたということもあろうが、万葉集の中でも旅人・憶良以前には

見られない、このような斬新な配列の連作を、どんな偶然が生み出したと言えようか。

別稿[30]にも記したとおり、万葉集における連作は、人麻呂の時代に始まる。複数の短歌（もしくは長歌）を配列して時間の経過と心情の変化を表現するこの新しい形は、文字の空間的な視覚表象を利用した記載文学の方法として考案されたものであった。伊勢行幸時の留京作歌（四〇〜四二）や、安騎野の遊猟時の作歌の反歌（四六〜四九）、石見相聞歌（一三一〜一三七）、泣血哀慟歌（二〇七〜二一二）などがその代表的な例と言える。

旅人や憶良は、そうした人麻呂の方法を学びつつ、それぞれの歌作に適わしい形を考案していったはずで、讃酒歌の特異な形式も意図的に構えられた連作であったと思われるのである。

旅人の作歌には、かつて武田祐吉が分類を試みたように[31]①公的な、建前を詠んだ歌と、②創作意識が働き、特殊な構造を持つように作られた、中国文学の影響の濃い作品群と、③歎老・亡妻など特別の心境を自由に、暢びやかに歌ったものとの三種類が含まれている。

辺境における望郷歌や亡妻挽歌など多くの佳作は、③類に属するものであり、それらが切実な体験を踏まえたおのずからなる感情の表現であったことも、しばしば指摘されているとおりである。五味論文における浄瀉単位の説も、③類に関して特に有効な指摘だったと思われるし、旅人の傾向を言い当てていよう。

問題は②類の作品にあるのではなかろうか。讃酒歌が②類と③類とのいずれに属するかも判断が分かれるかも知れないし、五味論文の方向は③にやや傾いているのではないかとも思われるが、その点は確かではない。ただ漢文の序を持つ松浦河の歌や、藤原房前に宛てた物語風の書簡などに示された旅人の構想力は、単に浄瀉単位何首ということではすまされない要素を含んでいようし、それと同様に、讃酒歌の場合も、特別な構成意識による②類的な作品と考えられるのではなかろうか。

ほぼ同じころに、山上憶良も「志賀白水郎歌十首」という短歌の連作を作っている。すでに記したとおり、これも特異な構造を持つ連作であって、繰返しに近い少異歌を二首おきに配列して年月の経過を示している。『詩経』に見られる畳句などの示唆によるかとも思われるが、それと酷似した形を讃酒歌にも見るわけである。「酔ひ哭き」を讃え、「賢しら」を蔑視する五首は、「汝墳」における畳句と同様に、少異によって時の推移や飲酒の興の高まりを表わすべく、意図的に配置されたと見ることができる。

高木市之助が指摘したように、(32)憶良の「筑前国志賀白水郎歌十首」と、この旅人の「讃酒歌十三首」との間に、作歌上の影響や刺戟があったとすれば、連作の形式や技法に共通の性格が見出されても不思議はないであろう。それが巧緻な連作の作られた背景を理解する手掛かりを与えるように思われるのである。

(1)　「志賀白水郎歌十首」(『万葉』一八号)。
(2)　「キコエコヌカモ」は正しい訓と思われるが、「所聞」二字でキコエに相当するのであって「衣」を書き添える必要はない。また、キコエのエは奈良時代には「ye」すなわちヤ行のエであったと考えられるから、江・枝・曳・延などの仮名を当てるのが正しく、ア行のエ(ë)をあらわす「衣」を当てるのは仮名遣の上からも誤りである。このことも澤瀉論文に詳しい。
(3)　「古典大系」『日本書紀』の訓による。
(4)　筆跡その他について築島裕教授の教示を得た。ここに深謝の意を表したい。
(5)　「『筑前国志賀白水郎歌』論」(『国語と国文学』昭和二七年一、二月)。
(6)　武田祐吉『万葉集新解』。
(7)　高木市之助『万葉集総釈』巻一六。
(8)　注(5)に同じ。
(9)　諸注に指摘されているとおり、天平二年の憶良作歌に「天ざかる鄙に五年住まひつつ」(八八〇)とあるので、逆算すると神亀三年赴任となる。したがって神亀元年・二年には大和にいたと推定される。

(10)『有由縁歌と防人歌』。
(11) 川口常孝『万葉作家の世界』一六〇頁。
(12) 川口前掲書二〇一頁に「白水郎の水死というごとき特定の事件に取材したこの作品が、序文を持たぬことの方がむしろ不思議である」とし、左注を解体し、表現を変え、語の順序を置きかえて序の形とし、それが憶良によって記された本来のものであろうと言う。
(13) この題詞の意味について、(1)志賀の白水郎のことを詠んだ歌、(2)志賀の白水郎が詠んだ歌、(3)志賀の白水郎たちの間で誦詠された歌、の三説があるが、同じ巻十六に「豊前国白水郎歌」「豊後国白水郎歌」とあるのを同種の題とすれば、(1)ではないことが明らかである。
(14)『万葉集必携Ⅱ』の「大宰帥大伴卿讃酒歌十三首」の項、伊藤博「古代の歌壇」(『万葉集の表現と方法』下)など参照。
(15)『万葉秀歌』上巻。
(16) 注(14)の伊藤論文にも「同工異曲」(繰返し)の歌五首が微妙な変化と展開を見せることを記している。
(17) 窪田『評釈』。
(18)「古典全集」の頭注に「極まりて貴き」は「極貴という漢語を訓読した言葉」と説く。
(19)「雪の流れ来る」は「流風」「流霞」「流雪」など「流～」という中国詩句の応用であったらしい。
(20)「大伴旅人序説」(『万葉集大成』第一〇巻)。
(21) 法華経や大般若経に見える「無価宝珠」の直訳と考えられる。
(22)『芸文類聚』や『文選』注に見える「夜光之珠」をさす。「古典大系」補注には『述異記』、『戦国策』の例を挙げる。
(23) 冷は「秋風冷成奴」(二一〇三)の例もあるようにスズシと訓まれる。他に「怜」の誤字と見てタノシキハと読む説などあるが、文字を改める必要はない。
(24)「古典大系」本補注に「酔い泣きすることを心情清和なこととするのはいささか無理ではあるまいか。むしろ、ここは原文、冷者をスズシキハでなくスズシクハと訓んで、『遊興の道にスズシク感じるならば』と解すべく、そのように見れば、スサマシの意味にとって、遊興の道に楽しくなくなったならばの意と解するがよいのではあるまいか」と言う。
(25)『万葉集古義』三巻之中。

(26) 稲岡の旧稿「憶良・旅人私記――讃酒歌の構成をめぐって――」(『国語と国文学』昭和三四年六月)には「『酒を飲んで』と補って解釈をするものも多く見られるけれども、私は強いてその必要はなかろうかと思う」と記した。
(27) 「古典大系」頭注。
(28) 注(14)の伊藤論文参照。
(29) 『国語と国文学』(昭和四四年一〇月)。のちに『万葉集の作家と作品』に収載。
(30) 「連作の嚆矢」(『明日香』昭和五八年一月)。本書第一章に収載。
(31) 「大伴旅人」(春陽堂『万葉集講座』)。
(32) 「憶良と旅人」(『万葉集大成』第九巻)など。

5　家持の「立ちくく」「飛びくく」の周辺

――万葉集における自然の精細描写試論――

一　自然描写進展の二方向

万葉集の歌における自然描写は概して大まかである。輪郭が粗《あら》いのである。それがまたこの集の歌の素朴さとか雄大さとかに直接関わりを持っているのであるが、(1)それを細かく見てゆくと多少の変化もあり、後には微細な表現もあって我々の目をひくことにもなっている。

一般に、我が国の「民族的自然感情」がどのように発展してゆくかという、その過程については、大西克礼『万葉集の自然感情』の中ですでに説かれているのを見る。そこでは「精神と自然との根本的融合にもとづく交感的自然感情」の進む道として「二つの別々の道が、或は相即し、或は相離れつつ、互に経緯してゐるのを見ることができるやうに思ふ」と述べられている。(2)そしてその二方向の一は「自然現象を有りの儘に、即ち客観的に、または直接的に、観照し表現する態度、或は純粋直観の方向ともいふべきものであつて、その結果は、概して精緻なる自然描写(Natur-schilderung)を発展せしめる方向」(傍点―原文のまま)であり、一方は「此の方向の発展が前述の如き根源的自然感情の出発点から導かれるにあたつて、言はばそれに対する一種の反動的傾向として、同時に生起し来たるところの、自然感情の或る意味の因襲化乃至は定型化」の方向であるとされている。もちろんこの二つの方向はもともと単純に二つに分離されるべきものではなく、「相即し、或は相離れ」とも言われているように、不即不離の状態にあり、図式的に切り離して考えるべきものではないが、理解の便宜のために二方向を別個に扱うことも許されるであろう。本節でとくに注目するのは、主としてこの前者に属すると言ってよい。それは、前者に重点をおいてこの方向から万葉集の自然描写をとりあげ、跡づけた論稿が比較的に稀であることに気がついたためであり、また、それを探ることが万葉集の自然描写の進展を明らかにする上で、重要な意義を持つと考えるからである。

万葉集において、この第一の方向は確かに萌しており、さらに意識的にこれを進める試みも為されている。元来、日本の文学、とくに詩歌の方面で、この客観的視覚的な細緻な描写は、大西も触れているように大して発展も見せず、中世に多少その傾向が見られるほかは、むしろ明治以後の子規や節以降、いわゆるアララギ系の歌人がもっぱら追究したところでもある故に、万葉集において、いつ、誰によって、どのように為されているかは、わが国の自然描写の系譜中でもとくに興味深いと言うことができる。後述するようにそこには何人かの歌人が浮かべられるが、とりわけ家持の占める位置は重要である。

万葉集の自然描写は概して肌理《きめ》があらいということと共に、動物の描写においては、視覚的な姿態描写と聴覚的印象描写との間に特殊な関係があることを指摘することもできる。

次に掲げるのは、そのための参考資料であって、表中Ⅰとしたのは「鳴き型」の描写と言っても良い。つまり聴覚中心で視覚的描写の伴わないものをさす。「来鳴く」「声聞く」「鳴きとよむ」「妻喚ぶ」などの表現も、いちおうこれに含めておく。Ⅱはそれに若干視覚的要素の混入しているもの。「鳴きわたる型」の描写と言っても良いものである。「鳴きてゆく」「鳴きてすぎ」などと表現された例をも含んでいる。Ⅲは専ら視覚に片寄った表現で、たとえば「鶯の木伝ひ散らす」などがあげられる。ⅠとⅢとの中間と言ったところがⅡというわけである。もっとも年代順に記入

第6表

鳥	描写	持統以前	持統	文武	元正（養老）	聖武（亀神）	聖武（天平）以後
霍公鳥	I	1465 112	423	1466 1467	1468 4437 4438 1497	1470 1472 1473	1469 3781 3909 3917 3978 3993 1474 3782 3912 3918 3983 3996 3780 3784 3914 3919 3984 3997 3785 3916 1058 3988 4006
	II				1756		3783 3946
	III				1755		3754* 3910* 3911 3913*
雁	I		1513 1515	1701 1702 1703	1757		1540 3691 1574 1563 4224 1575 4144 3665 3947 4296 1556
	II			1708*			1539 1567* 1614* 1562 1578 1566 3676*
	III			1699* 1700*		954	3687 3953 4145 4366
鶯	I					948	824 1012 1057 4166 4445 837 1441 3941 4286 4488 838 1053 3968 4287 4490 841 1443 4030 4290
	II					1431 3915	845 3966 4495
	III						827 3969 4277 842 3971
鶴	I			273 71		961	456 760 352 4398 1453 1062 389 4399 1000 4018 592 4400 3595 4034 1545
	II			271		919	1791 3598 3627 3654
	III			3626*		324*	575 1064 3642
千鳥	I			266 268	526 528 915 371	920 925 948	1062 4146 618 4147 715 4168 4477
	II						4011*
	III						

前表に関する注

1　本表は集中の鳥の中でも、用例多いもののみを収めたものである。数字は歌番号を示す。

2　表中＊を付したものについて、

イ、霍公鳥の項中3754は宅守の「過所なしに関飛び越ゆる……」であるが、ひと先ずここに入れる。同じく3910は書持の「山霍公鳥離れず来む」であるが、これもⅢに入れた。3913は家持の「……あふちの枝に行きてゐば」である。

ロ、雁の項中、1708は「……越え来なる雁の使……」、1699「……雁渡るらし」、1700は「天雲翔ける雁……」である。1614・3676はともに、「……初雁の使……」「天飛ぶや雁を使に……」とあるが、ここに入れておく。1567は家持の「雲隠り鳴くなる雁のゆきてゐむ」であるが、Ⅱに入れた。

ハ、鶴の項中、3626は丹比大夫の「鶴が鳴き葦辺をさして飛び渡る」であるが、これは年次に疑がある。また324は、赤人の「朝雲に鶴は乱れ夕霧にかはづはさはく」であるが、Ⅲに入れておいた。

ニ、千鳥の項中4011は家持の「夕猟に千鳥ふみ立て」であり処理に困難があるが、一応ここに入れておく。

3　年代の明らかなもののみ収めることとしたが、霍公鳥の場合は例が多いので、この表に入りうるだけに限って以下は略してある。年次でいえば天平一九年までしか霍公鳥は記入してないことになる。

する関係から、年代・作者の未詳のものは除外せざるを得なかった。しかし、この集の大勢は、これで十分に察することができるのであり、作者不明歌は、細かい考察を加える場合に検討すれば良いと思われる。

この表から分かるように、このⅠⅡⅢという順序は年代的な古新の順序と合致していると言えるのであり、しかも、集の大勢はⅠに傾いていることを明らかにしうるであろう。注記したように、これらの中には、Ⅲと言っても極めて単純な表現も含まれているし、また分類に困難なものもあるが、それを考慮してもなお、右のことは動くまいと思われる。万葉集の動物の表現には、まずⅠがあり、それにⅡが加わり、その後にⅢが生ずると見て良いであろう。ただ、ここで念のために付言しなければならないのは、後述する鹿の描写に見られるような狩猟生活と結びついての、明瞭

な視覚的叙述についてであろう。それは、西郷信綱『万葉私記』に、

淡海の久多綿の蚊屋野に、猪鹿多かり。その立てる足は薄原の如く、指挙《ささ》げたる角は枯樹の如し。

という古事記の叙述をあげ、「鹿たちがもっぱら狩猟の対象であったとき」の「すばらしい動的形象[3]」と言われている系列に属するものが万葉集中にも見られるということで、「夏野行く牡鹿の角」とか「にほ鳥の　なづさひ」など、譬喩に用いられる例が多い。だから、単純に視覚的な描写が後で、聴覚的印象描写が先と言うのは、誤りなのであるが、それらは、大西克礼が美学的に説いたところの、融合交感的自然感情の時代に属しているか、もしくはその名残であると解せられるので、その点を考慮して、次のように言うことができるであろう。すなわち、万葉集において、いわゆる自然との融合もしくは交感的感情にもとづく描写を除くと、動物とくに鳥の描写は一般的に聴覚中心と認められ、時代が下るにつれ、そこに視覚的要素の参与を見る、と。

ここで、なぜ私が前述のようなことに筆を費やしたか、ことわっておきたい。万葉集の自然描写における聴覚と視覚との関係については、大西も前掲書の中で、「本来主として聴覚に訴へて来る自然の美的効果、即ち『鳥の声』とか『浪の音』とかいふやうなものも、音感の側面を旨として把握するよりは、その視覚的、動的形象を主として翫賞する傾向の著しいこと」を指摘している。一方、高木市之助『吉野の鮎』においては、

ごく概括的に見て、万葉人は平安朝人よりも多くの関心を自然界における音の方面につないでゐたやうに思はれる[4]。

と述べられていて、観点にずれがあるため、そこには記述の食い違いが感ぜられる。そのために私も深入りしたわけである。しかしながら、万葉集の表現を詳細に検討してみると、両者の指摘は決して矛盾するものではなく、事の両面に照明をあてた類であることが知られる。つまり、大西の指摘するところを時間的な流れに沿って見れば、それは

比較的に新しい時代の歌に多いのであり、平安朝の歌と比較すると、高木の指摘するような傾向が出てくるわけである。

そうした一般的な傾向の中に時折見られる視覚的に微細な描写、たとえば前掲表の、霍公鳥の欄内Ⅲの1755の歌は、どのような性格の歌であり、どんな繋がりを後の歌との間に持っているのかを探ることが、本節における私の主題である。前掲表について、もう少し触れておきたいこともあるが、ひとまずこれで止め、次に個々の描写について見ることとしたい。

二　霍公鳥の描写について

1　万葉集中の霍公鳥歌

万葉集中、霍公鳥の詠みこまれた歌は、一五〇余首を数える。(5)その中、年代および作者の不明な作が巻十に三四首、巻十二、巻十四に各一首ずつある。巻十の三四首中二首——長歌とその反歌——は古歌集から引かれたものであるが、先に述べたⅠ型に属するので、ここでは問題にならない。その他もほとんどⅠもしくはⅡとして処理しうるものだから、少なくとも霍公鳥の視覚的精細描写を探る場合に、作者不明歌は考慮しないでも影響はないと言える。

作者判明歌中、Ⅲの型に属する表現を含む作が本節の対象としてとりあげられるのであるが、まず前掲表中の1755を見ることにしよう。巻九の高橋虫麻呂歌集中の一首である。作者の明らかな、しかも霍公鳥の詠まれた歌の中では、万葉集内では一〇番目に位置すると言えるが、この歌の描写がそれ以前の作と、どのように異なっているか、表のみでは具体的に把握し難いので、次に一〇首にかぎって掲げてみる。配列は、基本的に、土屋文明『万葉集年表』に拠っている。

(1)ほととぎすいたくな鳴きそ汝が声を五月の玉にあへぬくまでに（巻八・一四六五、藤原夫人）天武朝か

(2)古に恋ふらむ鳥はほととぎすけだしや鳴きし我が思へる如（巻二・一一二、額田王）持統四年、あるいは五年

(3)つのさはふ　磐余の道を　朝さらず　行きけむ人の　念ひつつ　通ひけまくは　霍公鳥　鳴く五月は　菖蒲　花橘を　玉にぬき（一云、貫き交へ）　蘊にせむと……（巻三・四二三、山前王）持統朝か

(4)神名火の磐瀬の杜のほととぎすならしの岳に何時か来鳴かむ（巻八・一四六六、志貴皇子）

(5)ほととぎす無かる国にも行きてしかその鳴く声を聞けば苦しも（巻八・一四六七、弓削皇子）文武三年まで

(6)ほととぎす声聞く小野の秋風に萩咲きぬれや声の乏しき（巻八・一四六八、広瀬王）養老六年

(7)ほととぎす猶も鳴かなむ旧《もと》つ人かけつつもとな朕《あ》を哭《ね》し鳴くも（巻二十・四四三七、先太上天皇）養老六年

(8)ほととぎすここに近くを来鳴きてよ過ぎなむのちにしるしあらめやも（巻二十・四四三八、薩妙観）養老年中か

(9)筑波嶺に我が行けりせばほととぎす山彦とよめ鳴かましやそれ（巻八・一四九七、虫麻呂歌中）養老年中か

(10)鶯の　生卵の中に　ほととぎす　ひとり生れて　己《な》が父に　似ては鳴かず　己が母に　似ては鳴かず　卯の花の　咲きたる野辺ゆ　飛びかけり　来鳴きとよもし　橘の　花を居散らし　ひねもすに　鳴けど聞きよし　幣《まひ》はせむ　遠くな行きそ　吾が屋戸の　花橘に　住み渡れ鳥（巻九・一七五五、虫麻呂集）養老年中か

右の如くである。なお、弓削皇子の有名な歌「古に恋ふる鳥かも弓弦葉の御井の上より鳴きわたりゆく」（巻二・一一一）は、それに和した額田王の歌（前掲(2)）からも霍公鳥のことを詠んだものと察せられるが、歌中にただ「鳥」とあるのみなので、ここでは除いておいた。一緒に考えても良いが、その場合は、Ⅱの「鳴きわたる型」であることも明らかである。

表中(1)から(9)まではすべてＩ型に入れたもので、「鳴き型」と仮称した類である。「鳴きそ」「来鳴かむ」「鳴かなむ」「鳴かまし」など語は変化しても、霍公鳥の声のみに焦点は合わされていて、この鳥の映像は視覚的にぼやけている。追加した弓削皇子の歌に、やや視覚的な映像らしいものは認められるが、それも「鳴きわたりゆく」とあって、聴覚に視覚の参与した表現と言うべきで、視覚描写を中心とするとは言い難い。ところが、こうした歌にくらべ、(10)の虫麻呂の歌は、かなり趣を異にする。レンズの焦点がようやくこの鳥の動きに合わされたように、明瞭な像を結ぶのである。長歌だから、こうした描写が可能なのだと考える向きもあるかもしれないが、そう言って片付けてしまうべきではなかろう。いちおうそのような形式上の制約は認めるにしても、それのみではないことは他の長歌を見れば分かる。いずれにしても、霍公鳥の微妙な動きを、

卯の花の　咲きたる野辺ゆ　飛びかけり　来鳴きとよもし　橘の　花を居散らし　ひねもすに　鳴けど……

などと表現したものは、天平以前には、この歌以外に例がない(蜀魂の伝説とも関わりある霍公鳥だからそうした傾向になると言えないことは、他の鳥の表現を見て察せられる)。

この高橋虫麻呂の「霍公鳥を詠む一首并せて短歌」と題する歌は、この鳥の習性を詠みこんだ異色作として、従来しばしば採りあげられて来たもので、とくに犬養孝「虫麻呂の孤愁」(6)には、これを虫麻呂の孤独な魂を証する作として詳しく説かれている。異常な生い立ちを持つ親なしの孤独な鳥の描写の背後に、人間虫麻呂の孤愁を探りあてようとする犬養の指摘は正しいと思われる。私が本節において注目しているのは、題材の異色性にあるわけではないが、犬養論文に言う「虫麻呂の孤愁」が、霍公鳥の視覚的描写と関わりを持つであろうことも推測されるのである。

虫麻呂の歌に見られる精細な視覚的描写の系譜の、次に浮かぶのは、前掲表からも知られるとおり、家持の天平一三年の作の「木の間立ちくき」(巻十七・三九一一)である。

あしひきの山辺に居ればほととぎす木の間立ちくき鳴かぬ日はなし

なお、表の中で＊を付したⅢ欄のものについては、注記もしておいたが、多少付言しておかなければならない。

過所なしに関飛び越ゆるほととぎすまねく吾子にも止まず通はむ　（巻十五・三七五四、中臣宅守）天平十二年

珠にぬく楝を宅に植ゑたらば山ほととぎす離れず来むかも　（巻十七・三九一〇、大伴書持）天平十三年

ほととぎす楝の枝に行きて居ば花は散らむな珠と見るまで　（巻十七・三九一三、家持）天平十三年

三七五四は、眼前の関を越えるというより、観念的な内容と思われるが、聴覚的描写のないところから、いちおうⅢに入れた。なお、この歌の第四句は難訓の箇所であるが、「古典大系」の訓によっておく。

また、書持の三九一〇の「離れず来む」にしても、家持の「行きて居ば」にしても、聴覚的叙述を伴っていない点からⅢに入れたが、いずれも視覚的に微細な描写があるというわけではない。「橘の花を居散らし」という虫麻呂の歌の方が目の働きは細かいと言える。したがって、霍公鳥の視覚的に細緻な——といっても近代の写生短歌に見る細かさに比すれば、到底問題になるまいが——描写の線に沿って問題となるのは、家持の三九一一である。

この家持作歌の「木の間立ちくき」は、万葉集の中でも珍しい表現である。「立ちくく」は、家持の歌にしか用いられていない語であるし、樹間の鳥の動きを簡潔明瞭に表わしている点に、作者の繊細にはたらく目と感性とを感じさせるからである。(7)「立ちくく」「飛びくく」は樹間の鳥の敏捷な動きを表現する語であって、鶯に二回、霍公鳥に三回計五回用いられている。

霍公鳥の場合は、三例のすべてが「立ちくく」であって、鶯の場合が「飛びくく」に限られるのと、さわやかな対照を見せることにも注意したい。鶯が軽く羽ばたきつつ樹間をくぐるのと、霍公鳥がたいして羽ばたきもせずに木の間を抜けるのとの違いに応じた表現で、家持の細かい感覚が生かされていると思う。

鶯に関しては、後に一括して述べるので、ここでは省くとして、霍公鳥の場合は、右の三九一一と、次に採りあげる四一九二の長歌、およびこれは年次の判明しない作であるが、巻八の一四九五、

あしひきの木の間立ちくくほととぎすかく聞きそめて後恋ひむかも　(一四九五)

の三例である。一四九五と三九一一(天平一三年)との作歌年代の先後は明らかでない。が歌の内容からすると、一四九五が先ではないかと思われる。「あしひきの」「ほととぎす」「木の間」「立ちくく」という四語を共通に含むこの二首は、一方を改作してもう一方が詠まれたという関係にあるものだろう。とすれば、一四九五から三九一一という方向が推定される。一四九五は、天平一〇年前後と考えてよかろうか。

念のために付記すれば、この「立ちくく」「飛びくく」という語は、平安時代には用いられた形跡がなく、八代集にも、また源氏物語にも見えない(『源氏物語大成』による)。現在までに管見に入ったものは、近世における良寛の「あを山のこぬれたちくきほととぎす啼く声きけば昔憶ほゆ」と、近代における長塚節の「朝なあさな来鳴く小雀は松の子をはむとにかあらし松葉立ちぐく」のみである。そのことは、また後に述べる。

ともかく、霍公鳥の表現の中で、家持の「木の間立ちくき」は特に印象的であり、先述の虫麻呂の描写とともに、万葉集中の視覚的描写の中でも際立ったものと言える。そして、先の表中には、スペースの関係で天平一九年の歌まででしか収められなかったが、天平勝宝八年の「ほととぎすまず鳴く朝けいかにせば我が門過ぎじ語りつぐまで」(四四六三)に至るまで――この歌が集内でもっとも新しいほととぎすの歌である――とくにここに採りあげる必要のない作品が並んでいると言って良い。

2　虫麻呂と家持

家持の歌で、霍公鳥の詠まれたものは、合計六四首ある。万葉集中の霍公鳥の歌の約四割が家持に集まっている勘定になるが、その大部分は、天平一九年から天平勝宝二年までの越中守在任中の作である。ちなみに、その数を示すと、天平一九年七首、同二〇年六首、天平勝宝元年八首、同二年二二首、計四三首となる。巻八に天平年間の作で、年次不明のものが一〇首ほど、同じく家持作としてあるが、先の一四九五と同じころのものと思われる。

家持は越中守在任中に、右のように多数の霍公鳥の歌を詠んでいるのだが、本節の主題に即して言えば、その大部分は、Ⅰ類およびⅡ類に分類されるべきもので、Ⅲ類として視覚的に精細な描写の注目されるのは、天平勝宝二年四月九日の次の作のみである。

詠霍公鳥并藤花一首 并短歌

桃の花　紅色に　にほひたる　面輪のうちに　青柳の　細き眉根を　笑みまがり　朝影見つつ　をとめらが　手に取り持てる　まそ鏡　二上山に　木のくれの　繁き谷辺を　呼び響め　朝飛びわたり　夕月夜　かそけき野辺に　はろばろに　鳴くほととぎす　立ちくくと　羽触に散らす　藤なみの　花なつかしみ　引き攀ぢて　袖にこきれつ　染まば染むとも　（四一九二）

ほととぎす鳴く羽触にも散りにけり盛り過ぐらし藤浪の花　（四一九三）

長歌において、次第に焦点をしぼりつつ、樹間をくぐる霍公鳥の生態を叙するところは、万葉集中の動物の描写の中でも、とくに繊細で異彩を放っている。後に触れるとおり、歌としてはこの長歌は成功作とし難いであろうが、「夕月夜　かそけき野辺に」から「羽触に散らす」までに見られる視覚的に精細な描写は、家持の繊細な感性を示して、類のないものになっている。「立ちくく」と言い、「羽触に散らす」、あるいは「はろばろに」「かそけき」といった家持作歌に独自の語句(8)を積み重ねたこの歌の表現は、先行の歌人たちの霍公鳥の歌と一見つながりを持たないかに見えるけれども、それは全く孤立的な例とされるのだろうか。また、こうした精細な自然描写は、いわゆる家持の秀歌の表現と、どのように関わっているのだろうか。

私の問題は、種々の方向に広がってゆくのだが、まず前者について結論を記すならば、この家持長歌の描写と、虫麻呂の霍公鳥歌の描写とは、密接な関連を有するものと考えられる。

A　卯の花の　咲きたる野辺ゆ　飛びかけり　来鳴きとよもし　橘の　花を居散らし　ひねもすに　鳴けど……
（一七五五、虫麻呂）

B　二上山に　木のくれの　繁き谷辺を　呼び響め　朝飛びわたり　夕月夜　かそけき野辺に　はろばろに　鳴くほととぎす　立ちくくと　羽触に散らす……　（四一九二、家持）

右には霍公鳥の描写の部分のみ摘記したのであるが、AB間に直接の関係が認められるか否か、判断は難しい。あると思えばありそうだし、そうでないとも思われる。単に蓋然的に判断が下されるのみのように見える。おそらくそういうこともあって、AB間の直接の関係をとりあげて論じた注釈書が見あたらないのかも知れない。

しかしながら、この長歌の構成、とくに序の部分の検討と、家持の虫麻呂歌への傾倒の時期とを考え合わせるならば、必然的にABの密接な関係も明らかになるように思われる。つまり、万葉集内でも珍しいBの家持作歌の描写は、Aを先蹤とし、それを母胎とすると言って良いのである。次に、多少繁雑になる恐れもあるが、その理由を記す。

理由①　天平勝宝二年三月から五月にかけての家持には、虫麻呂追随の形跡がいちじるしいこと。

周知のとおり、巻九巻末の「菟原処女の墓を見る歌」に追和して、家持の「追同処女墓歌一首并短歌」（四二一一～四二一二)が詠まれたのは、天平勝宝二年五月六日のことである。この頃家持がしだいに山上憶良の詞句踏襲の弊を脱しつつあったらしいことは、別稿[9]に記したことがあるが、同年三月二〇日の「詠霍公鳥并時花歌一首并短歌」も、明らかに虫麻呂の霍公鳥歌を踏まえたものと思われる。[10]その三月二〇日と、五月六日のほぼ中ごろ、四月九日に詠まれたのがこの「詠霍公鳥并藤花」の歌だから、時期的に虫麻呂作歌との関連は、肯定しうるであろう。

理由② この「詠霍公鳥并藤花」歌の序の部分は、虫麻呂の女性描写にさらに中国文学的潤色を加えたものと見られること。

先にも触れたとおり、この長歌は佳作とは言い難い。諸注にも指摘されているように、一一句を用いた長い序が、一首を分裂させる結果を招いているためである。二上山から蓋へ、蓋から鏡へ、鏡から乙女へという連想による序詞で、乙女の形容に粘っこく凝り過ぎたというのが家持の制作の実状ではなかったかと思われる。それにしても、なぜ、一首を破綻させるほどに作者はかくも序の部分に凝ったのであろうか。

武田祐吉の言うように「たとえば巻の十三の三二六六、三三三〇などにある、古体にならったもの」(『全註釈』)ということも形式上は考えられるかもしれないし、また、それ以上に家持の興味が、中国詩風の艶美な趣味にあったことも想像されるだろう。

家持の越中守時代に、中国文学の影響の著しいことは、池主との贈答書簡にも明らかであるし、小島憲之[11]・横井博[12]などの詳細な論もある。天平勝宝二年の歌にも、『玉台新詠』などの詩の影響は濃いのであって、「桃の花　紅色ににほひたる　面輪のうちに……」というこの序の表現は、同年三月一日の「春の苑紅にほふ桃の花……」(四一三九)と同じ流れのものである。二上山から喚起された「をとめ」のイメージを必要以上に凝ったものにさせたのも、そうした中国詩風の趣味にあると言ってさしつかえない。

ところで、この歌の乙女の形容から、中国詩風の艶美な、粘っこさを取り去ってしまうとどうなるか、そこまで行かなくとも、もう少しこの濃厚さを和らげてゆくと、どうなるのか、を私は考えてみる。逆に言うと、万葉集でも類の少ない乙女の容姿の描写であるが、これはある表現に、さらに濃厚な中国的な詩趣を加えてつくられたものではなかったか、を考えるのである。これも結論から述べるならば、巻九の一八〇七「勝鹿の真間の娘子を詠む歌」が、そのある表現に相当すると思われる。

……麻衣に　青衿つけ　ひたさ麻を　裳には織り着て　髪だにも　かきは梳らず　沓をだに　はかず行けども　錦綾の　中に包める　斎児《いはひこ》も　妹にしかめや　望月の　たれる面わに　花のごと　笑みて立てれば……

多少長めに引用したが、この虫麻呂歌は、家持の前掲の表現と類句の関係にあるわけではない。譬喩も一方は花・月で、他方は桃・柳であって、重ならない。しかし、先に述べた家持の中国詩への傾倒と、虫麻呂作歌への接近という、この時期の特徴を踏まえてみると、両者の間に浅からぬ関係のあることも見えてくるようである。

小さなことかも知れないが、家持の歌にも虫麻呂の歌にも、「オモワ」という語が使われている。「オモワ」は珍しい語で、万葉集には僅か四例を数えるに過ぎず、それも、家持に二例(四一六九と四一九二)と、虫麻呂のこの一八〇七に一例、そして巻十の人麻呂歌集七夕歌(二〇〇三)に一例を見るのみ。しかも、虫麻呂の一八〇七と家持の四一九二には、ともに「面輪」と記され、四一六九と人麻呂歌集の例は、単に「面」となっている。

この「オモワ」が当時それほど一般的に多用された語ではないことは、四一六九の「御面」について、家持が「御面謂之美於毛和」と注記していることからも察せられるから、虫麻呂の「面輪」が家持の「面輪」を生んだという可能性も、十分考えられるのである。

右のようなことを押さえた上で、ふたたび虫麻呂の乙女の描写(C)と、家持のそれ(D)とを、比較してみよう。

（C）

望月のたれる面輪に
花のごと笑みて立てれば ――

（D）

桃の花紅色ににほひたる面輪のうちに
青柳の細き眉根を笑みまがり

語数や語順に多少の相違はあるし、（C）の表現自体、中国詩の影響のいちじるしいものだが、さらに紅顔、柳黛という艶美な表現を増し、潤色を加えたのが（D）の表現であると、言ってよいのではなかろうか。家持は、虫麻呂の一八〇七歌を意識しつつ、四一九二の冒頭部分を作ったのであろう。

右に確かめてきた虫麻呂作歌と、家持の歌との関係を、表示すれば、次のようになる。

虫麻呂	家持	
詠霍公鳥一首	詠霍公鳥并時花歌	三月二〇日
詠勝鹿真間娘子歌	詠霍公鳥并藤花一首	四月九日
見菟原処女墓歌	追同処女墓歌	五月六日

右の、縦の実線で結んだ関係は、すでに記したところで、残されたのは、↔印の「詠霍公鳥一首」と「詠霍公鳥并藤花一首」との関係である。それを確かめるための地固めをしてきたわけであるが、ここで（A）と（B）との表現を、もう一度つきあわせて見よう。

（A）

卯の花の咲きたる野
辺ゆ飛びかけり

（B）

二上山に木のくれの繁き
谷辺を呼び響め朝飛びわたり
夕月夜かそけき野辺に

来鳴き響もし　　はろばろに鳴く霍公鳥
橘の花を居散らしひねもすに　　立ちくくと羽触に散らす藤なみの
鳴けど……――――花なつかしみ……

右のように並記してみると、(B)の家持の表現は、(A)に家持独自の用語として先に掲げた「はろばろに」「かそけき」「立ちくく」「羽触に散らす」など、繊細な情調や細緻な映像を齎らす語を加えて展開した表現にほかならないことが分かり易いであろう。(B)から、そうした特殊用語を除去するか、もしくは他の詞句と置き換えてしまうならば、(A)にほぼ等しい表現が得られることは、先述の(C)(D)の関係に近似するであろう。つまり、家持は、(B)においても虫麻呂の素描をもとに、さらに潤色を加え、彼自身の表現を創造しているのであって、そのことが偶然でないということも、既述の時期的考察から知られると思う。言い換えると、虫麻呂の場合、万葉集における他の歌の表現との比較の上で、その精細描写が採りあげられるとは言っても、まだ十分に個性的な眼の働きを認め難いところがあるが、家持の場合は、そこに個性を注入し、独自の描写を創り出し、繊細で優美な感じを醸成していると言うことができよう。

なお、(A)(B)両歌の関係については、題材の共通から、もっと単純に説くことも可能かもしれない。しかしながら、表現に即して緊密な関係を探るために、あえて迂遠とも思われる道を選んだのである。

さて、こうして私は霍公鳥の歌において、家持と虫麻呂の表現に密接な繋がりのあることを確かめえたと思う。虫麻呂から家持へ、前掲表の第Ⅲ類に入れた、いわゆる視覚的な、そして、いっそう精細な方向へと向かう描写の跡を辿ることができる。

越中守時代の家持にとって、実りが多かったとは言えないかも知れないが、虫麻呂に接近したことの意味は小さくはなかったであろうと思う。それと相前後して、憶良の詞句を模倣している時期のあるのを見ると、家持がこの二人の歌の詞句を追っていたのは、彼自身の内部に、多少なりとも写実的散文的な表現に惹かれ傾くものの存したことを示しているだろう。憶良と虫麻呂とは、和歌的な抒情の世界に、強引に散文的な表現を持ち込もうとした点に通ずる所を持っている。越中守時代に作られた多くの長歌の、表現の平板性についてしばしば問題も探られているけれども、その平板さの底のものは、やはりこの散文性なのであろう。(13) 憶良および虫麻呂の詞句を模倣し、霍公鳥の描写においては、独自の精細描写を加えて新たな表現を展開していることも、その場かぎりの、気まぐれのものではないと思われる。私見によれば、大西の指摘する「第一の方向」に向かって、家持自身が意識的な試みをしたと考えられるのであるが、そのように結論づけるためには、もう少し他の自然描写を、――ここではとくに動物の表現の特徴を――探って見る必要があるし、また家持の特殊語句の性格(これは一括して後述する)を検討しなければならないだろう。

三　鶯の描写・鹿の描写について

万葉集において、鶯は、合計五〇余首に歌われている。(14) これを年代順に並べ、ⅠⅡⅢ類に分けると、前掲の表のようになる。年代および作者の不明の歌は、表から外しておいたのであるが、それらを含めて考えても、やはり聴覚中心の第Ⅰ類の描写が主で、その間に時折微細な、この鳥の姿態や動きを表現する詞句が散見されると言ってよい。前表の鶯の欄の第Ⅲ類に記されている八二七、八四二などの歌は、そうした表現を含むのである。

霍公鳥の歌の場合と違って、とくに目に立つことをあげれば、鶯の歌では、無名の歌人や、文字通りの作者不明歌に精細な描写が見られるのを特徴とする。これも、後述するように、中国詩文の影響と考えられるだろう。

鶯の場合も、前表のみでは漠然としているので、年代順に古い方から一〇首だけ掲げてみる。作者不明歌については、また後に触れる。

①春山の友鶯の鳴き別れ帰ります間も思ほせ吾を　（巻十・一八九〇、人麻呂歌集）
②春山の霧にまどへる鶯も我にまさりて物思はめや　（巻十・一八九二、人麻呂歌集）
③鶯の　生卵の中に　ほととぎす　ひとり生れて……　（巻九・一七五五、虫麻呂歌集）養老か
④高円に　鶯鳴きぬ　もののふの　八十伴の雄は……　（巻六・九四八、作者未詳）神亀四年
⑤梅の花散らまく惜しみ吾が苑の竹の林に鶯鳴くも　（巻五・八二四、阿氏奥島）天平二年
⑥春されば木末がくりて鶯そ鳴きていぬなる梅が下枝に　（巻五・八二七、山氏若麻呂）同右
⑦春の野に鳴くや鶯なつけむと我がへの苑に梅が花咲く　（巻五・八三七、志氏大道）同右
⑧梅の花散りまがひたる岡傍には鶯鳴くも春かたまけて　（巻五・八三八、榎氏鉢麻呂）同右
⑨鶯の音きくなへに梅の花吾家の苑に咲きて散る見ゆ　（巻五・八四一、高氏老）同右
⑩吾が宿の梅の下枝に遊びつつ鶯鳴くも散らまく惜しみ　（巻五・八四二、高氏海人）同右

右のうち、変った表現として人麻呂歌集の、「春山の霧にまどへる鶯……」があげられる。諸注の指摘するように、この句によって一首が生かされているのであるが、「霧にまどへる」は純粋に客観的写生的な表現かというと、そうは言い切れない。土屋『私注』にこの歌を「民謡」と言い、茂吉『評釈篇』に「非空非実のうちに、切実な響を伝へてゐ」るとか、「民謡風の境界まで行つてなほ個に即する点のあることを見免したくない」と評されているように、これは単純な写生句というのではなく、鶯を対象化してその動きを描写しているのでもない。したがって、本節において第Ⅲ類として扱って来たものとは性質を異にするのである。たとえば、同じく鶯を描写していても、この「春

山の霧にまどへる鶯」と、八二七（前掲⑥）の、

春されば木末がくりて鶯そ

との間には、大きな相違が認められる。霧が季節的に秋のものという情趣的な固定観念に拘束される以前の、また、美的観照的な眼が未だ十分発達しない時代の、既述の大西克礼の言葉によるならば、自然と融合交感する自然感情の濃厚な表現と、自然を外側にあるものとして対象化して眺める意識から生れた描写との相違と言って良いだろう。

右のような点を考えあわせ、美的観照的に鶯が一首に詠まれるようになるのは、万葉集においては天平以後のこととするのを正しいとせねばならない。

前掲の表から明らかなとおり、鶯の動きを視覚的観照的に細かく一首中に定着させるようになるのは、天平二年の梅花の歌においてである。巻十の年代不明歌一七首にも、霍公鳥の場合よりも視覚的写生的な表現が多く見られるので、当然それらをも考慮せねばならないが、作者明記の歌では、まず前掲八二七の「木末がくりて鶯そ鳴きていぬ」が注目されるのである。

この「木末がくりて……鳴きていぬ」という詞句、もしくはこれに近い表現は、鶯に限らず他の鳥の場合にも見られそうに思われるのであるが、意外に万葉集の中で、ほかには見えず、余計興味深く思われる。

巻十七の大伴池主から家持に宛てた書簡中に「嬌鶯葉に隠りて歌ふ」という漢文がある。そうした詞句をやまとことばに置き換えると「木末がくりて……鳴き」になりそうに思われるし、さらに池主の「嬌鶯云々」は、『玉台新詠』の詞句の焼き直しと見られるので、この「木末がくりて鶯そ鳴き」は、もともと中国詩の表現に示唆を得てのものではなかったかと考えられるのである。

『玉台新詠』巻七に、

新鶯隠葉囀（和劉上黄）

とあるのは、さきの池主の、

婚鶯隠葉歌

と酷似している。新を嬌に、囀を歌に置き換えるだけで容易に作れる詞句だから、おそらく池主は、『玉台新詠』の「新鶯云々」を下敷にしたものと察せられるし、巻五の梅花歌そのものが中国趣味に追随して制作されたものであるから、「木末がくりて……」を「新鶯隠葉囀」などから暗示を得た表現とすることも、それほど無稽なこととは言われまい。

右と似たことが、「木伝ふ」など一連の鶯の表現についても考えられるであろう。先に掲げた一〇首の中には含まれていないが、表中のⅢ欄に収めた、

袖垂れていざ吾が苑に鶯の木伝ひ散らす梅の花見に　（巻十九・四二七七、藤原永手）天平勝宝四年

や、作者不明歌（前掲表からは除いておいた）の中の、

春されば妻を求むと鶯の木末を伝ひ鳴きつつもとな　（一八二六）

鶯の木伝ふ梅のうつろへば桜の花の時片まけぬ　（一八五四）

いつしかもこの夜の明けむ鶯の木伝ひ散らす梅の花見む　（一八七三）

などがある。

先にも触れたとおり、鶯の場合は霍公鳥よりも、作者が無名の、或いは作者不明の歌の中に視覚的映像の描写が見られるのであり、右のほか、

春霞流るるなへに青柳の枝啄ひ持ちて鶯鳴くも　（一八二一）

うち靡く春さり来れば小竹の末《うれ》に尾羽うち振りて鶯鳴くも　（一八三〇）

なども見られる。

これらの歌は『万葉集の自然感情』の二六七頁において大西も注目し、「本来主として聴覚に訴へて来る自然の美的効果」も「音感の側面を旨として把握するよりは、その視覚的・動的形象を主として翫賞する傾向の著しいこと」の例証としてあげているものである。（先に私は、この傾向が万葉集の中では比較的に新しいものに目立つこと、そして集全体としてその例は決して多いとは言えないことを述べた。）

右のうち、「木伝ふ」「木末を伝ひ」「木伝ひ散らす」などは、集内でこれらの歌のみであり、したがって鶯に限り見られる表現である。先の「木末がくり」の例と同様に、あるいはこれも中国詩の影響を受けているのかもしれない。

たとえば『玉台新詠』巻十の、

紫藤払花樹、黄鳥度青枝 云々　（虞炎、有所思一首）

など、これをやまとことばに移すと、「鶯の木伝ふ」ということになるのではないかと思われる。そんな風に、あえて中国詩の示唆を考えるのは、梅に鶯を取り合わせて美的に観照する趣味が舶来のものだからで、そうした態度で詠まれた歌の叙述に、中国風の表現が見られても、当然と言わなければならないだろう。太田青丘『日本歌学と中国詩学』の六二頁に、『懐風藻』の詩と六朝詩の表現について、

中国詩的形容によつて我国人が修辞に関心をもち、描写を精細にする術を会得して行つたことを理解すべきであらう。

と言われているが、鶯の映像を一首の中に視覚的に描き出すことを始めたのは、中国詩を模倣することをとおして自然を見る術を身につけて行った無名の歌人たちであったと言って良い。

そして、それらの後に、家持の「飛びくく」が見える。前掲表のⅢ欄内の、三九六九、三九七一がそれである。
……春の野の　茂み飛びくく　鶯の　声だに聞かず……　(巻十七・三九六九、大伴家持)天平十九年
山吹の茂み飛びくく鶯の声を聞くらむ君は羨しも　(三九七一、家持)同右
どちらも天平一九年の作であり、先の「立ちくく」が越中時代の後期であるのに対し、越中時代の初期に相当する。したがって「飛びくく」「立ちくく」は、家持の越中時代に愛用した語と言えるが――「立ちくく」は天平一三年の歌および天平年次未詳の歌にも見られるが――、天平一九年には、大伴池主との贈答がしきりに見られ、右の鶯の描写もその中のものである。
「立ちくく」とか「飛びくく」に相当する中国語が、当時の万葉人の愛読書中にあったかどうか、まだ確かめられないでいるが、家持以外に使われていないことを考え合わせると、家持の造語かも知れない。
いずれにしても、これらの語の簡潔さと言い、微妙な鳥の動きを表現しえていることと言い、注目すべき用語と思われる。私は、家持の越中守時代に、「羽触」「立ちくく」「飛びくく」、あるいは、これは視覚的描写用語というのではないが、「かそけき」「はろばろ」などの特殊用語を集中的に多用、もしくは始用していることを重視したいと思う。これらの語の簡潔さと、映像の微細さ、鮮明さ、あるいは複雑さの中に、作者家持の配慮や意図が隠されているのではないかと考えるからである。
ところで、鶯の姿態描写において、天平一九年以後の家持は、再びこのように精細な趣を見せない。そのことは、前掲表からも理解されるだろう。参考のため、Ⅰ類Ⅱ類とした歌の中から、家持の歌数首を拾ってみると、
鶯は今は鳴かむと片待てば霞たなびき月は経につつ　(巻十七・四〇三〇)天平二十年
御苑生の竹の林に鶯は屢鳴きにしを雪は降りつつ　(巻十九・四二八六)天平勝宝五年

春の野に霞たなびきうらがなしこの夕かげに鶯鳴くも　(巻十九・四二九〇)同右

となる。右の四二九〇は、家持の絶唱とされる作であるが、そこでは、彼の微細に働く眼は、むしろ細く閉じられ、鶯の姿は、霞や夕べの光につつまれて淡く微かである。これは、霍公鳥を「……夕月夜　かそけき野辺に　はろばろに　鳴くほととぎす　立ちくくと　羽触に散らす」と詠んだ歌境と無縁でないことはもちろんである。視覚的な微細さから心情の細かさへ向かう家持を、この歌から感ずることができるけれども、そうした変化は、如何にして可能であったのか、ということに対して、我々が答え得るところは、決して十分なものとは言えない。越中守時代の、様々な習練がようやくここに実を結んだという言い方に、否定的な意見を持つわけではないが、単純にそれだけで済ませられないものがあると思われる。習練の結果、自覚的に到達し得た境地ならびに技法にしては、家持の表現そのものが、余りにも不安定だから——右の絶唱がと言う訳ではない。時期的にその前後の歌、さらに後の歌をその表現面から検討してみると——である。そのことは、また後節に一括するとして、その前に鹿の描写にも触れておきたい。

鹿も、万葉集歌にはかなり多数詠まれている。『万葉集大成』第六巻の東光治「万葉集の動物」によれば六六首ということであるが、「シシ」の例をも加えたら、もっと多くなるのではなかろうか。

鹿は、前掲の一覧表の中には入れなかったので、その描写の傾向を記すさいの参考のため、多目に歌を引いておく必要があろう。今、年代の古い作から順に二五首をあげる。

(1)夕されば小倉の山に臥す鹿の今夜は鳴かず寝ねにけらしも　(巻九・一六六四、雄略天皇)
(2)夕されば小倉の山に鳴く鹿は今夜は鳴かず寝ねにけらしも　(巻八・一五一一、舒明天皇)
(3)……鹿《しし》じもの　い匍ひ伏しつつ……　(巻二・一九九、人麻呂)持統十年
(4)夏野行く牡鹿の角の束の間も妹が心を忘れて思へや　(巻四・五〇二、人麻呂)持統朝か

(5)……猟路の小野に　猪鹿《しし》こそは　い匍ひをろがめ　鶉こそ　い匍ひもとほれ
猪鹿じもの　い匍ひをろがみ……　(巻三・二三九、人麻呂)文武三年
(6)紀の国の昔弓雄の響矢《なるや》もち鹿獲り靡けし坂の上にそある　(巻九・一六七八、作者未詳)大宝元年
(7)伊夜彦の神の麓に今日らもか鹿の臥すらむ皮服着て角つきながら　(巻十六・三八八四)大宝二年以前か
(8)宇陀の野の秋萩凌ぎ鳴く鹿も妻に恋ふらく我には益さじ　(巻八・一六〇九、丹比真人)文武朝か
(9)秋さらば今も見る如妻恋ひに鹿鳴かむ山そ高野原のうへ　(巻一・八四、長皇子)和銅五年
(10)……朝猟に　鹿猪《しし》ふみ起し　夕猟に　鳥践み立て……　(巻六・九二六、赤人)神亀か
(11)さを鹿の鳴くなる山を越えゆかむ日だにや君に将たあはざらむ　(巻六・九五三、金村或云千年)天平二年
(12)大和辺に君が立つ日の近づけば野に立つ鹿もとよみてぞ鳴く　(巻四・五七〇、麻田陽春)天平二年
(13)我が岳にさを鹿来鳴く初萩の花嬬問ひに来鳴くさを鹿　(巻八・一五四一、帥大伴卿)天平三年
(14)秋萩を　妻問ふ鹿こそ　一人子に　子持たりといへ　か児じもの……　(巻九・一七九〇、遣唐使母)天平五年
(15)……猪鹿《しし》じもの　膝折り伏せ……　(巻三・三七九、大伴坂上郎女)同右
(16)草枕旅を苦しみ恋ひ居れば可也の山辺にさを鹿鳴くも　(巻十五・三六七四、遣新羅使)天平八年
(17)妹を思ひ寐《い》の寝らえぬにあきの野にさを鹿鳴きつ妻思ひかねて　(巻十五・三六七八、同右)同右
(18)夜を長み寐の寝らえぬにあしひきの山彦とよめさを鹿鳴くも　(巻十五・三六八〇、同右)同右
(19)この岳に猪鹿ふみ起こし窺狙ひ左も右もすらく君故にこそ　(巻八・一五七六、巨曾倍津島)天平十年
(20)さを鹿の来立ち鳴く野の秋萩は露霜負ひて散りにしものを　(巻八・一五八〇、文馬養)同右
(21)石上　布留の命は……鹿猪じもの　弓矢囲みて……　(巻六・一〇一九、未詳)天平十一年

(22)山彦の相響むまで妻恋に鹿鳴く山辺に独のみして　(巻八・一六〇二、家持)天平十五年
(23)この頃の朝けに聞けばあしひきの山を響もしさを鹿鳴くも　(巻八・一六〇三、家持)同右
(24)さを鹿の朝立つ野辺の秋萩に玉と見るまでおける白露　(巻八・一五九八、家持)同右
(25)さを鹿の胸別にかも秋萩の散り過ぎにける盛りかも去ぬる　(巻八・一五九九、家持)同右

家持の天平一五年の作が出て来たところで、いちおう止めることとする。

先にも触れたが、鹿の歌の年代の古いものの中には「猪鹿こそは　い匍ひをろがめ」とか「夏野行く牡鹿の角の束の間」といった特殊な表現がまじっている。これらは、鹿の姿態に直接関わりのあるものだし、視覚的と言えばいえるのである。ただ先の霍公鳥や鶯のⅢ類として掲げた精細描写と異なるのは、その鹿の姿を美的観照的な対象としてよりも、もっと生活に密着したものとして眺めているところから来る。したがって、自然と融合した感情から、さらに進んだ細緻な客観化した観方というのではないので、ここでは採り上げずにおく。前掲(7)の「皮服着て角つきながら」にしても、(15)の「猪鹿じもの　膝折り伏せ」も、同じ系列のものと考えられよう。

こうして、先の二五首をもう一度眺めてみると、やはり家持の作歌中に最も印象的な鹿の描写が見出される。(25)の「胸別」がそれである。

家持は、このほかにも、

をみなへし秋萩しのぎさを鹿の露分け鳴かむ高円の野ぞ　(巻二十・四二九七)天平勝宝五年
大夫の呼び立てしかばさを鹿の胸別け行かむ秋野萩原　(巻二十・四三二〇)天平勝宝六年

など、鹿が美しい胸で草をおし分けて野をすすむ様を詠んでいる。特に「胸別」は、家持独自の表現で、鹿の「胸別」は家持作歌以外に見当らない。「胸別」という語そのものは、この二首のほかに、巻九の一七三八「詠上総末珠名娘子

一首并短歌」中の「しなが鳥　安房につぎたる　梓弓　末の珠名は　胸別の　広き吾妹……」があるが、その場合は、胸幅の意味で、胸の広いことを言って美人の形容としたものである。これに対して家持の場合は、鹿が草を胸で押し分ける様を言うのだから、そこには大きな意味の差違がある。土屋『私注』に「彼の造語かも知れない」と記されているが、まったく新しい語を造り出したというのではなく、胸幅の意の「胸別」を、別の新しい意味で用い始めたということなら肯けよう。

鹿が山野の草を押し分けて進む姿は、今日の我々にも印象的であるが、家持は「胸別」という語によってそれを定着しようとしたのである。

この語も、家持以後、平安朝の歌人たちに用いられることはなかったもののようだが、家持自身は相当気に入ったと見え、前掲の歌の如く一首の重心に据えたものがある。

とにかく、鹿の姿態の視覚的描写という点において、他の歌人とは異なった積極的な、家持の態度を見ることができるし、その志向を端的に物語る語が「胸別」であると言って良い。

四　家持の特殊語句の意義

前節まで、万葉集の自然、とくに動物の描写を、聴覚的なものと視覚的なものとに分け、さらに視覚的な形姿描写の、比較的に鮮明かつ精細な歌の跡を辿ってきた。主として霍公鳥・鶯・鹿を中心とし、それに雁・鶴・千鳥なども加えて表示したりしたのであるが、それはこれらの鳥獣が、動物の中でも万葉集に最も多く歌われているものであることと、視覚的に精細な描写がこれらに折々見られるためで、他は概してそうした性格が稀薄である。

ところで、そうした精細な描写の系列に浮かんできたのは、虫麻呂・家持と、それに、少数の梅花歌の作者や、鶯の歌の作者達であった。梅や鶯の歌の表現には、漢詩の影響が見られ、虫麻呂・家持にもそれは指摘しうるが、家持は生得の繊細な感性に虫麻呂の影響などもあって、集中でも珍しい霍公鳥の描写をなし得たと思われる。

虫麻呂が印象の明確な描写を見せることは、動物(霍公鳥)に限らず、有名な富士を詠む歌においても認められよう。赤人の富士山歌にくらべ、著しく現実的であり、地誌的な記述を含んでいて、赤人が霊妙で神聖な富士を「……渡る日の　影も隠ろひ　照る月の　光も見えず……」と詠歎をこめて歌っているのに対し、虫麻呂の方は、「天雲も　いゆきはばかり　飛ぶ鳥も　翔びも上らず　燎ゆる火を　雪もて消ち　降る雪を　火もて消ちつつ……」と、同じく雄大で神秘な山容を讃えながらも、散文的説明的に傾いた描写を見せる。そうした散文的な面の強い虫麻呂に、霍公鳥の動きを視覚的に細叙した表現があるのも肯けることだろう。

ところで、万葉集の動物の描写のうちでも、家持の視覚的な描写は、ひときわ特徴的である。それは単に彼の性格や時代的趨勢のほかに、純粋に文芸上の問題のあったことを思わせる。

そのように考える理由の第一は、微細な視覚的描写に用いた家持の特殊な語句、前掲の「立ちくく」「飛びくく」「羽触に散らす」「胸別」などの語にある。造語とも見える独自性と、印象の明確さ、そして語句自体の簡潔さを兼備したこれらの語が、家持の作品中にとくに集中して見られる事実は、これを裏返して言えば、家持の意図や表現上の問題がそうした線に沿って感得されるということになろう。これらの特殊な用語が、それぞれの作品中で従属的な位置しか与えられていないのではなく、むしろ一首の重心に当るような位置を占めていることによっても、それは察せられるはずである。しかも、問題は、一時的ではなく、持続的に多年にわたって家持の心を占める課題であったはずである。

天平年次未詳　　「立ちくく」
天平一三年　　　「立ちくく」
天平一五年　　　「胸別」
天平一九年　　　「飛びくく」
天平勝宝二年　　「立ちくく」「羽触に散らす」
天平勝宝六年　　「胸別」

本節において特に採りあげたもののみ右に記したのであるが、前後十数年にわたって、視覚的に明瞭な、あるいは精細な印象を、家持が追究した跡も偲ばれよう。

家持は、確かに文芸上修辞上の問題を抱きつつ、この客観的視覚的な描写ととり組んだのであろう。単に表現されたものが微細にわたり視覚的なあらわれ方をしているというのではなく、作者が意識的にこういう表現の問題にかかわったと見るべきである。

そして、この問題の極度に煮つめられたのは、外でもない越中守時代であったと思われる。右の語に「かそけき」とか「はろばろ」などの特殊語を、さらに加えて考えれば、容易に肯けるはずである。

越中時代の家持が、どれほど歌作に熱中したかは、歌の数によっても知られる。長歌のみとり出してみても、越中時代に三四首、それ以前が五首、以後は七首であって、越中守時代が大部分を占める。

これほど家持を熱中させた理由は、種々考えられるが、とりわけ政治的背景と関わらせつつ彼の内面を探ろうとする北山茂夫・伊藤博の論に惹かれるところが多い。たとえば、伊藤論によれば[15]、強力な天皇家あっての繁栄を予約された大伴家、漢詩文よりは倭歌に依存する伝統の氏族であった大伴家、その大伴家の棟梁であった家持にとって橘氏と藤原氏との政争や、藤原貴族を中心とする漢詩文の隆盛という政治と文学の流れが、いい気持のものであったはずはなく、彼を支えていたのは、大伴家繁栄の夢と、それに連なる倭歌への憧れであったということになる。したがって万葉集の編纂――その時期については諸説あるが――や追補[16]、あるいは精力的な多作ということも、当然この時期に見られる。

この時期の家持作歌の表現技巧という点にしぼって考えても、そこには幾つかの問題が指摘される。枕詞・序詞は、虫麻呂や憶良などにおいてもすでに極度に減少し、実質的で無装飾な表現法に近づいているが、家持の場合も同様な傾向にあると言える。対句については、瀬古確「歌格の上から観た万葉美」[17]に指摘されているとおり、家持の長歌の中、四〇九四「陸奥より金を出せる詔書を賀ぐ歌」には、一〇七句中のわずか一カ所しか対句は見当らぬし、四一一一の「橘の歌」や「白き大鷹を詠める歌」(四一五四)など、まったく対句を含まない長歌もある。序詞・枕詞・対句については、修辞上の問題として家持の意識に上っていたはずであろう。同様に、視覚的な精細な自然描写も、家持作歌の方法上の一問題として、心の一隅を占めていたに相違ない。その外的徴証が前述の語句ではないかと考えられる。

自然の視覚的印象を定着するさいに、どのような困難を、家持が感じていたか。という点に対する解答も、これらの語句が語ってくれるのではないか、と私は思っている。「立ちくく」「飛びくく」「胸別」「羽触」などの簡潔さは、作者家持の要請したところであろうし、微細な描写を一首の中に持ちこもうとすればする程、必然的にそうした要求は強まるのであろうと思われる。

こうした事情を推測するための、もう一つの手掛かりを述べておきたい。

家持作歌の特徴として、景と情とが互いに映発する関係にあることが指摘されることは周知のところであろう[18]。もちろん、おしなべてではないが、人麻呂・赤人などと比べて、そうした傾向は著しいのである。

垂姫の浦を漕ぐ舟梶間にも奈良の吾家を忘れて思へや　(巻十八・四〇四八)

春の日に張れる柳をとり持ちて見れば京の大路し思ほゆ　(巻十九・四一四二)

とか、

春まけてもの悲しきに小夜ふけて羽振鳴く鴫誰が田にか住む　(巻十九・四一四一)

あしひきの八峯の雉鳴き響む朝けの霞見れば悲しも　(巻十九・四一四九)

さらに、彼の秀歌と言われる、

春の野に霞たなびきうらがなしこの夕かげに鶯鳴くも　(巻十九・四二九〇)

をはじめとする三首など、その典型である。

上句が、下句の意や情を惹き起し、あるいは逆に、下句の景が上句の情を起すといった関係は、中国詩の修辞法に通ずるところのあるもので、太田青丘前掲書(19)に触れられているとおり、家持等の好んで読んだと推測される文選や『玉台新詠』に、ごく一般的に見られる。たとえば、先に鶯の項で掲げた虞炎の詩でもそうである。

紫藤払花樹　黄鳥度青枝

思君一歎息　苦涙応言垂　(『玉台新詠』巻一〇)

これは典型的な例であるが、こういう類を探せばいくらでも見つかる。これらは、家持が読んだであろうから、一首に景・情の映発しつつ詠み込まれる傾向は、中国詩の表現によって助長されたものとも言えるだろう。景情映発しつつ詠まれるということならば、叙景に用いられる語句は、いっそう圧縮されたものである必要も生ずるだろう。

家持の歌を、すべてこうした計算の上に、綿密周到に詠まれたものとは決して考えないが、少なくとも上記のような問題が家持の脳裏に浮かぶこともあったに違いないと思うのである。

ところで、右のような要請のもとに生まれた、造語とも思われる独自性を備えた語句が、平安朝の歌人たちから好まれなかったらしい理由も、ひとえに、その観念化抒情化のきかない、鮮明すぎる視覚印象に存したのではなかったかと思われる。微細に、明瞭にと進みすぎた描写語の、抒情化や象徴化という融通性を失った点に、彼の後の歌人たちが顧みかねた理由もあったのだろうと思う。このことは、「立ちくく」や「飛びくく」と意味的に通ずるところのある「百舌鳥の草潜き」(万葉、巻十・一八九七)が、後の歌集にどのように現われるかということと対照して考えると、確かめられるようだ。

春されば百舌鳥の草潜き見えずともわれは見やらむ君が辺をば　(万葉、一八九七)

先に鶯の項で触れた「霧にまどへる鶯」と、この「百舌鳥の草潜き」とは、同じように民謡的な趣をもっている。百舌鳥の草にかくれる様を、「見えず」の序としていることは明らかで、「立ちくく」「飛びくく」と言葉として似ていながら、両者の間には大きな相違がありそうだ。

「草潜き」も、万葉以後、古今集や後撰集などには用いられていないが、千載集以後になると、にわかに有名な歌人たちの作中に採り入れられているのを見るようになる。

憑めこし野辺の道芝夏ふかしいづくなるらむ鴫の草ぐき　(千載、恋三、俊成)

尋ねればそことも見えずなりにけり頼めし野辺の鵙の草ぐき　(続古今、恋四、式子内親王)

を始めとして、その他に、続古今に一、新千載に二、新拾遺に一、新葉に一首を見る。なお玉葉集の恋四の巻頭には、前掲の万葉歌が入れられている。右のほとんどが恋の歌であって――続古今の雑歌に一首見えるが、これも相聞的なものである――恋心のあてどない不安や悲哀が、万葉集の歌を背景に歌われているのを見る。そこには万葉歌の持っていた明るい健康的な土や草の匂いはなくなり、観念的な趣が著しいのであるが、そうした観念化や象徴化が可能であったからこそ、これらの歌人たちに「草潜き」が採り上げられたのだとも言えるのである。これに対し、「立ちく く」「飛びくく」は視覚的な精細さ、明瞭さの故に、観念化や象徴化の難しい語であった。「立ちくく」「飛びくく」が、平安朝以後の歌人たちに敬遠された理由はそこにあろう。

家持から一〇〇〇年余を経て良寛が「あを山のこぬれたちくきほととぎす」と詠み、さらに明治以後、長塚節に、

朝なあさな来鳴く小雀は松の子をはむとにかあらし松葉立ちぐく　(明治三七年「秋冬雑詠」)

と詠まれているのを、興味深く、私は見つめるのである(節のことは、次項に触れる)。

五　家持の秀歌と精細描写

精細な自然の描写が、大伴家持の歌にどのようにあらわれているか、また、そこに用いられた家持独得の用語が、どのような意義を持っているか、について前項まで考えてきた。家持の歌は、繊細な情緒性によって平安朝の歌風に通ずるものがあるとも言われるが、彼が意識的に試みた視覚的に精細な自然描写からすれば、両者は明らかに異質である。

ところで、そうした描写と、いわゆる家持の秀歌との間に、どのような関係があるかを確かめておくことも必要だろう。

春の野に霞たなびきうらがなしこの夕かげに鶯鳴くも　(四二九〇)

わが宿のいささ群竹吹く風の音のかそけきこの夕かも　(四二九一)

うらうらに照れる春日に雲雀あがり心悲しもひとりし思へば　(四二九二)

天平勝宝五年二月二三日および二五日の作となっている右の三首を家持の代表作とすることに、誰しも異存はあるまいと思うが、この三首と、前項までに記して来た描写とは繊細な感性において明らかに繫がっている。そして、その繊細さこそ、家持の生涯の作品を貫く一筋の糸にほかならない[20]。しかし、一方、土屋『私注』のように「彼には、当然のことども言へようが、確乎たる文学観がなかつたと見えて、一つの方向を取つて進歩して居ると見るべき程のものはないやうである[21]」と、方法的に必然と思われる脈絡を辿ることの難しさを指摘することもできる。あたかも偶然にそこに出現したようにこの三首があり、直前には、

青柳の秀つ枝よぢ取りかづらくは君が宿にし千年ほくとぞ　(四二八九)

(二月一九日)

などがある。こういう不自然さが、家持の場合には甚だしい。そういうこともあって、家持が如何にしてこの三首のごとき表現を得たか、その創作心理、技法上の道程を辿ることが難しいのである。

しかし、前記のような微細な写生的描写を試みる段階から、右掲の秀歌の境域に達するのは、常識的に見て容易なことではないはずである。精細な自然描写の延長線上に右の秀歌を見るとは言え、その間に重大なものの介入なくして、言い換えれば何らか意識上の変革が行われなくては後者に辿り着き得ないような気がする。斎藤茂吉『万葉秀歌』下巻の四二九〇歌の注に、

……この深く沁む、細みのある歌調は家持あたりが開拓したものであつた。それには支那文学や仏教の影響のあつたことも確かであらうが、家持の内的『生』が既にさうなつてゐたとも看ることが出来る　(傍点—稲岡)

と記されているが、この説明は、不十分なものと言わざるをえない。

前項の終りに、私は、長塚節の歌を、「立ちくく」の例として掲げた。近代になって、自然の、ありのままの微細な視覚的描写を追究した歌人として、長塚節はよく知られている。節の、

かぶら菜の莢齧む鶸のとびたちに黄色のつばさあらはれのよき　（明治三七年「折に触れて」）

とか、

梅の木の古枝にとまる村雀羽がきもかかずふくだみて居り　（明治三八年）

などに、その傾向が窺えると思う。ここには、先の万葉集における精細描写の近代版ともいうべきものが見られる。同じ頃三七年の「秋冬雑詠」の中に、先に掲げた「朝なあさな」の歌があるから、節の徹底した微細描写は家持とつながるところがあったと言えるだろう。明治三八年に「歌の写生に就て」をあらわして子規の説をさらに展開してみせた節の脳裏にあったのは、印象明瞭、精緻克明な自然描写にほかならない。それが前掲の歌によく表われている。

しかし、問題は、このような精細かつ明瞭な印象描写を主として追究した節自身の内部に、やがて大きな動揺が起って、「唯々自然の材料にのみすがりたる写生の歌は全くつまらぬものと存じ候」（明治四〇年）とか、「等しく目に映ずる処のもの、一たび作者の頭脳を透して現はるる時其所に生命を有せざるべからず。即ち作者の主観が濃く又は薄く表はれねばならぬものと存じ候」（同）と言い出したりする点にある。北住敏夫『写生派歌人の研究』には、この事情を、

写生は主観的マンネリズムから脱却する方策として、自然の実際に立脚するものであつた。そこで必らずしも内的な感動の催しを待つことなく、新奇な素材を探り求めてそれにもたれかかり、細緻な表現を専らとする結果、対象に即き過ぎて暢達を欠くといふ傾きも生じたのである。

と説明している。

節の有名な作、

芋の葉にこぼるる玉のこぼれこぼれ子芋は白く凝りつつあらむ　（明治四〇年「初秋の歌」）

とか、

鶏の声透りてひびく秋の空にとがりて白き乗鞍を見し　（明治四四年「乗鞍岳を憶ふ」）

白埴の瓶こそよけれ霧ながら朝はつめたき水汲みにけり　（大正三年「鍼の如く」其一）

などは、そうした動揺、作歌上の苦悩を通して初めて得られたものであった。

私が、家持の精細描写と、彼の秀歌との間に何らか意識上の変革がなければならないと感じているとすれば、その理由の一は、右のような長塚節の作歌状況を透して家持の表現を見ていることにあるだろう。そこに、やまと歌における精細描写の、のっぴきならない限界についても、考えさせられるところがありそうだ。

家持について、しばしば言われる類歌性および模倣性と、この独得な精細描写との間にも、後者は前者から脱する方途であったという関係が考えられぬことはない。

もちろん、家持には節のような明瞭な技法上の自覚はなかったに違いないが、何かが、この技法上の障壁を、一息に飛び越えさせてしまったようである。茂吉は、それを「家持の内的『生』が既にさうなつてゐた」という漠然とした言い方で表わしているが、もっと端的に、具体的に把握できないものだろうか。

そう考えた時に想い浮かべられるのは、伊藤博「歌日誌の空白」（『万葉』四四号）である。家持は、越中から帰京後約一年間まったく自作を残していない。彼の歌日誌中の最大の空白がそこに見られる。その空白の生じた理由を、伊藤は都の現実と家持の夢とのからみあいから来る苦悩とするのである。この空白に暗に示された憂いが、絶唱に含まれていることも合わせて指摘されている。これは、おそらく正しいと思われる。技法上の自覚は乏しいけれども、独得の用語を用い、近代における節と同じような視覚的な精細描写を、少しずつ試みていた家持は、節が技巧上の苦悩からそこを脱したのとは異なる生活上の苦悩によって、たまたまこの障碍をすり抜けて通ったとも言えるだろう。したがって、技法上の無自覚さは絶唱の詠まれた後にも残ることになる。節自らが悟ったように、写生的に微細な描写の陥り易い欠陥は、散文的平叙的で、感動に乏しい所にある。家持に強烈な感動をとり戻させたのは、技法上の問題意識からではなく、現実の苦悩にほかならなかった。

六　結語

万葉集における写生表現とか自然描写というと、必ず赤人があげられる。しかし赤人作歌と家持の自然詠とを比べてみると、歌の良否を別として、大きな隔たりが感ぜられる。家持の目のほうが細かく働くことも、その相違の一つである。これは、単純に家持の個性ということで片付けられるものかどうか、あるいは時代の趨勢と言うことの方が大きいのかどうか、そうした点への疑問が本節執筆の端緒である。調べてみると、家持と虫麻呂との関係、中国文学との関係なども浮かんでくるし、家持が多少は意識的にこの領域に踏みこんだらしい形跡も見られる。それを辿ることによって「春の野に……」などの秀歌を、如何にして生み得たかという筋道を私なりに理解し、纏めたのが本節の後半である。結果的には、類歌性・模倣性に富んだ家持作歌の中に、非類歌的なものを辿ることにもなったが、いわば私の「万葉集における自然描写の研究ノート」の一部分であり、関連する幾多の問題について十分語り尽していない。ただ、冒頭に引用した大西克礼の、「交感的自然感情」から「精緻なる自然描写」への発展が、わが国においては中国文学の影響によって記載次元で推進されたことを確かめて、この節を閉じたいと思う。

(1) これに関連したことは高木市之助『吉野の鮎』三四七頁に記されている。
(2) 『万葉集の自然感情』二三二頁。
(3) 『万葉私記』第一部、四七頁。
(4) 『吉野の鮎』三四四頁。
(5) 中西悟堂「万葉集の動物 二」(『万葉集大成』第八巻)。
(6) 『国語と国文学』昭和三一年一二月。
(7) 五味智英『古代和歌』および「赤人と家持」(『岩波日本文学史』)参照。
(8) 五味智英「古代和歌として観た万葉美」(『万葉集大成』第二〇巻)参照。
(9) 拙稿「万葉集巻五追補の一時期に就いて」(『国語と国文学』昭和三七年一月)。
(10) これについては多少の説明を必要とするだろうが、「古ゆ語りつぎつる鶯のうつし真子かも」という叙述のみでなく、四一六八の左注に「右二十日雖未及時依興預作也」と記されているので、そこから制作事情が察せられると思われる。
(11) 小島憲之「懐風藻より天平万葉の詩序へ」(『国語国文』昭和三三年一〇月)。
(12) 横井博「家持の芸境」(『万葉』三九号)。
(13) 家持長歌のこうした性格については清水克彦『万葉論序説』が具体的かつ詳細である。
(14) 中西悟堂前掲注(5)論文。
(15) 伊藤博「歌日誌の空白——歌わぬ詩人家持——」(『万葉』四四号)。
(16) 拙稿、前掲注(9)論文。
(17) 『万葉集大成』第二〇巻。
(18) 五味智英『古代和歌』。
(19) 『日本歌学と中国詩学』三八頁。
(20) 注(18)に同じ。
(21) 『万葉集私注』巻第一九後記。

あとがき

前著『万葉表記論』には、国語学的な主題の論文を集めたので、万葉集の作品論や文学史的な問題に関する論をあつめて新たな一冊を編みたいという願いは、かなり前から持っていた。が、岩波書店から、このような形で刊行することになろうとは想像していなかった。故五味智英先生や古代史学の故井上光貞博士など、多くの方々の御推輓によると仄聞している。

井上博士とは専攻を異にしていたけれども、続日本紀研究会に入れていただいてから、お逢いする機会も多くなった。お亡くなりになる一カ月ほど前に、この本を早くまとめるようにという言葉を頂戴した、そのことがしみじみ思い起こされる。五味先生と井上博士の御生前に本書を出版しえなかったことも、今になって悔やまれてならない。

『万葉表記論』はわたし自身の万葉集研究のための本文批判の書であったと言えるが、一つの課題とした人麻呂歌集論や、口誦文学から記載文学への転化に関する問題は本書にも引き継がれている。

人麻呂歌集と人麻呂作歌を表記史の上に位置づけ、その性格を検討することが前著の第一篇の主題であったが、それを表現の方法を通して確かめようと志したことが、本書の第一章「万葉集の抒情の方法」の端緒となっている。結論から言えば、「4　方法としての序詞」や「6　枕詞の変質」などによっても前著の推定は動かし難いように思われる。さらに自然描写、時の表現、それらを支える自然観・人生観などの検討を加えれば、人麻呂歌集歌の性格はいっそう確かめられるだろうが、そこまでの論は、本書に含めえなかった。

「2　前擬人法的表現」も、歌集の定位をめざしたもので雑誌『国文学』に発表した当初の形に手を加えてある。これらの方法の変化を通して記載の抒情歌誕生の経緯を跡づけることもできるのではないかと考える。枕詞が、呪的・言霊的な詞章であることから抒情歌の修飾句に転じたことも、かなり明瞭にしえたと思う。

「1　連作の嚆矢」と「5　反歌史溯源」は、複数の短歌あるいは長歌と反歌において成立するかたちを扱う点で、記載文学に固有の問題と言ってよい。連作や複数の反歌が人麻呂以後に見られることを確かめることと、その意義を考えることなどが目的であった。1は歌誌『明日香』掲載のものに字句の修正を加えた程度だが、5はこれまでに発表した反歌関係の論文数篇の内容を総合したものである。

「3　推敲」は、推敲そのものを抒情の方法として意識したわけではない。推敲による変化のなかに方法意識も探れるように思われるところから第一章に含めたのである。従来の推敲論議に本書なりの視角から多少は加えた点もあろうか。やまと歌の記定に初めて取組んだ人麻呂以後に推敲も見られるという、本書の文脈上当然のことを押さえたに過ぎないが、これはこれで必要な論であろう。

第二章には、作品と作家の論を集めた。「1　軍王作歌の論」および「2　石見相聞歌と人麻呂伝」は、第一章の4・5・6節と密接な関連を持っている。枕詞・反歌に関する歴史的な見通しをひらきながら、それぞれの作品の成立時期を推定し、編纂・伝記などの問題にも言及した。本文中にはとくに記さなかったが、後者は北山茂夫『柿本人麻呂論』における吉備津采女挽歌近江朝制作説や、梅原猛『水底の歌』の人麻呂石見水死説に対する反証にもなるだろう。

「3　『動乱調』の形成」と「4　『志賀白水郎歌十首』と『讃酒歌十三首』」はそれぞれ第一章の2、1と関わりを持っているが、直接の因果関係はない。志賀白水郎歌の一部を海人たちの歌謡と見る説もあるが、歌謡の連作とする論理的基盤を欠いていると思うので、4は知識人による連作と見る立場を徹底させたものである。「5　家持の『立ちくく』『飛びくく』の周辺」も第一章の2につながりがあるが、焦点は別である。各節いずれも既発表の形（本文中の注参照）に手を加えた。

序章の「口誦から記載へ」は本書のために新たに書き下ろしたものである。

さきに『万葉表記論』を本文批判の書と記したのになぞらえれば、本書は作品論・作家論のための基礎的研究書と言うべきだろう。人麻呂について、ようやく各作品の位置づけを終え、天武・持統朝の人麻呂の活動を動態的にとらえうるところまで辿り着いたとの感が深い。これを踏まえて見直すべき点も少なくないようだ。万葉集の編纂論もじっくり考えて見たいことの一つである。

まとめてみると不満は残るが、省みて益となる点も多い。歩みの遅いわたしに貴重な機会を与えてくださった方々、御教示を受けた多くの方々、そして本書の上梓のために直接お世話いただいた岩波書店の松嶋秀三・野口敏雄の両氏に心から御礼を申しあげる。

一九八五年一月六日

稲岡耕二

■岩波オンデマンドブックス■

万葉集の作品と方法 ―口誦から記載へ

1985年2月27日 第1刷発行
1985年7月10日 第2刷発行
2016年5月10日 オンデマンド版発行

著 者 稲岡耕二《いなおかこうじ》

発行者 岡本 厚

発行所 株式会社 岩波書店
〒101-8002 東京都千代田区一ツ橋2-5-5
電話案内 03-5210-4000
http://www.iwanami.co.jp/

印刷／製本・法令印刷

ISBN 978-4-00-730409-5 Printed in Japan

索　　引

凡　　例

1. 本索引には，記紀万葉集に関連する人名・地名・重要事項および論文名と書名とを選択して掲げてある．
2. ある章節にとくに関係が深く多出する人名・事項については，頁を省略し第二章の2というように略記した場合を含む．
3. 配列は原則として新仮名遣いによっている．

ア　行

カ 行

サ　行

タ　行

ナ 行

ハ　行

マ　行

ヤ 行

ラ 行

ワ 行